向天倾诉

王秋燕◎著

中国言实出版社

图书在版编目(CIP)数据

向天倾诉 / 王秋燕著 . -- 北京：中国言实出版社，
2021.2

ISBN 978-7-5171-3764-1

Ⅰ.①向… Ⅱ.①王… Ⅲ.①长篇小说—中国—当代
Ⅳ.① I247.5

中国版本图书馆 CIP 数据核字（2021）第 035965 号

出 版 人	王昕朋
责任编辑	佟贵兆
责任校对	赵　歌

出版发行	中国言实出版社
	地　　址：北京市朝阳区北苑路 180 号加利大厦 5 号楼 105 室
	邮　　编：100101
	编辑部：北京市海淀区花园路 6 号院 B 座 6 层
	邮　　编：100088
	电　　话：64924853（总编室）　 64924716（发行部）
	网　　址：www.zgyscbs.cn
	E-mail：zgyscbs@263.net
经　　销	新华书店
印　　刷	北京中科印刷有限公司
版　　次	2021 年 3 月第 1 版　 2021 年 3 月第 1 次印刷
规　　格	710 毫米 ×1000 毫米　1/16　17.75 印张
字　　数	276 千字
定　　价	78.00 元　 ISBN 978-7-5171-3764-1

王秋燕，浙江云和人，中国作家协会会员，毕业于解放军艺术学院文学系。著有长篇散文《女人出海》，长篇报告文学《正在发射》《将军令》《无名英

雄祭》，中短篇小说《远离发射场的地方》《纯金时光》《粉红色的夏天》《期待永恒》《点验》《太爱》等。本部小说被改编为33集电视连续剧《向天》，入选国家广电总局庆祝新中国成立70周年优秀电视剧"百日展播"推荐剧目。

目录

第一章 / 1

第二章 / 11

第三章 / 18

第四章 / 25

第五章 / 42

第六章 / 49

第七章 / 59

第八章 / 69

第九章 / 87

第十章 / 97

第十一章 / 104

第十二章 / 111

第十三章 / 125

第十四章 / 147

红色岁月　红色历程　红色史诗　红色经典

第十五章　　　　　　　　／ 159

第十六章　　　　　　　　／ 176

第十七章　　　　　　　　／ 180

第十八章　　　　　　　　／ 191

第十九章　　　　　　　　／ 207

第二十章　　　　　　　　／ 223

第二十一章　　　　　　　／ 234

第二十二章　　　　　　　／ 243

第二十三章　　　　　　　／ 248

第二十四章　　　　　　　／ 257

尾　声　　　　　　　　　／ 274

第一章

一

强劲又干燥的山风打着旋从它腰间卷了过去。它一动不动，沉稳得像一座山。巍峨。伟岸。耸立在群山怀抱中。它喜欢脚下那些深深的沟壑，并和它们融为一体。它像在这深峡大谷里忘我献身的那些人们一样，追随着、挚爱着一个伟大又不为人知的事业。它尽职尽责。

这是风季和雨季交接的日子。

一大早，天气很不正常。太阳刚从黑呷山露出头来，就被一团深灰色的云吞进肚里，再不见踪影。偌大的天空，像在昨天夜里被人痛打过，不是这里黑一块，就是那里紫一块。很快，这些黑黑紫紫又扯到一起，猛烈地厮打，最后变成了更深的铁灰色。一种和它极其相似的颜色。它知道，气象中心的人们，叫它们积雨云。一会儿，这些积雨云就开始行走，样子像一支大部队在急行军。

苏晴知道，之所以出现这种天气，是因为青藏高原边缘锋和它东面的攀西锋两股冷暖空气正在交会。所到之处，就翻卷起大片大片的墨绿色的浪。四周的群山一早就开始呼吼，仿佛告诉所有的绿色植物，雨季的第一场暴雨快要来了。

它的身上，也不时地发出咔咔的清脆声。还是山风，它们像野小子那样从它身上撞过，带着浓烈的草木香。它想让它们停下，别瞎跑。可它们调皮地绕一圈，又撒开脚丫疯跑了。

远处，响起沉闷的雷声。像是来自黑呷山的那一边，又像是从脚底下很深的地方冒了出来。它讨厌这个声音。你吓唬谁呀？

真有几只山雀被吓得跑了出来，在它身旁叽叽喳喳地叫。还飞到它的肩上，栖息了一会儿，神魂不定地点着小脑袋，东瞅西看，然后又叽叽两声，呼地飞走了。

刚才还在它头顶上的云层，变得越来越深，越来越厚，也越来越沉。云底一点点下坠，不安地骚动着、翻卷着、挤压着，渐渐地，把它包裹起来——当人们仰望它时，它——卫星发射塔架，不见了。

整个发射场区，到处弥漫着暴雨临来前的气息。

远处的马路上，不断地有车过来过去。

人们正往小宾馆的会议中心聚集。

苏晴也在往会议中心赶。她没戴军帽，头发被风高高地撩起，把整个光洁的额头露了出来。她一边走一边不时地抬头看看天空，轰隆隆的雷声，把天地震得微微颤动。

雨季正在为它的到来虚张声势。

当一道闪电的强光劈下来时，苏晴正好走进会场。

二

这是总指挥部召集的紧急会议。"太白一号"卫星准备近期发射，会议的内容就是下达任务书，确定发射"窗口"问题。

主持人——发射总指挥袁绍正宣读完任务书，卫星负责人马上起身介绍"太白一号"总体方案和技术指标，紧接着议题就进入卫星轨道、发射方位角、发射"窗口"这些实质性问题的讨论。

会场气氛立刻活跃起来。

每次都这样，一讨论到这些具体问题特别是"窗口"问题时，气氛总是很热烈甚至激烈。因为发射"窗口"有许多的约束条件，譬如"日凌"问题，"地影"问题。卫星上天后，不能与太阳在同一条直线上，否则会造成温度噪声偏高，影响卫星的质量；但也不能掉到地球的影子里，要是这样，像翅膀一样展开的太阳能帆板吸收不到足够的太阳能，供不上能源，卫星到了天上要不了半个小时，就会停止呼吸，变成一个没有生命的太空垃圾。不过，这些方面，都有具体参数供你参考，你一言我一语，很快就确定了具体的发射时间，即：发射窗口前沿和宽度。

坐在第二排靠边位置上的苏晴，一直默默地听着专家们的发言，与那些争论得面色发红、两眼放光的专家们不同，她表情平静，好像这一切与她没什么关系。尽管"窗口"这两个沉甸甸的字眼，时不时地撞击她的耳鼓，可她仍然由着自己的思绪像一片云似的飘来飘去。她估计再过三小时，雨季的第一场暴雨就要像大炮一样轰炸这个原本平静的世界了！看来，这新的任务要和雨季一道来临。这当然是件挺麻烦的事情。眼下，发射任务也是一年比一年重了，刚刚把一颗国外商业卫星送上天，还没来得及喘口气，"太白一号"又接了上来。本来是没它的，它却硬生生地挤了进来。而且上级的指令是不仅要把它送上天，还要不影响后续的任务。别的系统，有没有问题她不知道，但他们气象中心的问题可就大了，从时间上推算，雨季比任务的程序时间要长。这就是说，整个发射任务，都被雨季包裹着。在雨季中能不能寻找到发射"窗口"，主要看老天爷肯不肯帮忙。别人不为他们考虑，她苏晴得考虑，谁让她是气象中心的主任呢？待在这个位置上，就得负起这个责，否则，就是失职！唉，有时候她真后悔学气象，更后悔到基地来。当初，不是遇上他，她能到这个藏在深山大川里的基地来吗？不提这些，不提这些，人都走到这一步了，想那些陈芝麻烂谷子有什么意义？你又不能让时间倒流，人生重来，只能面对现实。

可现实就这么严酷。

正走着神呢，身旁的人推了她一下，她下意识地抬起头，便和副总指挥马邑龙的目光撞了个正着。

苏主任，你也谈一谈吧？马邑龙重复了一遍刚才苏晴没听到的话。

谈什么？苏晴一张口就有些没好气。

一个响雷不失时机地在高空中炸了开来，简直就像要恐吓一下这里的人们。对气象人来说，它就是恐吓，苏晴的身子也不由得微微一颤。她倒不是受到惊吓，而是想到这颗卫星要在这淫雨肆虐的某一天中升空，就感到无形的压力。是的，咋能没压力？有点压力也不怕，主要是信心不足，这才是最要命的。

既然他让谈看法，那就实话实说吧。苏晴从座位上站了起来。

在雨季里找"窗口"，这对我们来说，难度太大了，无法保证"窗口"能按大家所期望的那样找到，在一个很有限的时间里，"窗口"能不能出现，这我，包括在座的大家，谁说了都不算。

那么，谁说了算？马邑龙问。

老天爷。苏晴答。

大家轰地笑了。

我要说的就是这些。她努力控制住情绪，用平静的口气说完这番话。

她的话让整个会场又静默了一分钟，然后是一阵小小的骚动。大概谁也没料到苏晴会用这样一种态度表述自己的意见，谁都听得出来，她话里有气。

跟谁有气呢？

很显然不是袁总，不是副政委于发昌，也不是副总师吕其。袁总戴着老花镜翻看着文件，于发昌一直低着头在本子上记着什么，吕其不动声色地看了看苏晴。

被苏晴弄得有些尴尬的马邑龙倒没被击出火来，而是盯着自己眼前的长条桌，清了清嗓子，意思是请大家安静，说既然上级把任务压下来，就是相信我们有能力完成。我们在座的都是各系统的领导，首先还不是怎样完成任务，而是要树立起信心！哪一次发射不遇到这样那样的困难？遇到困难怎么办？老天爷不赏脸，那就得靠我们去努力，两个字：克服！我希望大家都别先叫苦，先把信心拿出来！没信心，什么事都干不成！

苏晴坐在那里不吭声，马邑龙以为她被自己说服了，便又看着苏晴补充了一句：你们回去后，尽快把"窗口"找出来。不但要找到主"窗口"，还要有备份"窗口"，这是任务，没什么条件好讲。

往常下达任务，马邑龙也是用这样的口气结束，苏晴早已习惯了，也没觉得什么，可这回怎么听着就这么不舒服呢？

当马邑龙把桌上的文件本子整理好，茶杯盖拧上，正要起身离开会场时，苏晴又"啪"地站了起来：对不起，我还没说完！

马邑龙用眼睛"哦"了一声，看着她，请她说。

坐在马邑龙身旁的副总师吕其微微坐直了身子，好像对即将发生的什么戏剧性场面早有心理准备。

总指挥袁绍正保持原来的姿势没动。

副政委于发昌抬起头看一眼会场，目光顺带着从苏晴脸上扫过，然后，放下手中的笔，抹了一把脸。

苏晴把头微微地抬起，目光越过所有的人，好像她不是对谁说话，而是对着天说话：我们实在不敢保证一定能按时报出"窗口"，更不要说两个"窗口"了。我觉得这种做法既不科学也不实事求是。

苏晴这次说话的口气比先前更强硬，像是在挑衅。

马邑龙微微地晃了一下头。

会场所有眼球都集中在他们两个人身上。但没有人说话。也都不知道说什么好，尤其是对眼下这针尖对麦芒的两个人，就更不知道说什么了。

一个意味深长的笑意从吕其嘴角滑了过去，很快又收了起来。他很小心地"嘿"了一声，扫了扫会场，似乎征询大家的意见，说，我来讲几句吧！说完这话，他并不急于往下说，而是看了看马邑龙。接着，又笑了笑，笑得很小心。老马，我看苏主任说的也不是完全没道理，这次发射跟往常不同，雨季一来，气象情况千变万化，这时候急于预报"窗口"，是不是有些过急了？当然，他们能预报出来，是再好不过的。要是真遇上麻烦呢？咱们总不能冒雨发射吧？我看先别把话说死，还是给他们一点时间下去做工作吧。

老兄，你这话什么意思啊？我刚才的话谁都听到了，并没有要他们马上拿出预报。任务放在那儿，都是必须完成的，这一点你不至于不懂吧？马邑龙心里有些责怪吕其，他想解释两句，可他从余光中恰巧看见苏晴向吕其投去感激的一瞥，反而什么都不想说了。只有他明白，苏晴为什么这么做；他也相信，苏晴不会听不懂他的话。苏晴是成心在这件事上跟他作对，他吕其不会不明白这一点。

吕其的话，说到苏晴心里了，的确让苏晴有几分感动。没想到，吕副总师在这样一种场合，不仅替他们气象人着想，还这么体谅他们。不像有些人，站着说话不腰疼。这也是有史以来，吕其第一次获得苏晴的好感。

整个会场的气氛，从热烈中变得有些错综复杂了，本来马上就要结束的会议，被苏晴这么一搅和，似乎不知如何收场了。

袁总看了看手腕上的表，时间已经不多了，很多人都要去赶班车。我看先散会吧，这些事，下来还可以接着再讨论，小范围地讨论也不是不可以嘛。要是没别的事，就到此，散会！

当大家走出会场时，天已经黑得吓死人。

三

事后，苏晴承认那会儿她的确有些冲动，有些不可理喻。可是，在那种情形下她能控制住自己吗？

依她的脾气，很难！

你这么做心里就舒坦了吗？她问自己。

她在回去的路上也没给自己找到一个答案。

她自己也弄不清楚，为什么一跟他说话就要没好气，总憋着劲，跟他闹别扭。也怪他，如果他不说最后那句话，也不会有后面的冲动。难道他真的不知道雨季里的"窗口"很难预报吗？不仅要主"窗口"，还要备份"窗口"，听着就让人不舒服，好像预报"窗口"是孩子们过家家，容易得很。要知道现在已经进入雨季，不知道这场雨就是预报吗？！

这场雨跟二十年前那场雨多相像啊！连时间都差不多，也是下午刚上班没多久。假如她没记错的话，在雨还没到来之前，天黑得也像刚才那么吓人。大白天的，如果不开灯，屋里的光线暗得连书面上的字都看不清，像是夜晚来临一样。

二十年前的那场大雨，是不是进入雨季后的第一场大雨？她记不清了。但今年是，这场雨是进入雨季后的第一场大雨。

上午，刚下达发射任务，下午就是这倾盆大雨。真不知道老天是什么意思？它是想和"太白一号"叫叫板吗？这板叫得人心里真不痛快！

对气象而言，所谓的"窗口"，就是运载火箭发射比较合适的一个时间宽度。也可以说这个时间到来时可提供允许发射的天气条件。所以，有没有"窗口"，"窗口"能不能打开，直接关系到发射顺不顺利。

她作为气象保障的中心主任，能在这时候当哑巴吗？

真是越来越搞不懂他了，上级给你任务，作为军人，你是该无条件服从。但，你能无条件服从吗？人家上级不了解这里的天气情况，可你马邑龙也不了解了吗？你当然了解。既然了解，你为什么不在上级下达任务时向上级作出解释？为什么不向上级解释这里的天气状况？一旦雨季的序幕拉开，全世界的暴雨雷电全到这里集中开年会似的！大雨、雷电们是铆足劲要轮番登场表演，按往年的规矩，发射任务尽量避开这个季节，就是避不开，也会尊重科学和客观规律，没人要求任务刚下达，就要气象部门把"窗口"找出来。说真的，预报不是不可以，每次任务都需要预报，而他们气象中心在卫星发射关键时段预报准确率达百分之九十九；短期预报、雷电综合预报准确率也达到百分之九十五。注意啊，是"短期"两个字！唯独没有在雨季中进行长期预报的，而且也不可能进行长期预报。这不科学，真的不科学，也不符合客观规律。在雨季中，就像吕副总师说的，气象千变万化，谁敢拿长期预报冒这样的风险呢？弄不好就是砸自己的牌子！到时，人家问你这个气象主任怎么当的，你怎么回答？苏晴愈想愈觉得该去找他把情况说说清楚，心平气和地说，不要像会场上那样一说就情绪激动。都四十三岁的人了，不能像当年……

当年怎么了？不想当年还好，一想当年，心里就百味丛生。

也许还是不去见他好。

不，一定得去，这是工作。

但，非得要这时候去吗？等雨停后再去不行吗？不行！这场雨要下到明天，也许明天都停不下来。你搞气象你还不知道？这是五十年来少有的一场特大暴雨，它要持续三天三夜。等它停了黄花菜都凉了。到时，你可能连这点激情都没了。但你见了他一定不能冲动。

她一遍遍地告诫自己。

去跟他好好地谈，把自己的想法和盘端出。当然，你一定要明白，主要是为工作，不为别的。你这样拼命地强调工作，好像除了工作，还有别的似的。

还有什么？她问自己，把自己一下问住了。

当苏晴举着一把雨伞出去时，一股巨大的力量向她裹挟而来，几乎将她淹没，几分钟的工夫，身上全湿透了，连裤脚都滴着水：落汤鸡，她想不出更准确的词来形容此刻的自己。

外面的雨声把整幢楼衬托得静悄悄的。她急急地走到三楼，脚步匆匆，但鞋底踏在水磨石上，居然没什么声音，也没遇上一个人，如梦境一般安静。

门是虚掩着的，似乎告诉你，主人就在里面，但你得敲门。

正准备伸手敲门时，心"怦怦"地狂跳起来。她把碰到门的手又缩回来，生气地问：你这是干吗？心慌什么？不是说好，不为别的，是为工作吗？那好，做一个深呼吸，都说这样能缓解紧张。可问题是你干吗紧张呢？

都怪"太白一号"，不然，她决不来找他。这段时间，她一直躲着他，不想见他，就是面对面相遇，她也低着头绕着他走。有几次，他主动找她说话，都被她搪塞过去了。有什么好说的？他们之间，除了工作上的交往，除了任务，还有什么别的交往吗？没有。

她用指关节轻轻叩了叩门，不知是下力轻了，还是外面雨声太大，里面没回应。难不成他不在？那她也得进去是不是？她正这样想着，门打开了，像是自己打开的。当四目交投在一起时，不由得都愣了一下。

他没说话，而是把她从头到脚打量一番，摇了摇头，然后从门边衣帽钩上取下毛巾，递给她。眼神里含着命令。

她接过毛巾，拍了拍挂在身上的雨水。可雨水早已渗进衣服里了。

要紧吗？要不让小刘的车先送你回去换身衣服再来？

没事。她回答得挺干脆。

他伸手接回毛巾，把它重新挂上后，才指着旁边沙发说：你坐吧。然后，他要去关门。

她身子挪出去一点，不让他关。她也不坐。她用不着坐。她只想把话说完走人。

他看出了她的意思，又摇摇头，"嘿嘿"地干笑了笑，说这雨够吓人的啊！

她说，不吓人，还能发射"太白一号"呢！

他又笑，看来苏主任已经为"窗口"的事操起心来了。

操心？我操什么心？我是别人怎么下命令，我就怎么执行。要操心也是瞎操心。她的眼睛一直盯着外面的雨。

有你们操心，"窗口"就不成问题了。我对你们有这个信心。

可我没信心！这次和以往真的不一样。她一脸严肃。

这时，风向突变，雨丝便斜着身子从微开的窗缝里，哗地一下蹿了进来，全都泼洒在办公桌上。他赶紧过去把那扇窗子关上，边拿起抹布擦了擦桌子，边对她说：你能听我一句话吗？你先回去，要不然你会感冒的，我们再找时间另谈吧。

她心一软，眼里莫名其妙地生起一层水雾，浮在眼球上。她真想听他的话，先回去换衣服，下次再另找时间和他好好地谈一谈。她真想有这么一次。她感觉眼里的水雾慢慢凝成水珠，快要滴出来了。你这是干吗？你不是告诉自己找他就谈工作！是的，是工作。她这样想着时，眼前晃过另一个女人的影子，正用一种微弱的毫无光彩的眼神盯着她看，她被盯得心里"咯噔"一下。不！她晃了一下头，仿佛要把那个影子晃出去。接着，她说，我哪敢再占用您宝贵的时间，我只是有几句话，说完就走。

他看着她。他知道这会儿说什么都没用，只好依着她，让她说。

我是来告诉您，我们真的能力有限，您交给的任务可能完不成。

他收起脸上的笑，不再看她，而是把脸转向窗外，看着外面的雨，过了好一会儿后，他才转过头，说：这可不像你苏主任的性格。

她说，是不像，不过这次情况不同。

这次有什么不同？不就是雨季嘛，它又不是今年才冒出来的。他有些恼火。

她才不管他恼不恼火，仍按自己的思路往前走。她说，照你说的，这个雨季对"窗口"没什么影响是不是？

我知道你们有困难。但总不能因为有困难，"太白一号"就不发射了吧？！

近期就是不可能发射，她说，因为天气不允许。

他的声调不觉间高了一些：我管不了天气，天气是你们的事情，我知道我只能服从命令！

服从命令，也得尊重科学，尊重客观事实。她的声音也跟着高了起来。

我是军人……我会尊重客观事实，我在尊重客观事实的基础上完成任务！他说完，手在空中劈了一下。如果她没猜错的话，应该是拍桌子的动作，但正准备拍下去的时候，却变成了空中劈砍，没挨着桌子。

但她还是愣住了，似乎听到很响的拍桌子的声音。

他意识到自己的失态，便将桌子上的水杯端了起来。是透明杯，能看见里面飘浮的茶叶。绿茶，尖尖的嫩芽。他并没打开杯盖，而是说了声对不起！然后又看了看她，软下口气体谅地说：是啊，我知道你们有困难，但谁没困难？你说说看？

别人的困难与我们无关，对我们来说，不尊重科学，不尊重客观规律，我们没法工作。在这个季节，我们不能给你一个准确的"窗口"。

水杯里似乎有气，打开时"嘭"地一响。他看了看，没喝，又盖上。但茶香已飘了出来，淡淡的清香在雨水的土腥气中弥漫。他没说话，好像不知该说什么好了，便在桌子旁踱了两步，才转过身，用一种极其恼火又极其克制的声音对她说：苏主任，你别拿什么科学和客观规律来当挡箭牌好不好？它们不是为人服务的吗？你说你们哪次没做好？不都做得好好的吗？！

苏晴头一歪，说，以前做好，不等于这次就能做好。你看看老天爷什么态度吧？谁能跟老天爷作对？

他背着手，踱了两步，又转过身，看着她。她知道他已经很生气了。他是个说一不二的人。他非常不喜欢那些工作还没做，就推三阻四，找这理由那理由讲这条件那条件的人，真的，不喜欢！他对她已经尽量压住火气了，但难免露出一丝愠色：就是老天爷作对，老天爷也不是铁板一块，它总有变化的时候，"窗口"总不会老关闭吧？再说，"窗口"没困难，要你们这些人干什么？你们的工作不就是保障"窗口"吗？遇到一点困难就推给老天爷，这还算话吗？

他的最后一句话，把她深深地激怒了，郁结在心里的那团东西愈加火上添油了，这次就怪不得她了，谁让他这么说话？有这么不讲理的吗？别以为自己是领导，就可以随心所欲。但她眼里已经波光闪闪，顶撞他一下的话成串地涌上来，全卡在喉咙眼上，一个字都吐不出来。她很清楚自己，若是再在这里待一分钟，不，五秒钟都不要，不争气的泪水就会夺眶而出，让她全方位地崩溃。她不想在他面前崩溃，必须迅速地离开，但她能甘心这样离开吗？那个可称之为"愤怒"的东西，还在心里作怪，还没发泄出来，她能像到这里串门那样转过身就走吗？她必须借助另外一种方式，发泄一下自己。滚你的吧！她最后瞅了他一眼，转身将门迅速地一拉，"哐"的一声，恨不能将它摔碎！她想，我没法用言语和你对抗，那我就摔门给你看！门在身后重重地撞上的同时，她的眼泪就下来了。她一边流泪，一边跌跌撞撞地冲下楼去。

事后，有人告诉她，她摔门的声音，比天上的雷声还要响，还要吓人。

第二章

一

一头扎进雨里的苏晴，当然不会注意，隔墙有一双关注的眼睛和倾听的耳朵。

这是一座六层高的办公楼。上世纪六十年代末，它可是最漂亮最豪华的建筑，风光了很多年。红砖色，无论在哪个季节，都给人醒目、温暖、古朴的感觉。它从外表和里层，经过无数次的改造，包括办公用品，都可以算得上与时代同步了，唯有各房间的布局和楼板隔墙，怎么改，都不可改变。房间小，隔音效果差，这是谁都没办法解决的事情。所以，相邻间办公室只要发生一点事，很快就有"新闻联播"的效应。

隔壁那点动静，没跑出吕其副总师的耳朵。他不是故意要探听别人的隐私。只是别人有隐私，又不回避的话，他还是有兴趣听一听的。当隔壁那两个声音响起来时，他特地把门打开一条缝，直到摔门声出来后，他才轻轻地将门掩上。

这女人，为什么要冒着大雨跑他的隔壁发一通脾气？上午那一场还嫌不过瘾？这会儿她还摔人家的门，真是够厉害的呀！特别是这个人刚和老婆离了婚，而这个敢摔他门的女人，又是这么一个被全基地的人公认为"基地之花"的女人……

想到这里，他意识到自己可能想多了，想歪了，也许他们之间什么都没有，仅仅就是为了工作。

你上午在会上站出来支持她，也是为工作吗？

当然是的。他回答得似乎很理直气壮。

"太白一号"挑这个季节发射，大家的日子都不会好过，甚至可能还要冒一冒风险什么的。这可是雨季。看看外面昏天黑地的雨吧，这哪是好兆头？还不知隐藏着什么凶险呢！不然，苏晴搞了这么多年的气象，为了一个"窗口"，不顾上下级身份跑来跟他闹？她肯定是预感到什么了。这女人对天气的预感，比谁都准。你支持她，肯定错不了。不过，你的支持令隔壁老兄心里不舒服这也是肯定的。

可你管他那么多呢？你支持得又不是没道理。

苏晴呢？苏晴会领你的情吗？

这是肯定的。你已经看见她回给你的微笑了。

想过这些，吕其站起来，想去办公室转一圈，看一看大家对那个摔门声会发表什么高论。但吕其一出门，便听到于发昌说话的声音，迈出去的半条腿又突然收了回来。

二

于发昌进来的时候，马邑龙正坐在沙发上喘粗气，他被苏晴那意想不到的摔门动作饬得够呛。这个苏晴，她怎么说发火就发火，说摔门就摔门？这段时间——对，有多长时间了？自从他和凌立分手后，她就没再理过他，看见他就躲，有意识地躲。他主动找她说话，她也不冷不热的，好像他要对她怎么着似的。

今天下午，她主动找上门来，他以为这是一个解开疙瘩的机会，可没想到话没说三句又顶上火了，态度跟上午一样没好气，别扭着。这一天就来了两场。真不知道她是咋啦？

她的脾气，他当然领教过多次。但只是因为他始终觉得自己这辈子欠着她，也就不跟她计较了。你想，如果第一次不遇见她，不把她领进这道门槛；领进这道门槛后，如果不撮合她嫁给司炳华……这一切的一切，假如……是的，没假如，他知道没假如。可是，假如这些都没发生，她肯定不会是现在这个样子。

这人的事啊，比发射卫星难多了。发射卫星只要严格按质量达标：组织指挥零失误；技术操作零差错；设备设施零故障；任务软件零缺陷；数据误读零遗漏——做到这五个"零"，准能把它弄上天。这人呀，没个标准，别说做到五个"零"，做到一百个"零"都不成。

他知道，"窗口"问题只是导火索，肯定还有别的不愿明说的事情藏在里面。那会是什么事呢？他想他猜死都不可能猜得出来。他便想到了医院的妇科医生乔亚娟，她是苏晴的密友，她应该知道的比他更多。对，得抽空给乔亚娟打个电话。

于发昌一进门就明知故问，刚才谁在你这儿闹啊？

马邑龙故作轻松地笑了笑：你都听到了？

于发昌用手指轻轻地敲了敲桌子：我就听到你这"哐"一声巨响，够吓人的。

不至于吧，马邑龙眼睛盯着于发昌，这点儿动静能吓着老兄你？他猜着这位老搭档会过来，拿他寻开心，索性坐直了，拿出一副架势准备应战。

全基地的人，都知道他俩是"黄金搭档"。曾经一个是发射站站长，一个是发射站政委。一个主行管，一个主政工，两人分工明确，配合默契，把自己分内的工作干得有声有色，把发射站的领导班子带成了全基地团站中团结最好、战斗力最强、气氛最好的一个领导班子。他们自然也齐头并进，直到今天一个成了基地副政委，一个成了基地副总指挥。

于发昌故意走到门边仔细地查看那扇刚被摔过的门，说没事，这门还挺经摔！

是啊，它跟我一样皮实。马邑龙自我解嘲。不过，你别幸灾乐祸，下次就该轮到你了。他看着于发昌一脸诡笑，又补充道。

绝无这种可能！于发昌劈了一下手。

老于，那个会非得晚上开啊？马邑龙站起身想把话岔开。他指的是晚上那个会，商量技术阵地到发射场那条道路改建的事。因为常委里有人去参加地方政府的一个抗洪救灾会议，人不齐，只好搁到晚上去了。

于发昌偏不上当，继续说，我看这事，有点意思。

马邑龙明白"有点意思"是什么意思，就更不想让他往下说了，把手摇了摇。

于发昌不理他，只顾沿自己的思路往下说，这女人要是冲谁发脾气，就是对谁有意思，脾气发得越勤，就越有意思，这你还不懂？

你老于又开始胡说了，一关门你跟我就没正经话。马邑龙假装恼怒，行了，你别替我自作多情，人家是冷是热我心里有数。马邑龙重新回到沙发上。

于发昌笑了，有数就行，那我们静候佳音。

他忍不住也笑起来：佳个屁！还是把你那些多余的精神头，用到正事上去吧。

于发昌说，我关心的就是正事，是排在"太白一号"之后的第二号正事。

他说，你还正呢，打从进这道门，来的全是邪的，一句正话没有。

于发昌说，这可是狗咬吕洞宾，不识好人心。

他又站起来说，得了，把你那点好心留着多善待胡眉吧。我看咱们这些人，就你们能善始善终。

于发昌得意了，说那是当然。

马邑龙说，当然什么？那是人家胡眉好。

这话我爱听。我这憨人自有憨福，摊上了，挡都挡不住。哎，老马，这话题明明是从你这开始，怎么绕来绕去绕到我身上来了？还是说说你吧，刚才到底怎么回事？

马邑龙像老外一样手一摊，耸了耸肩，你不是都听见了吗？！就别明知故问了。人家这是给我撂挑子来了！

胡说，不可能！于发昌还要往下说，桌上的电话却响了起来。

三

乔亚娟电话追过来时，苏晴正在洗澡。

苏晴被这场暴雨真正淋成了落汤鸡。回到家后，把小鱼都吓了一跳。她从电脑桌前跑过来，吃惊地看着苏晴，想知道她怎么了。小鱼吃惊得倒不是她一身雨水，而是她的脸色，比这暴雨天气更阴沉难看的脸色。她只好说我没事，淋了一点雨……洗个热水澡就好。小鱼跑进洗漱间把热水给她打开。她看着小鱼，心里突然热乎乎的，仿佛有一股暖流从头上浇下来，把冰冷的身子都浇热了。这可是小鱼回到这个家后，第一次对她示好，第一次主动为她做事。她很感动地看了小鱼一眼，想说什么，又说不出口，好像有两个字在她的喉咙里卡住了。事后她在心里问自己，说声"谢谢"有这么难吗？真是太奇怪了。

小鱼是这个暑假回到她身边的。小鱼不愿回来，是奶奶硬给"押送"回来的。小鱼对奶奶的感情比她深，不是深一点点，是深很多。她这个做母亲的对小鱼来说几乎是可有可无，但奶奶就不是。奶奶离开时，小鱼哭得那个叫伤心啊，她看着都难受，难受得她都怀疑：这是我的女儿吗？是吗？

从司炳华——小鱼的爸爸去世后，小鱼就被奶奶带回南方老家，在老家上完小学又上中学，上高一的时候，苏晴不得不给奶奶下最后通牒，奶奶才将小鱼很不情愿地送还给她。苏晴知道，还有一个原因，奶奶永远不会说，一个长大的女孩儿，是有风险的，万一出点什么事，谁也承担不起这个责任。所以才同意把小鱼送还给她。

小鱼回来有一个月了吧？到现在还没喊过她一声妈妈。叫一声妈妈真的那么困难，那么难以开口吗？她有些想不明白。就像她想不明白自己对女儿说声谢谢为什么那么难一样。

她仰起头，一边让喷头上的水哗哗打在脸上，一边问自己：什么是幸福？幸福是什么？一个爱我的丈夫早早地走了；我爱的女儿她不爱我；事业呢？一个女人没了前面那两样，事业再成功，有什么意义？她又想到刚才去他办公室。这么一闹，闹得她情绪低落，像个倒霉鬼。不是吗？自己还不够倒霉吗？这样一想，她沮丧极了，恨不得大哭一场。

就在这时候，小鱼敲门让她接电话，说是乔亚娟阿姨。苏晴只好关掉水龙头，匆匆地用浴巾将自己裹好了跑出来。

乔亚娟呵呵地笑，说你这个自虐狂，怎么回事啊？

苏晴把话筒夹在脖子上，腾出手来用干毛巾擦着头发，先"唉"了一声，又问谁告诉她的。

乔亚娟说：听说你一天里打了两颗小卫星，我能不知道吗？

苏晴没吭声。

乔亚娟说：不是我说你们，都这把岁数了，要好就好，不好也别这么闹，有什么意思？

什么好不好闹不闹的？不了解情况你少来烦我。

嘿！你倒来劲儿了你！谁烦谁呀，你当着大家的面，顶撞人家首长，又气势汹汹摔人家的门，摔得全机关的人都知道了。

世界上的冤假错案就是这么发生的。苏晴不想让小鱼听见，先把门关上，才把事情的经过从头到尾复述一遍。乔亚娟听完后，就叹气了：苏晴苏晴，你让我怎么说你好呢？当主任也当了这么些年，当气象专家时间就更长了，你不觉得你有时候跟个弱智似的吗？

苏晴不情愿了：你少来，不让我诉苦，也别胳膊肘往外拐啊。不过嘛，你帮人家说话我也能理解，毕竟是救命恩人嘛！

乔亚娟"嘿嘿"地乐：苏晴，我哪次没好好地当你的垃圾桶？这回我真的告诉你，人家是对的，是你这二百五错了。

我怎么错了？你没看见他官升脾气长吗？你看他霸道得连客观规律都不尊重了。你说他是谁，跟我作对也就罢了，还能跟老天爷作对吗？

乔亚娟提高了声调：人家也没跟你作对啊！你想吧，任务又不是他定的，是上级定的，他不过是第一责任人，是服从上级命令而已，他让你们找"窗口"，没错啊。你们的职责本来就是找"窗口"。他错在哪里了？

苏晴心里觉得乔亚娟说得对，但嘴上仍不服气：命令也不能不按规律办事。

乔亚娟又认真道：你别一口一个规律，规律也是有例外的。你想想，咱们这个区域，进入雨季后，也不是完全没放晴的时候。你忘了？去年雨季，咱们还上山采蘑菇。这，你不会忘吧？那不是"窗口"是什么？你们这些专家，有时候就是认死理，钻牛角尖，动不动搬出什么规律吓唬人！

苏晴被噎住了，不知说什么好。她干脆举着话筒，赌气不说话。

你有话说话，别要么就惊天动地，要么就屁都不放。你觉得人家的脾气见长，你的脾气不见长是不是？苏晴，我可不想只当你的垃圾桶，我是想让你明白事理。

明白什么事理？

明白你认为你的看法有道理，别人的看法一定也有道理，千万别以为你的道理就比别人的道理更对。人有的时候，也要站在别人的立场想一想。

他不讲理我也要站在他的立场想？苏晴态度软下去了。

乔亚娟说：问题是你自己先看看站歪了没有。这么一个任务压下来，人家当领导的不比你压力大？你们不为他出主意想办法，还跟他唱对台戏泼冷水。要是谁都像你这样，动不动撂挑子，那他就别当指挥长了，什么卫星也别发了，干脆把自己这光杆司令直接发上天去算了。

　　苏晴这一下真的没话可说了。因为和乔亚娟对话的过程中，她在心里完全承认乔亚娟说的是对的，去年上山采蘑菇还历历在目，的确是有例外的时候。如果真的按你的意见办，找不到"窗口"，这颗星真的就不打了吗？如果错过"窗口"呢？你们这些气象人还怎么面对全基地，面对整个科研部队，面对国家？但是，今天到他的办公室去，真的就是因为"窗口"问题吗？这背后的深度空间的原因，只有苏晴一个人清楚，连他也不会明白，在这不明白中抢白人家一通，让人家下不来台，苏晴啊苏晴，你可真行呀！她在心里悄悄自责起自己来，后面乔亚娟又说了些什么，她已经一句都听不清了……

　　当晚，苏晴去中心加班，在楼道里撞见准备开常委会的于发昌，想躲没躲过，被他叫住了。

　　苏晴只好硬着头皮跟他进了办公室。

　　原以为少不了挨于副政委一顿剋。出乎她意料，没有。

　　眼前这位于副政委语重心长，像个老大哥，绕着弯子地让苏晴自己认起了错：我这人，平时光想工作了，做事情欠考虑，意气用事，说轻点儿，是不尊重领导；说重点儿，是顶撞上级。

　　看看，你自己也认识到自己不对了吧，那好，你就找个机会，亲自找马副总解释一下，检讨一下，怎么样？

　　苏晴嘴上应着，心里却不肯答应。去向他赔不是，这种事，她做不出来。她只在心里对自己说，既然你要"窗口"，我一定为你把这个"窗口"找出来不就行了？

第三章

一

人是有命的，你不能不信。有时候，一个人能改变另一个人的命，这你也
不能不信。

苏晴想，遇到他，也是她的命。命该如此吧。否则，她很难解释后来发生
的一切。

是恢复高考后的第二年，考上北京大学地球物理系气象专业，四年的大学
生活即将结束，所有的人都在为自己的毕业分配四处奔走，只有她一动不动。
因为她心里有底，她知道自己的准男友姚一平正在不遗余力地为自己留在北京
上下活动。那天，姚一平陪着她把个人简历送到一家用人单位，人事处长热情
地接待了他们。不出什么意外的话，你毕业后就可以来上班了。这真是太好了。
她知道能进这样的单位，会让同学们羡慕死的。从那里一出来，姚一平和她一
直在笑。她知道，能进国家部级单位，应该谢谢他老爸和他老爸的战友。尽管
那时候，每个单位都人才匮乏，需要引进新鲜的血液，大学生可算供不应求。
不像现在，是个人就是大学生，找份好工作那个难呀！不过，哪个年代都一样，
要进一个理想的单位，都很不容易。那天，她真的很高兴，要请姚一平吃饭，
作为酬谢。可是，一路走来，没看见一家像样的餐馆。小吃店倒是有几个，全
都乱哄哄、脏兮兮的，和他们的心境反差太大，他们俩宁可傻站在外面看人家
狼吞虎咽，也不愿把脚迈进去。正不知该往哪里去的时候，姚一平提议带她去

舅舅家，说舅舅家就在附近。舅舅是个很有意思的人，当作家没成大名，当美食家肯定是称职的，他做的每个菜你只要吃一口，准保一生都忘不了。

她就跟着他去了。他拉着她的手，横穿马路。那时候，车没现在这么多。每次过马路，他都会拉着她的手。这一点，现在想起来仍然还有一丝温暖。他给她母亲最初留下好感也是这一点。他们俩陪她母亲去商场，也要过一条马路，他总是挽着她母亲的胳膊，很体贴很疼人的样子。母亲后来对她说，一平是个懂事的孩子，知道照顾人。

他们俩是高中同学，两人一直不咸不淡地交往着，但真正擦出点火花是在大三。但她就是拿不准，他是不是她终身要找的那个男人。他们拉过手，接过吻，但姚一平想要攻破最后一道防线的努力，被她坚决地瓦解了。她认定，自己的第一次一定要给她终身相伴的那个男人。姚一平为此很生气。她只好又回过头去哄他，告诉他，你如果是那个男人，就更不用着急，迟早都是你的。言外之意，你如果不是，那你就不该得到。姚一平对这个说法，当然不认同，但也没办法。他知道她的脾气，她认定的理，十头牛也拽不回来。

就是那天，在他舅舅家里，她遇见了马邑龙。

马邑龙正好也去拜访姚一平的舅舅。舅舅解释说马邑龙是他去部队体验生活时认识的朋友。

她见马邑龙的第一感觉，是觉得这个男人跟别的男人有点不一样。究竟不一样在哪里？是他那双含威带笑的眼睛还是他淡定自若的谈吐，抑或是他细长的手和笔直站立的姿势？她说不准。

舅舅用一个菜：淮阳火锅和一瓶绍兴老酒招待他们。在饭桌旁坐下，她才知道马邑龙是个军人，他来北京是要到各大院校去招兵买马。舅舅建议他们俩都参军算了，说部队这所大学很能锻炼人，年轻人都应该去锻炼。姚一平说，舅舅你说晚了，我和苏晴都找好单位了。你说是不是？他问她。看她没说话，就在桌子底下用腿撞她，她才"哦"一声，像一下惊醒过来，端起杯子，说自己不会喝酒，以水代酒，敬舅舅一下。舅舅很高兴，说，还是喝点酒吧，敬一敬远道而来的客人。舅舅便拿起酒瓶，往她杯子里倒了一点酒。她站起来，说恭敬不如从命，便把杯子伸到马邑龙面前。她发现马邑龙脸有点微红，说，我不大会喝，你也随意。姚一平马上站起来说：喝完，一定要喝完的，女同志敬酒，怎么能不喝呢？她的酒我代她喝。姚一平抢过她的杯子，一仰脖，把酒全倒进嘴里。然后，还不肯坐下，非要马邑龙把杯子里的酒喝干不可，那里面可能有三两的量。马邑龙的脸不红了，他看了姚一平一眼，没再说什么，一口便把杯子里的酒全灌了下去。她看着，感觉倒像自己的嗓子辣了一下，脸整个都烧起来。

后来，她鬼使神差地向马邑龙要电话号码。这让姚一平很不高兴。从舅舅家出来，他就质问她，为什么要他的号码，还说她看人家时眼睛闪闪发亮。

结果两人不欢而散。

二

她参军的那天，正好是星期六。回家后把这一消息告诉了母亲。母亲睁大眼睛看了半天，一句话都没说，转身走开了。母亲常用不说话的方式，表示她的态度。

又过了好几天，眼看快到登车南下的日子了，母亲才开口说话：你太轻率了，这么大件事，怎么能不事先商量？你是赌气还是心血来潮？还有，小姚同意吗？

就知道母亲心里早认可了姚一平，说你这一走，也等于放弃了姚一平，放弃了北京。

母亲说得有她的道理，让人没法反驳，也不想反驳，只有默默地收拾行装。

母亲不再劝了。母亲太了解自己的女儿，这个完全不像她的女儿。你呀，太像你爸，跟你爸一样犟。

我是继承我爸的遗志。这是整个过程中，唯一一句对母亲的反驳。平时，总是小心地从不轻易提起父亲，免得母亲伤感。

但这会儿，好像忘了。直到看见母亲眼睛红了，才忽然觉得自己是不是做得太过分了？

父亲离去已经十多年了，母亲总是放不下他。尽管母亲已经再婚，和继父有了一个小妹妹，但她还是怀念父亲。特别是母亲与自己在一起时，母亲对父亲的怀念总是从不克制，倒是自己一向小心翼翼，尽量避免在母亲面前提起父亲，这一次也是话赶话激出来那么一句。这不，一下子就让母亲伤心了。但自己在心里，对父亲的记忆则是刻骨铭心。记得很小的时候，父亲经常出差不在家，问母亲，父亲去了哪里，母亲的回答总是执行任务去了。什么叫执行任务？母亲解释说去做一件大事。又问什么叫做大事？母亲不知如何回答，便告诉说你长大以后就知道了。当真的知道那是件什么大事的时候，父亲已经走了。很多事情都是母亲后来一点点说出来的。父亲留过学，学的是火箭发动机专业。当他学成临到回国时，那个国家海关的"老大哥"对他实行严格把关，凡是行李包上带有文字性的东西，包括所有的书籍和学习笔记，全都扣留，一个字也不许他带回国。这对父亲的刺激可想而知。父亲认为这是对他人格的侮辱。他们耸一耸肩，不作解释。回国后，父亲一边勤勤恳恳地工作，一边凭记忆一点一点地恢复他的笔记。所以，父亲留给她不满十岁的女儿最深的记忆：就是不停地在本子里写呀写的，好像永远都写不完。有时，调皮的女儿会拿一本小人书，去找父亲，要他给自己念。父亲可能会停下来，耐着性子念上一段，但更多的时候是让女儿去找妈妈，说爸爸正忙着呢……

　　正当父亲的生命为他热爱的事业激烈地燃烧时，身体出了无法修复的故障：癌症！发现时已到了肝癌晚期。三个月后，他就匆匆地告别人世。父亲临死前，还万分愧疚地说：我没能完成任务，没能把火箭送上天，我对不起祖国和人民对我多年的培养。可是，东方红一号卫星就在父亲去世的第三个月上天了。当《东方红》乐曲响彻太空时，母亲抱着父亲的遗像涕泪滂沱。女儿这才明白父亲干的大事是什么。那年，你知道吗，爸爸，十一岁的女儿突然觉得自己长大了，虽然不能完全领会母亲哭诉的内容和意义，但已经懂得什么叫遗憾了，当然是为父亲没等到火箭上天的这一刻而遗憾。

　　只是没想到，父亲未完的遗愿，会以这样一种方式留给了女儿，悄无声息地流淌在女儿的血液里。或许，父亲早就把那一切，变成一块小火石，悄悄地放进自己的心里，一旦有机会，它就轰地被点着，然后，再也无法扑灭。

三

　　她也想过要主动去找姚一平，但就是没付诸行动。有两次拿起电话，号码都拨了出去，没等它有回铃，又撂下了；还有一次，她人都快到姚一平家门口了，又打了退堂鼓。她不知道这究竟说明了什么。

　　姚一平不是也没来找你吗？从他舅舅家分手后，两人没再见过面，也没互通过消息。所以，她悄悄让自己做好心理准备，假如离开北京的那天他还不出现的话，他们俩的事就不了了之了，尽管她直觉到迟早都会有这一天，但她心里还是不愿相信这个事实，为此心里也感到很不舒服。她问自己，我的初恋就这么告终了吗？

想到这里，她又有点不甘心，她暗暗希望在她临走时，他突然出现在她面前。可同时，她分明知道，即使他出现了，也无济于事。她越来越清晰地意识到，他不是她要的那个男人。她对他没有信心。可她不明白的是，既然如此，为什么还想见他一面呢？

她是夏末秋初的一个晚上离开北京的。候车室里人多得像下饺子，气味难闻，燠热难当，搞得她心情很不好，连话都懒得说。可她知道，她的心情跟天气没太大的关系，真正有关系的还是姚一平。她都要走了，隔天隔地了，他连面都不照，告别都不告别，他难不成想以这种不告别的方式来告别他们的关系？这也许对他们双方都是一件好事，避免拖泥带水藕断丝连，对谁都是最好的选择。但这种方式也太绝情，让她感到心里空落落的，有点难过。母亲似乎看出她的心思，让她到部队后再给小姚写信，无论将来怎么样，解释一下总是应该的，恋爱不成，大家做个朋友也是可以的。母亲认为，在这件事上，是她有负于他，他生气也是人之常情，让她主动认错。她看着母亲，心里想的却是：这就是失恋吗，我真的要品尝失恋的滋味了。我会痛苦吗？

火车开了。在匀速有节奏的行进中，她发现她心里并不像想象中那样痛苦，也没长时间地陷入回忆中，好像有人把她和姚一平的那一段生活悄悄拿掉，扔出车窗去了。面对窗外移动的景物，她脑子想的和火车的行进方向是一致的，火车向前、向前，出现在她脑子里的，也是即将开始的崭新生活。她想了很多很多，军营，军人，气象台，发射场，独独没有去想姚一平。怎么回事啊，当她发现这一点时，她问自己：我是不是个薄情寡义的人？是不是个没心没肝的人？不然，怎么会一丁点儿都不怀念呢？

但连她自己都感到奇怪的是，她会想起那个把她引进军营的男人。那个叫马邑龙的人。邑龙，好奇怪的名字！马和龙都好理解，邑龙就让人不明所以了。这个一次又一次跳进她思绪中的男人，他现在在干什么呢？她发现愈是想他，愈是想不起他长得什么样了，只记得肤色很深，牙很白，头发很短，这些零件搭配在一起很精干，再具体的比如眉毛、眼睛、嘴唇就都不清晰了。记忆就是这样，你越想记住，就越让你记不住，哪怕你的脑皮都想疼了，你也想不起来。

不过，到达基地的那天清晨，她还没下火车，就从窗口上看见了他。被记忆模糊掉的脸的轮廓一下又清晰起来。他带着六七个兵正在接站。这两三天，有一百二十多名入伍的大学生要来基地报到，他是接待组的成员。从这趟列车上，一下跳下三十多人，加上行李，小站台顿时热闹起来。有人叫了她一声：苏晴同学。是他。他还伸出手握了握，又让一个兵替她拿行李，还告诉她车就停在外面。接着，他又去招呼其他的同学。原来，他们这批新入伍的学生兵，报到就是集合，直接去教导队参加军训。他就是他们大学生训练队的队长。

四

教导队离基地首区约二十里，在一个前不着村后不着店的地方，周边连个像样的村庄都见不着，很突兀地戳在一片荒地上。很多人从车上跳下来脚还没沾地，那个叫落差的东西就先入为主地占据每个人的大脑了。此前所有的人都对"科技部队"这个词抱有美好的向往和憧憬，眼前这情景，几乎让所有的人都傻了眼，怀疑自己是不是走对了路，进错了门。因为这里的一切都跟"科技"太不沾边了，一下子，很多人像被秋霜打过的茄子似的蔫了。但苏晴没有。她对环境、生活，似乎统统没有了要求。这似乎很不真实。三个月的军训生活，想要从一个老百姓转变成一个合格的军人，不脱胎换骨，不掉几层皮怎么可能？很多人因训练生活的紧张艰苦而打退堂鼓。有个男生抗拒训练，拿着吉他，示威性地坐在宿舍门口，对着一操场的人，边唱边弹；王子萌对整理内务有抵触情绪，把好好的被子扯得稀烂，他的班长不得不抱着被子去找弹棉花的师傅；乔亚娟受不了天不亮起床去跑操而装病，装女孩子的病。不是有规定吗？女生特殊情况可以不出操，允许喊"报告"出列，一个月就装两三回，反正也没人知道。所以，乔亚娟喊报告的次数最多。私下，她们经常拿乔亚娟开心，不叫她名字，直接叫她"报告"。

她却表现得非常优秀，她似乎心甘情愿吃这份苦。她身上好像有使不完的劲，内务卫生做得好，小勤小务又积极主动。星期天还去炊事班帮厨。所以，她老受表扬。乔亚娟问她，苏晴，你精力怎么这么好？你不累吗？你的精神头从哪儿来的？她总是笑而不答。不过，她也会在心里问自己：是啊，怎么不觉得累呢？每天精力这么旺盛，都从哪里来的？

后来，她才渐渐明白给自己动力的来源。

此时的她，两只眼睛就盯在那个以标准的军人姿态站在大家面前的男人身上，她在暗暗地欣赏他的一举一动，也在心里暗暗提醒自己，要在最短的时间里，也像他那样。这个念头推动着她，驱使着她，激荡着她，使她对别人眼中布满的艰苦、荒凉、落后、累全都视而不见，她能看见的、每天都想看见的，就是那个人。她能想到的、每天都想到的，就是尽快成为一个真正的军人，而且是让人羡慕的女军人。这就是一切动力的来源吗？也是这一切的开始吧？

第四章

一

连续的大暴雨，没有一点想停的意思。到处都是湍急、混浊的水流，肆无忌惮，东奔西撞，不知要撞向哪里。河床满了，口吐白沫，喊着、叫着，那是没有容量后的喊叫，它每一次喊叫，都被倾盆而下的更大雨流镇压了下去。

老天爷简直是疯了。

小会议室里，常委们在开会。讨论发射场区一段道路的改建。这是个老问题了。说它"老"，是在保不保留小宾馆的问题上，常委们开了好多次会，总形不成共识。这条道路是技术阵地到发射阵地一条重要路段，每次火箭、卫星从技术阵地测试完后运往发射场时的必经之路。就是这条路，有个相当于九十度大转弯，每次大型运载车一到这里，总要被"卡"一下，特别费劲才能过来。有一次，运送卫星去发射场，就是转弯没转好，造成卫星天线和半空中的电线相刮，卫星天线多娇嫩，还能不刮坏吗？它带来的可不仅仅是经济损失，还带来一系列的麻烦，天线得送回厂里去维修，光时间上就耗掉一礼拜。要是这条道拉直一些，缓缓地拐弯，运载车到这里也就好走多了。可问题是，这样简单的事情，一旦实施起来就变得极其复杂，其原因不光是九十度角的问题，更因为这九十度上有只拦路虎：小宾馆。小宾馆正好不偏不倚地趴卧在道路口上，路要拉直，就得先考虑小宾馆的存留问题。

小宾馆是基地唯——处集工作休息娱乐为一体的多功能活动场所，每次任务，上级首长带着工作组的同志们，吃、住、办公全在里面，偶尔还能活动活动，要多方便有多方便。道路一改建，这个小宾馆首当其冲，肯定留不住。在这一点上，常委们意见不统一，认为不该保留的一方，比主张保留的一方声音要弱，还不是弱一点点，几乎只有马邑龙一个声音。能摆上桌面谈的，好像就是一条：炸毁小宾馆太可惜，经济损失太大了，后续的服务条件一时半会跟不上，必定影响接待工作，还是暂缓吧。事实上，还有一个摆不上桌面大家心里又都清楚的原因。这幢小楼，是现任的一位总部首长在基地任职时一手筹建的。它复杂就复杂在这里，微妙也微妙在这里。

结果，总是举手表决。

然后总是少数服从多数。

这也是一次又一次上会的原因。

这次，马邑龙又将此问题提出，建议再上会讨论一次。炸毁小宾馆，道路拉直，他认为迫在眉睫，此方案要是通过，道路改建只要一星期便可搞定。他的立场是坚定的，也是积极主张的唯一一人。让马邑龙奇怪的倒不是基地副总师吕其又一次坚定地站在他的反方，坚决反对这么做；让他难过的是经过他私底下反复做工作，态度已有所松动的于发昌，到了会上又变成了态度暧昧。这也是马邑龙和他搭档这么多年，在同一个问题上意见不一致。于发昌下会时，特意对马邑龙解释说：老马，我是实在有些舍不得将它炸毁，那是钱盖起来的呀！心痛啊！在感情上接受不了啊！再说，只要我们运载车，小心再小心，谨慎再谨慎，还是能顺利地通过嘛，不是非要牺牲小宾馆作为代价嘛！

马邑龙看着于发昌，没说话，他能说什么呢？他心里明白，在场的每一个人，谁都知道他是对的，但就是没有一个人支持他，即使在会上一再表明态度，由他去向总部首长汇报说清楚，所有的责任也由他一人承担，即使首长怪罪，他一个人顶着，但还是没人投赞成票。这条路拉直，是迟早的事情，晚做不如早做，他们谁心里都明白着呢，但明白是一回事，赞不赞同又是另一回事了。对此，马邑龙是又气又急。每次，运载车经过那里时，他的心都悬在那个九十度角上，那么长那么宽的车，感觉就像从胸口碾过一样，没有一次不提心吊胆的。都说心疼国家财产嘛，一颗卫星，一枚火箭，是多少钱？那不也是国家财产，而且是更大一笔国家财产吗？他们能不明白这一点吗？想到这里，他突然觉得有些累，疲倦从很深的地方一嘟噜一嘟噜地冒上来，恨不得马上倒下，美美地打一顿呼噜。

司机小刘把车开过来接他的时候，他已经倦意浓浓，眼皮都快撑不住了。

二

但当车子驶过那座已经矗立了整整十三年零六个月十八天的发射塔架时，他的眼睛又突然睁大了。这很神奇。每次经过这座他亲手参与搭建的发射塔架，他都会目不转睛地凝视它，直到转过山去看不见为止。

算来，从它手上打出去的火箭少说也有四十多发，它可以算是基地的老功臣了，但前几天经过它手发射升空的"艾米莉亚号"———颗外国卫星，一上天就找不着了。这跟它倒没什么关系，但想起来，却还是让人很郁闷。怎么会有这样的事呢？

各项数据表明"艾米莉亚号"发射已经成功，当时，CCTV还向全世界转播了发射实况，不知有多少眼睛目睹了火箭从它这里点火起飞的壮丽景象。卫星的各项初始轨道根数符合要求；某大国反馈外测信息："艾米莉亚号"卫星已进入轨道。总指挥袁绍正走上讲台，宣布"艾米莉亚号"卫星发射成功；保险公司的老总和那位满头银发戴金丝边眼镜的外国专家为合作成功而热烈地拥抱在一起。

但是，接下来这颗有着一个美妙的西方女性名字的卫星就在太空中消失了，消失得无影无踪，音讯全无，任凭你怎样搜索，也找不到一点儿它的影子。一时间，这消息被各国的媒体炒得满天飞。各种说法都有：卫星拥有者说，我们尚未找到它，未能和它建立联系；西方一家大报纸说，由于发动机故障，它未能到达轨道。有报道说，中国的捆绑火箭有一个助推器掉了；还有不知情者说：中国的火箭在半空中就爆炸了。有人则更可笑，几乎是不懂常识，说卫星根本没上天，发射前就被中国人卸走了。

那个长着一双灰蓝眼睛的专家，阴沉着脸，离开了基地。他上飞机前，给袁总和马邑龙留下一句话：我们将会考虑"柯莉丝蒂号"的合同问题，回国后我会尽快给你们一个书面的答复。"艾米莉亚号"和"柯莉丝蒂号"是两颗姊妹星，发射合同是同一时间签订的。原打算"艾米莉亚号"上天后，接下来就忙"柯莉丝蒂号"。他的话，让袁总和马邑龙心里都"咯噔"了一下。

　　没过两天，袁绍正、于发昌、马邑龙就被召进京，去参加各大系统联合召开的任务协调会，其实是领受新的任务去了。

　　会上，季永年——任务总指挥，对这颗卫星蹊跷失踪和外界一些失实的报道，拍起了桌子。说：荒唐！太荒唐了！不过，我们已经通过新闻手段，对全世界郑重声明：根据我们掌握的数据，充分证明，运载火箭全过程飞行正常，所有参数符合要求。至于为什么会收不到卫星信号，我们相信该公司会尽快查明原因告知世人。说到这，他话锋转到另一个问题上：现在摆在我们面前的还不仅是这些，而是另一张合同。该公司如果对我们的运载工具不信任的话，那么，这张合同就有可能飞掉！它会造成什么样的后果，大家心里不会不清楚。在国际航天市场上，我们今后有可能会直不起腰杆来说话。为证明我们的运载工具的可靠性，总部决定，在"柯莉丝蒂号"前，再插一发任务……

　　"太白一号"就这么来了。

　　几乎不让人喘息休整，任务就硬压了下来。这么一个庞大的工程，在这么短的时间，要把它弄上天，听起来都是天方夜谭。更何况还撞在雨季里，谁敢说没压力？

三

　　这个晚上，也就是常委们开会的这个晚上，小宾馆总台墙上的时钟，不管电闪雷鸣还是暴雨铺天盖地，以沉稳的步履不急不慢向前走着，就在它指针到达凌晨五点二十分时，发射塔架脚下的大地开始轻微地颤动，小宾馆的墙壁也在轻声地呻吟，但它不知道将要发生什么。睡在总值班室里那个长得白白净净模样像个中学生似的小中士，因被尿憋醒，正睡眼惺忪地往厕所走。他睡迷瞪了，脑子还沉浸在睡梦里，不是尿把他憋醒，他根本不会醒来。所以，他一边撒尿一边打盹。一泡尿还没撒完，就听他大喊一声"妈呀"，提起裤子就往门外跑。

　　事实上，他什么都没看见。只是听见从远处传来的像兽群逼近一样的隆隆声。这可怕的声音就像从脚底下传出来，让人觉得整个大地在晃动。他以为是地震了。他第一个反应就是往外面跑。

　　黑呷山左侧的菠萝山，无论从哪个角度眺望，它都呈现出大山的壮美。根据不同的季节，它会像爱美的女人一样，用五颜六色把自己打扮得漂漂亮亮。

在这个雨水丰润的时节，菠萝山就像一个还没熟透的菠萝，被绿色的植物包裹得结结实实、郁郁葱葱，看不出一点不祥的征兆。

谁能料到，就在天将亮的时候，厚厚的山皮，忽然被凶猛的暴雨撕开一大块皮。菠萝山痛得喈喈地叫，挣扎着想锁住伤口，不让泥石喷涌出来。它哪里锁得住，暴雨以更快更猛的速度，将缝隙撑开，再撑开，一点一点地往下剥，剥出了一个大口子，更大的口子……菠萝山开始咳喘了，吐出浑黄的泥浆，呼噜呼噜地连皮带肉地翻卷开来。

暴雨又用魔爪般的手，把肉乎乎的山皮，像卷地毯似的，一下，又一下地往下翻。不，是一块又一块地撕扯下来。菠萝山先是忍着，硬撑着不让自己往下滑。但那股力量太大，它哪能撑得住？慢慢地力气用尽了，终于不由自主地失控了！轰隆轰隆地惨叫着，向山脚下垮塌下来……

一场百年罕见的泥石流。

当泥石流像千万头凶恶的猛兽准备吞食小宾馆的时候，那小中士已跑上了公路。他被吓着了。撒开脚丫疯跑，拼命地跑，边跑边喊。那天崩地裂的声音，几乎要撵上他。还有闪电加雷声。那情景跟动画片里的世界末日一模一样。"妈哎——"在家的时候，他心里只要害怕，就喊"妈"。其实，他还未成年，脸上的男人标志都还不明显。家人为了让他当兵，特地在户口本上改了一个数，他才获得入伍的资格。事实上他只有十六岁，嗓音还未完全变过来，还带着童声。他边喊边跑。边跑又边回头。突然，他站住了，惊呆了：咆哮的泥石流，正对着小楼撞去，小楼摇晃了一下，坚持住了！更多的沙石泥浆冲了过来。小楼又摇晃了几下，又一次顶住了。眼看着终于要站稳脚跟时，更大的一股力量从另一方向冲撞过来，拦腰将它折断。小宾馆一屁股坐到地上，而房顶好端端地盖在上面，高昂着头，一副决不认输的样子。泥石流还不放过它，又伸出无数只手臂，将它拖拽出几百米远的地方，这才停下来。

停下的这地方，原来是个山窝窝。泥石流到这里后，刚好形成一个巨大的旋涡。旋涡紧紧地把房顶搂抱住，不让它再动了。在山窝的巨大凹陷里，泥石流止住了疯狂的脚步。

小中士看着坍塌的小楼，又看着挪了位的房顶，看着那面目全非的世界，放声大哭起来。

那只挂钟，被沙石吞噬的时候，短针指着五，长针指着四。成为漫漫历史长河中一个小小的碎片。而大自然，就这样轻轻松松，把基地常委会屡议不决的难题给解决了。

四

所有的人都说他是标准的军人，但没有一个人能准确地说出他标准在哪儿，只有凌立一句话点破：他是个醒在起床号声之前的人。

无论睡多晚，他准能在起床号响前一秒钟睁开眼睛。他的眼睛已经习惯和嘹亮的军号一起迎来崭新的一天。快速翻身下床，穿好衣服，双脚落地第一件事，便是拉开窗帘。外面的天空还是灰蒙蒙的，路灯昏黄地亮着，一副困倦的样子。这时，起床号到了尾声，开始放雄壮的军歌。如果心情好，他会跟着哼几句，一边哼唱，一边来到厨房，倒上一杯凉白开，再放进一勺蜂蜜，搅和均匀，一口气喝进肚子里。以前，他由于作息不规律。经常便秘。自从于发昌给了他这个小秘方后，收到了效果，便一直坚持下来。

如果按正常的生活节奏，喝完水之后，他会换运动鞋，出去跑步。这时候，世界已经显现出分明的轮廓。部队出操队列整齐划一的脚步声，会撞到礼堂高大的墙面上震荡回来，连地面都在微微地颤动。他喜欢这声音，这声音似乎能穿过脚心，渐渐上传，注入到身体各个部位，让他感到力量无穷，四肢都灵活起来。跑操的部队，还会边跑边呼口号，他也跟他们一起呼，好像要把闷在胸腔一夜的浊气，统统排出来。

但雨季除外。特殊情况除外。所谓的特殊情况，就像今早，不是自然醒，是刺耳的电话铃声硬把眼皮拨开的。这是最令他恼火的事情。也是令他心里最容易发慌的事情。他最怕这种时候接电话，睡得好好的，电话铃声尖叫起来，决不会是什么好事。

路，路冲了……小宾馆……泥……泥……

没等对方"泥"出来，他已掀开被子，从床上"咚"地弹到硬邦邦的地上，这才听到那小子把"泥石流"三个字说完。他真想朝他大吼一声：你慌什么？会不会说话？参谋的素质呢？但他还是把话压在嗓子眼里，没让它们蹦出来。

打电话的是基地值班室的一个值班参谋。他也是睡梦中被下面一级的值班员电话打醒的，人还没清醒过来，脑子还迷迷瞪瞪的，来不及把下面报告上来的情况拟成完整的句子，马上向当班的首长报告了。尽管马邑龙没怎么听明白他说什么，但关键的词句都有了，也听清了，再加上他的判断，大概的内容已掌握住了。他十分冷静地又询问了值班员几个重要问题，其一，也是最最重要的一点是，部队有没有出现人员伤亡。对方回答：暂……暂时没有。他稍微松口气。然后，又镇静自若地给值班员下达一、二、三条命令，要他马上打电话通知各单位去落实。

放下电话，他坐下来，吐了一口气，又拿起电话。他这是打给于发昌、吕其等人的，内容和通话时间都简短得不能再简短。准备出门时，他听到不远处警卫连、汽车连紧急集合的哨声骤然响起，短而急促的哨声，划破厚厚的雨幕，刺痛那些正沉睡着的耳鼓，就像八分钟前那个电话铃声刺痛他的耳鼓一样。他重重地在自己腿上砸了一拳，对自己说，你该镇定一些，再镇定一些，后面不知有多少事等着你去处理呢！

两分钟后，他坐上车，"进沟"去了。

五

发射场区那一片统称为"沟"。"进沟"是从基地机关办公地点、生活区，人们也叫它首区进到山里面，也就是发射场那一片。"沟"和"沟外"的界线从那条叫安分河开始划分。只要跨上架在安分河上的"长征桥"，就算是进入基地的专用通道，里面那一大片，统称为"沟里"。

"长征桥"，是基地上世纪七十年代初到这里安营扎寨后干起来的头号工程。据说，老一代创业者把大桥看成是他们心中的发射塔架。马邑龙没赶上那个热火朝天建设基地的年代。他1975年从清华大学自动控制系毕业后，才参军入伍。那年，他二十四岁。当时，基地的建设已初具规模。他一到基地就被分到机关业务处任参谋，享受副连级待遇。但有规定，"学生兵"进机关要去基层连队锻炼一年。他便下放到"沟里"发射站地面营"当兵"锻炼。那可是真正的叫锻炼，发射场区的建设正轰轰烈烈，没有一天嘴里不填满泥土，没有一天浑身不感到筋骨酸痛的，好在他有本钱，年富力强，累趴下了，睡一觉力气又回来了，整个一条累不垮的汉子。他对"沟里"的感情就那时候渐渐培养的，就像对养育他的故乡一样亲。他一直把出生地当成他的故乡。那里也是一片山沟，它靠近云南大理，是一家兵工厂。他的父母都是建设三线时从部队转业直接搬迁过去的老革命。那家工厂，也是军事化管理，上下班全都吹军号。但工厂里的工人不是军人，是一批"土八路"。在当时，他们这批爱穿军装的孩子们，都这么称呼自己的父辈。在他们眼里，只有军代表是真正的军人。所以，他那时候就立志，长大后一定要像那些军代表一样，当一回"正规军"。这不，从大学毕业到现在，就像那座发射塔架一样，认准一个地，一蹲就是几十年，没挪过窝，看来以后也挪不了了，一辈子就扎在这里了……前妻凌立最想不通的就是这一点，说他整个是一座水泥建筑，几十年都不带动一动的。其实，他自己有时也觉得好像是在跟谁较劲。

跟谁较劲？

应该说，跟自己，也跟别人。别人是谁？每每想到这里，那位外国人，瘦高的影子，便会浮上脑际。是白人，瘦高个，栗色的头发灰蓝的眼睛，高鼻梁上永远架着一副没边的眼镜，眉宇间总是透着一副盎格鲁·撒克逊人的大派头。他是一位航天专家，来自号称世界卫星之父的那家公司。第一次见面是基地刚刚揭开神秘的面纱对外开放的时候。基地一对外开放，自然引起国外同行的浓厚兴趣。那次，他们是前来基地参观考察。当时，马邑龙的职务是发射站的总师，也是接待外国专家组的成员。

那时候，新的发射工位正在建设中，工地上一派热火朝天。外国专家的参观团一边看一边提问。这位灰蓝色眼睛，问马邑龙工期多长时间完成。马邑龙告诉他两年。两年？他先是一愣，马上耸耸肩摇着头表示完全不相信：No！No！No！伸出毛茸茸的三个指头：三年！用你们现在的手段三年时间建成一个像样的发射场，已经是奇迹了，除非上帝像关照我们一样关照你们，但上帝总是站在我们这一边。他说完，还哈哈地笑了笑。

马邑龙冷静地回答他：不，我们有我们的上帝。

他问：你们的上帝是谁？

马邑龙说：人民。

他不解地重复"人民"两个字。

马邑龙又用英语说：PEOPLE。

他还是不能理解，又耸了耸肩：这不是科学和技术的概念。

马邑龙不再说了。心想，你懂个屁！

招待晚宴是在基地宾馆里进行。季永年是当时的接待办主任。晚宴开始后，季永年致完欢迎词，又增添一项内容，说这个建议是我们基地最年轻的也是最有潜力的发射专家提议的，并向马邑龙招招手，请他上前台来。

坐在马邑龙对面的吕其用异样的眼光扫了马邑龙一眼，意思是这小子又想出风头了。马邑龙马上从吕其的目光中读出了这层含意，他想，是的，是想出风头，但不是为我个人。他想完成一个小心愿：祭奠为这个人类的伟大事业献出宝贵生命的美国同行。当时，"挑战者号"失事不久，阴影并未消逝。这一不幸，不仅是美国的，也是全人类的。作为中国的航天人不会对此无动于衷。他想借此机会，把第一杯酒敬献给"挑战者号"牺牲的英雄们，愿他们的灵魂永远安息！当他虔诚地以中国最古老的方式把酒洒到地上时，他听到胸腔"扑腾扑腾"地跳。在他的带动下，所有的人都神色庄严，面西而立，宴会厅里一片安静。接着，他倒上第二杯酒，说这杯酒我敬那些为人类的包括中国的航天事业默默奋斗的人们！他将酒一饮而尽；当倒第三杯酒时，他才献给远道而来的客人们。他朝大家举了举酒杯，先干为敬，赢得了一片掌声。

想不到的是，宴会结束后，那位傲慢的专家詹金斯特意找到马邑龙，对他说了一番友好善意的话。这番善意，马邑龙接受了，并对他表示感谢。詹金斯的意思是让他有机会，一定到美国、欧洲去转一转，告诉他眼界会大开的。詹金斯表达完这番意思后，马邑龙能从他那双灰蓝色的眼睛里感觉到一丝温暖。但这丝温暖，只停留了一小会儿，又倏而不见了，不知是那双眼睛又回到寒冷的北极去了，还是后来的冷冰冰的言语没有了温度。这让马邑龙又一次感到不舒服。马邑龙心里不是不明白，按基地当时的发射设施、技术标准，的确只能达到他们六七十年代的水平，有些方面甚至还要落后一些，这是事实，詹金斯说得没错，我们就是他说的那个水准，可怎么就觉得詹金斯的话钻进耳朵时，那么让人不舒服？刺激，一种强烈的刺激！刺得胸口发痛，像锯齿拉过去一样：詹金斯，你别瞧不起人，你也别太牛逼，眼下我们是落在你们的后面，甚至很后面，但我们一定会赶上的！中国人向来善于创造奇迹。你等着瞧吧！

没过多久，就在詹金斯一行考察过后的十四个月，奇迹，第一个奇迹诞生了：新的发射工位竣工！那位詹金斯先生说至少用三年时间才能建成的新型发射场，就在这偏僻的大山沟里，以一种崭新的面貌出现在世人的面前，仅用了一年多一点的时间。这时的马邑龙真想把那位詹金斯先生再请到中国来，当面问问他有何感想，看他还会不会再耸耸肩，摇摇头？

两年后，马邑龙从一个团站总师的位置挪到发射站站长的位置上，与此同时，他也让凌立失望了，因为凌立一直希望他转业回北京，结束两地分居的生活，一家人永远挤拥在一个屋檐下，过一种完整的甜美的小日子。他曾答应过凌立，不是明年就是后年，一定满足她的愿望。这下，他变卦了。只有他自己知道变卦的原因，这原因里真的有詹金斯的影子。他真的想在这里干出一番大事业给詹金斯看，让他那无边眼镜过不了几年就大跌一次。凌立伤心了，说他野心大，官瘾更大。他承认他有野心，有官瘾，他还想拥有更大的权力。因为他知道，只有手中有权，权力愈大，就能干愈多的事情，许多难事都可能迎刃而解，才能实现自己的理想，否则，有可能寸步难行。就是你再有想法，也不行。就像小宾馆那件事……但他更知道，他想要这一切，决不是为他自己，起码主要不是为他自己。

六

绕远了。他提醒自己赶紧把思绪收回来。

这时候，手机响了。是发射站站长打来的。他报告说，他们已到现场，具体情况还没完全摸清楚。

电话挂断了。从发射站长的报告中，他一时还想象不出泥石流会惹出多少祸？但一切一定已是面目全非了。

黑色"尼桑"在大雨中穿行，雨刷晃动的节奏跟心跳的速度一样。车速已经快得不能再快，他不能再催小刘了。当兵就是锻炼人，小刘比儿子龙龙大两岁，已有三年兵龄。他看上去可要比龙龙成熟一大截，懂事，从不乱说话，做事也稳妥。对了，出门时，怎么忘了看一眼龙龙？

龙龙是在北京参加完高考后来这里的。他没上成本科第一志愿，第二志愿又没填。在第一志愿补报时，不是专业不喜欢，就是嫌那所大学不怎么样，挑来挑去，高考录取结束，他哪个学也没上成。

这段时间自己一直忙，龙龙到这里这么多天，还没找机会好好跟他谈一谈。究竟是复读还是……现在的孩子，除了继续读"高四"，还有什么出路？龙龙已经明确表示，不去找他妈妈。凌立原本想让他出去读大本，他想都没想，就顶了回去，说我们同学没有一个去国外上大学的，除非成绩一般在国内混不下去了，家里又有几个闲钱的主儿。我，还是免了吧，也给你们省点学费，等上研究生时再说。凌立在电话那边直摇头，儿子大了，翅膀硬了，由不得爹妈了。他听了倒笑了，想这小子还挺狂的，说得倒也不是没一点道理。那时候，他和凌立已经分手。为了儿子高考，他抽空回了一趟北京，待了三天，又匆匆返回基地。他知道，在他和凌立之间，什么都没有了，只剩下可怜的也是最后的一点亲情了。想起这些，他心里难免凄凉。

高速路走完了，汽车驶入真正的发射场区。车拐弯后，又下了一个坡，车速慢慢地减下来——

前方，路段已被管制，立起了禁行标志，有人站在雨中，拿着蒙上红布的手电在晃动，提醒司机，前方危险，不许车辆过去。

靠边！他命令道。

小刘将车慢慢停靠在路边。

他下车时，天已大亮。

雨，还在下着。

七

泥石流是从菠萝山半腰呈扇形冲泻下来。它毁掉了修理营的仓库、通信总站机关半边办公楼；还有一截专用铁路；从指挥控制站去发射场的路也严重受损；最惨的还是那栋小宾馆，整栋建筑只剩下顶西头的一个小角；那条从技术阵地到发射阵地九十度拐弯处，被沙石堆成了一座小山。

谁也没想到，特大暴雨会带来这么大的灾祸。造成的经济损失就不谈了，可时间的损失是怎么也抢不回来的，它们把"太白一号"挤兑得更没空隙了。

基地指挥部在现场召开紧急会议。

最迫切的是抢修道路。"太白一号"启动后，运输卫星、火箭的两个专列，已分别从上海、北京出发。如果铁路不通，就会影响专列进入场区，时间一旦延误，后面的各个环节将全跟着后延。抢修铁路的任务就成了眼下的重中之重。袁总征询后勤部长的意见，问他需要多长时间能恢复通车？后勤部长伸出五个手指：五天。袁总说：不行！三天，最多三天。后勤部长虽面露难色，但他没再吭声。这种时候，谁还敢讨价还价。

再就是去发射阵地那条道，整个被堵死，搬走那堆山一样的沙石，再把路开辟出来，没有一定的时间和人力，是折腾不出名堂来的。

这之前，为弯道拉不拉直，常委们一次一次开会讨论。现在再也不用为这个问题费什么口舌了，老天爷已经一劳永逸地解决了这道难题，不过它留下的难题可一点也不比原来小。所幸的是，袁总说，老天还算长眼，发射阵地安然无恙。它只要稍稍朝东南移几百米，情况可就大不一样。袁总把目光投向马邑龙：老马，老天爷的屁股坐到你这边来了，把修路改道任务交给你，让吕其配合，基地机关和各部站的所有兵力全归你们管，怎么样？马邑龙想说什么，但想想还是压住了，现在说什么都是虚的，只有加紧甩开膀子干才是实的。他除了服从，其他没有多一个字。

常委各有各的分工。于发昌去了通信总站，那里损失也不小。

最后，袁总还要求各单位组织好人员，没有特殊情况，一律不准请假。

接下来，会是一场什么样的恶战？谁都可以想象得出来。

所有的部队已经出发，向"沟里"集结。

八

马邑龙和吕其身穿雨衣，不约而同地来到那片废墟前，两人隔着两米远的距离，就那样沉默不语地站在雨里。

这是天意！这四个字，又一次在吕其的耳边响了起来。

会议结束后，吕其找了一个没人的地方，和总部首长季永年通了两分钟电话，泛泛地汇报泥石流的大致情况，重点却落到小宾馆被毁这件事上。当话说到这里时，吕其颇有些动情，说小宾馆凝聚着首长的心血，每次看到小宾馆，就想到了首长。这些年，也因为这个原因，有人（他把这两个字咬得很重，他知道季永年猜得出他在说谁）想炸毁小宾馆的主张，始终没能如愿。这也是因为大家对首长有感情，才不忍心这么做，好不容易才将它保留下来的呀。没想到这可恶的泥石流……

季永年在那边握着话筒，一直没说话。直到放下，才说了四个字：这是天意！

的确是天意啊！小楼被冲得片瓦不剩。倒是让泥石流托举到远处山脚下的房顶，依然完好。更巧的是，山脚那片地基，就打算用它盖新的服务楼，也就是把小宾馆挪到那里去。这是巧合还是天意？好像就是有人事先安排好似的。难道冥冥中真有天意这种东西存在吗？要不怎么让对面这位老兄一次次遂心如意呢？

唉，吕其在心里重重叹了口气，瞟一眼马邑龙。马邑龙目光死死地盯在废墟上，并没留意他在想什么。

这让吕其又想起两个月前的另一件事。

"艾米莉亚号"升空前，总部季永年中将率工作组亲临现场指导发射。吕其找机会见了季副部长一面。他想搭一搭首长的脉，他七弯八拐地把话题引到马邑龙非要把那个九十度拐角拉直的问题上，并补充说，常委们持反对意见的居多（特别是他），认为小楼还是保住得好，从感情上讲，确实是舍不得。因为，这是老首长的心血，何况这座小楼见证了整个基地从无到有、发展壮大的历史变迁，也算得上文物级的建筑了。首长一直面带笑容地听着，两手放在沙发扶手上，手指轻轻地点着，不发一言。从头至尾首长都显得格外有耐心，中途不插话，不打断，也不把话题叉开，认真地听你讲完。等你讲完了，他该说话说话。但说的是和你前面话题无相关的话，他关心你的家庭：孩子学习怎么样？上几年级了？知道他的老岳父一直跟着他们，又问老岳父身体如何？还说了老岳父爱喝酒的事，问他现在的酒量如何？每到这时候，也就意味着首长接见结束，你就是跟首长再熟，屁股再沉，也不敢再坐下去了。该告辞了，首长该休息了。

但吕其知道，首长肯定是听进去了。但听进去后会怎么样，吕其还是吃不准。首长该不会是认为我还在为十几年前的事耿耿于怀，想借小宾馆的事，给他姓马的暗中使绊子吧？

那件事，吕其可能真的这辈子都忘不了，包括它的每一个细节。

那是一次发射任务前的例行检查。当时，吕其是某系统指挥员。当程序走到各系统检查时，吕其一昏头，就跳过一道口令，跃过一个中间环节，在本不该打开阀门时，提前下达了打开的指令。这时候，假如操作手头脑清醒，听出是误口令，他有责任及时提醒指挥员，把错误的口令纠正过来。但操作手也在那一刻昏了头，没有发现误口令，手就摁在了电钮上，将不该脱落的阀门真的让它提前脱落了，不偏不倚打在火箭发动机的大喷管上，砸了一个很深的坑。这件事被定性为一起重大事故。按理说，事故的责任应由两个人共同承担：指挥员和操作手。但处理的结果却不是这样，板子只打在吕其一个人身上，让他独自背了一个警告处分。

事后，马邑龙告诉说，这次处理意见是我提议的，也是我坚持要给你处分的。我认为你的责任比操作手大；一个指挥员，不该有这种失误，不然就不配当指挥员。

这家伙倒是直来直去。

可吕其不明白，马邑龙干吗要跟自己说这些，而且还说得这么清楚，是想让人心里记恨他吗？吕其没把这些话说出来，他说出来是另外一番话：马总师，你说的对，我接受处分，吸取教训。

马邑龙说，这个态度好，别背包袱，好好干，不要因为这件事影响后续工作。

吕其点点头。他想，我不好好干，还能破罐子破摔吗？何况我这罐子还没摔破呢！咱们走着瞧吧。

事实上，吕其的确没有因为处分影响了后续工作。他仍然十分努力。但是，如果不受这个处分，按正常走的话，吕其到年底时该调副团，衔、职、级全套"班子"跟着一起进。现在，这一切全没了他的份。

他心里的滋味可想而知。但他没让自己的情绪有一丁点的流露，而是咬紧牙关去干，并时时告诫自己别再出一点儿纰漏。这样到年底年终总结时，又是马邑龙提议，给他记三等功一次。这算什么？这不是打一巴掌又给一颗糖豆吗？立一次三等功奖一床毛巾被，能弥补受一次处分的损失吗？差远了。吕其没法领马邑龙这份情，他硬忍着没当场把毛巾被扔到垃圾桶里去。拿回家后，随手就让老婆送到街道去当救济品了。

这就是吕其和马邑龙当年的故事。

当推土机的引擎吃力地轰鸣和大呼小叫的人声混成一片时，吕其才发现自己走神了。

定睛望去，是一台推土机陷进了泥潭里，干吼着，在泥石里打滑，进不能进，退不能退，所有人都在一边呼着喊着，干着急，使不上劲。大家你一句我一句的，反倒让推土机手没了主意，眼看着机身在泥石中越陷越深，这把开推土机的小伙子吓得不敢动了。他正愣着不知怎么办的时候，车门打开了，有人朝他吼道：下来！就你这点尿水，你给我下来！

小伙子脸色蜡白地推开门，还有点犹豫下还是不下，结果被朝他吼叫的人一把拽了下来。

上去的是马邑龙。只见他握紧操纵杆，脚轰油门，先往左冲，不行；又往右突，还不行；便干脆来了个以退为进，挂起倒挡连退几米，然后停下来，运足气，铆足劲，一脚狠踩下去猛轰油门，只见推土机的巨铲卷地毯似的把半潭泥石卷起来，怒吼着向前拱去……

围观的众人像在礼堂里看演出似的鼓起掌来。

这小子，真有他的！问题是他什么时候学会开推土机的？吕其心里涌起一丝酸意。

九

袁总来了。他是从铁路那边过来的，气还没喘匀，就让吕其把苏晴找来。又朝四周看了看，问吕其：马邑龙人呢？

他呀，正在那边开推土机呢。吕其话里有话。

乱弹琴，这里是缺推土机手还是缺指挥员？

这……吕其还想说什么，却看见苏晴到了，他便把话咽了回去。

袁总，您找我吗？苏晴问。

瞅着苏晴一副小泥人的样子，又穿了件大雨衣，袁总禁不住又想笑，苏晴呀苏晴，你干脆改叫苏雨算了。

苏晴倒也大方：如果叫苏雨，能让老天爷放晴，我个人没意见！

吕其也跟着开起玩笑来：我看苏晴苏雨都不合适，该叫苏泥。

苏晴说：今天怎么了？我是得罪哪位首长了，怎么都看我不顺眼？

袁总说，我们这是惭愧啊，这么大雨天，还让你们这些女同志跟着来遭罪，于心不忍哪！

吕其也跟上一句说，是的是的。要不是人手紧缺，决不会让你们跟男同志一样累死累活。

苏晴说：首长有这份心，我们女同志就很感动了。首长，找我有什么指示？

　　袁总仰起脸问道，你看看老天爷什么时候能把这漏洞给我堵住啊？

　　苏晴也故意仰起头，十分认真地说：袁总，我可不是故意要给您泼冷水啊，这老天爷八成是睡着了，指望不上了！

　　袁总眉头拧成一个小疙瘩，看着苏晴不再说话。

　　首长，还有什么要问的吗？

　　袁总朝她挥挥手，让她走。

　　苏晴正要转过身离去时，差点迎面跟一个人撞个满怀：马邑龙。她几乎没认出他来，此时的他已经完全成了个泥人——一尊刚刚从模子中倒出来的泥塑！要不是他朝她一笑，露出一口她所熟悉并暗暗欣赏过多次的整齐的白齿，她简直会吓得跳起来。事实上，在四目相对时，苏晴愣怔片刻后，侧身从他身旁走过后许久，她的心都在怦怦乱跳，血呼呼地涌上面颊，心跳得快要蹦出来。有股熟悉的气味一下环绕过来，这让她想起最初一次接触这气味的时候。那时，军训还没结束，有一天，伙房断了煤，队里组织他们到一个深山老林去捡柴火救急。她捡了一大捆干柴火，硬是从山上背下来。她的肩从来没扛过东西，真不知那会儿哪来的力气。回来洗澡时，看见肩膀又红又肿，当时浑然不觉，后来却痛了好几天。就是那天上山，因不小心，脖子上扎了一枚刺，痛得她眼泪都出来了。乔亚娟搞了半天也没把刺弄出来。队长看见后，让乔亚娟给他胶布。他用胶布往她脖子上一粘，用力一拽，就给它拽出来了，只流了一点血。他问她疼不疼，她说不疼。是的，是不疼了。那是她第一次和他挨得那么近，身上的气味都嗅到了。她还记得那是一种很特殊的草香，也是一种让人嗅过后头会晕的气味。姚一平身上怎么没这种气味？不，我怎么能拿他和姚一平比呢？姚一平曾是你的准男朋友，而他呢？她意识到这一点后，脸"哗"地烧起来，心怦怦乱跳。她当时也这么下意识地把手摁在了胸口上，仿佛不摁住，心就要扒开胸门往外跳了。不过，让她想不通的是，那特殊的草香，一起停在鼻窦旁，只要她深深地吸一口，便能嗅到它。她不得不奇怪：气味还能像刺一样，黏在人的皮肤上，随着人走吗？她甚至还有个傻念头：如果可以，她愿意再被刺扎一下……当时，她还被自己这个傻念头弄得非常恼火，问自己说，你这是怎么了？怎么老想着他呢？不，不能！她明白地告诉自己……

　　刚才，他把推土机手吼下来那一幕，她也看在了眼里。真的，她没法不欣赏他做事的果断，好像什么事到他手里，都那么举重若轻，迎刃而解，轻而易举。从来没有他不敢做的事，也从来没有他做不到的事。不管她怎么不欣赏吕其，但刚才她脑子里闪过的念头，却与吕其想到的丝毫不差：这家伙什么时候学会开推土机的？你真的没法不欣赏他。

　　苏晴就这么心怦怦跳着走过那座已不复存在的小楼，不，走过那堆泥石覆盖的废墟，不知怎么，她突然为这座建筑感到惋惜，因为眼前这堆湿淋淋的泥石下，埋藏着她难忘的记忆！她不止一次，去过那里面。记忆深刻的那次是在一次庆功宴后吧，他就在那里邀请她跳舞，她拒绝了。她不是不会跳，过去她很喜欢跳舞，让自己的脚尖踩在音乐的节拍上，那是一种享受。她已经很多年不跳了。当然不是怕自己跳不好。是怕另一种东西，是的，另一种东西。究竟是什么，她心里很清楚。被她拒绝后，他脸上出现一丝的尴尬，是另一个年轻的女中尉主动走到他面前替他解了围。她看见他一只手拉着中尉的手，另一只手扶住中尉的腰……

　　想到这，苏晴恨自己一味地拿着劲，不肯给自己也不肯给他这样一个机会。为此，她恨自己的矜持，也恨他为什么在她拒绝的时候不强行或是命令呢？他是男人，为什么就不能再主动一点？她心里是愿意的，是渴望的，难道他一点看不出来？不，不能怪他，是你自己不好，你拿捏什么？矜持什么？大大方方就是了，跳舞又不是不会，你跟多少人跳过舞？怎么就不能跟他跳呢？她真的生气了，是生自己的气。

　　苏晴的视线不敢再盯那只手了。可奇怪的是，她把眼睛挪开，依然感觉那只手在自己的眼前舞动，一直舞着，就是闭着眼睛也能看见。她记得那天晚上是耐着性子将一首曲子听完才悄然地离开。后来，她又去过多次，只是再没碰见过他，她一人只能静静地坐在一个角落里享受那里面的音乐，让音乐从心里一遍一遍地搓过来揉过去，有时，竟把眼泪也搓了出来……现在，在她的脚下，这一切都不复存在了……

第五章

一

这几天，"沟里"变成了一个不折不扣的工地，到处是机器的轰鸣声、人声、嘭嘭敲打声，闹哄哄乱糟糟的。推土机咔嚓咔嚓地吞咬着泥石，大卡车把多余的泥石运往另一个地方，车辆来回在工地里穿梭，有些积水的泥潭被车轮子搅拌后，黏稠得像黑面糊，四处飞溅。

这会儿，苏晴正在路上走着，一辆大卡车刚巧路过，泥浆溅了她一身。苏晴忍不住要恼火，她才离开工地，刚刚脱掉那身溅满泥浆的迷彩服，换上干净的夏常服，准备去指挥部开会。这……这泥点子整个把清爽干净的夏常服涂抹成迷彩服了……她瞪着那辆大卡车，正想朝司机发火，这车怎么开的？没看见路旁有人吗？司机倒是知趣，主动把车停在路边，等着这位女上校上来训斥，伸出头一脸歉意地看着她。苏晴一看他认错的态度，知道他不是故意的，就算了，朝他挥了一下手，让他走，自己则蹲在路边，找有水的地方，用纸巾一点一点擦拭，刚擦到一半，一看表，没时间了，又慌慌地赶往会场。赶到时，会议已经开始，她悄悄地找了一个角落坐下来。

马邑龙正在讲话，内容是通报这几天抢修清理被泥石流破坏的场区情况，再向各单位布置接下来的任务。袁总的位置空着。据说袁总身体不好，这几天太劳累，把他的老毛病——心脏病累翻了。马邑龙的旁边坐着于发昌和吕其。苏晴看着他们的面容，都累得一副疲惫不堪的样子。有一会儿，吕其都忍不住打起了哈欠。他的哈欠声还挺特别，张开大嘴，半天不合拢，最后发出的声音，让人感觉他的哈欠打得十分过瘾。最后一项内容，才是气象中心预报明后两天的天气情况。苏晴刚从座位上站起来，没来得及说话，发射站站长朝她哧哧地笑，说：你来开会就开呗，干吗头上还戴花啊！她摸了一把头，泥浆已在头发上结了饼，像用多了发胶。她也嘿嘿地朝他傻笑一下，然后开始预报天气情况。当然，不是大雨就是中雨。说雨字的时候，声调特别重。她看到坐在会议中心主持会议的马邑龙，又下意识地端起水杯，她想，要是会场准许抽烟，他肯定是个抽烟的动作。苏晴知道，他一定在为那条新修的道路明天要浇筑水泥老天爷又不肯开恩而发愁。果不然，她刚这样想过，就听他问今天夜里天气情况。

难道他想连夜加班？夜里多云有小雨，比明天情况略好一些。苏晴大声地说。

接着，他真的问发射站站长，发动部队再加个夜班如何？

只能这样了。站长赞同他的意见。

个个都跟玩命似的！苏晴想。唉，也是泥石流闹的！这几天，哪天不是连轴转？哪天歇息过呢？当然，还有催命鬼似的"太白一号"。自打"太白一号"来了，这"沟里"就没安宁过。苏晴从会议室出来，往回走的路上，掰着指头数一发又一发的任务。她从没这样数过。从第一发同步卫星开始，一直数到正在准备发射的"太白一号"。数完后，她自己都吃了一惊。怎么能不吃惊？她居然参加过四十二发任务，如果"太白一号"再上天，就是四十三。更巧的是，四十三这个数，和她的年龄正好相吻。这世上怎么有这么巧的事呢？哦，真是了不起呀！一个人的一生，能参加四十三次卫星发射任务，谁能不为自己有这样的经历感到骄傲和自豪？父亲要是地下有知，也会为自己有这样的女儿深感荣耀吧！当年，她来这里时，从没想过这些。那时候，这里有多冷清？这冷清的山沟对她又意味着什么？她从没想过。那时候，她多傻啊！说自己是世界上第一号大傻瓜也不为过。当时的情况的的确确可以用一个"傻"字来概括。

军训结束后，她被分配到"沟里"的气象站。

很多人为她打抱不平。据说，去"沟里"的名额原来是她的同学罗顺祥的，到宣布名单时，却变成了她，而罗顺祥则去了首区的气象室。尽管后来都属于气象中心，可在当时，"沟里"和首区有天壤之别。对这里的人来说，首区就是城里，"沟里"自然就是乡下：一个穷乡僻壤，巴掌大的钻进去就很难出得来沟塈。为此，乔亚娟去找过罗顺祥，问他为什么这么做，你还是不是个男人？她回来告诉苏晴说，罗顺祥是一脸无辜的样子。罗顺祥也跑来找她，说这事不是他干的，他也不知道自己分到那里。苏晴告诉他我没怪你。他才将信将疑地走了。乔亚娟又要去找马队长，一定要弄弄清楚，看谁这么缺德。苏晴倒笑了，说"沟里"怎么了，我没觉得"沟里"有什么不好啊？乔亚娟说，你可真傻啊！为什么？苏晴问，进沟就是傻吗？乔亚娟说，难道你还愿意进沟？

无所谓。这的确是苏晴当时的心里话。那时候，真的向往"沟里"。因为她发现自己心里装着一个人，她也确信这个人心里肯定装着她，这种确信成了她进沟的"发动机"。所以，当她听说自己被分到"沟里"时，与所有的人包括乔亚娟以为的正相反：她心里充满着喜悦。

进沟后没多久，有一天，一位叫司炳华的人来找她。说他是替马师兄捎话给她，马师兄最近要回北京，问她有什么东西要带给家里的，有的话就准备准备，他给你带回去。

马师兄？哪位马师兄？苏晴不解地问。

噢，就是马队长马邑龙。

苏晴差点喊起来。她恍过神来了，这个叫司炳华的，她在教导队军训时见过一次。那天，课间休息，班长通知她，让她去队部，说队长有事找她。队长找我，有什么事？她一路走，一路想，还不停地笑，笑得非常甜美，那神情就像中学时喜欢上某个男生，心里老盼望见到他，而真正见到他时，心又怦怦乱跳。

就这样，她揣着一颗怦怦乱跳的心走进马邑龙的办公室。马邑龙把她找去，是想征求她军训结束后个人的打算。

打算？我……她似乎还没想过这件事。

马邑龙说他想听一听她自己的想法，有什么特别的要求没有。

要求？什么要求？……她怎么突然对他的话听不懂似的，脑细胞在那一刻都不灵光了，迟钝了。

他又给她解释，她才大致明白是怎么一回事。她只好说，我没别的要求，只要能干自己的专业就行。

她是红着脸走出他的办公室的，后来，她为自己的行为非常懊恼，以至于好多天，都在暗暗自责，问自己：为什么在他面前表现得如此糟糕？这太不像你了，你虽不是伶牙俐齿，那也不该连话都说不囫囵吧？在这种情形下，她根本不记得还有另一个人存在。其实，马邑龙的办公室不仅仅是他自己，还有另外一个人。她进去后，马邑龙还为他们互相介绍了，只是她没在意。所以，这位"师弟"给她留下的印象不是太深刻。也可以说，她根本没顾及这位"师弟"的存在。

这会儿，她对这位马师兄的师弟不仅平添了几许亲近感，还平添了几分歉意。

苏晴告诉司炳华，有呀，我要带些辣椒给我妈。说过后，心里美滋滋的，心想，这太好了，真是天意，马邑龙去了后，正好让我妈瞅一眼。她准会比欣赏姚一平更欣赏他。

当天，苏晴请假到五十公里外的小县城，买了一堆的土特产，什么木耳蘑菇花椒的，看上去蓬松松的一大包，准备让马邑龙捎回北京给她母亲。临了，还顺道去医院找乔亚娟，让她陪自己一起去找他。乔亚娟曾在电话里告诉过她，说她去过马邑龙的宿舍，在司令部干部单身楼里。说者无心，听者有意，这一点，苏晴记得很清楚，是单身楼，不是家属楼。要是家属楼，她就不会这么单纯了。最起码脑子里也会过一遍他有家什么的。

正值中午，乔亚娟在食堂给她打了一份饭。她们在宿舍用过午餐后，筷子一放，她就催乔亚娟快走。乔亚娟这时候才发现她拎着一大包东西，惊乍着说她真是神经病！人家回家跟老婆团聚，你凑什么热闹？你还不如拿邮局寄回去方便……乔亚娟说完，她没看苏晴，站起身来收拾碗筷。

苏晴却愣在她身后半天没动。当时的感觉像是胸口被人捅了一刀，不知道疼，血却汩汩地流出来。等乔亚娟回过身来，她已经提着东西气冲冲地出门了。乔亚娟有些纳闷：嗨，你生气了？你生什么气？你这个人真怪……

乔亚娟还说了些什么，她全没听见。脑子里空白一片，随即又乱成一团糨糊。她没理乔亚娟，拎着东西，只顾直冲冲地往楼下走……

乔亚娟追上来，一把抓住她，说：你再这么瞎生气我就不理你了。

你不用理我……她眼泪"腾"地涌了出来。

乔亚娟吓得说话都小声了：你这是干吗呀？我不就那么一说嘛，至于吗？我又没让你不去。我现在陪你去就是了。

不用。她忍住不让眼泪往下淌。

乔亚娟以为是自己的话说重了，伤着她了，所以加倍小心地赔不是，说好了好了，我以后不这么说你了，还不行吗？你就别哭了。现在我就陪你找队长去吧。

苏晴强忍着泪，说，不用了，你说的对，人家回家……我干吗去凑这个热闹。

瞧，我说对什么了呀？要是对了，你还能生气吗？

真的，我没生气。

还说没生气呢？没生气你哭什么哭？乔亚娟看着她。

我真的没生气。她这样说时，泪又开始流，仿佛她眼睛里挖了一口井。

好了好了，我陪你去，你就别再哭了。

她摇了摇头，真的不用了。我回"沟里"去。

乔亚娟不让她走，要她到她宿舍去。两个人在路上扯来扯去的。苏晴只好依了她，转身往回走。乔亚娟跟在她后面，一直内疚自己不该说这么重的话，伤她的心。我究竟说什么伤了她呢？她都不记得自己当时的原话是怎么说的了。事情过去很久，她还小心翼翼地问苏晴：那天，我到底说了什么让你那么伤心？苏晴说，没有，你没有。

那你哭什么？乔亚娟问。

我也不知道。苏晴说。

二

也是在那天，她们躺在一张床上，东拉西扯地说了一个下午，几乎全是乔亚娟说，苏晴听。其实，乔亚娟说了半天，苏晴就听懂她说她和王子萌恋爱了这一件事，其他的，她一句也没听进去。

看着乔亚娟浑身往外淌着蜜似的样子，苏晴心里酸楚极了。我呢，我算什么？她真想把心里的感受像大暴雨那样噼里啪啦地给乔亚娟痛快地倾泻出来。可她张不开口，她只能闷在心里自己慢慢地融解慢慢消化，然后让它永远地烂在心里。也是这时候，她才明白自己有多傻。这世界上，没有比你更笨更傻的女人了。跟姚一平分手时，也没给你带来这大的伤痛。而且，你怎么能这样去爱一个人呢？你怎么不搞清楚就瞎爱呢？还爱得这么深，爱到了想不爱都不可能的地步。怎么会这样呢？

这以后，很长一段时间里，苏晴非但无法在脑子里驱走这个人，反而变本加厉地想他。她根本做不到不去想他，每时每刻，只要一有空隙，他就像空气般钻进来，她拿自己也没办法。早晨醒来刚睁开眼，她就在想：他这会儿在干吗？他醒了吗？想过他后，又接着想他的女人：她是个什么样的女人？漂亮，贤慧吗？他们夫妻感情好吗？希望他们好，但似乎又不希望……她就这样不停地搗过来搗过去，仿佛是一副扑克牌，每洗一遍，都会出现不同的牌面。于是，她就一遍遍地洗，让它出现万种可能。就像天气，时风时雨，时阴时晴，没有一个定数，人就愈想弄明白，或心存幻想，好把变化能掌握在自己手里。

但现实很快把苏晴心底隐约的幻想打得粉碎。

那天，苏晴去基地机关出公差，事后，她顺便去军人服务社买些日用品。服务社是个小门市，日用百货食品全在一起，隔壁是理发室、信用社、缝衣店什么的。苏晴一进去，就看见柜台前站着一个女人，两个服务员都围着她说话。苏晴进去后，她们彼此相看了一眼，是那种相互打量的眼神，但双方微微都有些惊诧。那女子个头和她差不多高，人偏瘦，样子很"知性"，也很"小资"：驼色的呢子大衣里，上身套了件咖啡色毛衣，下身则是黑和咖啡相间的小格子裙；头发半长不短，尾梢上精心地烫过，带一点点小卷，随意地披散着，让这个漂亮又有气质的女人，又多了几分女人味。她看上去真的是让人很舒服。苏晴可以断定这个女人不是本地人，是外面来的家属。直觉还告诉她，她就是他的女人。

服务员过来问苏晴要买什么，苏晴让她拿了一瓶洗发水。苏晴还记得是蜂花牌的一种红颜色的洗发露。

那天，苏晴回到"沟里"后，突然觉得非常地绝望，她相信自己的直觉不会错。

偏在这时候，乔亚娟来电话了。值班员来敲苏晴的门，叫她去听电话。

苏晴拿起电话，"喂"了一声，乔亚娟那边就兴冲冲地射来一发炮弹：告诉你个特殊消息。想不想听？

狗嘴吐不出象牙来，你会有什么好消息！

乔亚娟却很兴奋：你猜谁来了？

苏晴马上想到了刚才的直觉，这让她心动了一下，但嘴里仍冷冷地：谁来了也不至于让你这么兴奋吧？

马队长他爱人来了。

他爱人来了算什么特殊消息？跟你我有什么关系？直觉证实了，苏晴的语调变得更冷并且带刺。

关系当然谈不上，不过那位嫂子长得可真漂亮，队长可真有艳福……

又不是你的艳福，你起什么劲啊，有毛病！苏晴"嘭"地将电话挂断。还骂了乔亚娟一句神经病！

苏晴非常生气，并且觉得乔亚娟很无聊。过后，慢慢冷静下来，又觉得挺对不起乔亚娟。

其实，乔亚娟这种反应很正常。乔亚娟像她一样对他除了崇敬，还比她多了一份特殊的感情：救命之恩。这样说，一点儿不为过。

是的，他对乔亚娟就是有救命之恩。

乔亚娟对自己的救命恩人怀有那样一份特殊情感，也是人之常情，我应该比别人更理解她。苏晴想到这里，又主动打电话给乔亚娟，说亚娟，进沟来看看我吧，我都快闷死了。乔亚娟说，别理我，烦着呢！苏晴说是不是还在生我的气？乔亚娟说，我生什么气，本来就是人家的出气筒。苏晴说，好朋友，当一下就当一下嘛，下次我当你的。两人在电话里打了半天哈哈，乔亚娟才顺过气来。

第六章

一

这会儿，小鱼刚从院子外一家烧烤店填饱了肚子回来，仍是无精打采的，觉得这里很没意思，要玩没地方玩，要同学没同学，再这样下去非得忧郁症不可。

胡思乱想着，没注意后面有人跟着她。他主动和小鱼搭讪，小鱼才扭过头来看他。他个头一米八几，留着刺猬头，从头到脚全是"耐克"运动系列，看上去似乎很老练。

他主动"喂"了一声：你好！

小鱼对不认识的人，从不搭理。

还记得我吗？

我们认识吗？小鱼斜愣了他一眼。小鱼就烦这种主动搭讪的男生，继续自顾自地走。

刚从外面回来吧？

小鱼还是不理。

我也是从外面来。

他走到前面，用身子拦住了小鱼。

小鱼站住：那又咋样？

我猜得没错吧？

你怎么知道的？

从肤色就能看出来啊！

小鱼看着他，眼神里有一丝好奇。

这里人又黑又黄，没你白。

谢谢！

你知道为什么吗？

你真没劲！

我告诉你吧，是紫外线！我妈特恨这地方。她说来一次，就老一次，花多少钱都修补不回来。你可当心点，别晒出老年斑。

谢谢关心，不必了。小鱼说。

我可是为你好！他还在小鱼后面吼，但小鱼没回头，继续往坡上走。

我知道，你叫小鱼！他又在后面喊了一句。

小鱼心里咯噔一下，步子也慢了下来，随着那声喊叫，小鱼感到有一种熟悉的东西突然被唤醒。他是不是……然后，她回转身，又不敢那么肯定地问，只是看着他。

二

清理和重建工作告一段落，一切总算恢复正常。火箭专列明天进场，指挥部决定，明天除了跟专列相关的岗位继续工作外，其他单位放假一天。

苏晴是这天傍晚回家的。好长时间没干过重活，连续几天劳累，不仅是她身体吃不消，就是年富力强的小伙子们，都有累倒的。最要命的不是活儿重，是这鬼天气捣的乱，时阴时晴，时雨时风，身上湿了干，干了湿，稍不当心，就受凉感冒。还好，苏晴坚持下来了。回家时，只是身上的衣服和人脏得不成样子。进门后，看小鱼不在家，她没急着去弄晚饭，倒是先打理个人卫生。洗完澡，把脏衣服扔进洗衣机，这才去阳台找小鱼。因为，苏晴好几次都在阳台上看见小鱼在楼下小运动场上，小运动场上摆着许多运动器械，小鱼常一个人坐在那个供人们锻炼腿肌的椅子上，一坐就是大半天。

果然，从阳台上，一眼便看到小鱼在那里坐着。不过，不是小鱼自己，身旁还站着一男孩。是谁呢？苏晴瞪大了眼睛，把头探出窗外，从三楼往下看，天阴，傍晚的光线不怎么好，但她没怎么费力就把那男孩认了出来。准确地说，是猜出来了。他的神情和眉宇间那种感觉都太像他的父亲了，而眼睛、鼻子、嘴巴却和他的母亲一个模子里刻出来。真想不到，他们俩会待在一起。他们什么时候认识的？就是苏晴自己，也有好几年没见这男孩了。这几年，他个子蹿得真快，比他父亲都要高了。小鱼和他站在一起，看上去还真有点般配。真不知道他们是怎么跑到一起的。难道他们记得小时候的事？小时候，他们经常在一起玩。在他们还不懂事的时候，两家大人经常开玩笑，特别是凌立，看见小鱼，就搂进怀里：小鱼，长大后给我们做儿媳妇好不好？小鱼傻乎乎地点头说"好"，逗得大人们全笑起来。那几年的生活多有意思啊！凌立带着龙龙来基地探亲，炳华是最高兴的，他再忙，也要抽时间赶过去看他们母子。有时，苏晴跟着去，她要没时间，他就带着小鱼去。小鱼也特别兴奋，知道凌立会给她带好吃的，好玩的，还有龙龙哥哥。小鱼总是跟着龙龙屁股后面跑，手里抱着布娃娃，而龙龙身上挂的全是大大小小各式各样的玩具枪。看着两个孩子的玩具，苏晴第一次体会到男孩女孩之间的那样一种不同。现在两个孩子已长大，可两个家庭又成什么样子了？苏晴不敢往下想，眼睛却盯着他们，有点进入时光隧道的感觉，那一切仿佛离得那么近，就像在眼皮底下似的。

苏晴对龙龙的熟悉程度，几乎不亚于小鱼。龙龙比小鱼早到两年。

就是她第一次回家探亲，也是第一次去见凌立，正巧赶上凌立妊娠反应。现在想起来，她仍感觉被一种羞愧包围。这种羞愧她无法向别人坦白，也无法向别人诉说，像亚娟这样的朋友都不行，那是她心中最隐秘的东西，只能把它们搁在心里像只虫子一样慢慢啃啮自己。她也不知道当时为什么会变得如此复杂，那一切是明摆着的，也是不可逆转的，她应该明智地往后退，不再往前走了，也不要抱任何非分之想，应该清楚那条路是走不通的，是死胡同，不会有出路。可是她就是固执己见，就是要试试看。她给自己找了一个合情合理的理由，那就是把司炳华捎的东西给那个女人送去，这个女人不会有感觉的。她要看看这个女人生活的环境，不，是他们俩共同的生活环境，她要看一看。至于看过后，会怎么样，她从没想过。那会儿，她就是被这样一个想法怂恿着往前走，想停都停不下来。

那是一幢古老的楼房，有一面墙，整个被爬墙虎染成了绿色，呈现出旺盛又蓬勃的生命力。那天，外面热烘烘的，但一进楼道，感觉有一丝凉意扑面而来，是房子自身的阴凉。地是木地板，紫红的油漆早被踩踏得斑斑驳驳，木板的纹路也裸露在外面。房顶很高，走廊光线不好，白天也需照明的那种，但它还是给人一种贵气，就像文物，好像待在这里有上千年似的。

他的女人把她让进屋后，从头到脚打量了一番，说，我们这是第二次见面了。

苏晴知道，她没忘记第一次在军人服务社擦肩而过的匆匆一面。苏晴还知道，这女人叫凌立。

凌立又笑道：那次见你，我心想，这是谁啊，这么漂亮。后来，又听说你就是"基地之花"。的确，他们冠于你的是名副其实的头衔。

要是别人这么赞美她，早起鸡皮疙瘩了，但听这女人赞美，她却坦然受之。她是想告诉他的女人，我比你一点也不差。可问题是，谁跟你比外表了？这有可比性吗？你这是什么心理，直到二十多年后的今天，她都没想通，自己当时为何这么浅薄。但她有一点是清楚的，如果这个女人不是他的女人，她们有可能会成为好朋友，就像她和亚娟这样的朋友。但，这不可能了。原因就是她是他的女人。她们只能成为对手。这也是她自己心里想的。人家可没说要跟你较量。你也没资格跟人家较量，想到这一点，她心里又像虫咬般难受。

是两间房，但中间隔一个过道，是单位给的。凌立在建筑设计院工作。

家，布置得简单大方，一看就是女主人的风格。没一点多余的东西，很清爽又很温馨，到处摆放着很艺术的雕塑呀花瓶什么的，花瓶也是个摆设，没有鲜花。那个年代，街上看不见一家花店。墙壁上挂着素描，画画是这女人的业余爱好。再就是照片。书柜里，桌子上，都摆着相框，里面全镶着两人的合影。苏晴在一张照片前站住，看得有点儿发呆。照片上的人臂膀相搂，对着什么东西开心地笑。这也是苏晴第一次看见他笑成这个样子。是什么事让他笑得这么开心？她这样想着，凌立端着泡好的茶进来了，便给她讲解这张照片的来由：是在香山，我们比赛看谁最先爬上山顶。是炳华抓拍的！我这里的照片，基本上都是他拍的。我和炳华是同班同学，清华大学建筑系的。

司炳华学建筑的，怎么也到了基地？该不会又是他鼓动去的吧？那他为什么没把自己的女人也鼓动去呢？这样的话，他们用不着分居两地。哦，分居好！当然要分居。正这样想着，心咚地一跳，很突然，就像那次上山砍柴脖子被刺扎了一下，但又不完全像。她真后悔到这里来，更后悔站在这地方。她不是有意的，她是为了看那张照片。看完后便一低头，结果就看到她不想看的东西：摆在她跟前的是一张坚实的双人床，上面罩着如油画般色彩的花布床罩，但床头的那边，明显地鼓了起来，不是鼓一个，是两个，也就是说，床头并排放着两个枕头，而不是一个。这说明什么？不用说，三岁小孩也知道它们是干什么用的。这样一琢磨更了不得，眼前一晃，仿佛那个咧开嘴大笑的人，从墙上走下来，躺倒在这张床上。她闭上眼睛，呼吸也变得急促起来，额头上马上沁出汗珠，把干净的脸都渗湿了。

凌立看了她一眼，问是否这屋里热，要不要开电风扇？

她又咯噔一下，马上说不用，我是赶路赶的，一会儿就凉下来了。她担心生怕被人看出来，赶紧没话找话说：你和马队长是上大学时认识的吗？但问了之后，又立马后悔。后悔的原因是，她根本不该问这句话，也不该知道他们的故事。

凌立很自然地讲起了他们上大学时的情景。他们都是毛泽东思想宣传队，经常在一起活动。邑龙会拉手风琴，私下里偷偷地拉《马刀进行曲》《花儿与少年》；炳华会吹箫，《苏武牧羊》被他吹得极其伤感。

苏晴轻吟一声。这让她想起前不久的一个夜晚。那个晚上，月亮出奇的圆润，隔着窗帘都能感觉到它的清澈、明媚，这样的夜，怎么能躺在床上呢？她就起来去外面散步，沿着门口清晰的像铺了一条绸缎带的小路朝前走，突然间，她听见清越如水的箫声从高高的山坡往下飘。苏晴想，这是谁？为什么这么晚不睡觉？他和我一样被月光撩拨得睡不着吗？那一个个时而起时而落时而又跳跃的音符，很难听得出吹箫的人忧愁还是高兴，她很想随着那箫声去找吹箫的人问一问。可她没有，只是慢慢地往前走，让箫声像月亮旁丝丝缕缕的浮云一样，环绕在她的身边。这之前，她一直不知道那晚上吹箫的人是谁。没想到，在这里找到答案。

凌立心情不错，一直不停地说他们当年的事情。她说她当年偷偷地唱《红莓花儿开》《莫斯科郊外的晚上》《山楂树》这些那个年代迷倒了一代人的歌，为这还差点出危险。有一个追求我的小男生，没达到目的，去学校革委会那里告我们唱黄色歌曲，搞封资修地下小俱乐部。她说，那一年，她才十七岁。

苏晴推算，凌立大概就比自己大个四五岁的样子。但从她脸上看不像有这么大。

我是悄悄地迷上他的，迷上他很长时间，他都不知道。凌立圆圆的脸上露出初恋少女般的笑容。

苏晴心里又"咯噔"一下，觉得凌立话里有话。

你觉得炳华怎么样？凌立往她杯子里续水时，突然又来这么一句，让她防不胜防。因为，苏晴从没想过这件事，只能不置可否地笑一笑。

这人啊，要慢慢地接触。凌立以大姐身份自居。不过，我了解我这个小老弟，他是个非常非常好的人。

苏晴没说话。心想，他好与不好跟我没关系。

凌立也意味深长地看着她笑。

苏晴仍不说话。虽然听清凌立在说什么，但她脑子老在走神。那两只枕头似乎老来纠缠她。她很是一根筋，怎么也想不通，他不回家，床上为啥要摆两只枕头。后来，她自己结婚后，才找到答案。在双人床上，摆放两只枕头，即使一个人睡觉，也意味着期待和预留给你的另一半。自司炳华走后，她仍然没撤走另一个枕头。她知道，她可能永远期待不到另一个人来枕它，把头靠在它上面，和她并肩躺着，但她心里永远没放弃这种期待。她仍怀着梦想。可在当时，她没有这种体验，也体会不到凌立心里的期待。

这时候，她要是拔腿离开就好了，就不会知道后面的事情了。可她没有，她坐在那里很舒适的样子。

气氛有点尴尬，两个人都感觉到了。凌立把水果盘和冰糕往苏晴面前推了推，见苏晴没动，她自己先捡了一枚青杏放进嘴里。苏晴怕酸吃不了。凌立说，有一天，你也会像我一样爱吃的。苏晴没听懂她的话，说我从小就怕酸。凌立便笑了，说我以前也怕酸，现在却馋酸的，想吃你们基地食堂里泡的泡菜，要是知道你来，我就让你给我带了。你知道吗，我怀孕了。

是吗？苏晴不知道自己吃了多大的一惊，只感觉头皮麻了一下，像挨了一棍子，把她心里的东西，也一棍子打扁了。好在她没完全失去理性，还记得恭喜凌立要当妈妈了。但恭喜完后，马上又憎恨自己的虚伪，自己的言不由衷，恨不得把胃里的东西全吐出来。她真的觉得胃里一阵阵地不舒服，像中暑一样，冷汗又开始往出冒，看凌立的影子，都是虚的，觉得自己两只鼻孔火烧一般。凌立问她是不是不舒服？她强忍着，说没有啊！可能是吃了冰糕，胃有点不舒服。凌立又问要不要吃点药。她说不用不用我该走了。她从那房子走出来的时候，很恍惚，也很忧伤，脑子里塞满了凌立的一句话："我怀孕了。"而她的视线早离开凌立了，可仍觉得还盯在凌立的肚子上，没拔出来。她看到的也不是什么宝宝，而是一枚钉子，是板上钉钉的那枚钉子。如果以前还抱着一线希望的话，那么，它在凌立宣布怀孕的这一刻彻底地破灭了。他们有了爱情的结晶，凌立要为他生孩子，生一个他们俩的宝宝……凌立要当妈妈，他自然要当爸爸。爸爸！妈妈！苏晴仿佛是第一次明白一个人要当爸爸意味着什么。

但苏晴不愿相信，她宁可相信，这是凌立在骗她……可她知道，凌立没骗她。凌立确实怀了宝宝……她不知道是嫉妒还是羡慕凌立。她说不清楚，也许两者并存，互相推挤，把她心里一堆复复杂杂的东西推挤着，比来之前更乱更堵更难清理。她都不知道怎么走出那个家的，凌立送没送她，又对她说了些什么，她全记不得了。她迷迷糊糊的，以至于下车后，怎么回家都不知道……

这一切过去多少年了？苏晴盯着楼下待在小鱼身旁那个从小宝宝变成大男孩的龙龙，这样问自己。

三

没叫小鱼回家，是想让他们多玩会儿。苏晴想，等饭做好，让龙龙也一起上来吃一点。他父亲肯定还在"沟里"忙着，哪顾得上他。苏晴心里又感叹起来，觉得像自己这种家庭的孩子，真是难为他们，连肚子都是饥一顿饱一顿。她真想好好地为两个孩子做顿饭。等她走进厨房，打开冰箱一看，冰箱差不多都空的，有两根黄瓜，因时间过长也坏掉了，还剩下两个西红柿和三个鸡蛋，倒有不少冻鱼冻肉，但化起冰来又是件麻烦事，没一小时折腾不出来。她手拿着西红柿犹豫起来：要不到外面去吃？对，这样好，想吃什么吃什么。

正这样想着，电话铃响了。是乔亚娟打来的，她让苏晴赶紧带着小鱼下楼。

你要干吗？

还能干吗。快点，车到你楼下了。

我还饿着肚子，上哪儿去？

知道你没吃的，才来接你。

哦，你真神啊，是你要请客？

王子萌请客，快下楼。

那我这里可不是两个人……

怎么？哦，我看到他们了，是不是还有马晓龙？我去叫他们。

苏晴换好衣服下楼时，亚娟已从运动场回来了，说是叫不动他们，都说不饿，不肯去。现在的孩子，根本不愿跟咱们吃什么饭，要吃只跟同学吃，我们家王童也这样。

可不是。苏晴嘴里答应着，眼睛却看着运动场那边，牵肠挂肚的样子。乔亚娟看她放不下，说那你再去请请看吧，说不定你面子大。

苏晴知道，小鱼对亚娟倒比自己亲热多了。连亚娟都喊不动，她就更别想了。她只是心疼他们，希望他们跟着去吃点好吃的、有营养的东西。人家不想去也没办法。算了，我们走吧。

车一直开到城里最好的一家饭店门口才停下来。苏晴奇怪地看了看亚娟，说，这么隆重，今天是什么日子吗？

乔亚娟看她一眼，有意轻描淡写地说，这几天干活不是累嘛，子萌想犒劳我们一下。

苏晴说好啊，咱们狠宰他一下，让他掏腰包时手都发抖。

行啊！乔亚娟很配合地拍了一巴掌。

在一个大包间里，王子萌和另外两家人，苏晴跟他们都很熟悉，也是过年过节时常聚一起吃饭热闹的朋友。

大家都落座后，苏晴挨着亚娟，亚娟左手是王子萌。王子萌又让两个男老乡坐在一起，说是好喝酒。

这一情景，让苏晴突然想到二十年前的这一天。也就是苏晴探亲回基地的第二个礼拜天，乔亚娟和王子萌在基地俱乐部举行婚礼的情景。

苏晴现仍记得，婚礼上，乔亚娟和王子萌穿了一身崭新的军装，胸前戴着红花，完完全全一个部队式的革命婚礼。桌子上摆着糖果、瓜子、花生、烟什么的，就像现在的座谈会一样朴素、简单。

只是婚礼结束后，他们借医院的小食堂摆了四桌喜宴才稍稍有些铺张。参加的人员大多是他们这批同学。马邑龙去了。他是他们的队长，当然得去。对，司炳华也在。婚礼上，司炳华还为他们拍照来的。就是吃喜宴的时候，苏晴和司炳华不知怎么坐在了一起，是一条长板凳上。当时苏晴并没觉得这有什么不妥，更没想到有人会过来开他们的玩笑。

那也是苏晴第一次认识于发昌。

当时，新郎新娘敬酒的高潮已过去，开始桌与桌互敬的时候，马邑龙和于发昌端着酒杯从主桌走过来，跟他们这一桌碰杯。大家都礼貌地站起来。突然，于发昌像发现了什么新奇的事，眉一挑，眨了眨眼，一会儿盯着司炳华，一会儿又把视线往苏晴身上移，说：什么时候喝你们的喜酒？苏晴知道他误会了，脸"腾"地红了，从面颊一直红到耳根，感觉于发昌那句话里，含着浓度很高的酒精，喷了她一脸，让她感到火辣辣地烧着一样。她本来不善言辞，这会儿显得更笨嘴笨舌了。而且，于发昌的话问得又这么含糊，究竟是问她，还是问他们两个？如果问她一个人，她就好回答，她的准男朋友姚一平已经吹了，新男朋友还没找到，一时半会也不可能找到，从何来的喜酒？于发昌看她窘成这样，倒没为难她，马上去拍司炳华的肩膀，说：小伙子，你要加油了！你在我们基地什么都是先进，就是这一步落到后面了！

当时，司炳华倒是大方，连连点头说要努力要努力！司炳华这么回答，也没什么错。可苏晴听起来怎么那么别扭？而大家的目光，全都聚集在他们身上，好像她跟司炳华就是一对恋人。

苏晴真的傻眼了。但站在那里还算镇静，只是不敢看司炳华一眼。她知道，哪怕瞟他一眼，可能还会造成司炳华对她的误会，以为她默认他们的关系，那时候，再长一张嘴也说不清了。这种事，是不能去多解释的，愈解释愈糟糕。想来想去，索性拿定主意认吃哑巴亏，让大家误会去好了，反正自己没那个意思。

让苏晴生气的是，马邑龙就站在一边，微微地看着他们笑，他明明知道大家误会了，也不帮她说句解围的话。他太清楚她跟这个姓司的什么关系，应该帮她澄清一下事实嘛，没必要站在一旁看笑话。

苏晴也生司炳华的气。你站在我的旁边，别人说什么，你不吭气就是了，你"是是是"什么呀？

苏晴还生自己的气。说真的，这也不能全怪别人，是你自己不长眼睛，谁让你一进来，看见有个空位，就一屁股扎了下去，也不看看旁边坐的是谁？

当然，最令苏晴生气的还是新娘乔亚娟。苏晴当时向她求援，使劲给她递眼色，希望她在这关键时刻替自己说句公道话。可亚娟不动声色，先是远远地看着她出洋相，后来，又过来咬她的耳朵：怎么样，他挺不错的吧？苏晴说，你是当新娘当昏了头吧，胡说八道什么呀！你以为你姓乔，你就可以像乔太守那样乱点鸳鸯谱吗？乔亚娟说：怎么叫乱点？不是挺般配的！

苏晴的手伸过去，狠狠地在她腰上掐了一把。亚娟没料到她来这一手，痛得直歪嘴。事后，亚娟告诉她，身上的肉都被她掐青了，王子萌还心疼来的。苏晴说，好啊，有人心疼下次可以下手再重一点。亚娟说，我有人心疼，你难道没人心疼吗？说着说着，又往那方向扯，苏晴赶紧摆手，让她打住，嘴上没说，眼里含着却是这样一句话：亚娟呀，你是真傻还是装傻，别人不知道也就罢了，可你该知道，我在感情上是个瞎凑合的人吗？！

万万没想到，后来，这一玩笑，竟成了事实。这当然是很久以后的事。

苏晴一直沉湎在回忆中，乔亚娟凑过来问她愣什么神？苏晴只好说：想你和子萌今晚该重温交杯酒。

说完，苏晴立即向众人宣布今天是乔亚娟和王子萌结婚二十周年的纪念日，无论怎么着，我们都该向他们表示祝贺！我提议，让他们一年喝一小杯如何？

乔亚娟瞪着苏晴，说你得替我喝啊！

苏晴说，别的酒可以替，这个酒替不了，要替你也得找子萌。

另一个朋友说：二十年，醉一次也值啊。我看还是这样吧，就喝两杯如何？但你们俩得喝交杯酒：一个小交杯，一个大交杯，你们同意吗？

同意！大家同声齐喊，还鼓掌。提议的人，让服务员找两只大一点的杯子来，要把二十小杯的酒倒进大杯子里，让他们分两次喝下去。包间的气氛突然空前地活跃。苏晴觉得很开心，她好久没这样开心了。

第七章

一

他累了，非常地累。这些天，他没睡过安稳觉。可谁不是这样？铁路、公路、高压线哪一样不用抢修？哪一样不需人来干？真是苦了大伙了，没有哪个不掉肉的，别说干活了，在雨水泥浆里泡久了，连铁都会生锈。有人累得吃不下饭，有的得了肠胃炎，发起了高烧，听说医院床位都住满了。还好，他倒是顶下来了，看来还是比别人有本钱。他用拳头擂了擂胸口，表示对自己身体上的每个部件十分满意。但这会儿，还是累，想眯一会儿，解解乏，可哪有时间？必须赶往技术阵地，一小时后，火箭专列就该到了。

再撑撑吧。他上车后，心里这么想着，呼噜声就响了起来。瞌睡这东西最会钻空子。从工地到技术阵地只需六七分钟，但小刘故意开得死慢，用掉整整一刻钟，最后是慢慢地停下的，都没什么感觉，可他一下惊醒，"哦"了一声，正准备要抱怨小刘为什么不叫醒他时，一看手腕上的表，没耽搁太多的时间，于是，拎上杯子匆匆下车去。不过，这一小觉很管用，精神好多了。一进门，他把手里的杯子交给一位参谋，让他泡杯热茶来，还特别叮嘱要浓的。他杯子里的茶，总是浓得像中药，苦得无法入口。过去，凌立就说他，喝什么茶，药都比它好喝。但他要的就这效果，提神！

换上工作服、拖鞋，往机房里走，边走边问各方面的准备情况。专列到达之前，火箭测试厂房的卫生、供电、供气、空调、降温和各种仪器设备必须准备就绪。供电系统怎么样，电压稳吗？这次泥石流，高压线被毁坏，是突击抢修出来的，他有些担心。

刚坐下来，他又问吊车试得怎么样？因为专列一到，吊车就得上去，把火箭转载到测试厂房，所以，试吊车、检查电路，不可忽视，这也是防止关键时刻掉链子。

发射站站长报告说，吊车电路系统出了点问题，怎么查都是好的，故障也不知藏在哪里。

"哦？"他坐不住了，起身就要去看一看。

周建明，他在哪儿？

已经到现场了。

他"嗯"了一声，很轻，没人听见，仿佛是"嗯"给自己听的。他"嗯"的同时，脑子浮现的是一米七一个头的小伙子，长得又黑又瘦，手指和腰细得都跟杨柳似的，还死能吃，就是长不胖，但脑瓜比谁都好使。他来自南京理工大学，参军后没多久，就干了一件让人闹心的事。但一个大学生，来部队一套军装都没穿烂，就这么不让人省心，还是少见的。据说，这小子有个同学，在某个城市开了一家工厂，用高薪聘请他去做高级工程师，说日子比部队好混多了。这对他来说，是个诱惑，但大学生到部队，有规定的年限，如果年限都干不满，谁考虑你转业？而且，这小子有个特点，钻研起业务来，那真叫削尖脑袋，不把那个东西钻通钻透，他是不会出来的。他一到基地，马邑龙就发现了这一点，似乎还有点似曾相识的感觉。他这是从周建明身上看到自己当年的影子。他年轻时候，也像周建明这样，背包里装的沉甸甸的全是一堆电路图纸什么的，到哪个单位，也不用介绍，进机房就坐下来，摊开图纸先跑电路图。有时，遇到人家排故障，那更来劲，主动参与他们的讨论，到吃饭的时候，跟人家一起进饭堂。这时，人家似乎才想起来问一声：你是谁？哪个单位的？光这样跑了有三四个月，笔记记了厚厚的一摞。所以，没有哪个单位的设备是他马邑龙不熟悉的，出了问题，人们都会想到马邑龙，一般都是手到病除。周建明也这样，一到基地，就把各单位跑了个遍。可是，这小子却不想在这里干了。

马邑龙让人把周建明找来。

比约定的时间晚到了五分钟，进办公室时，规矩不讲，推门就进，还叫他"马老板"，是个不知深浅的家伙！马邑龙第一次看见他时，就在脑子里刻下一道深痕。是在发射塔架上，忘记为什么事上去了。从电梯口上出来，视线就跟那小子撞在了一起：他坐在九层的铁板上，二郎腿高高地挂在一根横档上，两胳膊肘当支撑点，不知是晒太阳还是睡觉，简直没了章法，发射塔架是供人休闲享受的吗？不过，马邑龙那天心情好，放了他一马，没训斥他，只是走到他跟前点他一下，问：小伙子，你叫什么名字？他还不知好歹，虎着脸，拧着头，很理直气壮地应一声：周建明！马邑龙"哦"了一下，有人跟他提起过这个名字，是新来的大学生。但，再怎么着，也得懂规矩是不是！"嚯！够牛的，就算你叫周建明也不至于跷二郎腿坐在发射塔架上吧？！"周建明这才老实地收起腿，站起来。从此，这个叫"周建明"的小伙子，牢牢地刻印在马邑龙的脑海里。

这回，这小子也太张狂了。马邑龙没示意他坐，他自己倒一屁股坐在了沙发上。马邑龙也不搭理他，自顾自地玩电脑，他今天是打定主意要让这小子看冷脸坐冷板凳。

终于，周建明坐不住了，走到桌子跟前说：马老板，听说您找我？是不是也想做做我的思想工作？

马邑龙盯着电脑上的扑克，说，你是不是聪明过头了？

马老板，我劝你别费这个心，也别舍不得了，我决心已定。

马邑龙的眼睛仍不离开电脑，慢慢悠悠地说：你凭什么认为我舍不得你走？你听没听说过，离了谁地球都照样转？

那你是同意我走了？

对，不但同意你走，而且同意你现在就走。

他倒愣住了：为什么？

为什么？你不是说决心已定吗，我成全你。

真的？

你听过我说假话吗？

那我现在就可以去做准备了？

对！

那我什么时候可以走？

今天。现在。随时。

太好了，谢谢马老板。

　　马邑龙又不急不慢地一边玩扑克，一边说：可你别高兴得太早。今年的转业名单早已报过，你错过机会了，等明年的名额下来吧，明年我保证给你留出一个名额。现在反正也没任务，我批你假，你先回去好好地联系工作，如果找到了好工作，你就先那么干着，转业工作开始后，你回来办理手续走人，怎么样？

　　周建明眨巴着眼睛，哪里敢相信，世上哪有这么便宜的事情，再说，你一个人说了算数吗？

　　马邑龙哪能猜不出他那点心思，便哈哈地笑了起来，关掉电脑，说：你不相信我说的话是吧？说着，拿起话筒，当着他的面，直接给他的领导打电话，说我已经同意你们单位的周建明休假了，你们放他走吧。对，我同意了。

　　这回，周建明确信无疑了。

　　十个月后，周建明又回来了，好多人都以为他回来是办转业关系的，可奇怪的是，迟迟不见他的动静。一年一度的转业工作又开始了，他到底怎么办？是走还是留？有人请示怎么办？马邑龙说，你们觉得还有必要怎么办吗？他找过你们没有？如果实在不知道怎么办，就去问问他本人。马邑龙放下电话直晃头，说这帮小子，连脑子也不动一动，这是明摆着的嘛。

　　没过几天，周建明倒自己主动找上门来了，再也不玩世不恭了，人谦和多了，看着也舒服多了。还知道马邑龙爱喝茶，便投其所好，带了一盒"铁观音"。马邑龙转着茶盒子，左看右看。打开后，又凑上鼻子嗅了嗅，说，好茶！我可要尝一尝了。于是，从铁柜里拿出一套精致的茶具，又自言自语地说，这上班时间喝功夫茶是有点不像话，但偶尔一次，可以破例。而且，又是招待周建明同志，说不定该同志马上要成为老百姓，那我们就是军民关系了，算是招待茶吧。

　　周建明看着他，也不叫"马老板"了，叫首长了。他说，首长，你不觉得我还年轻吗，现在离开，对部队不是一大损失吗？

　　马邑龙洗完第一遍茶，又往壶里添水。他承认是损失，但部队工资低，没吸引力，谁能做到说某某人是人才，就给他工资袋里多加两张，让他留下来别走了。这谁也做不到。那怎么办？只好忍痛割爱！

　　周建明有些激动，说，领导，你真的认为我是人才吗？

　　马邑龙说，不是人才，我们会让你穿上这身军装吗？不提了！喝茶。真是好茶啊！你尝尝。看来，在地方是挣到钱了，这茶价呀，不下五六百吧？

周建明老实承认，是的。

马邑龙拍了拍手，高兴道：真是大老板的气派，一出手就这么大方。是不是怕我说话不算数？回来办转业怕办不成？你放心，我说话向来是算数的，答应你的事，一定给你办，除非你自己改变主意不想走了。

周建明说：领导，你猜对了，我真不想走了，您说我还能留下来吗？

这段时间，周建明到地方后，总觉得浑身不自在。地方上的人际关系复杂得简直让他受不了，从表面上看，谁都像是你的朋友，可谁又都不是，这么长时间，也没交上一个稍微过点儿心的朋友。周建明自己也纳闷，怎么会这样呢？是自己做人有问题吗？还是这些年过惯了部队生活，到地方后不适应了呢？他说不清楚。工资没少拿，可每个月不到发薪水的日子，钱就花光了，也不知怎么花的。更主要的是，一天忙忙碌碌的，应该充实吧，可心里仍然空落落的，好像是丢失了什么。思来想去，还是觉得自己天生就是块当兵的料，每天被人命令着做事情，或者给别人下命令，才是自己最适应的生活，才能真正感觉到自己存在的价值，地方的人有地方人的价值，但这不是我的价值，我的价值只能是在部队。

周建明说，这段时间，我有一种找不到组织的感觉。

嘿嘿！那你的意思是不转业了？这次你可得想好，想好以后就不能再变来变去了。我看，你还是不要马上决定，再想想，想好了再说也不晚。

周建明说：我已经想好了，所以才来找您的。

真的不再变了？

他坚定地点了点头。

马邑龙又说，我只能帮你协调协调看。

当周建明感谢完要离去时，马邑龙又叫住他，数出六张一百元，装在一个信封里：拿着吧，知道你家里需要花钱，这茶叶，算我的。周建明哪好意思，说什么也不接。马邑龙带点调侃的意味说，不用这么孝敬首长，首长知道你父母都是退休工人，身体不好，家庭负担重，还是多孝敬孝敬他们吧！另外，攒点钱不容易，还等着娶老婆成家是不是？

这时，周建明才坦然地接过信封，咧开嘴笑了。

二

当马邑龙走到吊车旁时，周建明从吊车上跳下来，说应该没问题，可以试车了。他告诉马邑龙是有个接口接触不良。

一试车，果然真好了。

马邑龙看周建明一脸的倦容，悄声问他怎么样，能顶得住吗？因为一会儿专列进场，周建明还要指挥装卸。

没问题！他拍拍胸脯说。

这句话和这个动作，又一次让马邑龙似曾相识。要不是周建明活生生地站在他跟前，他还以为那个兄弟返回人间来了。

他，就是司炳华。

马邑龙仍然清楚地记得，那次回北京是和凌立完婚。婚事办得非常热闹。大学时宣传队的同学都来了，吹拉弹唱，搞得像一台晚会一样热闹。但那天司炳华没有吹箫，他当了摄影师，他举着海鸥牌相机，给他们留下了无数精彩的画面。凌立对这些照片满意极了，每一张，都说要放大，要把它们挂到墙上去。

就是司炳华把照片洗印出来送到家里的这一天，马邑龙告诉他，基地在引进人才，问他有什么想法没有，当个军人也不错啊！

凌立反对说，炳华去基地干什么？你们需要建筑师吗？

但司炳华问马邑龙一个问题：你们那里吃什么，有大米吃吗？

马邑龙说我们主要吃大米。

司炳华说，那没问题了，我跟你走。当时，司炳华毕业分配时，出了点问题，被阴差阳错地分到北方一个小县城。到了那里后因水土不服，全身起了红疹，久治不愈，回北京求医来了，这期间正好赶上马邑龙和凌立办大事。

这就是司炳华参军的经历。

也是从那天开始，马邑龙对司炳华有了一种责任。

后来，当马邑龙发现有一双目光脉脉含情地望着他时，他不会没一点感觉。他在心里感谢她，也在心里对她表示过无数次的歉意。当他得知她和那位男朋友分手后，便开始悄悄策划她和司炳华"对接"的事情。在马邑龙看来，没有他做不成的事，就看你如何用心，用心用的到不到位，巧不巧妙。事实证明他是成功的。他安排他们第一次见面还是在教导队，军训结束即将分配的前夕，苏晴进他办公室时一点都没感觉。可见，他的安排是天衣无缝的。后来，苏晴走后，他问司炳华如何。司炳华又来了一句：没问题。但他以老大哥、过来人的身份对司炳华说：你一定要沉住气，装着啥事没有，而且，一定不要主动。就是见面，也要装着无意识的，甚至是冷淡。司炳华又来了一句：没问题。

后来，尽管苏晴知道她和司炳华是他一手策划的，生气也好，怨恨也好，但最后的结局还是令人满意的。只是那兄弟没福气，走得太早，本来这个家多幸福！要是炳华不牺牲，好好地活着，自己对苏晴也不会有那么多的歉疚了。他总是觉得自己这辈子都亏欠她的，这笔债是这辈子再加上下辈子都可能还不清了。

马邑龙很后悔那天把司炳华派去排故障。如果那天稍留点私心，就不至于让司炳华上去，也许不上去也就出不了那件事。

那段时间，司炳华的确是太累了。那次，是打一颗外星。马邑龙现在想起来，还一肚子的火。那个眉宇间透着盎格鲁'撒克逊人派头的、灰蓝眼睛里透着一股冷气的人又来了，还是个领军人物，简直像是故意找茬来了。一同验收过厂房后，对卫星厂房提出了一个特别苛刻的要求，说是他们的卫星待的地方，除了控制温湿度外还要求洁净度一立方米不得高于一万级。也就是说，人的肉眼看不到的尘埃，一立方米不得超过一万个。

解决温湿度不难办，难办的是一万级的洁净度，比医院的手术室要求还高。医院的手术室，空间小，而厂房长44米、宽28米、高12米，要净化这么大的空间，在国内没有先例。当时，把基地的头头脑脑们愁得肠子都打上结了。

真他妈的狠！好像只有他们的卫星是宝贝疙瘩，我们的卫星就是一个铁蛋蛋！许多人都在发牢骚。

但牢骚归牢骚，这是合同上白纸黑字写着的，基地必须按合同要求去做。是硬性任务，完不成也得完成，没条件可讲。就是趴在地上，也得一点一点地擦洗出来，而且必须让"洋鬼子"们挑不出毛病。这是基地总指挥季永年说的话。他还说我们要敢于走前人未走过的路，干前人未干过的事，我相信你们一定能按时按要求完成任务！

马邑龙和于发昌都表态，尽力完成任务！当时，他们一个站长，一个政委。

季永年摇着手说，不行，这个态表得太绵软了！不过。我不管你们态度如何，一星期后我带人先来验收。

马邑龙没办法，和于发昌商量，把这任务交给司炳华。当时，司炳华是勤务站站长。

三天后，马邑龙看到勤务站的干部战士，不论抓起哪只手，都被酒精泡得又红又肿，每双手都像熟透的石榴一样裂着口子，血糊拉碴的，肿得吃饭的筷子都拿不住。那几天，司炳华眼睛都抠下去了，吃饭时都能闭上眼睡觉。

说心里话，谁看见都忍不住心疼他们。

马邑龙对司炳华说，只要验收合格，我让你们全站睡够三天三夜。

仅用了五天的时间，硬是用酒精擦出了一个新奇迹，洁净度达到1万级。那个灰蓝眼睛验收后，连叫了几个OK！

接下来，是"洋卫星"进驻厂房。他们又来一个规定：凡是中方的人，一个都不得进入。那感觉跟防贼似的。可是，厂房交给他们的当天，给卫星通电的电路不知怎么捣腾的，又不灵了。马邑龙还说让他们睡三天三夜，就是一个囫囵觉都没睡成，司炳华又被提拎到厂房来，给老外们画电路图，说故障的原因，然后又仔仔细细地给他们标明故障点，让他们带着图纸进去检修，可检修了半天，仍不见好转。在万般无奈下，他们只好退一步，把司炳华请进去。

司炳华手到病除。

那段时间，简直邪了门，让人一点也不省心！没过几天，卫星加注间的电动大门又发生了故障，它停在门栏中央死活不能启动。如果不及时修复，将威胁卫星加注间的安全，也影响火箭如期发射。这道门有九米高，人要上去风险性是不可预测的。有好几个人请战，司炳华也在内。马邑龙思来想去跟于发昌商量，决定让司炳华上。于发昌只好点头同意。马邑龙把司炳华找来，征询他个人意见时，司炳华又说，没问题！

那上面，非常狭小，只能待一个人，就是作业时间长了，想换人都挺麻烦。司炳华上去后，连续在上面窝了三个多小时才将故障排除。就在他检修完电动机爬行返回时，不幸将门罩框架底板踏落，人猛然失控，重重地摔在水泥地面上。马邑龙每凡到此，思绪就会戛然而止，眼眶会一点点地洇湿，心会剧烈地痛起来。他想，他永远都无法忘记这惨不忍睹的场面。

他不想离开这个基地，多多少少也有这方面的原因。他想自己无论如何应该留下来，只有留在这里，那位好兄弟的灵魂才不会孤单。当然，他留到今天还有别的因素……

从那之后，马邑龙连听见风声，心都会跟着一颤，因为，他总是联想到箫声。这个地区，除了雨季，还有风季，风季也叫旱季，雨则少得可怜。只要天上出现一丝云，就会被风刮跑。那时候的风，非常厉害，也非常特别，尤其在夜间，只要从窗前掠过，它总带着一种自然的音阶，像是箫声似的轻缓、悠然、恬淡、纯净，仿佛有意要来拨动你深埋在心底的那一根弦。他们还在上大学的时候，他就经常听司炳华吹箫。那时候不知是年轻还是别的什么原因，对箫声很难产生共鸣。真正有了共鸣，又觉为时晚矣。最后一次产生学箫的念头还是凌立带着龙龙来基地探亲时提出要去司炳华家看看。去了后，又非得要求司炳华吹箫给她听，说是好些年没听见他的箫声了。那天，司炳华吹了《梅花三弄》，又吹了《秋江夜泊》。也是那一天，马邑龙心动了，他没想到幽幽的清音，会这么沁人肺腑。他一定让司炳华教他。司炳华答应了，并把自己最喜爱的一管箫送给了他。可惜的是他没学会，只会弄出一点响动，司炳华就出了事。

送司炳华走的那天，他本想把箫留下来作个纪念，看见它时也有个念想。但转念一想，还是觉得物归原主的好。他又将箫烧还司炳华。那箫是竹子做的，点上火时，便爆出噼里啪啦脆裂之声，如同点燃一串鞭炮，居然带着一种喜气。可他怎么能喜得出来？倒是更悲伤了。他久久地举着那把箫，像举着一把火炬，仿佛要给那位去了另一世界的兄弟照明。于是，他在心里一遍一遍呼喊"司炳华"三个字，视线却越来越模糊……

这会儿又什么都看不清了。他眨巴了一下眼睛，问自己是怎么搞的，竟然这般脆弱起来，不就是周建明回答了一句"没问题"吗？你想这么多干吗？！

这大半天，马邑龙都是在测试厂房度过的。当火箭这个庞然大物安安静静地躺在测试厂房后，最后，两家还要进行一个小小的交接仪式，大伙习惯叫它"交底会"。也就是"交"出火箭出厂前的老"底"：有一说一，有二说二，不隐瞒，不掩藏，让基地这方操作人员掌握情况，心中有数。而且，火箭经过漫长的旅途，可能会出现新情况。这时候，角色也有变换，基地成了第一岗，对火箭进行全方位的检测，对每个螺丝钉都要按技术指标过一遍，看看质量是不是过关，看看是不是"零故障"。一丝一毫的疑虑都不放过，每个零部件都要达标，决不能带一丝隐患上天。所以，检测过程中，是愈"挑剔"愈好，挑到的毛病愈多愈好。也因为对质量严要求，这些人，一个比一个较真，一个比一个苛刻，一个比一个难说话，甚至为一个故障，能吵翻了天。但他们的目标是共同的，只有一个：成功！

　　这一天，马邑龙回到家时，已是深夜十二点。

第八章

一

　　上街前，苏晴是高兴的。她担心后面任务忙起来再也抽不出大块时间陪小鱼了，所以，她决定利用这个休息日，好好带小鱼去街上逛逛，买些她需要的用品。为此，特意多装了一千块钱，把钱包塞得饱饱的。这种情况已不多见了。她已经很久没有去逛商场，好像也没了过去的那种热情。

　　小鱼只要两样东西，苏晴鼓鼓的钱包一下瘪了下去：书包和鞋。是名牌，书包价位差两元五百，柜台小姐说这是打完五折后的价，也就是说，原价要一千来块钱，美国的一个牌子。苏晴心里嫌贵，可见小鱼拿着它爱不释手的样子，她只好说服自己，反正书包天天用，买好的也是应该。书包买下后，到了"耐克"专柜，小鱼又走不动了，又看上一双鞋，穿上舍不得脱，在镜子前晃着脚左右地照，非常喜欢的样子。苏晴一看价码：八百八。问小鱼是不是想要，小鱼点点头。苏晴只好咬牙让服务员开单子。她想讨好小鱼，想讨小鱼一个高兴，一个笑脸。但她还是没达到目的。小鱼拎着书包和鞋，并没像苏晴期盼的那样：欢喜，高兴！小鱼的脸上，仍让苏晴觉得悬着一个低压槽，冰冷的前锋深深地嵌进高压脊下，看得苏晴心里冷飕飕的，忍不住地问：这个一脸冰冷的女孩是我的女儿吗？小鱼小时候爱生气，动不动把小嘴撅得老高，但苏晴和炳华都有办法让她马上笑起来。这太容易了，只要呵她痒痒就可以。她身上长满了痒痒肉，只要她看见他们把手放在嘴前呵气，她就开始条件反射，躲得远远的，一边躲，一边咯咯地笑了，要是再追她两步，她早笑成一团，蹲在墙角上站不起来。因此，这个家常常飘荡着笑声……去胳肢她，还能让她笑吗？隔了这么多年，她已经伸不出手了。这一切随着炳华的离去而离去了。不，这跟炳华没关系，有关系的是苏晴自己。她不该将小鱼像件礼物一样送给奶奶。为这件事，苏晴把肠子都悔青了。

就是司炳华出事那年。当时，苏晴为奶奶着想——自打小鱼出生后，苏晴就跟着小鱼喊婆婆奶奶了——奶奶痛失长子，几乎要了她的命，处理后事的那几天时间奶奶黑发变白发，一下苍老了许多。苏晴担心她回老家日子会很难过。在办完炳华丧事的那几天，苏晴发现只有小鱼能给奶奶带去一点欢乐。小鱼给奶奶背儿歌，扭着小屁股跳迪斯科，像开心果一样，奶奶欢喜得把小鱼搂进怀里心肝宝贝地叫，眼里的悲伤好像都淡去了，笑容也出来了。苏晴这才做出决定，让奶奶把小鱼带回老家过一段时间，让小鱼陪她度过难熬的日子后，再把小鱼接回来。奶奶别提多高兴了。其实，苏晴心里哪里舍得放小鱼走，只是话说出去了，像泼出去的水，不好不作数。苏晴忍痛割爱。万万没料到的是，这一"割"，小鱼就在奶奶家待了整整十年时间……

十年啊！别说一层冰，就是一座冰山也可能冒出来。何况感情这种东西，是经不住时间打磨的。

想靠逛一趟街，给人家买两件喜欢的东西，就能破冰，把失去的情感换回来，未免太天真了。就是换取一个笑脸，都很困难。连一点点喜形于色都没看见。当然，她没有怨怪小鱼的意思，只是因摸不透小鱼心里那层冰有多厚而心生惆怅。

从商场的五楼下来，苏晴又带小鱼去买了两件内衣，她把自己早就相中的那件紫红色、光滑柔润吊带真丝长睡衣拿在手里看了又看，最后还是放了回去。是钱不够了，一千多块钱几乎花了个精光，连午饭都凑合着吃的。原打算带小鱼去吃野山菌火锅，吃不成了，只好改吃简单实惠的小吃。

二

母女俩吃完饭，钱包里的钱，就只够坐公交车了。

得过马路，往对面走，那边有直接开往营院门口的公交车。

天阴着，灰灰的颜色，进入雨季后，太阳像个鬼一样躲起来见不着了。

快到车站时，苏晴听见有个声音朝她跑来。她知道是谁，便回过头去，于是看见阿宝像只企鹅似的朝她摇晃过来。

阿宝是基地一个高工的儿子。七岁那年，父母亲都进沟执行任务，阿宝就由奶奶照看。一天夜里，阿宝发起了高烧，奶奶没能及时送他去医院，到第二天上午，高烧便把阿宝稚嫩的脑浆烧糊了。阿宝跟小鱼一般大，个头很高，却不会说话，只会简单地"啊呜"两声。在大院里，阿宝只要看见苏晴，总会"啊呜"着跑过来，苏晴就会从包里摸出一块巧克力或一小袋饼干什么的递给他，如果包里摸不出吃的，就给他一点零花钱，让他自己买去，阿宝便高兴得手舞足蹈。大院的孩子们，不论大小，男孩女孩都很让着他，很少有人欺负他。那会儿，阿宝远远地看见苏晴和小鱼从对面走过来，十分高兴，"啊呜——啊呜——"地叫着朝她们跑来。就在阿宝快跑到苏晴跟前时，自行车道上一辆三轮车速度飞快地骑过来，一下把阿宝撞了个四仰八叉。

苏晴脑袋"嗡"了一声，嘴张着半天合不拢。正要赶过去扶人，那个三轮车主一看阿宝躺在地上的情势，吓得直想逃窜。苏晴眼疾手快，一把将三轮车拽住，不让他溜掉。

那人很胖，肥头大耳，两个苏晴绑在一块，怕也不够他半个重。他见有人拽他，一下就急了，拼命想逃走，用力一蹬车，将苏晴拉出去好几米远。最后，蹬不动了，才从车上跳下来。

你找死啊！车主朝苏晴吼叫。

苏晴不理他，只死死地拽着三轮车不放手。

一边叫小鱼，一边找交警。

车主急了，说，你放手！谁让他瞎跑？这是自行车道，不是人行道。他一个傻子，不在家待着，在大街上来回瞎逛什么？

苏晴不理他，也不撒手。

放开！不放我就不客气了！

苏晴紧紧地拽着三轮车的铁架，死活不松手。

行人渐渐地围上来。

我看你跟他一样是个傻子，你让他上街不是找死吗？我不撞别人也会撞的！车主说。

苏晴还是不理他。

他像头暴怒的黑猩猩，急得团团转，就差要跟苏晴挥拳头了。

松开！你不松是不是？他心里很虚，想尽快逃脱。

小鱼她人呢？跑哪去了？

苏晴正着急呢，小鱼出现了。苏晴问她阿宝怎么样？小鱼却不急于回答，而是冷冷地看了那车主一眼。那人好像突然被小鱼的长相吸引住了，居然咧开嘴笑起来。小鱼不屑地转过头，又用极冷的口吻对苏晴说，算了，让他走吧！

阿宝也挤进人群，又朝苏晴"啊呜啊呜"地叫，好像和平时一样，没什么事。

苏晴的两只鼓着气的手，倏地泄掉气一样，软了下来。

那三轮车主松了一口气，骑上车就跑，边跑边骂骂咧咧，把阿宝当成苏晴的儿子来骂。

小鱼很不高兴，等看热闹的人散去后，小鱼说：以后遇到这种事你就少管，跟这些人较什么真？！

苏晴心里"咯噔"一下，不解地看着冷静又冷漠的女儿。

阿宝站在苏晴旁边用手比划了比划，"啊呜"地叫。苏晴无奈地朝他笑，替他把沾在衣服上的灰尘拍掉。再抬起头时，小鱼已从她的视线里走开了。苏晴看着小鱼的背影，仿佛看到另一个人的影子。她走路的姿势、神态，简直太像他了，苏晴想。可她的父亲，从来不这样和我说话，也从来不这么冷漠。不，刚刚相反，她父亲是喜欢助人为乐的。不是吗？苏晴眼睛望着渐行渐远的那个小影子，思绪仿佛被扯住一样，跟着那个影子走得老远老远……

三

第一次对司炳华产生好感，的确因为他的助人为乐。尽管事情非常凑巧，就像事先安排好的一样，也许事先安排也安排不出这么巧的事来。因为，谁知道她下山时会摔一跤？

那天下午，她是去发射场旁边一个小预报点收集资料，下山都走了一半路了，突然被一树杈绊住，身子一歪，脚一拧，哎哟一声，屁股就坐了下去，右脚踝痛得再也站不起来。苏晴心想，怕是骨折了。更糟的是，挨近傍晚，四周的山一层一层地往下阴。山沟里的夜晚，总是比城市来得早，只要夕阳从对面软塌塌地铺满一山头，夜幕很快就迅速围攻上来占据地盘。那时候，不像现在，人人身上带着手机，打个电话找人帮忙都不可能。苏晴只好咬着牙，忍着痛，一步一步往山下挪。可右脚哪里使得上劲，又加上害怕，山一黑沉下来，就阴森森的，很恐怖。据说这山里有凶猛野兽，毒蛇的厉害她也是亲眼见到过的……她都不敢往下想了，愈想，心跳愈快，汗毛全立了起来。要是脚没坏，她会拔腿往山下跑。左前方就是发射场，每次经过那里，都能看见站岗的哨兵。这会儿，她真想朝哨兵喊叫。可距离太远，他们能听见吗？苏晴试着喊了几嗓子，也不见动静。她忍着疼痛，鼓励自己坚强地站起来，一跛一跛地往山下挪，挪了两步，痛得一身虚汗，又一屁股坐了下去。

痛得她眼泪都流出来了！

流泪也要站起来。但脚实在太痛，痛得她站也不是，坐也不是。算了，不走了。有老虎，就喂老虎。她一脸绝望地坐在半山坡上。

月亮像一条蚕似的从山头上爬出来，瘦瘦的，一点也不可爱。

又不知过了多会儿，就在她挣扎着想再次起身时，朦胧的月色中，她看见一个影子撞进模糊的视线里。

会是谁呢？是哪个赶夜路的山民？

不像。

来人越走越近，是他！居然是他，怎么会是他？他是特意来"救"我的吗？他怎么知道我被困在山上？不，也许是碰巧，也许他正好路过发现我了？

苏晴管不了这么许多，她大喊着跌跌撞撞扑过去。

一切后来的故事都始于这一刻。

没过两天，小道消息传开，说苏晴和司炳华公开恋爱了，好像他们早就恋爱似的；更有甚者说是他们要发喜糖了。那几天，凡是给苏晴打电话的人，都必问：什么时候喝你的喜酒啊？苏晴纳了闷，说我有什么喜酒可喝吗？问他听谁说的，对方又支支吾吾起来。苏晴也不知道，谁在传播这么不靠谱的事。有爽快的人干脆说，听说你和司炳华很亲热。

苏晴想，可不是？他背我下山，背我去卫生所，等医生处理完又把我背回宿舍，能不叫亲热？可苏晴知道，事情仅此而已，但谁会信？在这山沟里任何这类事情都会成为大新闻。看来，你是跳进黄河也洗不清了，苏晴想，但是，别人没数，你自己还能没数吗？你除了接受人家的帮助，除了感激人家，并没其他的呀！

走自己的路让别人说去！苏晴这会儿觉得但丁这句诗确实有用。

乔亚娟给她打过两次电话，半字不提这件被传得沸沸扬扬的事。倒让苏晴有些奇怪。乔亚娟只告诉她，这个星期天，进沟去看她。

乔亚娟来了，还带来了王子萌和罗顺祥。当时，苏晴右脚还没消肿，走路还是跛的。乔亚娟看她忙乎着招待他们，便命令她上床歇着去，说我们自己有手，你什么都不用管。

乔亚娟连吃的都带来了：新鲜的排骨。说是要熬一锅汤，一会儿涮火锅。她利索地插上电炉，把排骨洗净，放在一只大盆上开始炖汤。两个男人插不上手，光知道抽烟说话。一缕阳光正好从窗子里照射进来，能看见淡蓝色的烟雾和密集的灰尘轻柔地曼舞。乔亚娟嫌他们污染空气又碍手碍脚，让他们出去抽，顺便到小卖部再买些酒水回来。她一边撵他们一边朝苏晴挤眼，不把他们撵走，咱们哪有机会说悄悄话啊！

苏晴猜想所谓的悄悄话，是她结婚后的感受，她大概迫切需要有人和她分享幸福。但苏晴猜错了，她只是淡淡地说了一句"有家真好，你也赶快结婚吧"，然后马上切换话题。她先神经兮兮地问苏晴发现没有，罗顺祥看你时的眼神不对。苏晴瞪她一眼：你瞎说什么？我们是同学，要有早该有了。亚娟用勺敲了一下盆边说，可不是，让他剃头挑子一头热，不理他！苏晴又睇她一眼：别胡说，人家也没热啊。亚娟嘿嘿一笑，说那可不一定。只不过你和司炳华一成，他只能单相思一头热。

苏晴傻了，眨着眼，大起声说：谁说过要跟司炳华成？原来连你都认为我和他有事？

乔亚娟也提高嗓门道：怎么不成？你们很合适啊！就是马队长也这么认为的。

不提他还好，一提他苏晴更上火：你们爱怎么认为就怎么认为吧，嘴长在别人身上，爱怎么说怎么说去。

锅开了，汤要溢出来，乔亚娟赶紧打开盖在上面的菜板，用勺子搅了搅，肉香味漫了开来。

忙完后，亚娟放下勺子，索性坐到苏晴床上来，盯着她的脸，看了好半天：

这么多人为你操心，你不觉得你很有面子吗？

苏晴轻哼一声：我才不领这份情呢！

你知道为什么把你分到"沟里"来吗？

不知道，你知道？

乔亚娟笑了，笑得意味深长。

苏晴用那只好脚踢踢她。

但你得保证知道了也不生气。

你说就是了，提什么条件！

亚娟将自己知道的一切都连锅端出来，说给苏晴听，苏晴这才知道自己为什么和罗顺祥调包。都是那个人一手策划的，难怪她回北京连凌立在她面前都不停地提司炳华，看来全天下的人都在围着这件事转，只有她一个人还蒙在鼓里。他为什么要这么做？谁给他这个权力？她感觉血在上涌。

你们这些人真可恶，合起伙来算计我！

别昧良心说话，这是算计吗？

苏晴鼻子里哼出一丝冷气：好，不是算计，是做好事，好心；是成人之美，天赐良缘，我应该感恩戴德……你们是不是希望我这么想？

亚娟惊喜地：是啊，就是这么想的，你同意啦？

苏晴冷冷一笑：呸！没门！

这时，门开了，苏晴看到进来的不是两个人，而是四个人，除了王子萌和罗顺祥，在他们身后，还站着两个人：他和司炳华。

四

说曹操曹操就到，那是他第一次到她的宿舍。她一时间措手不及，手都不知往哪儿放好了。他倒反客为主，让苏晴躺在床上别动，不用客气。又解释说，他和司炳华正想找吃饭的地方，在路上遇见子萌和顺祥，说你这里准备了好吃的……听炳华说，你把脚摔坏了，我也想来看看你。好点没有？这伤筋动骨一百天，可急不得，得有点耐心才行啊！他自说自话地说了一大通。苏晴听完有一丝丝感动。但转念一想，这，是不是又是他的策划？这火锅，这些人，会不会成为他策划的道具？

其实，是再简单不过的火锅。在浓浓的排骨汤里，加进去一些蘑菇、土豆、白菜、粉丝，大家围在一起，抢着吃，味道鲜美极了。再就是酒。大家都喝，就苏晴不喝。都劝她喝一点，喝完脚就好了。苏晴不再坚持，说喝就喝。这是她第一次喝酒。以前她从来不碰酒。她不喜欢酒的气味，感觉辣乎乎的。现在真喝开了，才发现其实酒没那么可怕，它只是能让你因为它改变点儿什么，比如让你变得不想说话，或者让你变得滔滔不绝。这就是苏晴第一次喝酒的感受。

时光被火锅和酒的气浪推撞得快速起来，一小时一小时地过去。

苏晴觉得辣辣的酒下肚后，又返回到脸上，整个脑袋像着火一样烧得不行。乔亚娟则不同，她是个有酒量的人，喝多少她都清醒，她甚至还想着时间，怕误了班车。班车是上午十点进来，下午三点又出沟去。离三点还差一刻时，乔亚娟急了，碗筷一扔，让大家快点，要误班车了。又看着司炳华，想说什么，又没说。

他们一个个全都扔下碗筷，起身要走。

只有马邑龙不着急，镇定自若地交代司炳华像交代工作一样，你离得近，先留下，帮小苏打扫一下卫生，我们就先撤了。他又转身对苏晴说，你腿脚不方便，有什么重活，尽管叫他，他反正一身力气没地方用。

对对对，让他干点活，别闲出毛病来。乔亚娟在一旁帮腔。

一切都似乎合情合理，顺其自然，不像有意"策划"。苏晴能说什么？好像说什么都挺见外，挺虚伪的。再说，人家又没说过头的话，也听不出有别的意思。你要是不听从他们的安排，反倒显得你心里有鬼。

司炳华更是走不出这道门了。他们分派他的任务，他能不完成吗？他站起来要送他们一程，也被乔亚娟拦住，往屋里推，说不用了，你赶紧忙你的！苏晴，我们走了啊！有什么事，打电话。

苏晴坐着没动，就那样看着他们离去，心里没有失落，脸上一派麻木。接下来，她要是打住，不再继续就好了。可她没有。

都是酒惹的祸。

不，酒真是好东西，能改变你好多好多，甚至一切！

司炳华送他们到门口，又踅了回来，他朝苏晴摊了摊手，便要开始收拾这乱糟糟的一大摊。

苏晴说，现在不收。

他看着她。

她朝他友好地笑了笑，觉得发麻的舌头这会儿又灵活起来，简直像换了一个人。突然，她向司炳华挑战说：来。坐下吧，我们俩继续喝，怎么样？她拿起没喝完的半瓶酒。

司炳华说：不喝了，喝不动了。

不行！得喝。

司炳华挨着她坐下：你还行吗？

谁说我不行？

那少喝一点。他拿起大半瓶酒，往她那只军用大瓷缸子里象征性地倒了那么一点点。

不够，再来一点。

他又加了一点点。

抠门，再来一点。苏晴说。

他又给她一点。当他侧起酒瓶时，苏晴就把酒瓶夺了过去，说，我们俩分了吧。她先往自己的杯子里倒，剩下的倒给他。

苏晴举着杯子，问：分几口喝？三口！

司炳华响应了：好吧。

两人都非常豪爽、干脆起来！喝得又猛又急，好像现在喝得已不是酒而是水。

她明明说分三次的，可一仰脖，一半下去了。司炳华不甘落后，看了看她，端起杯子也下去一半。

他伸了伸脖子，说我不喝了，我再喝就干不了活了。她说不行，要喝完。干杯！不等杯子碰到一起，她又把剩下那些酒，全喝了下去。喝完，笑，忍不住地笑，一直到笑得神经失控，收不回来。笑了很久，快笑得没力气时，才冷不丁地冒出一句：你叫司炳华是不是？司炳华！你爱……爱我吗？

司炳华大着舌头说，你、你说什么？

不！我不说了！

说！

不，不说。

说！我早就想、想告诉你……他说了半句也停住了，好像什么地方突然出了故障。

　　说啊，你想告诉我什么，现在就告诉，你说吧，你想告诉我……什么？

　　你说！

　　你先说！

　　不，我不说！

　　两个人喷着酒气，开始为一句话、半句话，绕过来、又绕过去，说说，停停，停停，说说，两张脸，好像隔得很远，好像又隔得挺近；脑子一会儿特别清醒，一会儿又不知跑到哪里去了，像接错电路似的。不知磨叽了多久，也不知说了多少话。总之，两人都不清醒，都糊里糊涂的了……

　　苏晴朦朦胧胧地记得，那会儿天还很亮，太阳光只是弱下去了，但天还是亮的。可是……可是，当她醒来再睁开眼睛时，天黑尽了，不仅是黑尽了，外面的世界整个都沉寂了。她在黑暗里眨巴了两下眼睛，把自己眨巴醒了。也许，是另一个人粗重的呼吸让她醒来的。她猛地醒了，"腾"地坐了起来，一脸惊骇。惊骇完之后，仍眨巴着眼，不相信，以为自己在做梦。前些日子，她做过相似的梦，她感到真真切切的，发现自己恋爱了，和自己心仪已久的那个男人。她总在梦里和他相遇。奇怪的是，她从来没走近过他。每次，梦醒时，她都不敢睁开眼睛，想接着睡，接着再做那个梦。有一次，她真的把断掉的梦又续上了……她真想这会儿也是梦，可她知道不是，另一个人的呼吸告诉她：不是。她暗地里又看了一眼，这次的反应是头皮一片一片地发麻。

　　苏晴没叫醒他，而是尽力地回忆，可脑袋仍是沉沉的，空气里弥漫着浓浓的酒味，好像是白天留下的，又好像是从自己身上散发出来。难道喝醉了吗？怎么会跟他躺在一起？她坐在黑暗里，怎么也想不明白。

　　不知多久，司炳华像根弹簧似的蓦地从床上弹了起来。他仿佛是被她看醒的。他使劲地晃头，像个不会游泳的人掉进水里冒出水面时一样，惊慌失措。

　　他没好意思看她，赶紧跳下床，要去水池，经过时还踢翻了一个酒瓶，弄得叮咣响，他又"哦"了一下，才把水龙头打开，把头整个埋进去冲淋，想让脑袋清醒。

　　苏晴看着他比自己还惊慌的样子，忍不住笑起来。心想，他这人还真有点儿可爱。可爱这个词，第一次出现在她的脑海里。

　　他冲淋完又走过来，尽管看不清他的脸，但她知道肯定是湿漉漉的。他结结巴巴地说：这……这……我不是故意的……以后我再……再跟你解释……然后，慌忙逃掉。

就这样，苏晴长大成人后，第一次和一个男人躺在一张床上。这是多么荒唐啊！尽管什么事都没发生，可这里毕竟不是什么海滩，不是卧铺车厢，不是随便谁都能躺的。想到这里，她气恼起来，这些家伙，分明是故意这样安排的！

五

扭伤的脚能走路后，苏晴出沟去了。她要去问一问他，人也能像苏联火箭那样拿来捆绑吗？

敲他办公室的门时，他正好在，他很热情地把她迎进去，说，嚯，稀客啊！怎么样，脚彻底好了？

苏晴什么都不答。

他笑起来：兴师问罪来了？

你们能不能不要管我的事！这是我个人的事情，要管，也是我自己管，我又不是三岁小孩，这……这叫什么？个人问题都由组织安排，组织上说了算？这都什么年代了？

小苏，你不要误会，我没有强行你一定要同意，我也没代表组织，这完全是我个人的看法。我知道强扭的瓜不甜，但，你到这个岁数了，总该成个家吧？炳华这个人真的很不错，我希望你和他相处一段时间，如果不合适，没人非要你跟他怎么样嘛！

好了，别说了，我现在就准备跟他结婚。

马邑龙愣了一下，他可没做好180度转弯的准备，何况苏晴的话里明明在负气，现在轮到他回过头来劝苏晴了：这，可是终身大事，不能当儿戏啊！

苏晴看他一眼，不等他说完，扭身离去了。

从他那里回来，她没有回自己的宿舍，而是直接去找了司炳华。好像不这么做，她会后悔，会没勇气再往前走。不过，她还是很冷静地问自己：这是真的吗？

她答应自己，不意气用事，好好地沉静后再作决定。但她去看看他总不会有错吧？自那个晚上之后，他们没再见面，是两人都觉得有些难为情。而且，从某种程度讲，司炳华比她还腼腆，内向，从他那两片略厚的嘴唇靴能看出这一点；再就是那两道淡眉，分得开开的，给人的感觉完全是个和善又可信赖的厚道的老实人。苏晴想，你嫁给这样的男人有什么不好？

司炳华在宿舍里。他不知道她会去找他，开门见她的一霎，他的脸腾地就红了。

她装着没事儿似的走到桌边，扫了一眼桌子上的书，是业务书。你还挺用功的。她说。

是啊，是啊，在大学里学的建筑专业在这里完全派不上用场。我需要从头学起。

还挺有股钻研劲的。她想。

他倒了一杯开水递给她。她渴了，接过来就要喝。他说：烫！然后，用一个大碗把开水倒过来倒过去弄凉后，才又递给她。这让苏晴刹那间挺感动，记得小时候父亲也这么为她做过。他是为她做这件事的第二个男人。

没经他的同意，就一屁股坐在了他的床上。她至今都忘不了那张床有多整洁，床单洗得雪白雪白的，扯得平平的，被子方方正正的，好像随时都准备迎接上级来检查内务卫生。她就做不到这一点。她常会歪在被子上看书，搞得被子毫无形状。作为军人，他比我更合格，她想。

他站着，仍小心地打量着她。

你想好了吗？苏晴捧着水杯问。

想好什么？他有些不解。

你没想吗？这些天……她看着他。

他挠了一下头，以为苏晴说喝醉酒那天晚上的事，便很不好意思地说，苏晴，那天……那天真对不起了……我……

我可不是为那天的事来的。苏晴脸上又严肃一层。

那……那是……为什么？司炳华一头雾水又结巴地说。

你真的没想过结婚，和我结婚？苏晴一副豁出去的样子盯着他。

以为司炳华会高兴、激动，会不可抑制地冲过来……可司炳华脸上什么反应都没有。他似乎不相信眼前这个事实。他心里的确爱着苏晴，但直觉告诉他，要想让苏晴也爱他，把爱变成现实，还得经过千山万水。现在距那个目的地还差十万八千里呢！他做好了跋山涉水的准备，这不是还没走出去吗？他哪里敢有半点非分之想？再说这世上哪有天上掉馅饼的事情！

我说的是真的。苏晴又强调说。

不，他直摇头。他不相信苏晴的话。

你不相信？苏晴问。

他还是摇摇头。

那好吧。她把杯子放到桌子上，站起来走到司炳华跟前，把他的手拉起来，往自己的胸口上放：相信吗？

司炳华没说话，直着眼睛，样子像被吓坏了。这是他第一次把手放在一个异性的胸口上，感觉像放在火山口一样，烫得他手直抖，感觉里面的岩浆马上要喷发出来，呼吸变得急促了。他想把自己的手抽回来，可是，反倒更用力地摁了下去，滚烫的嘴唇抽动了两下，也朝那张白皙的脸伸过去，感觉像是一枚红红的印章，往一张白纸上盖戳。

不一会儿，事情进展得难以想象般地神速，那层薄薄的窗户纸就在这天的下午捅破了。

不是吗？从这道门走进来的时候，她还不是纯粹意义上的女人，起码不是司炳华的女人；从这道门再走出来时，就是了，是司炳华的女人了。这是既成的事实，无法改变的事实，多么富有戏剧性啊！可它又是个不可逆转的事实。就像后来，小鱼是她的女儿一样，不论叫不叫妈妈，她都是小鱼的妈妈，小鱼也是她的女儿，这样的事实一旦开始就谁也无法改变了。

和司炳华的关系发生质变后，下一步就是结婚。那时候，她认定她的第一次给了谁，就是谁的人，这也是嫁鸡随鸡嫁狗随狗远古的理念在她身上的延续。也是他们那个时代的文化，不管是开放的还是不开放的，最后都会实实在在地落到这一点上来。那时候的人，凑凑合合地结婚可以，凑凑合合地离婚决不可能。哪像现在的人，离起婚来就跟换身衣服一样，甚至连换衣服都不如，就像一只袜子破了个洞，把一双袜子全扔掉，换双新的穿就是了。他们这一代人做不到——起码她做不到。她把身上最珍贵最圣洁最不可侵犯的东西给了司炳华，就一定得做他的女人。按理说，自己身上最宝贝的东西，一定要给你最爱的那个男人。但谁能做到呢？反正她没做到。她相信很多女人都做不到。尽管她后来改变了看法，不再为它感到有什么遗憾了，可她当时并不这么认为，她觉得她爱的人不是司炳华，而是另一个人。爱上司炳华是后来的事情。后来当她意识到跟她生活在一起的男人，其实是个很不错的男人，值得她终身去爱、去厮守时，又为时过晚了！这真是命运弄人啊。

六

苏晴把阿宝送回家时，雨点吧嗒吧嗒地落下来。她抬头才看见头顶那片天已经变得黑压压的了，便加快步子往家赶，可雨还是赶到了她的前头。她站在雨中，看着连天的雨脚，突然间恍惚起来，多奇怪啊，这雨势怎么跟二十年前那场雨那么像啊！简直就像是同一场雨！

那场大雨是中途遇上的还是她有意要和它相遇？她现在已经理不清了，其实二十年来，她从来没有理清楚过，解释不清那天愚蠢的行为是怎么冒出来的。

但她记得那天的所有细节。乌黑的云，像一只只丰满的女人大乳房似的云，气象学上叫梨状层积云，密得不透光，像墨汁涂抹过，天也不像是天了。闪电和雷声不时地跳出来吓唬你一下，风呼呼地低吼着，门口的树梢都快被它折断了。那天，她说不清楚为什么就想往外跑，她带上一只风向风速测试仪，举着它沿着出沟的方向跑。

当时她没觉得自己是在发疯，她边跑边给自己找理由：你这是工作。不是吗？这种天气多难得呀，把它当资料积累下来，说不定哪天就能派上用场！她有了这个冠冕堂皇的理由后，跑得更起劲了，一边跑，一边看着天空的变幻。黑云在往下坠，坠得天低低的，仿佛伸手便能托住它。闪电和雷声间隔的时间越来越短了，一会儿像要把那块厚厚的大黑布撕裂开来，一会儿又把它当一面大鼓擂。远处的发射塔架，也被云层一点一点地裹了进去，看不见了。她仍沿着公路一直往外跑。山风呼呼，一会儿撩起她的头发，一会儿掀起她的衣角。在山风的拉扯下，苏晴不知跑了多远，足有五六里吧，直到看见远处马路边上那片营房：特别是那栋四层高的灰砖房，她才突然停下来。她知道不能再往前跑了，该回去了，正这样想着，硕大的雨点像婴儿的小拳头一样砸下来，先是稀稀落落的，很快就密密麻麻，再后来成了一根根又粗又硬的鞭子往下抽，抽得人头皮、脸生生地痛。她没有躲，这段路上，也无处可躲雨，离得最近的就是那栋灰砖房。大雨借着风势，推着她往前走，她想停都停不下来，只好顺着它撬腾着两腿向前跑、跑、跑。一边跑，一边情不自禁地背诵罗马尼亚女诗人布兰迪亚娜的诗：《雨的魔力》。她自己也不知道为何喜欢这首诗，第一次看见它时，就像被电击了一样，她这才明白，女人的心是相通的，是不分国界的。后来，她迷上了这首诗。尤其在雨中奔跑的时候，默诵它让她感觉特别有味道，甚至觉得这首诗是专门为她写的：

> 我爱雨，我狂热地爱雨，
> 疯狂的雨和宁静的雨，
> 处女般的细雨和女人似的暴雨，
> 新鲜的雨和无休无止的单调的雨。
>
> 我爱雨，我狂热地爱雨，
> 我喜欢在白色的高高的雨草中滚动，
> 喜欢摘几根雨线，衔着它们任意漫游，
> 好让见到我的男人神魂颠倒……

念到后面这四个字时，她顿住了，脸像被烫着一样，连雨水都烫热了。哦，布兰迪亚娜，布兰迪亚娜……她不知道为什么要喊叫布兰迪亚娜，但她心里就是想喊，不知不觉中，大雨被她甩在身后时，发现自己已站在那幢四层高的灰砖楼前了。她对自己说，这不是我要来的，是这有"魔力的雨"把我带到这里来的。

她知道他已经调进"沟里"了，就在灰砖楼二层办公室里上班。前两天，司炳华骑着车带她来过一次。

他还没自己的宿舍，办公室就是临时宿舍。那时候把办公室当宿舍挺普遍。

她门都没敲，咚地就推门进去了。他正坐在桌前起草一份关于卫星发射模拟合练的文书，看见她时，感觉外面的大雨劈头盖脸地卷进了屋里，好半天没反应过来。

我冷！苏晴喊了起来。

哦！他像是刚反应过来似的。其实他失态了！跟凌立谈恋爱时，都很少失态。今天怎么会这样呢？但他还是马上起身，从床底下拖出一只纸箱，在里面找出一身衣服，搭在椅子背上，让她换上。

上衣是的确良质地的小花衫，灰底粉花，这在当时还挺洋气的，尺寸大小和她差不多，一看就知道是谁的衣服。她对自己说，我不要穿她的衣服，不穿。她将它们放回原处。

怎么……他只说了两个字，似乎就领会了她的意思，便不再问下去了。

我冷。她瑟瑟地抖着，又嘟哝了一声。

他这会镇定多了，又从床底拖出另一只纸箱，拿出另一套衣服，说，我只有这个了，不过是干净的，赶紧换上吧，别冻出病来。他看了她一眼，然后走出了屋子。

她拿起这身衣服，左看右看。是一身旧军装，领子和袖口都磨出了毛边。是他穿过的。还能嗅见衣服上的气味，是它自己萦绕上来撞到她鼻子上的。是一股她熟悉的气味，那种很好闻的草香，这草香似乎还是活的，像长着翅膀，呼扇着往她汗毛孔里钻，她能感觉到它的丝丝的温暖，她站着没动，就让这温暖拥裹着她，包围着她……

一会儿后，他回来了。

而她已换好衣服站在那里。

怎么回事？他又问了一声。他很想知道她这是为什么。

她不回答。她也回答不了，因为连她自己都不清楚这是为什么。

吵架了？他给她倒了一杯热水。

为什么要吵架？

那是为什么？

你能不问吗？她自己在心里冷笑一声。不用解释，你也用不着问。我走到今天这一步，有很多不明白的事情，你能跟我解释吗？你能给我解释清楚吗？事情到这一步了，还有退路吗？还可能撤出来吗？显然不能！这就是这些天一直困扰在心头的苦闷和烦恼。那么，冒着大暴雨跑来找他也是这个原因吗？她不知道，她也不想知道。

我叫车把你送回去，行吗？他像哄一个坏脾气的女孩那样小心地征询她的意见。

她像个坏脾气的女孩那样，绷着一张脸，看也不看他，也不回答他，但她只是叫冷。叫冷！

他看着她，无奈地摇摇头，又从床底下拖出一只纸箱，翻出一只电炉来，拉出电线，插上电源，看见电炉丝红起来，才对她说，行了，烤一烤，就会暖和起来。

可她还是叫冷。

他又给她倒了一杯更热的水，说，喝点热水……

这次，苏晴大胆地看着他，用一双大眼瞪着他，瞪了足有一分钟，他让她喝水似乎把她激怒了，眼里含满了怨恨和委屈。渐渐地，怨恨和委屈，又变成一句话：你是个大木头！撂下这句话后，她转身拉开门，跑下楼，再次冲进白茫茫的大暴雨里……这次，她没听见雨声，充塞她耳边的是那女人的诗——这哪是诗，它更像鞭子一样朝她抽下来，比高空中砸下来的雨柱要猛烈：

> 我明白说"我是最美的女人"会令人反感，
> 令人反感而且也不符合真实。
> 但请容许我在下雨的时刻，
> 仅仅在下雨的时刻
> 说出这句神奇的话："我是最美的女人！"
> 我是最美的女人，因为雨在飘落，
> 因为风正吹来
> ……

七

那个晚上她发烧了。司炳华来找她时，敲不开门，急得只好把门踹开。他看见她时，吓死了，人都烧迷糊了，赶紧把站里的领导叫来，把卫生队的医生请来，给她打针、冷敷。折腾到天亮，高烧才渐渐退去……

一个月后，苏晴和司炳华正式结婚。没举行婚礼，什么仪式都免了，只是将两个人的东西搬到一起，简简单单。司炳华很内疚，他以为是他的错。也是赶巧了，这个时候，基地派司炳华去一家研究所学习半年，时间很仓促，没工夫讲排场，而且她也不需要排场，婚姻本来就是两个人之间的事。她安慰他说，没什么，在乎那个形式干吗？我们趁机旅行结婚也不错，是不是？他这才好受一些。她跟着他，先回他家，认了认他的家人，然后，再一起回她家。他学习的地点正好在北京。一切都似乎顺其自然。

她就这样成为司炳华的妻子。

乔亚娟暗暗为她庆幸，说她总算有了归宿。其实，亚娟并不知道她内心的苦。别的女人结了婚，总能安安心心地过日子，这是天经地义的事情，为什么在她这里，总不能心安理得地接受这个事实？她总能感到内心深处那份不安分，只有她知道自己永远心存梦想！这些，她对谁都没提起过，包括亚娟。这么多年它们一直深潜在她的心头。苏晴想，她这辈子都不会对别人说起它了，不会了。对小鱼，则更不可能。她还是个毛孩子，她知道什么？每一代人都有不同的文化，不同的理念，她怎么能理解我们这代人的活法？在她们看来，也许是可笑的，是不值当的。她听完你的经历，可能会来一句：你活该！让这些毛孩子抢白一通，何苦呢？

苏晴决定，永远不跟小鱼讲这些。没必要讲啊！你根本不知道这些孩子们脑子里一天到晚都想些什么。

就在这个晚上，苏晴感觉胸口有些隐隐的痛。她想，是不是下午回家时淋雨凉着了？不对吧，受凉也不该是胸口痛啊！可能是过去的往事想多了，但她没去管它，又过了一会儿后，那感觉就消失了。

也是这个晚上，苏晴听说张高工的儿子泄密的事情，真想不到，猛不丁地跳出这么一件大事。这多让人闹心，"太白一号"已经够让人操心的了！

第九章

一

谁能想到，张高工的儿子张帆会惹出这么大的麻烦？

张帆比龙龙小两岁，一个瘦瘦小小的男孩儿。别看他个子小，脑子却绝顶聪明。据说他平时从不好好听课，但每次考试准能考到年级前五名。他是个电脑迷，在电脑上一待就是大半夜。赶上周末，他能连着两天两夜不睡觉。应该说，张高工保密这根弦还是绷得很紧的，他怕张帆不知深浅，瞎捣鼓，早就多留了个心眼，所以，他从不把工作文件和笔记本电脑带回家。在家里，张高工特意配置一台电脑，供儿子用。有时，张高工的老婆无聊时，会上去玩"连连看"，消磨时间，仅此而已。张高工一直认为，张帆在电脑上，也就是玩玩、看看、转转而已，接触不到什么机密，只要自己不把机密带回家，不用家里的电脑工作，就不可能发生泄密事件。哪曾想到张帆通过别的途径，捅出这么一个大娄子！张帆自己似乎也没意识到那是违法，他纯属好玩。不知他怎么鼓捣的，破译了别人电脑上的密码，不打招呼就进去了，四处溜，四处看，觉得好玩的就搬到自己的文档里来。有两张新型的卫星图片，他就是这样搞到手的。然后，他又发给同学，想向同学炫耀一下什么叫高科技。那位同学更没保密观念，便把图片粘贴到网上，被西方一家媒体发现后，马上在报纸上发布消息，说中国最近将用新研制的火箭发射一颗新型的探测卫星，很可能是一颗军事卫星。就这样，一石激起千层浪。据保卫部的同志透露，张帆自己的防火墙，整得壁垒森严，比专业搞电脑的人技术都要高超，攻了好几次都没攻进去。那位干事不无赞赏而又惋惜地说，这小子可惜了啊，还真是个电脑天才！

这就构成了保卫部门卷宗上的标题："张帆失密事件"了。

这件事一直惊动到总部首长，专门派出工作组下来调查、整顿。基地哪敢不重视？常委专门开会，追究这件事的责任。当然中心议题是研究如何处理张高工。毕竟，张高工是张帆的父亲。

以吕其为代表的一方认为，首先该把张高工从岗位上撤下来，不能让他带着问题上岗，这也是对张高工本人负责。即使调查结果，儿子泄密与老子无关，那也会牵扯当事人太多精力，谁都知道，带着问题上岗，容易出差错。这方面吕其深有体会。他用事实说话，当年他误下指挥口令，是因为老母亲生病，心里放不下，脑子里老晃悠这件事，所以才导致那起事故。

吕其认为先让老张撤离岗位，是明智之举。

事故预想方案中白纸黑字写着，凡是有思想问题的人，都要先让其撤离岗位，以防万一。

马邑龙反对。他首先分析了张高工的个人情况和他本人这些年对张高工的了解，他认为应把这件事作为特殊的个例来处理，他的理由是张高工是大家公认的活电路图，对新型的火箭了解远远超出对儿子张帆的了解。如果人的脑细胞可以成为影像的话，那么在张高工的影像里看见的肯定是火箭电路结构图和各种元器件。张高工凭记忆可以默画出箭上和控制平台设备近百张电路图。张高工还用他的智慧和胆识，提出并改进出十多项更符合发射场实际情况的电路控制系统的设计方案，连研究院的专家、老师都不得不伸大拇指，对他赞赏有加。把这样的奇才挂起来，不让他参与任务，那受损失的决不止是他自己，"以我本人对他的二十多年的了解，我愿意以自己的职务和党籍为他做担保。"马邑龙以这句话结束了自己的发言。

那么，张高工本人现在情况如何？于发昌说，我找他谈过了，他表示情愿背个处分，也不愿撤离岗位，他一再保证，决不因儿子的事情影响工作。

吕其还在坚持他的看法：张高工对待工作的态度，当然是没的说，但他儿子毕竟出了这么大的事，他真能一点不受影响？万一受影响，出了事可就晚了。

于发昌与基地总指挥袁总又咬了咬耳朵，将吕其和马邑龙的意见来了个折衷，认为可以让他不撤岗，但重要的岗位先不让他上，当个"备份"……

常委们讨论来讨论去还没最后形成决议时，会议终止了，原因是总部工作组已到基地。

季永年率领的总部工作组是这天下午乘专机到达基地的，只休息片刻，就去技术阵地视察，回来后又接着听基地对"太白一号"任务的工作汇报，最后，在作指示的时候，季永年提起了张高工儿子失密的事。袁总将常委会的讨论意见向他作了简略汇报，出乎马邑龙的意料，季永年的一句话，便将事情作了了结。他说，我赞成老张暂时不要参加任务，先撤岗为妥，这是为了这次发射任务安全的角度考虑，也是出于对老张同志的爱护！

执行命令吧，这事就这么定了下来。

季永年六十出点头，满面红光，看不出一丝疲劳，走起路来，年轻人都赶不上，让人觉得这老头精力十足的充沛。据说，他每天清晨五点起床，快走一小时，体重十多年没变，始终保持七十公斤左右，正负不超过一市斤，如果没有超凡的毅力，很难做到这一点。时下，饭局少不了，连续几个饭局下来，不转换成脂肪才见鬼哩。仅从这一点，可见这位首长意志力了得！

这天晚上，马邑龙是十一点还差十分走进季永年房间的。进去后，第一句话就是对住宿条件表示抱歉，招待所比小宾馆差多了，虽说也是套间，但所有的设施远远不及小宾馆。

季永年看他一眼，摆摆手，让他别再提了，说，你这么晚来找我，不会为住宿来道歉的吧？

马邑龙知道瞒不过首长，就老老实实地承认：是的。我是为老张的事来找您。我认为老张不该受儿子的事牵连，这样的处理会对老张造成伤害，再说，眼下任务紧，压力大，确实离不开他。

季永年眉头堆成一个"八"字，严厉道：马邑龙，我看你简直就是个不讲政治的糊涂蛋！

马邑龙执拗地说，我相信我的判断。

季永年再把"八"字往上推了推，说，你这叫什么判断？

马邑龙固执地说：你们可以不信任老张，但可以信任我。我为老张打保票。

季永年眯起眼睛：如果因为这事影响了这次任务，你的保票就一钱不值！你知道不知道？

马邑龙挺直腰背：知道，首长，我正是为了这次任务的顺利完成，才来为他打这个保票的。

季永年有些不高兴了：你这个马邑龙，糊涂！政治上尤其糊涂。这事儿我已在会上定了，先这么办！你要没别的事，可以先回去休息了。

马邑龙怔了几秒钟，无奈地抬起右臂，敬完礼，说，首长，那您早点休息吧。转身退了出去。

二

这一个晚上，马邑龙基本没睡成觉，躺在床上，心一直悬着。那感觉哪是躺在床上，像是躺在发射塔架上，人整个吊在半空中，忽悠来忽悠去的。

他索性又坐起来抽烟。

吸完最后一口烟，掐灭烟头，又接着躺下睡觉。

还是睡不着，眼睁睁地看着窗户上的天色亮了起来，索性穿衣下床，走出门去，直奔招待所。他要赶在季永年晨练之前，把他堵在门口。但他到得显然早了，看看表，才五点一刻，他只好坐在台阶上抽烟，烟头一红一灭，一红一灭，脑子里却想着怎么和首长磨嘴皮，他知道，只要耐着性子再磨一磨，老张的事还是有一线希望的。他告诉自己一定要有信心。

昏黄的路灯，还没来得及熄灭，天轰地一下醒了过来，透出一大片亮光。夜和昼的交替原来比火箭点火腾飞的速度还要快，就眨眼间的事儿。

也是这时候，他听到隐约的咳嗽声，继而又是说话声。

季永年和他的秘书下楼来了。

马邑龙挺直胸脯，等着他们从楼上下来。

季永年穿着一身运动服，看见他后打了个手势，接着又问他一大早站在这里干吗？

他一边敬礼一边回答说，我来陪首长热热身。

季永年看了看他，从他跟前走了过去，噔噔噔地甩开大步。

秘书笑着站住了。马邑龙紧跑两步跟了上去，与季永年保持着半步的距离。

季永年头也不回：没这么简单吧？我来基地这么多回，天天热身，你哪次陪过我？有什么话，跟我直说，别绕圈子。你还是想替老张说话吧？

马邑龙咧嘴笑了笑：首长就是首长，真是什么都瞒不过您。

季永年继续头也不回大步流星快走，说：打住！别拍我的马屁，有话你就直说。

马邑龙跟上他的步子：您看，这次任务压力太大，没有老张这活电路图，别说我们心里不踏实，您心里能踏实吗？

季永年不看他，继续走步。

道的两旁都是冬青树，它们站立的姿势就像哨兵一样挺拔、肃穆、密集，人从中间走过，这两排"哨兵"会把你的视线挡住，让你看不见两侧的风景。但，再往前走，就是三岔路口，小宾馆残存的遗容，便会映入视野。这样的话，首长的心情，还会好吗？他对小宾馆毕竟倾注了心血，看见它那副惨相，心情能愉快吗？一个人心情的好坏，往往影响着对当时当下那件事的决策。如果这样的话，老张的事还有希望吗？马邑龙心一提，大步迈到季永年前面，手一伸说：首长，我们走这条路，这条路好走。

季永年慢下脚步，伸出一根手指，戳戳他的肚子：你那点弯弯绕，我还不清楚！

马邑龙挠挠头，不好意思地说：首长，我哪敢啊，您的脑袋是奔4，我是286，哪敢跟首长弯弯绕！

季永年绕过他的身子，往前走，说：你还敢说不跟我弯弯绕，你动这点小心思不就跟我弯弯绕吗？你不就是怕我看见小楼的残骸吗？实话跟你说我不高兴，但是，天意难违。什么东西都不能挡咱们航天发展之路，谁挡路就得搬开它，你想不搬，老天也会替你搬，所以，没有泥石流，这小楼也得拆，你用不着有心理负担。

马邑龙站住了，可以说是愣在那里，似乎以前大家都过低估量首长的眼光、远见和气量了。他还后悔刚才自己太小心眼，不，不是小心眼，简直有点小人之心度君子之腹了。

这时，季永年回过头看了他一眼，说，怎么啦，不想走还是走不动？不会不及我这老头子吧？

马邑龙赶紧跟上，笑了笑说，首长，你哪像这个岁数的人啊！减掉十岁还差不多。

你这张嘴也学会说好听的话了。不过，这话我爱听。刚才，我想你的话来的，你还真替老张找了挺像回事的理由。季永年说着话，目视前方，速度仍然保持不变。

这么说来，首长是认可我的理由啦？马邑龙心里一喜。如果真是这样，这事就有门儿了。

果然，季永年说，昨晚你说过的话还算数？

马邑龙说：当然算数！

你可是拿你的职务和党籍为他打保票啊！

我了解他，我不收回我的话。

那好，这事就听你的，要是出了问题我可只能挥泪斩马谡！

马邑龙步子一下慢下来，眼睛又盯着那个移动的背影，心想，这个身影实在算不上高大，但这个不高大的身影，实在让人敬佩，他能把说出来的话，再收回去，可见一个人的心胸、气量和包容度。想到这里，他觉得嗓子里有点儿哽，本想再接着表个态的，话到嘴边却变成了两个字："首长……"

怎么，看我要动真格的，你胆怯了？季永年停下步子，看着他。

没有！首长，我决不反悔！马邑龙再次挺直胸脯。

他们继续往前走。有风，它裹挟着湿漉漉的空气，凉冰冰的，毛茸茸的，像有只小手，弄得你脸上、身上都痒痒的。

季永年仍在往前走，但又把脸扭过来问马邑龙，你离婚也快有一年了吧？下一步有考虑吗？

没想到，首长会主动关心他的个人问题，因为完全没思想准备，也感到有些突兀，所以说话结巴了起来：首长，我、我还没、没考虑。

咋不考虑？不是有现成的吗？

这……

这什么？你不能主动一点？

我……

我什么？该出手时就出手，还等着天上掉馅饼不成？天上从来不会掉馅饼，对你来说，现在把你的个人问题处理好，不是头号大事，也是二号大事。我们都是男人，应该有个正常的家。我并不赞同那些只会干工作，一点不顾家，甚至连家庭都舍弃的人。一个生活残缺的人，其他方面也不能保证没有残缺。

马邑龙虽然颔首称是，但心里却没了底，要不是首长提醒，他真没想过自己居然已经成了"生活残缺的人"。

是啊，残缺，马邑龙正掂量着这两个字，季永年又发话了：苏晴过得怎么样？她这辈子不容易啊。我也算是看着她成长的，我还记得她刚来基地时小姑娘的样子。现在已是上校了吧？

马邑龙点头说：是。

还有个女儿？

是的。

季永年又接着说：我在这里当家的时候，曾下决心要帮她再组建个新家！作为领导，一级组织，有这个责任啊！司炳华是个好同志，如果不是他牺牲……不提了，大清早的，说这些不开心的事伤感！感情这种事，我们外人不好多插手，也不好勉强人家。她是你接来的兵，你对她应该比我还了解，了解就是基础，有基础就可以发展，你一个大男人，主动一点，别拿着那个劲嘛！不是我说你们这些知识分子，全有个通病，好讲个什么面子。面子真有那么重要吗？有时候，面子是会害死人的！它束缚你，这不行那不行，三下两下，把好事也给耽搁了。在这个问题上，拿出你为老张办事的劲头来。人，有时候需要交流，如果你不说为什么不能撤下老张，我就不会认为对老张的处理会影响到大局，还会认为就该这么处理。这也是为他着想，毕竟出事的是他的儿子。一个人背着思想问题上岗，也是很危险的。咱们干的都是细得不能再细精得不能再精的活，弄不好，手一抖都要抖出个大窟窿来。所以，你去找老张好好谈一谈，让他必须先卸包袱，轻装上阵，把任务完成好……

马邑龙猛然站住，用洪亮的声音回答：是！

季永年细细地瞅他一眼，仿佛戴着老花镜。瞅完，转身又继续快走：还有，你跟苏晴的事，要抓紧，要革命和生产两不误！

马邑龙手并不放下，而是敬了一个长长的军礼。

三

每次看见火箭那一瞬间，心里是一种什么感觉，他难以用言语形容。这老伙计真威风，它躺着的样子比站立时还要高大，也许是室内空间小，这老伙计又硕大无比的缘故。它真让人提神！不论他多疲倦，多委顿，多打不起精神，一旦看见它，全身筋骨会蓦然舒展，仿佛想要再往上蹿一蹿。如果伸出手，拍拍它，指头挨近它，周身就会热起来，像有股温泉注入体内，涌上心头的是那样一股柔情。这时候，他就想对它说点什么。谁都知道它是冷冰冰的铁家伙，无知无觉。他从来不这么认为。在他眼里，它有血有肉，通上电之后，它就是活的，它甚至比血肉之躯更讲情义和信誉，比人更听话，更好打交道，它从不背信弃义，它从来都是按你们所设计的轨道飞行。有一次就在点火起飞二十秒时，起爆了，险些把发射场变成火海，但它还是摇来摆去地走了一段路，才自毁身亡。自那之后，人们的脑子可清醒多了，明白多了，人人都知道把"质量"两字，挂在头顶上，当政治，当责任，当生命。后来，这伙计的运气就好多了，也顺利多了，从此，没再出过什么大事。

他站在它旁边，又拍了拍它，那样子仿佛前世和今生都跟它有缘。他愿意看它出生，看它成长，再听它吼叫，像一支从投枪手中掷出的长矛，曳着火，带着响，向茫茫的宇宙扎去！

他正出神呢，忽然听到有人喊叫，抬眼望去，是张高工正追在一个毛头毛脚的小伙子后面喊：慢点儿，慢点儿，你这么晃悠该晃出毛病来了。

小伙子满不在乎：没事儿，我这双手比水平仪还稳！

马邑龙一看，是火箭制导岗位的一个年轻技术员，他手里正捧着测量火箭速度的敏感仪器：速率陀螺仪。它特娇气，怕震动，一定得轻拿慢放，小心侍候。

马邑龙看着一边心痛，一边又要压住火，不敢惊动他，等他把仪器安全放好后，才扯开了嗓子说：扯淡！你这个浑小子，有你这么晃来晃去的水平仪吗？你唬得了我们，唬得了火箭吗？！又指着旁边的一位组长说，他叫什么名字？你们在本上把他给我记上一笔，陀螺仪没事就算了，要有事我找他算账。

说完，马邑龙转身对现场的人放话，都给我听明白，谁敢在这里再像这浑小子这样吊儿郎当地干活，我就敢撤谁的职！

放完这通炮后，马邑龙才又叫上老张，找一个没人的工作间，关上门，开始落实季副部长的指示：谈话。十分钟后，老张从工作间走了出来，眼圈有点儿红。

四

作为老大哥的于发昌，有时，负债感比马邑龙来得还要强烈。司炳华牺牲的时候，他和马邑龙是搭档的关系，这也让他俩觉得同时欠下了一笔很难偿还的债——他总觉得欠着苏晴一个家。

苏晴个人问题不着落，他这块心病就好不了。这么多年，他没少为苏晴张罗，动员苏晴去见这个去见那个，可没一个有结果，直到现在，苏晴仍在原地踏步。所以，当于发昌得知马邑龙和凌立分手时，马上想到了苏晴。

但马邑龙始终不表态。

一开始，于发昌对促成这事很乐观，觉得就是水到渠成的事儿，他甚至跟胡眉说，这世上，很快又会添上一对好夫妻了，你信不信？可一年快过去了，怎么等都没等来他们的好消息。急得于发昌又问胡眉怎么回事？胡眉睇了他一眼，说：这不是你在推动的事吗，你问我，我问谁去？

于发昌说，我实在有心要当一回月下老，可是……只要一提这件事，老马就跟我急。

胡眉说，你这是和尚不急姑子急，这种事要讲缘分的，缘分不到，你急死也没用。

于发昌让胡眉去做苏晴的工作。胡眉说，依我对苏晴妹子的了解，她的工作还真是不好做。你没发现吗？自老马和凌立分手后，苏晴就躲得远远的，我想呀，她是不想沾拆散别人家庭的恶名声，凌立毕竟是朋友了，她上去和老马好，凌立能不误会她吗？我猜她不理老马，不会是别的原因。

于发昌倒也同意胡眉的分析。他琢磨了一会儿，又认为，凌立都走了，总不能让一个离开的人再挡着道吧？

话尽管可以这样说，但要推动这件事，还是有一定难度，只能看老马的表现了。胡眉又说，女人嘛，矜持一点不是坏事，男人要是矜持，不主动，十有八九没戏。可我又为苏晴妹子着急。

于发昌说，你急什么？

胡眉又分析说，依老马这个地位，这个年纪，这个条件，从哪方面讲，拿出去都是一个钻石王老五，有多少人眼睁睁地盯着。

是吗？

胡眉掰着指头给他数，就连学校一个年轻的老师，都有这个想法，要让胡眉给她找老马说说。

你敢！于发昌说。

胡眉笑道：这可不是我敢不敢的问题，这要看人家老马敢不敢。老马要敢，

红色岁月　红色历程　红色史诗　红色经典

找个十八九的大姑娘，照样有人跟，现在社会上不就时兴老夫少妻。

老马不会，这一点我比你了解。

这话你可别说早了，这世上什么事都有可能。

让胡眉这么一说，于发昌心里还真有些紧张。为了还那笔债，他不得不去反复地敲打马邑龙。所以，见了马邑龙，只要有机会，就把他往那个方向引，时不时地提醒他，有一个女人在等着他。提醒过后，看马邑龙没什么反应，于发昌又直摇头，觉得自己操心得是不是过了头？

第十章

一

天蒙蒙地亮，像一团破抹布，雨硬撑着没下下来；地是湿的，每片草叶都绿得发亮，像是被一双贤惠勤劳的手擦拭过。每张叶片上，还挂着滚圆的水珠，只可惜，没阳光，要有阳光，它们就能水晶般地闪烁了。

苏晴漫不经心地望着窗外，一刹间有点儿恍惚，她的目光追随着一颗挂在水杉树枝叶上的水珠，慢慢地往下滑，在针叶的尽头抖了抖，倏地摔了下去，在地上摔成好几瓣。她似乎听到了水珠摔碎的声音，心里跟着它疼了一下。

就是这时候，她仿佛又看见了那件军装，似乎嗅到了军装上散发出来的一股草香味儿。不，是他身上的特有的气味。总之，她嗅见了。她把它拿了出来，放在枕边，又挨着它躺下去，并没去碰它，只是闭上眼睛什么都不想。她自己都觉得奇怪。自己从来没有恋物癖，除了对这件军装，这件五号三型的军装，看上去与其他军装毫无二致，但对她来说，却充满了记忆，甚至可以说是一只记忆的容器，一看到它，就会唤起许许多多的记忆，有的真实，有的虚幻，全都扭结在一起，亦真亦幻，包括那天晚上，那个长长的让她甜蜜也让她苦思的梦。天快亮时，她才从梦里醒来。她没睁开眼睛，她仍在梦境里徘徊，想和那个男人再次相遇。他多让她失望啊！他正向她走来，明明看见她了，那双含威带笑的眼睛正注视着她，幸福正要像潮水般向她涌过来时，失望突然而至，它像一道闸门一样，把她和他隔开了。很显然，它不是闸门，是另一个人。那个女人出现了，总是在这个时候，总是这个女人，总是横在她和他中间，想阻止那一切的发生……这样的梦，那段时间总是重复地出现在她的另一个虚幻的世界里，永远成不了现实，失望注定会成为她的主旋律。当她一次次从失望中慢慢睁开眼睛时，总会有一缕白光，像小狗似的蹲在窗帘的缝隙里，等待着进屋。电话铃突然响了，只响了一声，就没声了，但已足以把苏晴从沉湎中唤醒。肯定是谁打错了，她重新下床，走到窗户前，双手轻轻地推开窗扇，她的视线顺着水杉疏朗的针叶望出去，好像就看见发射塔架矗立在那里，已是一副整装待发的样子。有人正在抓紧时间为它做全面"体检"。再过两天，火箭就该从技术阵地转运到这里和它对接了。火箭一来，"太白一号"也紧跟着就要来了。这就是说，顶多再有半个月，"太白一号"就得升空了。

那么，"窗口"呢？未来半个月里，有理想的"窗口"吗？这一问，脑门上激出一层细细汗珠。

她一下完全清醒了过来，三下两下洗漱完毕，匆匆上车进沟去，这天，她发现自己破天荒地成了最后一个到办公室的人，她一边抱歉一边心里暗自高兴。

其实，她早就多留了个心眼，没把业务骨干全放出去劳动，而是让他们一边值班，一边着手整理资料，等着大部队一齐上阵时，他们应该理出一点头绪了，不至于到时候手忙脚乱。但眼下可够乱的。几天来，翻箱倒柜，把尘封二十多年的资料全都找出来，桌子和地上铺得全是，屋子乱，心也乱。好在大家一旦干起来，都默默地苦干，没人抱怨什么。这多少让她有些欣慰。眼下，大家都认识到形势的严峻，知道拿不出预报方案，找不到"窗口"，谁日子都不会好过。更要命的是，得时刻准备应付头儿们的光顾，就像他会随时突然袭击一样。

本来她也要去吃早饭的，但她没去。她总觉得他快来了，便让其他人先去吃，自己留下来。我这会儿没胃口，她说。屋子里静了下来，静得让人能产生幻觉，有几次，她都觉得听到远处传来的汽车声，然后是脚步声，然后是自己咚咚的心跳声。

那一感觉来得很突兀，咚咚地两下，像从深处猛地跳出来，跳得人很不舒服。是不是这些天用心用得太多？谁让你老去想那些遥远的事情呢？想出问题来了吧？不会的。她用手捂在隐痛的地方，用力地往下摁，想把它摁回去，结果出了一身的虚汗。

这一切刚好被吃完早饭回来的罗顺祥看见：你怎么啦？哪儿不舒服？

苏晴看他一眼，你别嚷嚷好不好，胃。

要不要紧啊？

没事。

果然，一会儿就真没事了。

罗顺祥看了看时间，劝她回家休息，说，我在这里盯着，你走吧。

苏晴说，已经没事了，只是这些天有点累，不碍事。

罗顺祥还是不放心，看着她。她没理他，走开了。

她想给小鱼打个电话，看她醒了没有？自己弄点东西吃没有？但她手碰到电话又缩回来，她不知道该怎么说，因为这样的关照对小鱼来说可能适得其反。

二

小鱼早已醒了，她在苏晴走出屋去，轻轻带上门时就醒了。等她确认苏晴已经走得足够远了，她才悄悄下地，从自己的那只旅行箱的底下，把那张旧照片再次翻腾出来。

小鱼也不知道自己为什么要这么做。她做这件事时，总是偷偷的，像做贼似的。这是一张黑白照，它跟小方形的巧克力一般大，已经有些发黄，边边角角已磨损得很厉害。

这会儿，小鱼把它放在桌子上，动情地叫了它一声：妈妈！

这是小鱼上一年级时，从奶奶家的相册里撕下来的。那时候，小鱼的同桌李惠，总是为妈妈的事情，和小鱼争来吵去。因为，放学的时候，李惠总是妈妈来接她，而小鱼不是，来接小鱼放学的要么是奶奶，要么是叔叔。总之，妈妈从没来接过小鱼。有一次，李惠和小鱼吵架，说小鱼没妈妈，是孤儿。这可把小鱼脑门都气炸了。小鱼说我有妈妈，我妈妈在部队。李惠说，我不信，除非你把妈妈叫到学校来。小鱼没办法，只好把妈妈的照片拿给她们看，她们看完后，很多人都相信了，但李惠就是不信，说：你撒谎，你妈妈根本不是解放军。直到有一天，小鱼把苏晴拽到班里，当着全班人宣布：这是我妈妈，我妈妈是解放军！李惠才相信了。

这让小鱼很骄傲，但这骄傲没坚持几天。妈妈只接过小鱼两次，就又走了。

李惠又找到了新的气小鱼的法子：司小鱼，我妈妈身上好香好香的。说完，当着小鱼的面，小狗似的扑进妈妈怀里伸长脖子一阵乱嗅。完后，又回头问小鱼，你妈妈香不香啊？

小鱼理直气壮地说：我妈妈很香，比你妈妈还要香。

李惠哼一声：那你把你妈妈叫来闻一闻。你叫不出来吧？

小鱼马上没了底气。因为，小鱼没办法把妈妈变出来。

那次，李惠可得意了，说你妈妈又不要你了是不是？我晚上跟我妈妈睡，你呢？你跟谁睡？

回家后，小鱼哭了。晚上睡觉时，问奶奶说，我妈妈是不要我了吗？

奶奶说，你小脑瓜里都胡想些什么？你妈妈怎么会不要你！傻孩子！

她就是不要我了，她就是不要我了……小鱼呜呜呜地哭起来。

后来，小鱼天天盼着苏晴回家，也天天地盼着苏晴把她接走。可，苏晴一次次地让小鱼失望……再后来，小鱼真生气了，认为苏晴就像童话里的后妈一样，一点也不爱她。她也暗暗发誓，再不叫苏晴妈妈。她还觉得，自己的妈妈就是一张照片。只有这个人是我的妈妈：妈妈！妈妈！

小鱼总是对着照片上的人喊妈妈，久而久之，真实的妈妈她却喊不出来了。

肩章上还扛着红牌的学员小林问预报员曲比拉铁：到时候，我能看发射吗？

曲比拉铁一脸严肃：恐怕不能！

小林不解：为什么，不是都能看吗？

曲比拉铁一本正经地说：你们新来的学员，都得去指挥大厅里保障，要看也只能对着大屏幕看，看不到现场。

小林头一歪，一副晕倒状，把大家都逗乐了。

苏晴也忍不住笑了起来。

确实，火箭点火腾飞那一瞬，是所有人渴望目睹的一幕。别说是新来的学员小林，就是天天待在基地的人，也十分想看。可是，连马邑龙这个现场总指挥，到现在居然也没一次近距离地看过发射，每次看见的全是通过镜头传到屏幕上的，跟一般人看电视转播的实况差不多。苏晴是前不久，坐在一辆中巴车上，听马邑龙跟别人说的。

苏晴在心里给他数过一次：他坐在指挥大厅里，亲自指挥发射就有十三次；

倒计时三十分钟后，当 01 指挥员下"点火"口令就十五次；坐在前锋指挥所前台亲手按下电钮，让火箭点火腾飞也有六次……可不，他全在室内待着，不是基地指挥所，就是发射站指挥所，真没一次像普通人那样，站在山头上观望。

那天他说：有一次真邪了门，发了疯似的想朝外跑。我跟旁边的人说，你给我盯一下，我出去一会就回来。那家伙一眼猜透我的心思，问：你出去干吗？我知道瞒不住，干脆说：你让我出去看一次吧，我还没真正看过火箭飞起来是什么样子哩。人家说，你以为我看过是不是？我也没看过！我还想看呢！再说，你的位置我能替代得了吗？万一出事算谁的？听他这么一说，我只好老老实实地坐着不动了。最后，他十分感慨地说：看来，要了却这桩心愿，只能等退休喽！

车上的人都笑了。

苏晴没笑，只在心里替他惋惜。看来，一个打卫星的人，自己是看不到真实场面的，就像一个厨师做了一桌的美味佳肴却不能亲口品尝，而那些有幸亲口品尝的人谁会在品尝美味时联想到做美味的人呢？这一点，他还真不如我幸运。

其实，有没有看到火箭腾飞，都不影响发射成功后的欢乐，每次，在庆功宴上都会有人喝得酩酊大醉，有时候，连苏晴自己都把持不住。

那个晚上的庆功宴是哪一次任务？两杯酒下肚，苏晴就放松了，找到感觉了，还跟人频频举杯，完全变了一个人。罗顺祥看她不对头，劝她少喝一点，她说不要你管，我今天高兴！咱们老同学也来干一杯吧！

一杯之后又是一杯。

不知喝了多少杯。总之，不知道。感觉喝的时候是清醒的，回到家，就撑不住了。平时，话语不多的她，滔滔不绝起来，把平时不愿说不能说不会说的全说了出来，问司炳华为何要爱她，为何要跟她结婚？……到后来竟呜呜呜地哭了起来，哭得司炳华一头雾水，但苏晴心里却很清楚，她知道自己为什么哭。

酒醒时已日上三竿，司炳华早不在床上，一听外面水声哗哗地响，起来一看，是司炳华在洗昨晚搞脏了的被子床单衣服什么的。她走过去说她来洗，司炳华不让，说你躺着去吧，我再投一遍就好了。苏晴头仍是闷着痛，酒劲还没完全过去，真的又倒回床上，把昨晚的事从头到尾地想了一遍，结果，越想越内疚，越想越觉得对不住司炳华。

对不起，以后我再也不喝了。

没什么，难得高兴，只是别伤了身体。司炳华反倒安慰她。

这让苏晴心里更生出一层内疚。

后来，苏晴见到乔亚娟，把喝醉酒的事说了，说着说着就流起泪来。

乔亚娟问：这么伤心啊，司炳华欺负你啦？

苏晴低下头，没有，他对我挺好的，是我对不起他。

乔亚娟说，你有什么对不起他的？

苏晴看着乔亚娟。

乔亚娟也盯着她看，一副十分不解的样子。

亚娟，我想离婚。

什么？乔亚娟眼睛一下绷直。

我没能给他幸福。苏晴说。

乔亚娟直着两眼看她半天，等回过神来后，就去摸苏晴的脑门，你没发烧吧？

你瞎说什么呀！苏晴把她的手拿开。

乔亚娟急得坐不住了，站起来问她说：你没发烧说什么胡话？你跟我说清楚，为什么？离婚是说着玩的吗？

我是认真的。

认真个屁！我看你是疯啦！人家司炳华对不起你啦？

没有，他是个好人，他应该过更好的生活，找一个更好的女人……

更好的女人？你不好？你不是好女人？

我不是，他要的……我没办法给……

他要什么了？他要的不就是你吗？你不就是他要的吗？你好他就好，你幸福他就幸福，他的幸福就建立在你的幸福之上。你好好地跟他过日子，你过好了他也就幸福了。这不是很简单的道理吗？你以为跟他离婚是给他幸福？那是给他痛苦。你离开他，让他找更好的女人，谁是更好的女人？你让他上哪儿找？你在他眼里，就是最好的女人！我看你是脑子进了水，胡思乱想，神经病你！

我不爱他，这对他不公平！苏晴也大声叫起来。

你不爱他？你不是说他好吗？一个好人你都不爱，你爱谁？

我谁都不爱！行了吧？苏晴执拗劲上来了。

不，你这是气话！你不爱他，你能跟他走到一起吗？说到这，乔亚娟又软下口气说：苏晴，听我的，好好跟炳华过日子吧，生个孩子，什么问题都解决了。

苏晴也不想让乔亚娟为她担心太多，就说：好好好，你说的够多了，别说了。

那你听进去了？

你以为我脑子真进水了？

乔亚娟这才松口气，搂着她笑了。

苏晴知道，事情要是像亚娟说的那么容易就好了，好好过日子，再生个孩子，什么问题都解决了。你何尝不想这样！可你能做到吗？你心里的苦衷亚娟是永远不会知道的。你是拿自己没办法，你心里也想装着司炳华，可是，装得进去吗？你已经很努力，努力想淡忘的那个人——你告诉自己，他不是你的，司炳华才是。跟司炳华匆忙结婚，就是希望自己忘掉他，面对司炳华，面对现实，不再胡思乱想。有一度你以为你做到了，可是，当两个人无意间相拥在一起时，你发现一点都没忘，只是深埋起来，深得让自己都察觉不到，像冬眠的蛇，一旦气候适宜，又重新醒过来。司炳华要是知道这些，对他的伤害不是更大吗？唉，都怪自己，明明不爱，还要走在一起，自欺欺人不说，这对司炳华也不公平。司炳华真的是个好人，不该过这样的日子，应该找一个更好的女人，过更幸福的日子。你不是好女人，真的不是，因为你不能给他幸福，你对不起他。

……

思绪被小林打断了。小林十分殷勤地给苏晴倒水，嘴巴甜得涂了蜜。她开始对苏晴攻关。苏晴不忍心，就对她说，到时我帮你，一定让你看发射。

小林高兴地蹦起来，说苏主任是好人！并且是世界上心肠最好的人！

第十一章

一

一进家门，于发昌便嚷嚷起来：你人呢，在哪儿？

等了两分钟，仍不见人，又接着嚷嚷："你这个校长，不是在大会小会上喊，'你们是主火箭，我们是助推火箭嘛！'我这'主火箭'现在该添加燃料啦，你这'助推火箭'躲哪儿去啦？"

胡眉在厨房准备午饭，听见前面的话，心里还偷偷地乐着，以为他是跟她闹着玩的，但一听后面的，就乐不起来了，把择了一半的香芹扔在水池里，跑出来问：怎么了，谁惹你了，一进家门乱发一通火。

于发昌直挺挺地站着不说话。要是平常，听见胡眉说笑，他准保咧开嘴乐起来。但今天他实在乐不起来。

他抽空回家，有事找胡眉商量。从"沟里"出来时，心情还不错。"沟里"沟外气氛上就是有差别。从热火朝天的发射场，回到静悄悄的首区大院，顿时就会产生一种落差感。大院的马路上，几乎见不到车辆和行人。每次任务一来，工作重心转到"沟里"后，大院就是这种情形。可他马上又觉得哪儿不对劲，要知道现在是暑假，家家户户几乎都有孩子，怎么不见孩子们的身影呢？难道都乖乖地听父母的话窝在家里写作业？要是这样，可就太难得了。正这样想着，眼看快到家了，突然，他的视线仿佛被什么撞了一下，身子马上在车座上挺直。那是什么？他下意识地问司机。司机说，是一群男孩……他又问：他们在干什么？司机说：好像在飙车。

停！他叫了一声。

司机把车停靠到边上，刚从车上迈出一条腿，一阵狂风怒吼着就从他身边刮了过去。是一支摩托车队，看上去起码有八九辆一辆接一辆地从高坡上冲下来，搅得空气都跟着颤动，看得人汗毛倒立，心悬得比发射塔架还要高。这帮小子，不要命了吗？

大院这条环形路，不是上坡，就是下坡，尤其这下坡，来得很陡，有点意外刹车都来不及。基地对机动车辆全有限速的要求，没想到这帮小子会无法无天，敢在这条路上飙车，等出了事，可就什么都晚了。于发昌拿出手机，给警卫连打电话，让派人去拦截这帮兔崽子。

他回过身来差点跟人撞个满怀：阿宝不知从什么地方冒了出来，冲着那群远去的飙车族比划着两手"啊呜"地叫。

没治！于发昌直晃脑袋。

这是于发昌在进家门前遇到的事。

胡眉说：头痛了？子女教育问题不比你们发射卫星简单吧？

是啊！不然我回来找你干吗？

你找我能干吗？肚子饿了呗。

扯淡！我是想让你这"助推火箭"发挥作用，让我们"主火箭"在"沟里"少分点心。

这时，手机响了。是警卫连长打来的，说是拦截成功，人和摩托暂时扣留。

好！于发昌命他将这些孩子的名字和家长的名字都记下来，并让他们写保证，谁态度好，把摩托还给谁。告诉他们，以后发现谁敢在大院飙车，摩托车一律没收。一定要好好地吓唬吓唬这群野小子。

胡眉已猜到他要干什么，便又转身回到厨房去弄午饭。

于发昌挂掉电话，又把胡眉叫出来：我有话跟你说。

胡眉看他一本正经，也学起他的样子，努力憋着让自己不笑。

有什么指示，你说吧！胡眉搬过一把椅子，坐到他对面，一脸的郑重其事。

于发昌满意地笑了笑，这是他进门后第一次露出笑容：我是受基地常委的委托，来跟你谈话的。

我洗耳恭听。

你看看，我们祖国的花朵都成一群没人管的野孩子啦！

二

原来，于发昌特意赶回来找胡眉，是让她牵头，给孩子们开办一个丰富多彩的夏令营。

其实，于发昌不回来找胡眉商量，胡眉也想着要做这件事。只是她故意端着架子，想看看老公发急的样子。

不过，胡眉也正想跟于发昌好好聊一聊学校里的事，只是苦于没时间，自他忙起任务进了沟，基本上不着家。

今天，为孩子们的事他才主动找上门，胡眉能不趁热打一把铁吗？

说真的，随军这十几年，胡眉还真没怎么让于发昌操什么心。特别是女儿于阳，从出生到上学，又从大学到出国，现在英国拿硕士学位，基本上都靠胡眉。于阳倒是个省心的孩子，从小就很懂事，在学习方面没让人费过心。于阳是他们两口子的骄傲。于发昌一说起于阳，喜得心里能开出花来。

知妻莫如夫，于发昌知道，胡眉是个闲不住的女人，她操心操习惯了。尤其是张帆出事后，她感到特别痛心。多好的一个孩子，学校老师没一个不喜欢张帆的。他是那种不用老师多操心的好学生，每次考试又总能名列前茅。眼看再有一年就高中毕业，老师们全看好他，认为他上一所重点大学没问题，这也是给学校撑门面的尖子生。张帆的班主任让他往清华努力，他自己更看好上海交通大学机械自动化系。他说他将来要从事机器人专业。有一次，演讲比赛，张帆的演讲内容是未来的发射场，大意是说未来的发射场，全是自动化，大部分工作都由机器人操纵，指挥室里的人，只需坐在指挥台前发送指令。按张帆的设想，未来的发射场，几乎是见不到人，而大部分的人大部分的时间都在编程，搞软件开发什么的……

张帆给胡眉留下更深的印象是，一次学校组织同学们观看发射实况。眼看火箭还有最后两分钟就要点火了，突然，张帆从座位上蹿起来，说，错了错了，口令下错了，应该是"五分钟准备"，他说成"两分钟准备"了。五分钟里还有很多很多事情要做呢。

会场一下乱了套。值班老师起来维护秩序，让张帆坐下，不要胡说。

我没胡说，就是叔叔把口令下错了。

又有一个同学也站起来：老师，张帆是对的，是那个叔叔错了。我也听见他没下"五分钟"的口令然后就跳到"两分钟"。

张帆说，叔叔太紧张了，等我以后用机器人，就不需要人工来下口令，那样的话，一点声音都听不见。

有个脸型长得很漫画的同学说，没声音那发射还有什么看头？人家倒计时，就是要制造紧张的气氛，让人全都跟着一起数，数到最后"轰隆"点着了，那才带劲！

胡眉和老师们都在后面偷偷地乐，说怎么个个都像发射小专家。

事后，胡眉把孩子们嚷嚷的事学给于发昌听。于发昌说，孩子们是对的，那天指挥员就是下错了口令，他太紧张了，第一次当指挥。胡眉也感慨说：这个耳濡目染真厉害，没人教他们，他们自己就懂了，连哪个环节少了，都能发现。

于发昌开玩笑说：那是他们的遗传基因里就有发射细胞。

那年，张帆才上初二。

眼看着就要上大学，偏偏出了这样的问题，胡眉很担心一个好孩子就此毁掉了。从张帆又联想到阿宝、龙龙、小鱼……就说小鱼，长这么大，得到过父母的爱有多少？只要这么一想，胡眉会跟于发昌抱怨，说是做你们这些人的孩子真是苦啊！

那你就更得为这些孩子们做点好事。于发昌说。

她觉得自己不是不想管，是没能耐管，假期里她有权把老师们喊回来上班吗？就是能喊回来，你也得稍稍给点奖励性的补助吧？再说，学生们组织活动，也得有经费？一提到钱，再好办的事情都不那么好办。

胡校长，你就别叫穷了，先开起来，让孩子们找到组织再说，别整天放羊，没人管，至于经费我来想办法。

你今天可真大方啊！

其实胡眉不知道，自张帆泄密事件出来后，基地常委们开会时，议过这件事，于发昌只是落实给胡眉而已。

三

　　夏令营开营的那天，苏晴一早把小鱼送去学校，确切地说，是把小鱼交给胡眉后，她心里才踏实一些。她总觉得小鱼一个人在家，她放心不下。

　　但小鱼很不情愿，说一个人都不认识，她不想去。苏晴说，你去了后才能认识，不去不就更没机会认识了吗！小鱼还是不高兴，脸阴着，跟天气一样很不开心，故意走得慢腾腾的。有两次，苏晴不得不停下来等她，让她快点走。而小鱼像没听见，依然保持着原来的步履。远处，有隐隐的雷声。苏晴抬头看了看天，眼里露出一丝的焦虑。

　　她们好不容易才走进学校，找到胡眉的办公室。

　　苏晴朝胡眉笑了笑，把一只手搭在小鱼的右肩上，介绍说：这是我女儿司小鱼。

　　司小鱼？谁叫司小鱼？小鱼一扭肩膀，就把那只手甩开了。苏晴正窘迫时，又听见一句荒唐透顶的话：我干吗要叫司小鱼。

　　连胡眉都吃了一惊。苏晴领着小鱼进来时，她倒是看出小鱼脸上的不情愿了，可她没想到看似文静的小鱼，竟这么有个性，像个小"刺头"。

　　那、那你……你叫什么？苏晴显然慌了神，想象不出她不叫"司小鱼"还能叫什么。

　　小鱼比苏晴和胡眉都要镇定，眼珠滴溜溜的，一会看胡眉，一会看苏晴，似乎存心想看她们脸上的反应，好半天才说：叫什么？叫"司捡"，是捡来的"捡"，捡东西的"捡"。

　　胡眉心里暗暗佩服小鱼能在这种情况下应答自如，但她毕竟当老师出身，对调皮捣蛋的学生司空见惯，也沉得住气。可苏晴不一样，她哪里想到小鱼会来这一手，整个人都听呆了，站在那里看着小鱼像看一个怪物。

　　就是！我在奶奶家，同学们都叫我"司捡"，不信去问奶奶！小鱼振振有词，找各种理由证明她不是撒谎。

　　苏晴感觉心里"腾"地冒起一股火，直冲脑门。她真的被小鱼惹火了，因为，司小鱼的名字不是她起的，是炳华起的，小鱼怎么能不征求她的意见就乱改名字，谁让你改的？谁同意你改的？

不用谁同意。小鱼镇定自若，小嘴捣得飞快：你们把我像垃圾一样扔给奶奶，经过谁同意啦？！你们不要我，为什么要把我生下来？

这两句话，听得苏晴目瞪口呆，嘴唇索索地打着抖，就是说不出话来，到濒于失控的地步，又像是一具木偶。

小鱼翻着那双酷似苏晴的眼睛，脸上露出浑不吝的样子。

胡眉也没想到，小鱼心里会有这么大的怨气，还一古脑地全撒在苏晴身上。

僵在那里的苏晴，什么话都没说，她也说不出什么话来，一直默默无言。又有隐约的雷声响了起来。外面刮着风，有一只塑料袋被风吹起，在高空中旋转，旋得苏晴头有些发晕。一侧乳房里面咚咚地敲了两下，剧痛仿佛要冒出火花来。脸上的汗珠也渗了出来。苏晴身子摇晃了摇晃，被胡眉及时扶住，到沙发上坐下。

你没事吧？别生气，孩子都一样，口无遮拦，没轻没重。胡眉说着倒了一杯开水放在苏晴旁边，让她歇一会儿，这段时间你可能太累了。你们也真是的，忙啊忙，什么时候才能到头？我替老于数了数，这一年时间，基本上没过过星期天，都在"沟里"待着。胡眉一边说，一边朝小鱼走去。她知道把小鱼的火气降下来，后面的事情才好办。

把小鱼拉至一边，胡眉轻轻地说，小鱼，不能跟妈妈这么没礼貌。要知道，妈妈也不容易。其实，改名字是有条件的，你了解吗？

小鱼看着胡眉，不吭声。

你不了解吧？那阿姨告诉你，你必须到派出所去改，经家长同意，拿上你的户口本，这样改的名字才有效。你这样做了吗？

小鱼微微地摇头。

胡眉说，那你改名就是无效的。我知道，小鱼肯定是跟妈妈闹着玩的，是不是？

小鱼低下头看着脚尖不吭声了。

胡眉又回到办公桌前，拿起电话，请教导主任过来一下。一会儿，一个又高又胖的中年女人走了进来。胡眉先介绍陈主任，又介绍司小鱼，下个学期司小鱼同学就是我们学校的学生了。这次，她也参加夏令营。你先领她过去登记一下吧。

陈主任把小鱼带走了。

苏晴尴尬又羞愧地向胡眉致谢。

胡眉叹了一口气，批评自己说：苏晴，你、凌立、亚娟全都叫我嫂子，可我这个嫂子当得有愧啊！我早就该提醒你，把小鱼接到自己身边来，可这话，一直没跟你说。是我这个嫂子当得不合格，我要向你检讨！

不！苏晴说，是我做母亲做得不好。

过去的事咱们都不说它了。刚才看见小鱼的样子，也怪让人心痛的，她是用这种方式给我们提意见啊！仔细想想，小鱼也不容易，这么多年没在你们身边，她也是渴望父母亲的爱……胡眉说着说着，嗓子就哽咽起来。

我知道……苏晴的眼睛又洇出一层红。

咱们不提这些，有些事想到了，就要付诸行动，否则就成了空想。以前，我从没跟你提过你个人的事情，那是因为很多原因，最主要的原因是觉得没适合你的人，我想，你绝对不会凑凑合合地再找个人结婚，所以，我看老于他们为你忙乎，心里却一直想笑，我知道那些人没一个配得上你。

不！苏晴说，是我有问题……

胡眉摇摇头，直截了当地说：苏晴，你别嫌嫂子多管闲事，你必须给小鱼找份父爱了。而且，你一个人的时间也太长了，必须抓紧解决。现在眼皮底下有个合适的人，你可别再错过机会。

苏晴知道她指的合适人选是谁，没接话茬。

胡眉说，你给嫂子一句话，这件事要不要我和老于出面？我们老于早就催我，让我来问一问你。他呀，平时什么都不着急，唯独在你们这件事上，急成什么似的。老于说，只要看你成了家，他心里才能减压。

苏晴低下头，轻轻地说了一声谢谢。

远远的又响起雷声，像是"沟里"的方向来的。好像还有汽车的喇叭声。苏晴顺便看了一眼时间。

胡眉问她是不是还有事？

苏晴说不好意思，自己还要赶回"沟里"去，手头的活太多。胡眉随即站起来，让她先去忙，说小鱼交给我，你就放心吧！

苏晴又一连串地道谢。胡眉知道，她的道谢不光是为小鱼的事儿。

第十二章

一

苏晴坐在车上往"沟里"赶去。车窗外掠过的乡村风景，是一片绿油油的桑树园，一条很长的河滩。风季也是旱季的时候，河床早已干枯，裸露着白生生的沙石。雨季，让河又有了灵魂，重新唱起歌来。可它唱给谁听呢，这一带很荒凉，连座房子都没有，再往里走七八里路，才能看见一片营房，它倚在小镇旁边的高坡上。人们叫它白石镇——也算不上镇，就是公路旁有两排房子。是"沟里"这带第二热闹的小镇。有个小小的火车站。据说，特快火车在这停靠一分钟，也是因为基地的关系。那片营房的旁边，有几排低矮的平房，现已破败了。苏晴和司炳华最早的家，就在第二排平房里。苏晴闭着眼睛也能摸回那个"家"，小鱼就是在这平房里，无声无息地游进他们生活中来的。苏晴一直觉得小鱼是从天上的银河里游下来的一尾"鱼"，就在那个让她一辈子也忘不了的夜晚。

那段时间，苏晴正在考虑和司炳华如何分手的问题。可又不想太伤害司炳华——可这种事怎么能不伤害对方？即使对苏晴本人，要想真正走出这一步，也确实下不了决心。她只有自己生自己的气。她知道，事情走到这一步，谁都不能怪，当初是你赌气要结婚，没人逼你，你自作自受吧！

也是这时候，凌立来了，带着刚会说话的儿子龙龙到基地探亲来了。

这个消息，除了让马邑龙高兴，第二个高兴的人，恐怕就是司炳华了。

　　司炳华一听说这个消息，拽着苏晴就要去看他们母子。苏晴跟着去了。她实在忍不住好奇，她听说相爱的人能生出很漂亮的宝宝，他们的宝宝肯定漂亮可爱，可是，这宝宝像谁？他当父亲是什么感觉？他在凌立面前会如何表现？苏晴知道自己这些想法很可笑，很愚蠢，但她就是忍不住想知道。

　　他们俩一进门，龙龙就朝苏晴咯咯地笑。苏晴一伸手，他颠颠地跑过来，要她抱，一点不生分。但龙龙不知为什么，不爱搭理司炳华，气得司炳华把龙龙从苏晴手里抢过去，举过头顶，说你个坏小子，贾宝玉，眼里只有女孩儿。说他的"坏话"，他也咧着嘴乐，露出几个小乳牙，"咯咯咯"笑，像一串风铃。这么聪明好玩的宝宝谁不爱？苏晴想，自己要有这样一个宝宝多好！但这个念头一钻出，马上又被她按了回去，你现在要孩子合适吗？你能生出这么好的宝宝吗？他实在太可爱了，胖乎乎的，双下巴，五官长得既像凌立又像马邑龙，像画报上的宝宝，让人没法不喜欢。

　　自他们进门后，马邑龙脸上的笑像伞似的打开，没再收起来。这屋子里的空气都是甜的，还带着一股奶香。墙壁上的各种全家照张张都洋溢着"幸福"二字。真的，它们全都朝她扑来，以至于让她不能抬头，只好低着头和龙龙玩耍，好像只有这样，她才能对什么都避而不见。

　　她有时会偷偷瞥一眼马邑龙——他大概是世界上最幸福的男人了，比司炳华幸福多了。不是吗？一个这么好的女人，一个如此可爱的儿子，个人前途光明远大。一个男人有了这些，还缺什么？

　　她的目光又偷偷地移向凌立。大概是被儿子拖累得太辛苦，她显得很清瘦，比过去少了一种味道，又多了一种味道，总之和过去不一样。苏晴倒是挺喜欢她现在这个样子。尽管她显得憔悴了一些，但身上散发着成熟的母性之美。凌立把一块切开的橙子先递到她手中，又拿起另一小块咬下一点塞进龙龙的嘴里。龙龙不知是怕酸还是嘴巴小，一口咬下去时，立刻把眼睛眯成一条线，汁液从嘴角溢了出来。凌立没用手去擦，而是用自己的舌头把汁液舔了。苏晴看见这个动作时，眼眶一热，心里有说不出的感动。她想，这就是妈妈！只有妈妈才会这么做。

　　苏晴，你也要个孩子吧，虽然辛苦、麻烦，付出很多，但他带给你的幸福远远大于这些。凌立回过头来，看着有些出神的苏晴说道。

　　苏晴笑了笑，没言语。

那天，凌立说了很多当母亲的体会，她说生育是我们女人的权利。她这样说的时候，一脸的骄傲，一脸做女人比做男人幸福的感觉。

苏晴有些心动。她也喜欢孩子，在路上遇见一点大的孩子，她都要多看几眼，心里会问，这是谁的孩子？他（她）的父母是谁？他（她）来到人世是享福还是受苦？苏晴总忍不住要问这些。转而，她也会问自己：你呢？如果有一天你有了孩子，你能给他（他）幸福吗？你真的做好迎接你们自己的孩子来这世界的准备了吗？说真的，对很多夫妻来说，一个孩子的出世，还不如他们为一趟旅行、买一台冰箱来得更慎重。孩子的到来，有时完全是偶然，让你没准备，甚至稀里糊涂。

苏晴想，她要慎重，不能稀里糊涂。

那天，从马家出来，司炳华一脸庄重地对苏晴说，我想当爸爸。

苏晴早就预感到他会提这个问题，所以事先就想好了一条理由。她告诉他再缓一缓，等这次发射任务结束后再考虑。因为，基地又有了新任务，和上次一样，是同一型号的卫星。那时候，基地刚起步，任务准备的周期非常长，打一颗卫星至少得半年，不像后来那样周期短而密集。苏晴想，等熬过这一段，她和司炳华的关系是分是合，也该见分晓了。这么想着，苏晴心里突然升起一种怜悯，对眼前这个无辜男人，而且无疑是个好男人的怜悯。

司炳华倒是全然不知原由地继续劝说她：你说得对，任务就在眼前，以大局为重，牺牲一点个人的利益，这点觉悟我不是没有。但这也不是绝对的，没人要求你这期间不能怀孕，不能要孩子。过去，战争年代人们在战火中还传宗接代哩！

苏晴马上又找了个理由，说我在心理上还没完全做好当母亲的准备，不行吗？

这下，司炳华才无话可说。两人一路无语。

这天晚上，苏晴一直围着小院子，一圈一圈地绕。天上繁星闪烁，她时不时地停下来仰望星空，看见北斗星，心里怦然一动。它真的像歌里唱的那样，是指路明灯吗？那它能不能给我指一条路？告诉我，这世间有没有地久天长的东西。

地久天长？这四个字一冒出来，就从心里带出一丝伤感。他和凌立的爱情准能地久天长！从某种意义上讲，他们已经地久天长。龙龙的到来，不是他们相爱后结出的果实吗？那不是灵与肉、血与魂碰撞中分离出来的一部分吗？那不是两个生命和血脉的延续吗？那不是让他们的爱情有了更深更远的意义和内涵了吗？

那我和司炳华呢？能地久天长吗？我需要地久天长吗？我们需要这种延续吗？

苏晴回答不上来，觉得自己既不自信也没信心，甚至有些泄气。

苏晴想，如果能跟他生个孩子多好？这个念头一蹿出来，她赶紧把它撵走。这想法太傻了，真的。她要自己不再去想这样愚蠢的事情，也不要再去想他，永远地放弃他吧！

那个晚上，苏晴就这样东想西想地在家属小院里走着，她不知有多晚了，是不是早到了该上床睡觉的时间。但院子里却越来越安静，除了她，看不见任何东西在移动，房屋、树、小路似乎凝固了一般。她记得那是初夏之夜，一个繁星璀璨的夜晚。如同沉入梦境，身在他乡一样，突然有一种很深的孤寂向她侵袭过来。她再抬头看星空的时候，觉得银河像瀑布一样直泻而下，恨不得扑进人的怀里来。银河不是河，可她宁愿相信它是一条河。从这里看去，星星和星星是挨得那么近那么密那么紧，稠得就像河水，谁能相信星星之间要用光年来计算？一秒钟光要跑三十万公里，一天呢？一年呢？人和人之间是不是也像星星，看去很近，隔得很远。这样一想，她觉得银河真是冷漠、苍凉，像是冬天结冰的湖面反射出来一缕月光，让人看了身上发冷，还不如灯光温暖。不知不觉间，鬼使神差地，她走到白天去过的那幢房子前，看见一团温暖的灯光映在窗子上，心里猛然一惊！怎么会走到这里来，她问自己。这时，这团温暖的灯光突然像碎玻璃一样，扎进她的心里，引起丝丝缕缕的疼痛。

苏晴像是受了惊吓，心怦怦跳着逃开。

正好迎面撞上出来找她的司炳华。当她看见他时，便远远地跑了过去，扑进他怀里，紧紧地抱住他。她感觉他愣了一下，没有任何防备的样子，他还想对她说点什么，她没让他说，却用嘴把他的嘴堵上，于是他搂紧她，紧紧的，好一会儿后才说，我们回家吧。苏晴毫不犹豫地答声好！此时她心里只有一个念头，家里的灯光一定也很温暖，而且还有一个爱她的男人。他们就那样相拥着朝自己的家走去！

这个晚上，过得很幸福，似乎从没如此疯狂地爱过。那也是她第一次没觉到他身体的重量……

也是这个晚上，一个不速之客闯入了他们的世界。

这个不速之客就是小鱼。

"你们不要我，为什么要把我生下来！"小鱼的话，像一记耳光刮过来，烧灼得苏晴脸上火辣辣地痛。苏晴真想忘记这一段，她害怕回忆它们。她觉得很羞愧，也很后怕。这一切来得太突然，她没这个心理准备。没一点心理准备的情况下，乔亚娟突然向她宣布：祝贺你，要当妈妈了！

这太匆忙也太突兀了，怎么能这样呢？就像遭到偷袭一样，突然而至。很长时间她都不相信自己怀孕这个事实，从医院回家的路上，她对自己说，这不可能！亚娟说谎！亚娟骗我！我有孩子了，我要当妈妈了，我这一辈子就这样了吗？想到这里，眼泪情不自禁地淌了下来。她搞不清自己为什么哭，这眼泪中包含的内容太多了，女人就是这样，遇到说不清道不明一件事时，哭就是最好的释放。

她回到家，犹豫了好几次，才拨通司炳华的电话，让他赶紧回家。他问她什么事这么急，非得回家说？她说我去医院了。他这才紧张地问，你怎么了，哪儿不舒服？她没说话就把电话挂断了。

半小时后，司炳华急匆匆地回到家里。看见她满脸的泪痕，吓坏了，一个劲地追问。

你要做爸爸了！

他开始不相信，看着她愣了半天，然后，突然欣喜地抱住她，在她脸上亲了一口。

炳华，我们不能要这个孩子。苏晴说。

为什么？他的手像橡皮筋一样，突然失去了弹性，松弛了下来，脸上那股高兴劲也被掸掉了。

我们不能这么草率……这么年轻……基地任务又这么重……再说，我真的没准备好。苏晴结结巴巴地说了一连串不是理由的理由。而真正的理由，她说不出口，她实在不忍心打击这个此刻一脸惊喜的男人。

别人想要还要不上，你这是干吗？

苏晴一下恼了，不是告诉你，我没准备好当妈妈！她像是受了，那个没出世的孩子的欺负，心里万分委屈，泪水吧嗒吧嗒往下落。

你别哭了。我不会勉强你的。他木呆呆地坐在沙发上沉默很久后，才说了这么一句。

苏晴知道，司炳华是个比她还能隐忍的人，她看见司炳华眼里闪着一层晶亮的东西。那是她第一次看见他的眼泪。

乔亚娟没想到苏晴会找她做人流，就竭力反对，说了无数遍人流对身体的伤害，可能会留下的后遗症的理由，都劝不动她，只好把她带进那个特殊的房间里。

苏晴记得那个床很特别，看着心里就发憷。在一旁的乔亚娟不知是有意还是无意，把那寒光四射铮铮发亮的器械弄得眶当眶当响。每发出一点声响，苏晴的身子都忍不住一颤。亚娟非常生气，嘴巴用白口罩封着，只在不得不说话时才说一句，听起来也是冷冰冰的，说什么，她就得做什么，"快！别磨叽啦！"亚娟在一旁催她。"你们当医生的真是够狠的。"亚娟立刻反驳说："谁有你狠，连自己的亲骨肉都不要。"

亚娟的话，像一记重拳砸在苏晴的心头，把她砸得骨头"咔"地一响，像要断裂开来。

苏晴是按亚娟所要求的那样躺下了。那样的姿势，也许对产妇，对病人合适，可对她来说真是太不合适了。苏晴是第一回这么着。在一个妇科医生面前，人还有什么尊严？尽管这个医生是自己最要好的朋友，但苏晴心里还是别扭。不，是恐惧，一种不可名状的恐惧，从那盏明亮无比如探照灯一般的光芒里射出，然后向她包围过来……

你放松一点，亚娟说。

她答应着，声音小得连她自己都听不见。

放松！亚娟又喊了一声。

她愈发紧张了，她简直想坐起来。

也就是这时，一个声音突然响起，一个刚出生不久的婴儿的啼哭声，从隔壁房间穿过墙壁传了过来，它是那么的尖厉、有力，穿透她的耳鼓，直达她的心底。这声音明明是来自外面，苏晴却感觉是来自自己的体内，它一声接一声地哭叫着，凄凄厉厉，揪着人的心不放，而且气势一声比一声大，简直让人难以承受。她再也躺不住了，"腾"地坐起来，翻身跳下，说，我不做了。亚娟翻她一眼，你想干吗？不做了，她又重复了一遍。亚娟说：我说你神经病吧？你早听我一句劝，不就没这些事了吗？但亚娟摘下口罩还是很高兴地说，那就快穿上吧，赶快去找炳华，他在外面不知怎么受折磨呢！

苏晴穿好衣服就出门去了，她以为司炳华会在手术室门外等她——电影和书上全是这样写的，她想司炳华肯定也坐在门外长椅上一脸痛苦地等她出来，可她出来时并没看见他的人影。她到处找他，好半天才在医院后面的小花园里看见他。她大老远便朝他跑过去。他坐在花园的花台上，抱着头，一副伤心的样子。她走过去后，他揉了一下眼睛才站起来。就是这一时刻，她看见他眼角里含着泪，故作轻松地问，完了吗？苏晴笑了笑说，没完。他眨着眼睛看着她，问她什么意思。她轻轻地拍了拍肚子：你不是想做爸爸吗？炳华的面部表情在一刹间完成了四季交替，从一脸愕然到欣喜万分，然后，他猛地伸开臂膀紧紧地将她搂了过去，不管旁边坐着几个年轻的病号看没看见，埋下脸就亲她的脸……

这就是小鱼到来的不凡经历。

也是因为有了小鱼，另一条路给堵死了。从此，她不能再有非分之想了，只能老老实实地做一个男人的妻子和一个女孩的母亲了。

也是有了小鱼后，苏晴才渐渐地感到后怕。如果那次没听见那个婴儿的啼哭，不从那张特殊的床上跳下来，还会有小鱼吗？她真的不敢往下想，越是害怕把这扇记忆的大门打开，小鱼越起劲地来敲这扇大门。我为什么不跟小鱼谈谈这些往事，哪怕谈一点点也好，就谈为什么要把她送给奶奶，为什么不把她接回来……

二

"沟里"在下雨。

马邑龙陪着几位总师和专家，从技术阵地赶过来看明天的天气情况。

明天火箭转场，也就是从技术阵地转到发射阵地，他们要看一看哪个时段更适合转场，别转到中途老天又下一场雨来刁难。苏晴刚从车上下来，就撞见了他们。她顺手就给他们从电脑里调出最新的几张不同时段的卫星云图，投影到墙上去，让他们先看，然后再一一作分析。

分析完毕，苏晴站在那里等大家提问。可没人提。

这几个人，都是火箭、卫星系统的负责人、专家。他们坐着没动，似乎还在思考什么。

"窗口"出来了吗？一位戴着老花镜、头发花白的老专家突然问道。

我们正在找，苏晴答道。

能把未来的四五天天气情况也分析一下吗？那位老专家又问道。

好的，苏晴接着说，未来的天气，有两天不错，有两天我们也吃不大准。

吃不准？什么叫吃不准？一直在一旁沉默不语的马邑龙立刻做出了反应。

是的，就是吃不准。苏晴没看他，但话说得很硬。

要么行，要么不行，吃不准能交代吗？他的话同样很硬。

我想这两天的天气恐怕老天爷自己也吃不准，所以，它才让这两个冷暖气团犹犹豫豫地往前移动，什么时候相遇还很难说。苏晴表面上在抱怨老天爷，但话里带刺谁都听得出来。

没人让你替老天爷拿主意，是让你告诉我们行还是不行！他有些火了，音量比刚才提高了几十分贝！

苏晴把头转向一边，不再说话。

空气一下子严峻起来。

那位老专家解围说：算啦算啦，没关系，等小苏吃准了再告诉我们也不晚。说完，就站起来，示意马邑龙一起离开气象工作间，他却挥挥手让他们先走。

工作间里只剩下了他们俩。

他看了她一眼，口气缓和了一些，问她怎么回事？

她仍气冲冲地反问他：你怎么回事？

是我在问你，怎么你倒反问起我来了？

谁规定只许你问，不能我问？

好！你问，问什么？他很恼火。

她反而不再吭气了。

我知道，你对我有意见，现在提吧，别藏在肚子里。

苏晴一咬牙，提就提，你太自私！

他眨巴着眼睛，不相信她会蹦出这么一句话来，我……我自私？什么意思？

苏晴又不说了。

你说呀，我问你天气的事，这和自不自私有什么关系？

苏晴盯着马邑龙看了好一会儿，才突然冒出一句话：你为什么要离婚？

他说：这和你有什么关系？这和"窗口"有什么关系？

她说：这和我今天回答你问话时的情绪有关系！

他说：我说你这个同志是怎么回事？你怎么能把我的个人私事与工作搅和在一起？

她说：因为我看不惯，因为我生气！

他说：你生气？你有什么权利为我和她之间的事生气？你凭什么拿这件事到工作中来撒气？

苏晴一时有些语塞，是啊，你有什么权利呢？她耷拉下眼皮，停了一下，轻轻地说了两个字。

什么？他愣住了！

看到他一脸茫然又无辜的样子，苏晴的声音重新又高起来：你算什么男人？你连自己的老婆得了癌症都不知道，连问都不问，就在离婚书上签字！你这不等于杀了她吗？！

他还不肯相信，说你开什么玩笑，谁得了癌症？！

苏晴说，除了她，你的妻子，不，你的前妻，还会有谁！

他大声起来：你胡说什么？！

她这次没跟着他吼，只是一字一顿地说：她连手术前的亲属签字都是她妹妹代签的。你不要以为你很无辜，即使你不知道，即使你离了婚，你也躲避不掉一个男人的责任！

他站起来，身子微微颤了一下，有些乱了方寸，嘟哝道：我现在是跟你谈工作，不是谈私事、家事、个人的事！说完，把身后的椅子，咚地推到一边。

这是苏晴二十多年来，第一次看见他手足无措，第一次看见他被突如其来的暴风雨浇得狼狈不堪的样子。那一刹间，苏晴相信他真的是不知情。她相信他不是装的，他不是演员，他装不出来。但苏晴想不通的是，事情怎么会是这样？他居然什么都不知道。凌立一丝风都没透吗？为何要隐瞒？为何不让他知晓？

他手有些哆嗦着掏出手机就拨，但怎么也打不通。他忘了发射场区是屏蔽的，手机打不出去。他合上手机，有些狼狈地看了她一眼，想说点什么，最终还是什么也没说出来。

三

凌立得的是子宫癌。

她永远记得去见凌立时的情景，也永远记得当时心情多么复杂。

那次回北京，是领科技成果奖。他们的一项科研课题荣获科技成果一等奖。时间非常紧，去看凌立和继父之间，她只能选择其一。她和继父通了电话，继父说他很好，让她忙自己的。她领奖的地方，离凌立家不远，她决定去看凌立。不知为什么，她有一种感觉，这是最后一次见凌立。为什么是"最后"，她说不清楚。她还听说他们正在闹离婚。正因为这个原因，她内心很不安，她觉得她有错，是她造成的，不然他们的感情不会破裂。想到这一点，她心里真的很难过，也因此而自责，她不知如何才能弥补自己的过错。她希望跟凌立谈一谈，请求凌立不要离开他，她一定要当面告诉凌立，她决不会影响他们的生活。她相信，凌立心里在怨恨她，这是凌立最后一次去基地时找她谈话她才知道的。凌立不容她解释。凌立说，我第一次见到你时，心里就有一种奇怪的感觉，但我不知道它是什么。后来，你到我家来，我便彻底明白了。你知道吗，是你的眼睛告诉我的，你没能把它藏起来。我问过他，可他否认了，说这怎么可能，我有家有老婆有孩子。但我不相信他的话，因为我知道，你不爱炳华。

不，我爱炳华！她为自己辩解。

凌立却冷冷地笑了一声：我真服你，敢对一个死去的人撒谎。

她不再说了，她说什么凌立都不会相信的。她承认，凌立前半部分说对了，但后半部分歪曲了事实，她爱炳华，也许这份爱来得晚了些，但这份爱却是真实的。这次见到凌立，她一定要把这一点明白无误地告诉她。

因为昨晚她还梦见了炳华，这些年她很少梦见他。他手里拿着一管箫，像是要去哪儿演出。远处，一个女人站着等他，这女人就是凌立。醒来后，她问自己这梦是什么意思？难道炳华在暗示我，去找凌立？

不管怎样，她都下决心要去见凌立，哪怕是吃闭门羹，哪怕被撵出门外。她也要去见她。

凌立已经搬了新家。是基地办事处的车把她送去的。在一座高楼的九层里，她摁响门铃后，很久才听见门"咯嗒"地响了一声。

门里门外的人都吃了一惊：凌立显然没想到她会出现；而她第一眼竟没认出凌立。才两年多，凌立变化实在太大，几乎认不出来了。要不是凌立先说话，让她进屋，她真不敢相信，这个一脸憔悴的病态的女人就是凌立。

大概是太突然，两人一时都不知如何开口，目光不知该往哪里放，站了好长时间，凌立也没让座。她则背着小包，拎着水果，木呆呆地站在那里。

你坐吧，好一会儿后，凌立才不冷不热地招呼她，然后又去厨房，端出一杯热茶。

谢谢，苏晴接过水，在沙发上坐下。

凌立表情依然冷冰冰，嘴抿着，像一道伤疤。不知是她带去一股寒气还是屋子里冷，凌立去卧室添加了一件厚厚的毛衣外套。但，这是十月底，尽管外面刮大风，天气还不算太冷。凌立添加衣服的举动，让她感到不正常。这说明什么？是身体虚弱？还是嫌你带来了寒气？她想起那年第一次去看凌立时的情景，当时凌立脸上溢满了幸福，她觉得那是凌立故意向她炫耀什么。她还记得那幢古老的建筑，房间里面摆放着的东西，尤其是那张坚实的双人床和那一对枕头……它们多少次在她眼前闪现，现在，那张床还在吗？还是一对枕头吗？苏晴真想参观一下房子，再顺便注意一下卧室。不过，主人没邀请，她只能干坐着。

但她还是忍不住打量起凌立的新居，看上去还算敞亮、简约、大方，只是显得有些凌乱，地板上能看见薄薄的灰尘，好像几天没打扫了。凌立身上的穿戴，也不像以往那般讲究。

外面刮风，太脏了，到处都是灰尘，凌立似乎在解释什么。接着又说，你来时，我还在睡觉。

打扰了！苏晴无不歉意地说。

没关系，我已经醒了。

你瘦多了，我差点没认出来。

凌立微叹一口，没说话。

你……你……怎么会变得这么厉害？她实在有些想不通。在她眼里，凌立算不上漂亮，但是个很精致的女人，穿戴讲究，佩戴的首饰无可挑剔，从不这样松松垮垮，像缺少了一种精气神。每次，凌立去基地都要给她捎礼物，不是一个精美的小挂件就是一条小丝巾，礼物不大，但充满了女人味、"小资"

情调。

都过去了。凌立微微地笑了笑，笑得嘴角和眼角添了许多细小的皱纹，也许是一下瘦下去的原因吧。

你……怎么了？苏晴小心翼翼把目光越过她脸部，停在头发上。凌立的相貌有些古怪，脸上的皮肤干干的像被榨过一样，但头发却乌黑油亮蓬蓬勃勃，好像身上的全部营养都拿去滋润了它，反衬得那张脸更加枯萎，让人看得心里发慌。

凌立又不说话了。沉默了很长时间后，才把一头乌发摘了下来，露出了光秃秃的脑袋，让好端端的一张脸变成一副枯萎凋残的可怜面具。

苏晴对此没有一丝一毫的思想准备，惊恐得"啊"了一声，好半天，才觉得自己失态了。

头发是做化疗时掉的。凌立低声说了一句，脸上仍没什么表情。

她的心一下揪了起来，虽说她医学知识少得可怜，但还不至于不知道什么样的病人需要化疗：癌症！这两个字像铁锤在她心上重重地砸了两下。她万万没想到凌立会得癌症。这念头从她头脑里闪电般划过时，那颗一直揪着的心像被激光击碎了一样，身子突然痉挛似的颤抖起来，两行泪水从脸上直淌下来。

你别哭啊，都过去了。凌立倒显得比她平静。

对不起，我不知道你出了这么大的事。苏晴一个劲地责怪起自己来。

凌立告诉苏晴，除了她妹妹，几乎没有人知道。我父母上了岁数，我也没告诉他们；龙龙只知道我病了，什么病，他也不清楚。凌立说了一圈，最关键的人一个字都没提。

那……那……他呢？苏晴只好这样问了一句。

凌立又是一阵沉默，似乎不愿提起他。

她十分不解地看了一眼凌立，然后低下头。毕竟——她们毕竟为这个男人有了恩怨。从道义上讲，凌立没错。是她错了。

没告诉他，凌立说，这是我自己的事，和他没关系。她眼睛紧紧地闭上了，在告诉苏晴她累了，需要休息。

苏晴想站起来告辞，但身子没动——她总是这样，一到凌立面前，她似乎就由不得自己，她也不知道怎么会这样。是因为心里怀着一种强烈的歉疚感吗？不错，她是想对凌立说声对不起。以前，她一直认为，她没做什么过分的事情伤害凌立，觉得自己充其量是一个"苦恋者"的角色，构不成伤害。的确，自己毕竟什么都没做！要说伤害，只能是自己伤害自己。可这会儿，她不这么想了，她觉得非常惭愧，非常对不起面前这个女人。如果不是自己的存在，他会对凌立这么冷淡吗？不这么冷淡，他们的婚姻会解体吗？她真想说点什么安慰凌立，但不知该怎么说，只能久久地沉默。窗外，是一阵又一阵的凄厉的秋风，由于楼层高，听得更清晰。而且，这时，她发现音响里播放着奇斯洛夫斯基的电影《蓝》的主题曲，它是那么的舒缓、忧伤，女主角美丽又悲惨的影子和凌立交替出现在她的眼前，分不清谁是谁。

一会儿后，凌立睁开眼睛，用平缓的口气对苏晴说：我知道你想对我说什么，但我求你，什么也别说，我以前是怪罪过你，甚至恨过你。但现在不了。我不是不恨这件事，而是它随着爱一起消失了。你有过爱恨交加的体会吗？我有。但，它们就像一对孪生姐妹，要来一起来，要去一起去。当你发现把其中一个放下后，另一个也随它而去了。你能懂我的意思吗？

苏晴不置可否地看着她。

以前，我一直很自信，固执地认为他是爱我的，只爱我一个人，我也相信爱的力量，相信他总有一天会回到我身边。我一直固执地等待着。直到最后，我才明白，是自己瞎自信瞎固执。

不！不！不！苏晴听到自己的心叫了起来。

凌立摇了摇头，继续说：我比你了解他。他是个比我还固执的人，他认定的事，是不会动摇的。只要你不离开基地，他是不会离开的。当然，你离开了，他也不一定会离开。你不离开，对他起到的只是加固的作用，不是决定性的作用。他这个人，是不会轻易被别人左右的。你只能受他的左右。如果你心甘情愿受他左右，你就能过得很幸福。但我做不到这一点。我们谁都不肯让步，谁都坚守着自己那一点点东西，这对我们来说都是最要命的东西。记得有一次吵架，他严厉地质问我，问我想干什么？你要我怎么做才能让你满意，我都近五十岁的人了，让我转业到地方干什么去？我就是转业回去，没有了自己喜欢的事情，我会快乐吗？活着会有意义吗？说了这么多，他都是从他自身的角度看问题、想问题，没有一句是为我着想的。当然，他干的是伟大的顶着天的事业。凌立把头靠在干净的沙发椅背上，发出了一声叹息，他活着需要快乐和有意义，难道我就不需要快乐和有意义吗？我们有各自的快乐和意义，但两个人的偏偏不在一个点上。所以，我们只能各走各的路。说到最后，这次，凌立微微地喘了起来，连把话说完的力气都没有了。

真该告辞了，苏晴想，但凌立好像还不想让她走，歇了一口气，凌立又说道：我和他的缘分已经尽了，但我仍然觉得他是个很不错的男人，你好好地照顾他吧！

不！不！不！你可千万别这样想。我……知道，他一直都很爱你！别的我不知道，这一点，我知道。真的。

凌立笑着摇了摇头，用一种看得很开的口吻说：这些对我都不重要了，不重要了。

那什么才是重要的？苏晴想问，但没有问。因为问一个从死神的鼻子底下走过一遭的人，什么东西重要，是很可笑的事情。

离开凌立家的时候，外面已是黄昏，仍旧刮着大风，人行道上到处是凋零的树叶，它们被风撵得瑟瑟地跑，跑一会儿又停下看一看，不知自己要去哪里。苏晴感觉自己也像一片叶子，不知道要往哪里去。满大街飞扬着尘埃，充塞着汽车的噪音，但她都听不见似的，她耳边萦绕的仍是凌立的声音，它们从周围的嘈杂声中一点点地突围，顽强地往她脑子里钻；在她眼前浮浮沉沉的也不是大街上瞬间亮起的华灯，而是那只光秃秃的脑袋……很长很长时间，苏晴都没法把凌立揭掉假发的一幕从脑海里抹去。

接下来充塞满苏晴心头的就是对他的怨愤。她无法理解，这个看上去责任感十足的男人，为什么要这么做？他不觉得太过分太不近人情太不人道吗？他怎么能这么糊里糊涂轻率地处理这件事？他怎么这么冷酷地狠下心来？这太不像他为人处事的风格了！苏晴最瞧不上最鄙视的就是那些没责任感的男人。眼下的他不就是一个这样的男人吗？我要重新审视他！审视这个老婆得了癌症他却毅然决然和她分手的男人！

从凌立那里出来时，她就是这么想的。

直到今天，她才知道，也万万没想到，是他居然比自己这个傻瓜还傻瓜，全然不知凌立的境况！

这样说来，是自己错怪他了？

第十三章

一

火箭转场前阶段质量评审报告会。这个会，关系到明天火箭能否转场。每位与会者的面孔，都绷得有些紧，尤其是马邑龙脸上像涂了一层面膜，弄得面部表情又僵又硬。

听说"冒泡"了？吕其小声地问了一句。

马邑龙叹了口气，算是回答他。

吕其又看了看马邑龙，明显察觉到身旁这位老兄情绪有些低迷。这是很少见的，看来他也有被压力压垮的时候。

马邑龙一再告诫自己，千万不能把个人情绪带到工作中去，他一直想驱逐那个像影子一样跟着他，让他不断分心的念头：他想不通凌立怎么会得癌症？她干吗不告诉他？那会儿他们尽管进入"冷战"期，但夫妻的名分没变，她身体出了这么大问题，为什么不吭一声？如果不是苏晴上午说出来，你不就永远都蒙在鼓里了吗？

女人哪，即使你跟她们在一起生活了半辈子，也永远搞不清她们心里在想什么！她们永远是另外一个世界，她们远比火箭和卫星系统都复杂，即使你明明发现出了问题，也永远找不着故障的源头在哪里……

主持会议的是火箭研究院负责人。

他看了看手表，头朝季永年这边点了一下，又朝马邑龙点了一下，才宣布开会。

马邑龙这才发现自己走了神，赶忙假装清了清嗓子，让自己的魂回到会场上来。

当然，整个会议的焦点就在那个"泡泡"上。

这个"泡"冒得不算大，但挺烦人。它是个多余物，藏在电路里用肉眼很难看见，可问题是，它是活的，会跟着电流四处蹿，很难逮着它，就像个精灵！更伤脑筋的是，关键时刻，产品说明书（电路图）死活找不见了。那个眉清目秀的女工程师是小组的负责人，姓顾，人们叫她顾工。她一再保证从家里把电路图带出来了，她记得清清楚楚。但再清楚，你找不着，也等于没有。没产品说明书，大家就成了睁眼瞎。不是说你们女同志细腻吗，这叫细腻？领导急得也上了火。这位顾工一边让下面的人继续找，一边抹着眼泪带领她的小组继续检测。但上百遍检测下来，故障仍不复现，这样，故障就不能"归零"。归不了零，把故障隐患带上天，绝对不可以。程序只能叫停。于是整个程序卡住了，走不下去了。下午三点的专家评审会，就处理这个阶段出现的所有问题。这次检测，一共发现了三个故障，另外两个已妥善处理，唯有顾工手里的这个让人感到棘手。

主持人让顾工介绍故障的情况。

顾工站了起来，将故障现象和检测情况详详细细地作了汇报。

每次，无论哪个系统出问题，系统的负责人，必须在评审会上详尽解答每一个提问。那情形，跟法庭开庭审判有些相似，你必须一是一，二是二地解答清楚，一定得事无巨细和盘托出明明白白毫无保留。与会者常常会为一个问题争得面红耳赤，那是真正的较真叫板。会场的气氛紧张得令人窒息，充满火药味，决不会出现"同情"这两个字。在这个领域里，心一软，抓质量的手就会一松，手一松，等于给"魔鬼"发放通行证，结果就会导致发射的失败！所以，谁敢手软？哪怕一丝恻隐都要不得。不放过一个隐患，一个疑点，是质量评审会的宗旨。最忌讳的就是人情味。

在这个会上，只要有一个人盯着你不放，大家就会跟着穷追猛打，一个问题一个问题地追究下去，对被询问者"严刑拷打"。

这次，顾工被一个刚退休的基地原总师也是发射老专家"盯"住不放了。

你们的备品备件带了吗？老专家问。

带了，但换上去情况和原来的一样。顾工回答虽平心静气，但仍听出声音是颤的。

你是说，产品的质量本身有问题？老专家脑门亮得跟灯泡一样，他头也不抬，一边问，一边往本子上画着什么。

顾工没有直接回答。她盯着他发光的脑门，没有回答，但脸上的表情已经替她回答了一个"是"。

这产品是哪家生产的？

是外购产品。顾工声音又小了下去。

这类产品国内的也有很不错的，你们为什么要外购？老专家口气里含着质问。

顾工难以回答。产品的采购，跟她无关。但，话又不能这么说，只能说这个产品在"家里"检测时是好的，没问题，我们做过很多次的试验……顾工试图解释得更彻底一些。这也是事实。在家，它的确是好的，没问题，问题是转运到靶场之后出现的。可这样的解释未免牵强。在家好，到了靶场就不好，归根结底还是质量不过关嘛！

有人不满意了。明摆着你用的是一个不合格的产品嘛，于是又有人怀疑他们在家检测就不严。从这一点，又引申出他们在管理上存在的漏洞。按规定，出厂前必须严格按照"四查"要求，即：一查设计，复查设计方案的正确性和强壮性，二查状态，复查更改要求的合理性和改动方案的正确性；三查质量，复查产品生产过程中是否受控，质量是否符合要求；四查风险，复查产品是否存在尚未识别，没有严格控制的残余风险。如此看来，对"四查"也是落实不到位的。

不出问题都好说，出了问题，你这个小小的部门组长，就要被众人"炮轰"，谁让你们部门出事呢？否则，你一个小小组长哪有资格上会？上会前，顾工是做好心理准备的，没想到，做得仍不够充分，三下两下，心里就委屈起来，本想再说点什么，可眼泪却先行一步，把鼻子、喉咙、嘴巴、眼睛全堵住，弄了一脸湿漉漉的。

主持人推了推眼镜，问大家还有什么问题要问？

马邑龙轻咳了一声，好像喉咙锈住了似的。他最见不得女人的眼泪；他也的确生起了一丝恻隐之心，他希望能帮顾工解一下围。毕竟是女人，女人有女人的弱势。但大家这么一起朝一个女孩子发炮，问题就能解决吗？对"太白一号"来说，时间宝贵，眼下可不是追究什么责任的时候，现在要紧的是尽快拿出解决问题的办法来。他想扳一下轨道，让它朝另一个方向走。他清完嗓子，说我说两句吧，然后提出几点建议：一、就这些时间（下午至明天上午火箭转场之前），我的意见是请顾工再辛苦辛苦，继续对设备进行排查，如果故障能排除，整个程序就接着往前走，这是理想的方案；二、如故障仍不复现，我们只好另做打算：撤换设备。这是下策，没办法的办法，主要是周期太长：向厂家订设备，空运过来，再换上去，从头开始……说真的，太耽误事。我倾向主攻第一方案。不就是个多余物吗？我不相信抓不着。顾工，你说呢？你首先得树立信心，你们有信心，我们才能有信心。会议结束后，你带人去加班，我们这边全力配合，你看如何？

顾工含泪感激地点头。

会场上凝固的空气，被一股清新的气流搅活了，人们的脸也不再那么僵硬了，众人都跟着表态说，是的，是的，只能这样！回去抓紧时间抓到它吧！听起来，就跟抓坏蛋似的！

最后，请季部长作指示。

季永年点睛地说了一句：我们要抢时间，但决不放过一个疑点。在进度和质量面前，质量第一！

散会后，马邑龙迅速让人把张高工找来，让他去给顾工打下手。张高工挠挠头说，顾工那一摊，我还真不怎么熟悉。马邑龙说，我可从没听你老张说过这么谦虚的话！又不要你承担责任，不就是去打个下手吗？老张又嘿嘿一笑，说明白明白！我这就去。马邑龙满意地朝他挥挥手，让他赶紧去找顾工，然后他又转身叮嘱周建明，要他把今天晚上技术厂房的各项保障都做好，不许出一丁点纰漏。

是！周建明回答得干巴脆。

说真的，马邑龙喜欢痛快，不喜欢人家跟他叽叽歪歪讲什么条件，包括凌立讲条件他也不喜欢。他知道这是多年当"主官"当出的毛病，但这毛病看来得陪伴我一生了。他想。

二

很多人都不理解，他为何要和凌立分手。

但凡听见这类话，他一般不去申辩，只有一次在于发昌面前，他作了纠正：不是我要分手，是她坚决要分手。事情都过去了，他不愿再提这些伤心事，再提，那个刚结痂的伤口难免出血、痛。

他爱过凌立，爱得很深。凌立也爱他。自从两人"捆绑"成夫妻后，感情一直不错。尤其是头十年——八十年代到九十年代初期两地分居，信从没断过，他们在信里永远称呼对方"亲爱的"，开头的第一句话，总是"我想你"。那些信，他一封都没扔，全躺在书房一个纸盒里完好如初，只是信皮有些发黄了。这是他翻寻旧东西时看见的，他手都伸出去了，又猛地缩回来，心里不由得一凉，就像最后一次触碰凌立肌肤时的感觉一样。在他眼里，凌立永远是个聪明懂事、善解人意、能干又有主见的女人。是因为她太有主见，太能拿主意，才致使这桩婚姻走到今天这一步的吗？

那些年的分居生活，必然是离多聚少。但只要聚在一起，两人的日子就过得比蜜月还甜蜜。只要一见凌立，他就会感觉到体内的血液开始奔突，难以抑制。凌立也一样。凌立说，我只要看见你，我就忍不住地想。他控制力超强，像个经验十足的魔术师，能把一次一次的瞬间变成无穷无尽、无休无止的梦境。他深深地迷恋她目光蒙眬、神志恍惚、嘴里喃喃着欲生欲死的样子；她的喊叫总能让他热血沸腾，点上火后，没有一次不成功的，就像腾空而起的火箭，不断打着加力飞向太空。最后，他们会久久地搂抱着，酣畅入梦。他们知道，只有真正相爱的人，才会有这样的合二为一。他们从没厌倦过对方，每一次都激情满怀，欲罢不能，期待着下一次。每一次的身心交融，都有新意，都是一次完美的不可挑剔的杰作。这时候，凌立的热吻，会飞遍他的脸，兴奋地说，真是太美妙了，我想天天这样。他脸上溢着幸福，漾着微笑说：那我非累死不可！话虽是这么说，但他不愿让凌立失望，基本上做到"天天这样"。

每次假期的尾声，凌立都要流泪，舍不得和他分开，弄得他心里很不是滋味。凌立一边哭一边问他什么时候才能回来？"没有你的日子，我真过不下去。"他理解凌立，这完全属于标准妻子的抱怨。应该说，凌立是个好妻子。这么多年，她没拖过他的后腿，他心里感激她，让她记上账，老来一并还上。凌立笑着说，我不赊账，要还现在还。他嘿嘿地乐。他一直认为他们的小日子过得不错，算不上完美也算得上和谐幸福。毕竟这么多年的两地生活，没"两地"出问题来，这也是他引以骄傲和自豪的。当然，他心里也不是不想和凌立团圆，谁愿意过这种常年"光棍式"的日子，除非心理有问题。只是他不敢跟凌立提这个敏感的话题，只要一提，凌立肯定说："我不要农村包围城市，也不要支援'三线'，重蹈你父母的覆辙。这不行，绝对不行！你不为我着想，也得为这个家着想，也得为龙龙着想！龙龙得上学，他必须在北京上学……"每次说到这，她都会话锋一转："考虑转业吧，像你这个级别转业回北京，好歹安置个位置，我和龙龙还指着你带我们奔小康呢。"他知道凌立的"小康"是什么概念，她周边的朋友大多是比较富裕的人，开着好车住着别墅什么的。凌立天性倒不贪恋奢华，但她喜欢过好日子，喜欢逛精品店，喜欢刷卡消费，喜欢成为各种俱乐部的会员，喜欢优雅、时尚，喜欢旅游，脑子里总不停地勾勒着 A 计划、B 计划甚至 C 计划，她设计的方案有好几套。她也没忘了替他设计，希望他赶紧回北京，赶上时代的步伐，再拖下去，过了那个"点"，就晚了。

他知道凌立指的"点"是什么，正是这个"点"，让他有了觉醒。

一个将年近半百的人，回到地方干什么？他真想象不出来。一想这事，他心就发慌，连觉都睡不安稳，总是被噩梦缠扰，不是一次次看见发射场变成火海，就是自己被宣布成转业干部。醒来时，总是一身冷汗，跟见了鬼一样。前者是可怕，那是平时工作紧张劳累造成；后者呢？转业有这么可怕吗？想了很久才想明白，不是可怕，而是情感上离不开。要不，他能让凌立失望吗？

有一次，正做梦时被凌立叫醒了。凌立说，你梦见什么伤心事，我从没见你这么哭过！

你还说呢，我正跟老于他们告别，你就把我叫醒了。

告别什么？

我梦见自己要离开基地了！

这是好事呀，你哭什么？凌立不解地眨着两只大眼，在漆黑的深夜里，也能感觉那双眼睛在说什么。她轻轻地叹了一口，说你在山沟里真是越呆越傻了。

还有一次，他跟凌立在电脑上做了个简单的试验，类似心理测试，把每一项都列成"是"与"否"，然后在上面打"√"和"×"，看看究竟是"√"多还是"×"多，"√"代表留，"×"代表走。结果得出的结论是"√"多"×"少。这个简单的加减法游戏，让他最后下定了决心，非常严肃地正告凌立，以后别再提转业的事情。他说人生苦短，一生能做好一件事就不错了。既然只能做一件，就应该挑自己喜欢的事。我就喜欢这件事，它这么有价值，有意义，对国家对民族都有益，一般人想做还做不了呢，我知足了，你就成全我吧！再说，这里确实需要人，大家都往北京挤，都往大城市挤，中国的其他地方留给谁？这个发射场留给谁？

凌立很反感听这样的大道理，说，我不提可以，但你得告诉我，谁来为我支撑？

我啊！我照样可以支撑你。

我指得上你吗？半夜醒来，半边床都是空的，摸一下一手的冰凉。我要一个有体温有呼吸的人，你能给我吗？说着说着，凌立又伤感起来，眼睛也红了。

他们总是为这类争论不欢而散。

当然，凌立看他不高兴，也会迁就他，后退一步，说，不提了，我们就维持原状吧，这样也不是过不下去。

马邑龙时常后悔当年没让凌立随炳华一起入伍，当年只要稍稍给她一点压力，她不会不听的。热恋中的女人哪个头脑不发热？造成今天分居的格局就是当年没有趁热打铁。

尤其让他懊悔不迭的是没抓住那次特招部分家属入伍的机会。那是基地有史以来破天荒的一次，当然，首先是你的家属要符合特招相关规定。这太让他振奋了。

他找来文件，逐条逐句地对照。结果，没说的，凌立符合"特招"的所有条件。

"特招"跟家属随军是两码事。一旦特招，便可纳入正式编制，享受干部待遇。也就是说，一到基地报到，凌立就可以成为一名中校女军官。凌立不是说过，挺羡慕苏晴这身军装的吗？还特地借来穿在身上照相，过一把军装的瘾。他想，要是凌立自己穿上呢？他虽然对凌立是否认可穿军装没有十分的把握，但他仍然想试一试。他相信一定能做通她的工作。于是，他就来了个先斩后奏。当然也是因为时间紧，干部部门催着要上报名单。更不巧的是，凌立不在国内，她跟一个考察团去了欧洲，想跟她联络都很困难。再说，光靠电话也说不清楚。

他只能替她做主，先列入上报名单再说。

等他上报完后，凌立也回国了。

这时候，也正是他春风得意之际。"群众干部部"有小道消息说，他和于发昌即将高升，他有可能出任基地指挥部指挥长，于发昌出任政治部主任。

没多久，凌立来基地探亲了。

是夏天，又恰逢雨季。那天是星期天，下午外面下着大雨。他们俩美妙完后，睡了个长长的午觉。凌立比他先起床，泡了一杯浓香的咖啡，站在窗边，看着雨，挺享受的样子。

他轻轻下床，悄悄走到凌立身后，一把扳过她的身子，满脸喜悦地装作一副领导的口吻宣布说：凌立同志，我正式通知你，你将要成为我军一名女军官。

开什么玩笑啊？！凌立差点把手中的咖啡掉在地上。

哎，你别不信，我没开玩笑！

凌立回到窗前，看着外面的雨，说，在山沟里待出毛病了吧，拿来队家属寻开心！

我可不敢拿你寻开心，我说的可是正经事儿！哎呀，你冲的咖啡就是香！我来一口！他把咖啡杯从凌立手中夺了过来。

凌立嗔怪着夺回杯子数落道：你就是在山沟里待久了，待土了，连杯咖啡都冲不好！你说，你不是开玩笑，谁要当女军官啦？

还能是谁，就是你呀！

哦？凌立愣了一下，突然大笑了起来，我说你有毛病吧，你看我像个当女军官的料吗？她笑得弯下腰去。

嗨嗨！我说老婆，你严肃点好不好？我可跟你说正经事呢。告诉你，你得有思想准备，名单真的上报了，如果批下来，你就得穿军装。这不是很好嘛！这么多年我们也该团圆了。他严肃了一点，注意观察凌立脸上表情的变化。

什么？凌立像没听清，又问了一遍。

你来吧，穿上军装，一个女中校，跟你老公永远厮守在一起，有什么不好？那么多女人都能过，你也能过，是不是？人家苏晴一个人带着孩子还要在这里过哩，你也来作点奉献和牺牲吧！马邑龙仍然半开玩笑半认真地说。

别在我面前提她！我没这思想境界，我可把话说头里了，今天你是开玩笑，咱们哪说哪了，如果你说的是真的，那我可就要让你失望了！

不行！这次不能由着你，这回你得听我的。他也用上了少有的强硬口气。

为什么这回要听你的？我不是你的兵，我们之间不是上下级，告诉你，我有权选择我的生活，包括不当什么女军官！凌立也开始咄咄逼人。

他看着她没说话。

再说，谁同意你自作主张了？你征求我的意见了吗？你——还知不知道尊重人？！凌立最后一句话几乎不是说出来的，而是一股旋风一样的气流把它卷出来的，身子也像雨中的树一样抖起来，连她自己都不知道是无意中没抓牢还是有意砸下去的，反正"嘭"的一声，咖啡杯落地了，碎掉了，和没喝完的半杯咖啡混杂在一起，洒了一地。

马邑龙满怀喜悦被这一声脆响砸得荡然无存，热乎乎的心也随着那只杯子落地变得冰冷。他不再说话，突然感觉脑袋沉沉的，什么话都不想说，像是雨天压在头顶上一样。他不明白，为什么一说穿军装，就会激起她这么大的火？她不是刚才口口声声说爱他吗？怎么说翻脸就翻脸了呢？让你穿军装，又不是让你跳火坑！他闷头生气，就是想不明白。没错，这里是不如北京好，但这里的人不都活得好好的吗？山沟怎么了？不是这些人窝在山沟里，这个事业能这么红火吗？卫星能上天吗？这山沟是窄，是小，可发射塔架能竖在天安门广场上吗？

他越想越觉得憋得慌，便也走到窗前去看雨，把大光脊背留给凌立，心里却期待着凌立像往常他们偶尔闹别扭时那样，过来把手搭在他肩上，哄他。

但这次没有。凌立沉默地坐在床沿上，一动不动。

这是他们夫妻间唯一的一次大争吵。这次争吵，让马邑龙看见了绵亘在他们之间的一道深深的裂痕。怎么办？总不能因为这离婚吧？等一等，等她冷静后，再坐下来好好谈一谈。妥协？保持原状？他不希望矛盾激化，走向极端，这个国家需要安定，他的家也需要安定。

三

未来一周的气象报告送到了。马邑龙接过后，看了看，知道这是苏晴特意为他补做的一件事，心里油然起一丝暖意和感激。他觉得这是苏晴的一种积极的表示。

　　再看时间，离吃晚饭还有一个来小时，他很想去技术阵地转一转，看看顾工他们排故障排到什么程度，但又怕去了给他们增添压力，就忍住没去。还是静静地等候消息吧，有消息，张工肯定会马上报告的。何不趁这个时间，陪儿子吃顿晚饭？儿子来了，还没在一起吃过一餐像样的饭哩。一天三顿，都是儿子自己解决，肯定都是瞎对付的，要是凌立知道，又该心痛她的宝贝儿子了。看来，你这当父亲的也没当好。整天好像就你忙似的。苏晴也一样，她不也没时间照顾小鱼吗？其实，也不仅仅是苏晴，大家都一样。这一点，他深有体会。对，今晚把小鱼也一块请上。

　　四十分钟后他回到家里，喊了两声"晓龙"，没见应答，以为没在家，推门一看，马晓龙正背着门，专心致志地上网。看他进去，马上关掉一个对话框，生怕他看见什么，但他已经敏感到儿子聊天的对象是谁了。自从和凌立分手后，这小子格外小心地处理他们之间的那种微妙关系，来基地后也一句不提凌立，能感觉到是怕他不愉快。这小子真是长大了，会替别人着想了。他摸了摸龙龙的头，说一会儿一起吃饭吧，小刘去接小鱼了，你们也认识认识。

　　我们已经认识了。

　　哦？他有些奇怪。但没说什么便走开了。他更奇怪的是他自己。上午，当听完苏晴的话，还急切地想知道凌立的情况，想问一问凌立为什么要隐瞒实情，可这会儿怎么又不急了？凌立就在网上，正在跟儿子聊天，他是不是也该上去跟她聊两句？但他没有，他这会儿什么都不想说了。他知道，说了也毫无意义。过去的事就让它过去吧！但话是这么说，明显地感到记忆的大海又翻卷上一些陈年旧事来……

　　那是他和凌立第一次大吵后整一星期。没错，是星期一上午。在"沟里"上班的人，全都坐清晨的班车进沟。当时，从首区到"沟里"，还没高速路，班车一路要颠簸一个多小时。马邑龙刚从车上下来，还没到办公室，就听见电话铃在叫。拿起话筒，一个声音像雷声一样劈下来："马邑龙，你个糊涂蛋！"一听是季永年司令的声音，还没等他转过筋来，第二句话又赶了上来："你进沟去干吗？上班？你能上好班吗？还不赶紧给我出来？！"不等他说一个"是"，那边电话"咚"地挂断。

　　他站在那里愣了半分钟，想起某部动画片里的一句名言：当排除了所有其他的可能性，还剩一个时，不管有多么不可能，那都是真相。是的，他隐隐感觉到了什么。

他跳上车立即返回首区。

当预感证实后，他还是忍不住惊诧。

凌立做得实在太过火。她居然瞒着他，偷偷地跑去找季永年。对他说，如果基地不让马邑龙转业，这个家庭就得破碎。搞得季永年好不恼火。当然，他不是恼凌立，而是恼马邑龙，这事办得太不靠谱，这么大的事，夫妻俩怎么能不事先通气？季永年训斥马邑龙时，还小心地护着凌立，怕激化矛盾，后面的事那就更难办了。他痛心又生气地说：糊涂啊糊涂，马邑龙！眼下你让我们怎么办？把凌立的名单撤下来容易，不让你转业，你们家庭破裂，我们如何承担得了责任？！

不用你们承担责任，这是我们两人的事，大不了离婚！马邑龙梗着脖子说。

屁话！找你来，为了听你说气话？你回去，先把凌立给我哄好，认个错，夫妻间有什么大不了的事？拍拍哄哄又恩恩爱爱了。我找你来就这意思，你愣着干什么？还不快走！

马邑龙不情愿地答应着走下楼去。他是往家方向走了，可走着走着，肚子里的气又开始往上顶，他根本没把握回家见到凌立后能冷静地面对，肯定等着他的是一场新的更激烈的争吵。事实上，他已没办法冷静地思考问题，心里有说不出的恼怒和绝望，他不断在心里劝说自己别冲动，先冷静下来再说。但他怀疑自己能不能完成这项任务，眼下这对他来说比完成一次发射艰巨多了。

真的，他告诉自己，你需要一个人冷静地待两天，等理智一些后，再去跟凌立谈。否则，肯定砸锅。他这么想定后，便命令司机将车掉头，先回"沟里"去。

在"沟里"只待了一天，第二天被于发昌发现了，硬是把他撵回了家。当他推开家门时，凌立已经走了，留给他的是一份离婚协议书。

这是凌立第一次提出分手。

四

小刘回来了，他没接着小鱼，说是家里没人。马邑龙"哦"了一声，脑子里闪出一个活脱脱的小女孩。她身上总是背着一个小娃娃，说是她的孩子，一会儿哄它睡觉，一会儿喂它吃的。她总跟着他身后"伯伯、伯伯"地叫，声音脆甜脆甜。那时候，司炳华只要有空，走到哪儿，也把她带到哪儿，十分地宝贝。小女孩看见他最喜欢做的一件事，就是让他拎着两胳膊转圈，每次转得晕晕乎乎站都站不住了，嘴里仍叫着：伯伯，我看见星星了！快！再来一次！那几年，小鱼是大家的开心果，咯咯咯的笑声让满屋子飘着甜甜的香气。这一切，全随着炳华的离去而离去了……

走吧！他招呼马晓龙。

小鱼呢？马晓龙关掉电脑走了出来。

她没在家，我们走。他这样说时，外面的天，已经黑乎乎地沉下来。

那我也不去了。马晓龙马上没了兴致。

你不是想去吃"老战士酒家"的火锅吗？马邑龙问。

"老战士酒家"坐落在发射场外面山脚下，老板是基地的退伍兵。这里的鸡鸭全是放山野里养大的，还有二十多种菌类，号称一水儿的绿色有机食品。最早，仅有一间破破烂烂的泥坯房，因门口打着一条标语：全心全意为部队官兵服务，再加上以"老战士"为店名，看上去挺亲切，基地上上下下的人这个进去吃碗面，那个进去吃碗粉，渐渐就吃出了人气，生意也红火起来。前两年，又改头换面，简单装修后，成了一个颇具规模颇有特色的酒家，双休日，连城里人，都会驾车带着家人朋友来品尝这里的风味特色。

算了，太麻烦，还要走那么远。晓龙说。

走吧，今天我刚好有点空，再往后更没时间。马邑龙还是想陪儿子吃顿像样的饭，满足一下他的愿望。其实，他知道自己更想满足的是当一次好父亲的愿望。

没关系，你忙吧。晓龙却一副坚决不去的样子。

那你吃什么，这么晚了？马邑龙担心他瞎对付。

我随便哪个小店吃一点就行，你真的不用管我。马晓龙转过身又回房间去了。

他还想说什么，望着嘭的一声被关上的房门，怔了一会儿，从皮包里的一个牛皮纸信封里抽出两张一百元钞票放在桌子上。然后无奈地摇了摇头，一个人出门去。小刘的车在院子里等他。

大院很安静，马路上几乎见不到车辆和行人。车子驶上营区唯一的一条环路——那个陡坡往下走时，路边有个移动的身影透过车窗撞了进来，是个女孩。她在路的右侧慢慢地爬着坡，不知是车灯晃眼还是习惯，她的眼睛眯着，脸色刷白，一副幽幽的样子，和另一个女人的神态十分相似。不用说，一看就知道是谁的女儿。这些年，他一直没机会近距离地见过这孩子，多少次机会都错过了，特别是前些日子，这孩子的奶奶送她回来，他很想去看一看老人——一直有这样的心愿，想替炳华为老人做点什么，可是，当"艾米莉亚号"升空后，他从"沟里"赶出来时，老人已经走了。老人送孙女回来只在基地待了三天，便急匆匆地返回了老家，连跟老人打个照面的机会都没有，遗憾就不说了，主要是心里过意不去，想起来很不是滋味。他自己也想不明白，基地上下对这一家人，没有哪个不歉疚的，包括对这个小女孩也如此。他长长地叹了口气，眼睛仍盯着那个孤零零的身影，看上去那么让人心痛。他真想代炳华好好地疼爱她，当时连凌立也有这份心。小刘好像明白他此时的心思，故意把车速放慢，以便让他看得更清楚。她长得太像她的母亲！五官、神态，走路的姿势，全都像。她怎么也是孤零零的一个人呢？为什么连这一点都像她的母亲？在淡淡的夜幕下，这女孩显得那么单薄，样子看上去也那么忧伤、孤独，让马邑龙本来就不平静的心境变得更加不安起来。

那是哪一年？

对，是凌立最后一次来基地那年。

凌立写了第一封离婚协议后，他们的关系又维持了四年。尽管有了裂痕，但还没破碎到临界点。真正破碎是前年春天。

那一回，凌立没跟他打招呼，突然从北京跑到基地来休假。她总是这样，喜欢搞突然袭击，因为她觉得这样才浪漫，才刺激，才会有意外惊喜。可以说，她制造的每一次意外都很有效果，但这一次，却只有意外，没有别的效果，要说有什么的话，那就是马邑龙猜测，这次她是为和好来的。

"邑龙，你猜猜看，我在哪里？"他接到她的电话时的确意外。因为，这是四年冷战期间，唯一的一次不是为了龙龙，她第一次主动打电话给他。

"哦，你在哪里？"

"我到了。我完成了一个设计，他们很满意，给了我十天的假。"

他一下子高兴起来，能感觉到对方也在期盼着这次见面，也让他看到重修旧好的一线希望。

　　能回到过去该多好！早年，他们俩是多么让人羡慕的一对！只要凌立在基地里一出现，大院里就会多一道风景。不论走到哪里，她总喜欢挽着他的胳膊。他也让她挽，尽管军容风纪上有要求，军人不许钩肩搭背走路。为了不扫凌立的兴，也为了不影响军容，一到傍晚，他总是换上便服出来。那时候，他喜欢这种亲呢的举动，他不是想故意向谁炫耀他们的幸福，而是他们夫妻感情确实很好，确实很幸福，幸福得叫人羡慕。他至今还羡慕那个航天大国有强大的实力，羡慕人家的航天飞机。他认为，能羡慕是件好事，那是你知道你还不够好。从这个意义上讲，羡慕就是动力，是榜样，是目标。能成为别人的目标、榜样，他当然高兴。他希望所有的年轻人，都能过上他们这样幸福的日子。他甚至相信，苏晴对炳华的爱，就是这样被唤醒的。只是他没想到，他们俩的缘分会这么短，只有七年时间。是炳华太没福气。不，这不怪炳华，真正的祸害是自己！是你把她领进基地的，她才会有这样一份生活；又是在你精心设计下，她嫁给炳华；炳华的牺牲，你也得负一份责任。这一点，你永远脱不了干系。你就得一辈子背着这个沉重的包袱，除非，有一天，她和小鱼过上了幸福的生活。是你，真的是你毁了一个女人一生的幸福。只要想起这些，他心就会痛，那个叫歉疚的词，会像空气一样被吸进气管，堵塞在胸口上，会把他憋闷得喘不上气来。

　　如果有可能，他真想替她去承受这一切。可是，这世上，什么都能找到替代品，唯有苦痛这种东西，无法替代，她只能默默地承受。这也是让他想起来就不安的一件事。

　　他不止一次地问过自己：你除了对她有一种责任，还有别的情感存在吗？你心里爱她吗？每每这样问自己时，他就被自己问得很恼火。他知道答案。因为他眼前总有一只孤雁形只影单地飞来飞去，这真让他受不了，让他时不时就会产生一种莫名其妙的冲动，看见小鱼时，都真想扑过去像个父亲一样把她搂进怀里，告诉她，他就是她的父亲。他真的有这样的冲动。

　　那天——凌立来基地的第一天，他坐在车上，火急火燎地往家赶。他回家已经晚了。没办法，上面的设计所来了人，为"沟里"几个机房的改造正商量方案。此项工作由指挥部牵头，他是指挥长，他不能撇下上级来人，自己跑回家见老婆。这样的事情，他永远做不出来。那天的晚饭，就在"老战士酒家"摆了一桌，他耐着性子，敬了一圈的酒后，才抱歉地撤离。不知是空着胃喝下去的酒烧的还是别的原因，感觉身上的血液正在悄然流动，不是往上，而是往下，几乎全囤在下腹部，让他情绪激动起来，一股焦渴之情油然而生。每次凌立到基地的第一天，他都这样。他知道这不纯粹出自性欲，里面更多的是感情。说实话，要不是凌立瞎闹，他真的爱凌立。每次的生理反应就能说明这一点。这么多年的夫妻生活，在生理上，他们彼此没有过厌倦，甚至没有疲倦，每一次，都美妙绝伦。就凭这一点，他们也该和好，不该分开。是的，不该分开。

　　一路走一路想，车渐渐驶入营区大院。闭着眼睛不看也知道车马上拐弯，再有一小会儿就到家了。他坐直身子，睁开眼睛。天哪！他心里叫了起来，怎么会这么巧？他倏地将眼睛眯上，收回视线。已经晚了，那个孤零零的人，早已钻进他的视野，赶都赶不走了。这么晚，她从哪里来上哪里去？怎么老是一个人？炳华离开这么多年，你就不能找一个男人共同生活？过一种快乐的生活，这样对谁都好，你不明白吗？他真想朝那个在路灯下移动着的孤零零身影喊叫起来，"要不，你走吧，离开这里，这样对你和小鱼都有好处。你走吧，没人要你留下来，你听见了吗？"他真想让车停下，马上下去拽住她，告诉她这些。

　　当车子快要撵上她时，他看见她步子猛地缓慢下来，感觉她的头朝右偏了偏，想回过头看一眼似的。难道她知道在她身后跟着的是他的车？但她没回头，反倒加速朝那个坡上走去。而车也转向了，从这个路口拐了进去。拐弯的速度也许快了一点，让他心里涌起一阵不舒服，像是晕车，积攒在下腹部的那股焦渴，一下散了开来，他轻轻地呻吟了一声。

　　下了车后，他没急着拿钥匙开门，而是吹了口气，似乎要把刚才落进心里的东西全部吹出去，他不想让凌立觉察到什么。

　　调整好情绪他才进的屋。

　　他是怀着"待从头收拾旧山河"的愿望迈进家门的。一进家门，他按过去的习惯，先"哎嘿"一声，像是咳嗽，又像打招呼，这是属于他们两人之间久已习惯了的亲密的招呼。这时候，凌立总是像飞蛾扑火似地飞过来，热烈得恨不得将他吞噬掉。他当然会紧紧地拥吻她，很长时间，然后，再去清理个人卫生，然后，再迫不及待回来……这是已经熟得不能再熟的程序。

　　这次的程序当然没变化，也不可能有变化。只是，只是当凌立像团火一样扑进他的怀里时，他的身体竟然没任何反应。他自己都不相信，怎么会发生这种事情？刚才不是好好的吗？这种情况可是从没发生过，是第一次。他越不相信，就越拼命地折腾，使出浑身的解数，累得大汗淋漓，还是无济于事。他不得不宣告"发射"失利，对凌立说声对不起，我这几天太累了。

凌立说没关系。但话虽是这么说，真的能没关系？从她的眼睛里明明看见了失望，它们一点一点从瞳孔里朝外散发，把整个房间都占据了。

马邑龙暗暗发誓，明天，明天一定弥补，让她满意。

但他万万没想到的是，他许诺的明天，也就是第二天的晚上，一个电话，一个千不该，万不该在这个时候打进来的电话，把一切都毁了！

这次不同，他一进门，还没"哎嘿"完，音乐声却先响了起来，像是有支乐队躲在什么地方，要庆贺他们的团聚。当然，不是什么乐队，是手机的铃声。现在想来，是多么的讽刺啊，一首极其欢快的乐曲！他只好又踅回去，将凌立忘在沙发上的手机拿了起来。为了不让它再响下去，又摁了接听键。

以前也发生过同样的情况，凌立有事的话，他就替她接听。换过来，凌立也可以接他的电话。他们俩对手机没附加条件，几乎都是公开的，没什么秘密可言。

但这次不对劲。他刚按下接听键，还没"喂"一声，对方声音先过来了：亲爱的，你好！是一口流利的英语，一听就知道，对方是个老外。

他自然也用英语回答：对不起，我不是你亲爱的！你是谁？

这时，凌立从卧室里冲了出来，跟救火队员一样，急火火地瞪他一眼，一把夺过手机，嘭地将手机盖关闭，然后火冒三丈地质问他，为什么接她的电话？你就不能绅士一点吗？你什么时候才能学会尊重人？你问人家是谁干吗？有你这么问的吗？

一连串的问号，把他砸蒙了。他先是惊愕，后来被凌立咄咄逼人的眼神激怒了，两个人唇枪舌剑起来：接你一个电话至于发这么大的火吗？又不是第一次接，再说了，以前怎么能接，现在就不能了？你通知过我吗？你有什么密要保？我问一句怎么不行？何况是他先说的，什么人跟你这么亲密？你没做亏心事用得着这么紧张吗？坦然就是了你！怎么我没火你倒先火起来了？

我怎么不坦然了？我跟戴维不过是工作中认识的一个朋友……凌立脸上苍白，全身有点打战。

工作中认识？工作中无非是同事，能叫"亲爱的"吗？

你又不是不知道老外的习惯，再说，我不能交这样的朋友吗？凌立激动起来时，声音像撕裂一般，有些沙哑。

人家老外有这习惯，那是老外！咱中国人没这习惯！再说，习不习惯且不管，你想过没有，这里是军事禁区，你跟一个外国人瞎交什么朋友？你不知道你老公是什么身份？你知道现在泄密多严重？

凌立几乎要吼叫了，说，你别拿什么泄密、禁区吓唬人！你这里的老外不多得是！不是对外开放吗？我交一个老外朋友，威胁到你们什么？

假如马邑龙这会儿打住，不再往下说，事情可能还有挽回的余地。可话赶到这里，想刹也刹不住，口气严厉，不乏霸道，语速快得中间连个逗号都没有了。他说到我这里来的老外，都在我们视野之内，也是我们所能掌控的！谁知道你那个老外是什么人？你调查过没有？他的情况你了解多少？他的背景、历史、个人情况你都清楚吗？他跟你交往是什么目的——不会没一点目的吧？凭你凌立长相、气质。你做我的老婆是委屈你了，没有让你过上优雅的日子，算我没这本事。话说回来，什么优雅？什么绅士？认识一个什么狗屁老外就优雅了？他们给你开门，替你穿外套，吃个西餐就算绅士了？你骨子里的那点东西我还看不透？但你现在还是我的老婆，到这里来，跟老外接触得这么亲密，不合适！这点常识你不会不懂。到时候，你怎么掉进去都不知道。说完最后这几句，马邑龙像爬过了一道坡，到了平坦地里，不那么喘急了。

谢谢你，把我当成特务，我又多了一项谋生的技能。凌立说完，顿住，突然笑起来，笑得很冷，笑完后，口气也平缓多了，不再叫嚷了，平心静气地把话一句接一句往外撸，说，今晚你终于表达你心里想表达的意思了，真难为你，憋了这么多年。放心吧，我会把这个位置让出来的。我知道你也非常想让我让位。你连跟我散步都要为人家着想，这是什么感情？你以为你拿一句对不起就能对我交代了吗？你以为我真是傻瓜什么都看不出来也感觉不出来吗？

凌立这些话，说得他心里阵阵发寒。她说的没错，自从炳华去世后，情况就发生了变化。他记得那天傍晚，换好便服，都要跟着凌立出门去了，他临时生生地改变了主意，装作好像他不是故意不去散步，而是突然想起什么事，忘记做了，眼下、必须、马上把手头的活都停下，去处理这件事。于是，他对站在一旁等候的凌立说：你先走吧，我，我得把这件事处理一下再说。第二天，第三天，他总是找借口，不去散步。他知道，凌立不可能没有感觉，不可能不失望。但他只能这么做。他以为，他不陪凌立散步，影响不了他和凌立之间多年的感情，但他和凌立的幸福却有可能给别人带去痛苦和伤害。这个"别人"，尽管不会知道这一点，但他愿意这样去为"别人"着想。这个大院，地盘不大，谁看不见谁呢？所以，他只好放弃和凌立散步这一习惯。这一切当然逃不过凌立的眼睛，只是他没想到，凌立不仅看在眼里，还记在了心里。

你扯哪儿去啦？马邑龙突然也笑起来，好像凌立刚才在说笑话。

凌立没看他，把头昂起：你以为我什么都不知道，真是个傻瓜吗？我是傻，我是够傻的。凌立目光瞟了他一眼，又马上移开。的确，这次来我是抱了点幻想，想跟你和好，这么多年都熬过来了，老都老了，还折腾什么？为儿子想想吧。但现在我发现我错了。我压根就不该这么想。

你要真这么想就对了……马邑龙想把话题就定格在这里。

不！要是你进门时对我这样说，我可能会信的，现在我不信了，以后也不会再信了。凌立冷冷地苦笑一下，眼泪却跟着流了出来。

马邑龙怔怔地看着凌立，不再说话。他一时不知说什么好。

凌立则像个蜡人坐在沙发上，目光散散地落在什么地方，也不再说话。

这一刻，他们俩都意识到，这一场争吵比四年前的那一场来得更剧烈更决绝，完全没有了修复的可能。这一晚，他们没有睡觉，各自在沙发上坐了一夜，仿佛要以这种形式告别过去，告别曾经有过的爱情，告别他们共同的夫妻生活，只是他们俩脸上的表情都黯然、绝望，像遭受了一场毫无防备、突如其来的海啸一样可怕，能毁的都毁了，剩下的是一片满目疮痍的惨状。

当沉寂的黑夜被清晨的军号唤醒的时候，马邑龙知道一切都不复从前的一天开始了，昨天的工作没有结束，今天还得继续。他起身对凌立说，你去睡一觉吧，我一会儿要进沟，等我回来再说好吗？凌立没看他，却闭上眼睛说，你忙去吧，不用管我了。最后这个"了"，让他感觉一股冰凉的沮丧透过全身，像一盆冷水浇下来。他又想起以前。以前，他临出门前，总会先和她：吻别。但这次他做不出来，他也知道，凌立是不会再让他吻的。吻，对他们已经不合适了。

凌立没买到飞机票，是隔了一天才离开的。听说，她和胡眉、苏晴等人有过告别。还去了司炳华的墓地，给阿宝留了一盒巧克力让司机小刘转交。那天下午他赶到机场时，没见到凌立，只看见一架飞机在跑道上滑行……那一刻，心里说不出是啥滋味，他看着那架飞机从头顶上滑过，又变成一个银白色的小点，然后在蓝天中渐渐隐去。

怎么会这样？一个大大的问号，蛇一样钻进他的体内，也把一股冷血注进他的全身。

五

快进发射场区时，马邑龙提前下了车，他想自己走一走。

刚下过雨，地面上一片潮湿，迈动步子时能听见鞋底纠缠泥巴的声音。

天太黑，看不清路，他猛地停下来。这会儿，他才明白自己要往哪里去。他是想"白蟒河"了：一条小瀑布，水流湍急，吐着白沫，就像一条大白蟒呼啸着从高处往下跃……他真想到那里坐一坐，静静地听它咆哮一会儿。

一个黑森森的影子迎头撞过来。也许是天太黑，它显得比白天看见的要巍峨高大，看它的样子像是在这里站了有几万年。他真想过去问一问它，这些年有没有过孤独、烦恼、困惑、委屈？有没有情绪低落的时候？有没有愿望想向谁倾诉？它一直这么静默无声地等候着，如同一个老父亲期待着远走他乡的儿子回家。

他呆呆地站了一会儿，听了一会儿，也看了一会儿，然后，蓦地转过身来，沿原路走了回去。他知道什么在等待他，他知道明天火箭要转场，他没有属于个人的时间。这样想着，他便朝远处一明一灭的闪着红色灯光的发射塔架走去。

假如那个故障能排除，明天，火箭就该转场来这里，塔架上各大系统都已做好了准备。这些都不用他担心，眼下最担心的是那个故障，他在等老张的电话，只要有消息，老张就会在第一时间打电话来，没接到电话就说明故障没能"归零"。

不会的，他告诉自己。他对张高工的能力心里有数，他对自己部下的了解，远胜于对凌立、苏晴这些女人的了解。

耐心点儿，再耐心点儿，他对自己说。反正回去也睡不着，便在发射场坪上转悠起来。三转两转就转到了发射塔架底下，竖起耳朵听了一会儿，隐隐觉得有什么声音。又朝西走了几步，看见一缕灯光从铁门的缝隙里漏出来。他朝那束光疾步走去，将铁门哗啦打开，动静不大，但足以让人魂魄一颤。

里面有四个兵。

猛然起立。有两个兵下意识地将手藏到背后，另两个立正站好，匆忙中没完全昏头，知道先敬礼，道声：首长好！但他们的脸都不自在，仿佛干了坏事要把它掩盖起来一样。

他挨个地巡视一遍。

全基地的官兵都知道他轻易不骂人，但一旦开骂，就是刀锋箭雨。最著名的一次骂人，是在全基地礼堂一个干部大会上。那件事，实在让他不能不动火，它跟任务倒没什么关系，也不是设备技术上的问题，而是为一个老同志。这位老同志是基地的前辈，他曾为基地创业立下过汗马功劳。这样的前辈，应该说整个基地也找不出几个了，好多的前辈早已去马克思那里报到了。所以，凡是这些前辈想回基地看一看，基地都会满足他们的要求。要知道平常想请都请不来呢，这些前辈们都上了岁数，很多人都七老八十，路都快走不动了。而这位前辈能回基地看看，实在难得，连他自己也动情地说：我这是最后一次回来了，下一次再来，就该是装在骨灰盒里回来了。说得在场的人鼻子酸酸的又油然升起一股敬意。老前辈很自觉，不愿给自己昔日的老部下们添太多的麻烦，一个劲地说，我知道，你们工作忙，你们忙你们的，给我派一辆车，我自己去，你们谁都不要陪，也不用事先通知部队搞什么接待，部队吃什么我吃什么，你们给我老头子一点自由。老人家越这样，现任常委们越觉得不能怠慢了老人。还是刚退居二线的总指挥说，这样吧，我来陪他。我也想到部队去走一走，正好和老首长搭个伴，你们就不用操心了。因为老司令离休不久，上上下下他都熟悉，走到哪里应该不成问题。他们就这样到部队转去了。他们穿着朴素，块头不大，加上人老后萎缩了一些，又不摆老革命的谱，看上去跟街头上普普通通的老头儿没两样，很容易被人忽略。有些人看见了，也像没看见一样，冷着一张脸，招呼不打，屁股不抬，那位前辈倒没计较，但老司令脸上挂不住，拍桌子骂起娘来……马邑龙知道后，能不生气吗？虽说这只是一个小单位发生的问题，反映出的却是一个部队的精神面貌，他当然气不打一处来，你们一个个不是县团级干部就是高级知识分子，连一点礼貌都不懂，屁股就这么沉？是金贵得坠着金块，抬一抬都不成吗？不认识妈拉巴子的老首长，还不认识基地的老司令？别说老司令、老首长去看望你们，就是一个普通士兵的父亲去了，你们能这么冷冰冰地待人家？就是一个要饭的要到你们家门口，你也得站起来打发一下吧？起码的礼貌都不会了？都这么大的人，还要像幼儿园孩子一样教你们讲礼节礼貌？都像你们这个水准，能带部队能执行任务吗？我真他妈的怀疑你们！

据说，这是他第一次当着全基地干部的面、也是唯一的一次骂人，自那之后，好长时间，那个小单位的人见了他，全都躲着走。

眼下，这四个兵，四个倒霉蛋，又撞在了他手里，个个心里都在打鼓，这回肯定逃不过一顿臭骂了，一个个低眉下眼的，全都做好了挨训的准备。可不是吗，从基地成立以来，谁听说过有人敢在发射塔架下打扑克的事？还升级呢！真是吃了豹子胆！

但他们不知道马邑龙有一条原则：轻易不跟战士发火。不论他们犯了多大的错，要动火，就找他们的领导动去。

就在大家等着马邑龙唾沫星子劈头盖脑地倾泻下来时，他却"嘿嘿"地笑了起来，说，好小子，你们真会挑地方，是不是也想创吉尼斯纪录？全世界也没几个人敢在火箭底下打扑克吧？你们要是申请吉尼斯纪录，肯定榜上有名。

那个长着一对招风耳的兵更大胆了：马总，我们这不是讨个吉利嘛！

讨什么吉利？他问。

咱们火箭不是要升级嘛，我们也想先升升级呗！那个招风耳的三级士官又小声地说。

扯淡！打升级跟火箭升级是一回事吗？不过，告诉你们几个兔崽子，我今天心情不错，放你们一马，就借你的吉言，也打它一把！他侧身挤进铁门里。这是一间很小的值班室，放了一只铁皮柜，一张小桌子，一部电话，几本值班日记簿，再加两把椅子，其他多余的东西再不能进了。

招风耳让出位置给他，他一抓就抓了一手的好牌，三下两下就把对手打得稀里哗啦，不仅把他们剃了大光头，还给他们从"丁"勾到小二。然后，他起身拍拍屁股说：行啦，就你们这臭水平，别让火箭沾上晦气！到此为止吧，下次再让我看见，小心收拾你们！

四个兵恭恭敬敬老老实实地站在那里，齐声答："是！"

从值班室出来后，他觉得心里舒坦多了，又看了看表，大半夜消磨掉了。

这时，手机突然响了起来。一看来电显示，还没接听，嘴角上已经挂出了笑意。

是张高工来的，张口就是：问题解决了！

　　行啊老张，我正等你好消息呢！他心里彻底开朗起来。抬头再看，天空比先前透亮多了，厚厚的云层似乎被什么挑开一样，露出一条缝隙，有颗星星一闪一闪的，像是要预示什么。夜，也让人感觉不那么灰暗、阴湿、寒冷了。

第十四章

一

六点，马邑龙醒了，起床后的第一件事，便是到门口看老天爷的脸色。天空开始放晴了，他很满意，天气似乎也随着心情的好转而开朗起来。

云层正在转变成云团，不再低垂着一张脸，而是抬得高高的，悬浮在黑呷山尖上，发射塔架看上去也格外高大、伟岸。的确，这段时间，快把人淹死的雨，突然停了下来。空气也不那么黏糊糊的，清爽了起来。虽没见到灿烂的阳光，但能感觉阳光正用舌头一点一点地舔开云层，想钻出来，有的地方，天已露出完美的蓝，跟湖水似的清澈，让人眼睛一亮。

还没到上班时间，技术阵地已是人来车往。今天，火箭，这个庞然大物要转移到发射阵地。把它吊装上大型运输车后，还要走三公里的路，从山的这边，绕到山的那边，行程不远，但最快也得三四十分钟，因为必须走得非常稳，所以走起来极慢，跟人的步行速度差不离。要求是运输车走起来得让倒立的啤酒瓶不倒，哪个驾驶员有如此水准？但这里的运输车驾驶员就能做到这一点。

和运输车驾驶员有一拼的是吊装车上的驾驶员，对他的要求同样很高。想想看，在97米高的塔架上，要让吊装车上的抓钩，抓住一只筷子，准确无误地插入放在地面上的一个小小的酒瓶口里去，能练到这个程度，差不多可以去表演杂技了。所以说，发射场上的驾驶员，个个手里都有绝活。你想，火箭和卫星要准确无误地对接，一根头发丝之差都不允许，对接的点要完全消弭，让肉眼看都看不出来。对他们的技能要求能不苛刻吗？所以，这些拿到驾驶合格的小伙子，个个也牛气冲天，在阵地，如果你发现哪个当兵的说话很冲，甚至有点牛皮哄哄，那他肯定就是这类特种车辆的驾驶员。

但火箭的运输还只是整出大戏的序幕，火箭和塔架的对接，才是发射过程中的一折重头戏。它真的是"重"，重得谁都不敢掉以轻心，弄不好就要出大问题。这方面已经有过多次教训，最严重的一次，就是那次卫星天线和高压电线的碰撞。卫星天线多娇嫩呀，跟嫩树枝似的咔嚓一声，你就得把它拆下来用专机空运回北京返修，害得整个发射程序都得暂停，而事故的地点就在那个弯道上。现在道路拉直，人们才开始不用那么提心吊胆了。

起运时间到了，马邑龙一声令下，运输车沉沉地发动起来，浑身轻抖了一下，无数个车轮同时转动了起来……

火箭以水平的姿态舒适地卧在运输车上，跟皇帝出行似的气派风光。红红绿绿的信号灯在寂静的山谷里闪闪烁烁，格外耀眼。沿途的两旁，肃立着哨兵。警车在前面开道，刺耳的警笛声跳上山梁，向高空袅袅而去，不仅让在场的人个个绷紧弦，精力集中，全力以赴，就连发射塔架也拔直脊背挺直腰杆，恭候着它亲密的伙伴的到来。

半小时后，运输车稳稳当当地停在了发射场坪上。这时，久违的阳光，蓦地从云彩的缝隙中钻了出来，把发射场、火箭、塔架照得一片明亮。笼罩在半山腰中的雾霭在上升，山坡青青的，连对周围的一切已经司空见惯的人们也都瞪大眼睛惊讶地看着这美丽奇妙的景观。

吊装的全班人马各就各位。连接吊具的操作手们，迅速将吊具绑牢在一级火箭上，动作之迅速之熟练之利落让人觉得这是一群靠计算机控制的机器人。吊装车上的操作手，也早早在自己的岗位上守候，只等指挥员哨声吹响，马上起吊。第一节火箭像回家的游子，与发射塔架热切地拥抱，然后很安稳地在发射台的底座上落座下来。这时，大家目送空空的运输车撤出现场，再回技术阵地将二级火箭拖过来，如是三番，三级火箭从水平状态变成垂直状态。当火箭威风凛凛气宇轩昂地耸立在塔架上时，对接工作才告结束。

整个过程中，吊装现场最重要的人物就是吊装指挥员。他会全副武装：手执红绿小旗，胸前挂着哨子，头戴安全帽，神气十足地登台亮相。

在这里，吊装指挥员就跟指挥一个交响乐团的乐队指挥差不多，不是随便一个懂乐理的人都能站到指挥台上去的，那样的话非砸锅不可。吊装工作分好几摊：连接吊具、检查连接、起吊，这之前使用的大部分是口令，起吊后，上升、下降、平行移动……改用哨声和旗语，而这一切全都要眼、耳、嘴、手脚一起并用，和每个岗位的操作手融为一体，默契配合，早一秒、晚一秒、左一点、右一点，都会差之千里。所以，一次吊装过程，就是一次对吊装指挥员素质水平的一次全方位考核。

马邑龙曾经在这个位置上干过三年，是基地的第三任吊装指挥员。现在是周建明，到他这里已经是第十一任了。马邑龙喜欢这小子，他私下里的评价是，周建明是十一个人里最沉着冷静也最激情澎湃的一位吊装指挥。口令，旗语，手势，经过他的改进完善，比自己当指挥时发挥得更为出色。他个头不大，跑动起来，进退自如，灵活机智，总能让自己处于最佳位置上，严密地把控住整个场面。他手里握着的两面小旗，上下左右地挥动。每次挥动，都倾注着情感，那小旗就跟会说话似的。他嘴里那把哨子只要一出声，就底气十足，有一种定力和爆发力，让操作手们一个个精力集中，沉着应对。再就是手势，他的手臂只要弹出，必定干脆利索自信十足，那种拖泥带水犹犹豫豫影响指挥员判断的东西，在他身上全然不见。看周建明指挥吊装，你的身心会不知不觉地紧紧攀附在高高的吊车上，随着它悬起、移动、往左、往右、上升、下降、停止……一记手势，一声哨音，一个旗语，像排练过千百次一样，准确协调，完美得简直让人赏心悦目！有一位北京来的记者，看过周建明的指挥后说，他跟北京那个著名的交警有一拼。他说那个交警本事可大，无论哪条路上车有多堵，只要他一出现，双手两下一舞，道路马上畅通。

不过，周建明一直是个有争议的人物，有人（特别是吕其）认为，此人优、缺点就像阴阳八卦图，黑白各占一半。

那次周建明闹转业，就给吕其留下深刻印象。后来，在一次卫星吊装时，又进一步加深印象。

是去年一次卫星吊装，确切地说，卫星与火箭对接，不知为什么，一开始，场面显得有些紊乱，让人看得着急。马邑龙提醒周建明说，你冷静点，沉住气！周建明刚冲着一位二级士官发完火，听了马邑龙的话，角色还没转换过来，就带着惯性冲着马邑龙也来了一句：这里到底谁是指挥？要不您亲自来指挥？周建明的顶头上司一听这小子口无遮拦，还将首长一"军"，也太没规矩了，正准备拉下脸训斥周建明，被马邑龙拦住了，他大声地对周建明说，好小子，你有种！你来你来，刚才的话算我没说！让站在一旁的人先是一愣，然后又笑出声来。也不知道是笑周建明逃过一劫还是笑马邑龙的度量大。这些人中，吕其的表情是最耐人寻味的，他看不惯马邑龙这种做派。上级就得上级的样子，下级也要下级的样子，你这不是明摆着公开纵容和迁就那些所谓的人才身上长着的刺儿，不仅不去修理，还向他让步，这样下去说不定哪天这刺头就给你捅出个大娄子来，等着瞧吧！

这不，不到半年，这话就应验。

瞧，运输车已停靠在一旁好一会儿了，却不见动作起来。操作手倒是都就位了，迟迟不见吊装指挥员下达任何口令。怎么回事？

指挥员周建明——吊装现场的灵魂人物偏在这会儿不见了。

现场躁动起来，都在找周建明。

没人说得清楚周建明在哪儿，问谁都说"不知道"、"没看见"。

扯他妈淡！马邑龙也火了，指着周建明的领导说：你是怎么搞的？这节骨眼上，吊装指挥不见了你都不知道？大白天还能活见鬼了？去，派人给我把他揪回来！

马邑龙手里攥着的对讲机，正好开着，它发挥了它该发挥的作用，把他的每一句话，每一个字，包括音调、语气、喘息毫无保留地扬声出去。就连在发射场尽头站着的苏晴，也听了个一清二楚，心里难免不咯噔地乱跳起来。她知道他很少这样发火，她更知道这吊装工作稍微一拖延，就得一天时间，尤其让她担心的是，下午的天气有变化，傍晚会有一场大雨，稍一耽搁，赶上那场大雨，吊装的事就得告吹！怪不得他要骂人！骂得好！骂得解气！苏晴觉得骂出她的心声。这会儿她也站在这里等人，也等得一肚子火。也想找个茬骂骂人，都什么时候了，这么不分轻重，还不该挨骂吗？该骂，骂一顿才能把他们骂清醒了！

二

今天，苏晴他们要上黑呷山，把废弃的监测点重新恢复起来。所以他们也存在一个抢时间问题。

　　本来准备一早出发，可等到现在就是上不了路。苏晴昨天就跟罗顺祥商量好，一起上山。她心里也希望他能一起去。当时山上那些监测点都是他带人一手建起来的，山上的情况他比她熟悉。早上起来，苏晴心里就有些不安，说不清是为什么，她隐约感到有些紧张，毕竟是雨季上黑呷山。山上根本没什么路，又长年没人去，曲比拉铁上去过一次，也是三年前了，罗顺祥去得最多，去年底还上去过一次。应该说，没有人比他对黑呷山的情况更了解。罗顺祥从小长在山区，走惯了山路，对走山路，经验比他们都丰富，他自己也说，只要从树上不同角度摘下四片叶子，根据它们日照的强度，就能判断出东南西北。所以，苏晴希望罗顺祥这次再辛苦一趟，与她一起上山，这样她起码心里不会没底……可是，左等右等就是不见他的影子。

　　昨晚，他说要先回家，明天一早赶过来，苏晴没反对，只叮嘱一句，到时别让大家等你。这是在雨季里，找这样一个好天不容易。老天爷硬撑也只能撑到下午五点左右，过后，就要降暴雨。时间太宝贵了，耽搁一小时，就意味着离暴雨更近一小时。这样一想，苏晴心里能不急吗？

　　拿出手机，拨他的电话，却拨不通，关机。真不明白他干吗这关节口上关手机？

　　还不能打他家的座机，对苏晴、刘紫樱早已变成了另一个人，要是刘紫樱听见她的声音，麻烦更大，罗顺祥肯定别想出家门。她不知道刘紫樱怎么会变成现在这样，防她跟防贼似的，也不想想，我怎么可能跟你抢罗顺祥呢？这太可笑了。但她对于刘紫樱说什么，从来不解释，她用不着解释。她只是有些伤心，跟刘紫樱关系变得这么僵。刘紫樱原来多朴实，看上去就跟一只纯朴的木桶似的，全身散发着木头的纯朴香，怎么也没想到这只木桶有一天会变成醋坛子！

　　苏晴看着曲比拉铁，意思是该你出面了。曲比拉铁是个彝族小伙，眉骨和鼻梁把整个脸庞凸显得有棱有角，人也特别机灵。他马上明白苏晴的意思，说你们等着，我去找罗副主任。

　　苏晴和小林仍站在一边等着，脚边堆着上山时用的工具、器材，还有水和面包什么的。小林是个刚从气象学院分来的扛红牌的学员，每看到她，苏晴都会想起自己年轻的时候。当年，她来基地不就是小林这个年纪吗？在别人身上看见自己年轻时候的影子，挺不是滋味。一个四十出头的女人，一旦有这样的意识，能没有点伤感吗？每到这时，苏晴好像听见岁月之河哗啦啦流淌的水声。特别是近段时间，她也不知道怎么回事，愈来愈爱回忆往事，仿佛已到垂暮之年，眼前的事常常记不住，但越远的事，反倒越清晰了。

这时候，场坪开始热闹起来。苏晴一眼就能拨开人群，把他单独地挑拣出来，仿佛她的视力具备了某种特异功能，无论他站在哪堆人里，都能认出他来。在她眼里，他的模样和他的神韵，在这个世界都是独一无二的。

这让苏晴又想到了凌立。

凌立这个女人是太聪明太智慧了。苏晴一直是这么认为的。凌立能得到他，做他的女人，就说明了一切。只是让苏晴想不通的是，凌立为何又放弃呢？如果换了我，打死都不会的。

想到这一点，苏晴在心里为她惋惜地叹了口气。

也许，在凌立眼里，他算不上是个好丈夫。而他呢？他会觉得凌立是个好妻子吗？但不管怎么说，凌立是个好母亲，他们的儿子龙龙几乎是她一个人拉扯大的，这多不容易！仅凭这一点，凌立就比你强。苏晴想，你既不是个好母亲，更不是个好妻子，岂止不是，甚至你很糟糕呢！现在，她真想把炳华从长眠中唤醒，问他这一点：你怎么看我，看你这位不够称职的妻子，这个很少体贴过你，关心过你，疼爱过你，甚至在你离去前半个月还为一件千不该万不该的事情，跟你大吵一架的妻子！

过去，他们也不是没吵过，记得为评职称英语考试，他们吵过好几次。但都没最后这次伤心。这之前的吵架，她也是为他好，参评副高，按规定要过英语考试这一关。他头两年就开始考了，可离合格总差那么一点点，一次是差五分，一次是差两分。她知道，比他英语差得多的人，都顺利地过了关，拿到合格证。合格证这种东西，它真能反映出一个人实际水平吗？炳华清高，苏晴也成全他的清高，走歪门邪道，打死他都不会干，但她知道，只要复习的时候帮一帮他，一起做做题什么，也许就能争取那两分。可炳华死要面子，总说不用，他自己能行，让她别咸吃萝卜淡操心。操心，可她能不操心吗？它已经影响了调职，影响了分房子。为这事，两人说着说着就嚷嚷起来。当然，这都是小吵小闹，不算吵架，真正厉害只有一次。这么多年过去了，苏晴只要想起来，心里仍是愧疚的。

吵架的根由，十分简单，也就是那件军装引起的。没人知道它对她有多重要，炳华就更不知道，只有她像保存一段珍贵的历史文物那样宝贝它，她不想失去它。

那是星期几？好像是星期六。对，是周末。那时，还没双休日。苏晴刚把小鱼从幼儿园接回来，进家一看，像刚遭了一场洗劫：衣柜门大敞着，床上衣物堆得乱七八糟，地下也是。她问：怎么回事？他说他正捐衣服来的。那年，当地发生什么灾情她忘记了，总之，基地动员给老百姓捐赠衣物、被褥、钱粮什么的。司炳华说，我把那些旧军装，全捐了出去，反正我们也穿不上了。的确，旧军装还停留在红领章时代，以后用不上了。他还挺得意的，好像他为这个家做了重大贡献，把用不着的过时的碍手碍脚的多余物清理了一遍，应该得到女主人口头表扬一次。

苏晴似乎没听明白，又重新问：什么？你说什么？把什么捐了？

你怎么了？好像有什么宝贝丢了似的。司炳华一边说，一边坐在沙发上抱起小鱼放在腿上逗她玩。每天，他一见小鱼都要玩上大半天，常常把小鱼逗得不是大笑就是大哭，然后又变着戏法去哄她。

你为什么要把军装全捐走？为什么不问一问我，你有什么权利捐我的东西？她非常恼火，声音高得吓人，当着小鱼的面。

他怕吓着小鱼，把她拽到房间，关上门说：你怎么了？那些军装你还穿吗？它都淘汰了，你留着它干什么？

干什么？我不能做纪念吗？

他一时语塞。他似乎没想到她用这样一个理由。换上新式军装，旧军装已成历史，但保留一套做纪念，也说得过去。

你不把你这份积极性用到复习英语上，在这方面逞什么能啊！她仍然火气很大，脸肯定涨得通红。

这话显然戳到了他的痛处，真是哪壶不开提哪壶。他也火了，朝她大声地吼叫起来：不就是一件旧军装吗，有什么好纪念的？凶成这样！

纪不纪念，是我自己的事。我只问你，有什么权利处理我的东西？

这和权利挨得上边吗？用得着上纲上线吗？啊？他盯视她。

小鱼不知什么时候进来了，看着她"妈妈妈妈"地叫，看她不理她，又跑去叫爸爸。

滚！她吼了小鱼一声。

小鱼扁起小嘴，就要哭。

不许哭。她又朝小鱼莫名其妙地大吼一声。

小鱼"哇"的一声哭了起来。

你拿她出什么气。司炳华不乐意了。

苏晴又把小鱼一把拎了起来，要把她关进厕所里。这是小鱼最害怕的一件事。厕所里没窗，光线不好，白天进去都要开灯，如果不开灯，门一关，小空间便黑乎乎的。小鱼干了什么坏事，她和司炳华都把关厕所作为惩罚。但一般都是口头吓唬吓唬，从没付诸过行动。他们俩也舍不得真把小鱼关进去。而这次，苏晴真要把小鱼往厕所里拖，小鱼就朝司炳华"呼救"。苏晴一听更火了，朝小鱼屁股打了一巴掌，小鱼哭得撕心裂肺的。司炳华知道苏晴是跟他置气，对他的宝贝女儿心痛极了，不得不软下口气说，苏晴，好了，你别拿小鱼做出气筒！是我错了行不行，我对不起你！他为他的宝贝女儿求完情后，转身走掉了。这一走，竟住到单位去，连着三天不着家门。

这是他们家发生过的最大一场战役，以前从来没有过。

他走后，苏晴抱着小鱼哭了。

当时，她都不知道自己怎么会这样失去理性。只为了那件军装，为了她的"宝贝"，事后她想：不就是一件军装吗？为什么要偷偷地保存？又不是他郑重其事地送给你做纪念，不就是你自己穿回来的嘛。你拿它纪念什么？苏晴啊苏晴，你也太自作多情了。要说权利，他是别人的男人，你有什么权利对人家产生非分之想？你已经有了自己的男人，你的男人是炳华，难道炳华把这件衣服送给了一位眼下需要它的人，有什么错吗？再说了，炳华对你还不够好吗？这些年，他是怎么爱你，你心里不明白？你和他还有了这么一个可爱的女儿，你居然会为了一件衣服，伤两个人的心！你呀，你真做得出来！

苏晴知道自己错了，但又低不下头，只好给乔亚娟打电话求援，拜托她去做司炳华的工作，让他回家。

当时，正是任务期间，大家都很忙。乔亚娟没好气地嘲笑她，说都是因为这天气太好了，让有些人都闲出毛病来了，所以没事找事。的确，那个季节，天气非常好，天天晴空万里，好得让他们这些搞气象的人没有一丁点儿压力。就是变天，一场大雨下过后，又是大晴天。哪像现在，连续的阴雨天都快把人压垮了。不过，亚娟够朋友，为这件事特意进了一趟沟。做完司炳华的工作后，才回来找苏晴，说是炳华晚上回家，你给人家准备一点好吃的啊，他可是瘦多了。说得苏晴第一次明白什么叫心疼。

炳华回来的那个晚上，也是他在家里过的最后一夜。炳华告诉她，他并没生她的气，是事太多了，没时间回家。

苏晴相信他的解释。那是第一次执行"外星"任务。外方条件特别苛刻。意想不到的事情接二连三地发生。的确，他瘦多了，眼睛都抠了进去。她看他时，眼睛禁不住发潮。

一见面，他先过来搂了她一下，说我不回家，也让你一个人好好地反省反省，看看自己的脾气有多坏！他还故意问她：你反省了吗？

苏晴歪在他身上，一脸幸福地说，我写了十页纸的检查呢。

在哪儿呢，让我看看。

全在这儿呢，苏晴指着自己的胸口说。

炳华便把手按在那里，让苏晴突然感到浑身的血液顿时加快了。

他看着她，胳膊又用了一下力。这时，小鱼黏了上来，非要拽他到门外去捉蜻蜓。小鱼三天没见爸爸，比苏晴还兴奋，一直缠着他陪她玩。司炳华抱起她，一屁股坐到沙发上，把她横在腿上，狠狠亲了一口，就叨叨开了，说乖宝宝好宝宝聪明宝宝漂亮宝宝香喷喷的宝宝，一直喋喋不休夸个没完。苏晴从来没看见过哪个男人这么疼爱女儿，平时司炳华很少絮叨，可偏跟小鱼絮叨个没完，反显得她这个当妈妈的不如他有耐心和爱心。每次，都是父女俩疯够了，小鱼也冒出一身热汗，苏晴嚷着要给小鱼洗澡，父女俩才停下来。

要是，要是炳华能活到现在，有这样一个父亲疼爱着，小鱼会是个多开心的孩子。这个家也会和现在大不一样。现在这个家，还能叫个家吗？想到这里，苏晴又在心里长长叹了口气。

记得炳华回来的那个晚上，正是十五，月亮又大又圆，就停在窗子外面，似乎手一伸，就能把它揽到怀里来。当然，她的怀里没揽到月亮，倒被另一双手揽了过去。他站在她的身后，用他瘦长有力的臂膀，搂抱着她，她也将头偎在他的肩膀上，手和手交叉地握在一起。在有月光的夜晚，他们还是第一次这样站在窗前看月亮。这里的月亮，又大又圆，像清水濯洗过一样干净、清新、不含杂质，你看着看着，就会被它吸引，脑子里跟清空过似的，会什么都不想。

也是这时候，美妙的箫声伴着月光轻轻地如丝绸般地滑下来，它是那么的悠然，清静，像一个黑衣侠士独自在夜色里穿行。它清越高昂时，你的身心会跟着它飞旋、上升或下陷，心底里涌起的是一片片涟漪；当遇到颤音时，它会紧紧缠绕着你的心底，让你蓦地颠入离别的感伤中，脸不知不觉地潮湿了。箫声也是不知不觉地停下的。他惊奇地问她说："你不舒服吗？""没有。""那你怎么哭了？""我没哭啊，谁说我哭了？你能再给我吹一首吗？"他满足她的要求后，他们才相拥在一起。那个晚上，后来，变成回忆后，她才明白，它们多像一次生死别离。她当时怎么没意识到这点呢？

也是那个晚上，她是快乐的。她快乐得气都喘不上来，身上微微地出汗，嘴里喃喃念叨着什么，好像是叫他"亲爱的"。这之前，她从没这样叫过他。她不是不想叫，是不好意思，这种过分亲密的话，她讲不出口，就像不喜欢吃甜食一样，它们太腻人了。后来，怎么就讲了呢？在那个最后的夜晚。也许，是氛围，营造的氛围让她情不自禁。不！这些都不是理由，真正的理由是爱：是她真正地爱上了炳华。以前，那不叫爱，叫凑合。从赌气到凑合再到爱，就是这样一个过程。当爱来临时，那是怎样一种让人眩晕的感觉啊，但命运之神为什么要这么冷酷，这么无情呢？为什么要在她刚刚尝到爱的甜味时，就把它收走了呢？感觉就像个美丽的泡泡，"噗"一下，破碎了，连告诉炳华的机会都没给她留下。她咋能不为此遗憾呢。炳华一直以为她不爱他，她爱的是别人。这也是苏晴在整理遗物时发现的。奇怪的是，炳华怎么窥探到自己的内心的？他怎么知道这一切的？

可真正让她无法释怀的，是炳华为她做的最后一件事：把那件军服，她当做宝贝的军服，她为此事厉声指责过他的军服，他为她找了回来。炳华第二天一早就走了，为了不影响她们母女俩的酣睡，他轻手轻脚地走了。等她醒来时，一睁眼看到的就是放在床头柜上的那件军服，上面压了一张字条，写着："亲爱的，军服为你找回来了，是用一套新军装换回来的，幸好救灾物资还没发出。我只希望你高兴！亲你和小鱼！炳华。"看完字条，再看那件军服，苏晴突然失声痛哭起来，直到把小鱼哭醒，吓得跟她一起哭。那时，苏晴全然不知，这是炳华留给她的最后遗言！当时，她只想等炳华再回家时，把一切都向他解释清楚，然后，什么都不再说，只是紧紧地搂住他，搂住小鱼，三个人紧紧地搂在一起，就这样搂着，生活在一起，永远不再分开，永远不再伤他的心！但是，没机会了。永远都不可能有了，这是让苏晴终生负疚终生煎熬的事。直到噩耗传来那一刻，直到噩耗已经变成沉痛的记忆，苏晴才终于明白，世界上最大的傻瓜，不是别人，是你自己。是的，是你自己，你总做傻事，经常，现在也许仍在做……

哦，绕了这么一大圈，为了消磨时间吗？时间真的溜走了一大块。

当苏晴在心里不知第几千次几万次地又开始谴责自己时，一阵急促的啸叫声猛地把她从这种心境中拽了出来：一辆救护车呜哇呜哇的尖叫声，刺穿了整个山谷，把所有人的心一把拎了起来，所有人的目光都追随着救护车的车轮快速转动……

出什么事了？苏晴问，没有人知道，看看表，时间都过去半小时了。罗顺祥照样没消息，曲比拉铁去这么久也不回，真是急人啊！抬头看天，阳光躲进云层不见了。

苏晴只好让小林去告诉曲比拉铁，找不见罗副主任就不找了，让他赶紧回来。

三

救护车正朝发射场方向驶来，一停下，车门立马打开，一个小个子从车上跳下来，急忙忙地向总指挥马邑龙跑去。

马邑龙没给他还礼，厉声问道：你怎么搞的，关键时刻拉稀！

报告总指挥，我真的拉稀了。周建明气喘喘地说。

任务医疗组的一位医生过来解释说，情况确实，我们刚给他打完吊针。

马邑龙一愣，顿了一下，火气明显小了：在这个时候自行失踪是不对的，即使有意外也要报告。

是！

能坚持吗？

没问题。

那就开干！

是！

周建明迅速转身，从一位副手手里接过安全帽，红绿小旗往手上一擎，一声悠长的哨声跟着响起，先是一声长音，而后改为急促连续简短的"嘟—嘟—

嘟—"的短音，气氛骤然紧张，紧接着，就听见有点儿声嘶力竭的声音响遍了整个发射场，震得整个发射塔架发出嗡嗡的回声，围着它绕了一圈，再一点点地向群山扩散："全体注意，各就各位，火箭吊装开始！"

一道光束从云隙间射了下来，连天空都像换了件亮丽的大袍，给人感觉不那么憋闷了。四周的山，戴着一顶绸缎做的白帽子，帽子的顶很高，耸到天上去了，和天粘连在一起。

山路太潮湿，不好走，不是打滑，就是踩水。路两旁的草长疯了，把路挤得都找不见了。

曲比拉铁在前面走，时不时地用砍刀劈两下，把路打开，让后面的两个女人好走一些。一路上，苏晴没说话，显然是不高兴。刚才曲比拉铁回来，带来的消息是"罗副主任胃痛，来不了了"。她知道这话不是罗顺祥说的，肯定是刘紫樱说的，但她没必要从曲比拉铁那里证实什么。

第十五章

一

苏晴领着曲比拉铁和小林上山时，罗顺祥正被刘紫樱反锁在屋里。她不让罗顺祥跟苏晴上山，不管罗顺祥发多大的火，她就是不让步。罗顺祥拿她一点办法都没有。罗顺祥说，我这是去工作，你要把工作给我耽误了，责任你来负。刘紫樱说，我负就我负，有什么了不起！罗顺祥跺着脚说，你负得起吗？你拿什么负？刘紫樱更不讲理：说到底不就是丢饭碗吗？你怕什么，大不了跟我回家种地就是了，你种不了地，我来养活你！我不相信，你一次不上山，就能丢饭碗？而且，我告诉他们了，你胃痛。罗顺祥皱起眉，拍拍脑门，倒在床上。他知道，刘紫樱要是认了死理，九头牛都拉不回，自己再瞪眼怒骂也不起作用。

我看我是前辈子欠了你的。罗顺祥说。

你说的没错，你就是欠我的。如果没我大姐，你能有今天吗？每到关键时刻，刘紫樱就把她大姐搬出来当挡箭牌。

罗顺祥最怕她提那个大姐。

刘紫樱的大姐，原是乡政府（那时叫人民公社）的女干部，在老家那个小县城，没有人不知道她大姐。"农业学大寨"时代，大姐是铁姑娘队的队长，公社广播经常响起她的声音，她先被县、地区、省里树为学大寨的模范人物。很快又提拔成县妇联的正式干部。那个年代，学校也是工农兵三结合领导小组来管理，他们县里只有一所高中，乡下的孩子要想上高中，贫管会主任要不推荐你，分数考得再高也没用，县城中学的门你都摸不着。而贫管会的主任，是罗顺祥家的邻居，两家为争门后的一条臭水沟，成为了冤家对头。初中毕业后，父亲看准了形势，对罗顺祥说，读高中你就死了心吧，眼下有两条路：一是跟你大伯学泥瓦匠，二是老老实实下地做农活。一听这个话，罗顺祥感到眼前一黑，似乎看见自己的一生整个掉进黑暗里见不到光亮了，眼泪便簌簌地落下。他去找学校老师，他们也无能为力，只能为他惋惜。那段时间，对罗顺祥来说，是一段天塌下来的黑色日子。

直到一天傍晚，罗顺祥挑着一担水正往家走，突然，被同学刘紫樱拦住，说有个好消息要告诉他。在班上，刘紫樱学习成绩是倒数的，每天到学校必做的一件事，就是抄别人的作业。她说她最不喜欢数学，一上数学课，脑子就长翅膀往外飞，什么都听不进。她长得矮胖，脸型又扁，同学们给她起绰号叫"冬瓜"，男同学都不爱答理她。罗顺祥是个书呆子，平时除了学习，从不关心其他的。刘紫樱要抄他的作业，他就给抄。所以，她对罗顺祥印象不错，毕业时还送他一支钢笔做纪念，这让罗顺祥激动了半天。拥有一支钢笔，他早就梦寐以求，只可惜家境贫困，父母能供他上学已是很开明了，他哪能张口向父母要这种东西呢，钢笔对他是奢侈品啊！罗顺祥拿着钢笔看了半天，忽然明白自己再也没学上了，又还给刘紫樱，说，你留着用吧，你还要上学……后半截没说完，眼睛却先红了，把刘紫樱也吓了一跳。

听完刘紫樱的话，罗顺祥没什么反应，他早已心灰意冷，心想能有什么好消息。

罗顺祥挑起水桶想走。因为有一只水桶漏得厉害，一会儿工夫，就浅下去一圈，那都是力气换来的，他心痛那水。每天，去水井挑水，来回得跑四趟，才够家人和家畜用一天。从初中开始，父亲就把挑水的事交给了他。这对一个农家孩子，已经是最轻的活了。

你不想听拉倒，我还不想帮你呢！

他的脚并没有停下来。

刘紫樱又追了一句：你不是想上学吗？

罗顺祥眼睛微微一亮，但旋即又暗了。

真的，我能帮忙。

他眼睛又重新亮起来。

刘紫樱说：但我有个条件，你也要答应。

他不明白地看着她。

就是……就是上了县城中学，你在学习上还要帮我。

我上不成怎么帮你。罗顺祥很沮丧。

傻子！我问过我姐，她说帮你找机动名额。

罗顺祥眼睛热乎乎发起潮来。

这支钢笔，你用得上了。

罗顺祥咧开大嘴朝刘紫樱笑了，觉得眼前这个女生是世界上最可爱的人。

刘紫樱也有些得意忘形，把手伸进水桶里撩了他一脸的水，他不生气，依旧咧着嘴傻笑，而水珠子和泪水挂满一脸。

罗顺祥上高中的愿望就这样实现了。

这毕竟是他人生第一个坎儿，迈不过这个坎儿，他就没有未来。

但他的第一笔人情债也就这样欠下了。

他和刘紫樱的感情，也是在上高中时建立的。刘紫樱虽不是学习的料，但知道疼人。高中两年，他们俩都住校，县城中学离他们家有二十公里，一星期只能回家一次。回家多半是因为菜和粮不够吃回家取。但罗顺祥家穷，能供他上高中，已经负担到极限。家里没那么多大米可背，就象征性地拿一点红薯干回来。但刘紫樱就不同，她总是把她那只红花绿地的布袋子装满大米，然后再分一半给罗顺祥，她说自己带多了，吃不完。他知道，刘紫樱不是吃不完，是心疼他，怕他吃不饱。有一次，他不要，推来推去，结果，布袋掉地上，大米白花花地撒了一地。罗顺祥惊呆了，蹲在地上捡半天也没捡完。刘紫樱说，下次你敢不要，我还把它倒在地上。他这才知道刘紫樱是故意撒手的。再后来，刘紫樱从大姐那里拿一元钱，也要分五毛给他。他仍坚持不要。刘紫樱说，就算我借你的，以后你有出息，记得还给我。罗顺祥知道挣钱没那么容易，就说我挣不到钱。刘紫樱说，瞧你，没出息样！她用一指头戳他的额头，你咋知道你没出息？你是我们村最有出息的，比我大姐还要有出息！罗顺祥听了这句话，倒很受用，整个人都顿时向上蹿了一蹿，心里比吃了一块肉还舒服。

当时也不知哪儿来的胆子，脱口就向刘紫樱许愿，等我有出息，一定娶你做我的老婆。刘紫樱咬着嘴唇说，真的吗？罗顺祥傻傻地点头。刘紫樱受了鼓励，更大胆地说，那你现在亲我一口。然后就闭上眼睛等着。胆小的罗顺祥不知后悔自己说错话还是被刘紫樱大胆的话吓破了胆，总之是傻了，戳在那里不敢动，脸跟辣椒糊了似的，红一块黑一块，赶紧说，快走，天要下雨。说完，拔腿就往前走。

雨真的下了，是从刘紫樱眼里落下的。她哭着说，你欺负人！

罗顺祥慌了，不知道哪里欺负她了。

你欺负我。

罗顺祥辩解说，我，我没。

你骗我，还不叫欺负。刘紫樱说。

罗顺祥这才明白过来。心怦怦地跳着，走过去在那张扁扁的脸上亲了一口。刘紫樱马上揉了揉眼睛：那以后，我就是你的人了，有天地作证的，不许反悔，要不会遭雷劈的。

罗顺祥又傻傻地看着她，点点头。不过，那会儿，他心里甜极了，也感激刘紫樱对他的信任。他心里清楚，以他的家境，肯定娶不起媳妇。刘紫樱不嫌弃他，让他感动。但感动之后又心生茫然：她看上你什么？就因为学习成绩比她好？可在那时候，光靠学习成绩是没用的。你真会有什么出息吗？吹牛吧你！他把自己两条腿都想软了。

刘紫樱看透他的心思，说，等我们高中毕业，让我大姐推荐你去上大学，或者去当兵，离开农村，你就会有出息。

这句话让罗顺祥有了信心。不是对自己，而是对刘紫樱的姐姐。自己上高中，已领教她大姐的能量。

但人算不如天算。高中毕业那年，时代变了，国家也变了，高考也恢复了，大学要凭真本事才能上了。这对罗顺祥无疑是个福音。但恢复高考的第一年，罗顺祥运气不佳，居然在考试的那一天，发起高烧，进考场后只考了一半，就晕过去，自然名落孙山。刘紫樱差得更多，拿到数学考卷时，如同看天书。于是，她做了明智的选择：自己放弃，力保顺祥明年过关。这一年，罗顺祥进了复习班，学费什么都是刘紫樱大姐替他掏的。连他的父母，都觉得欠着刘紫樱家人一大笔人情还不清了，见到刘紫樱家人就跟见大恩人似的。不过，对罗顺祥来说，刘紫樱的大姐确实也是大恩人。所以，这么多年，每次回老家的第一站一定是大姐家。

罗顺祥知道，自己真正欠刘紫樱的不是钱，是别的，是他这辈子也还不起的。

　　现在回头再看刘紫樱，她哪是一般的农村姑娘，别看她学起数学来一塌糊涂，但论动心机，她每走一步都跟掐算过似的，那几年，罗顺祥哪一件事不是她刘紫樱拿的主意？包括他报考的志愿，都是刘紫樱让他填的。那会儿，他哪里敢填北京大学？他觉得北京大学跟登天一样，做梦都不敢想。刘紫樱说，你就填，你也许真能登一次天！他还是没信心。说，我能上贵州大学就烧高香了。刘紫樱硬是逼他填北京大学。真不知她哪来的这份信心，比他自己还了解自己。她替他下定决心后，对他说，今年考不上，我们明年再考，考一辈子，我都陪你。说完，脸又一沉，一朵阴云浮了出来，神情黯淡地说："只怕你考上了，人高了，嫌弃我没文化了。"罗顺祥说，"怎么会呢！我们都这样了。"刘紫樱也很有底气地说，"是的，我们都这样了，你想反悔也不行了。不然，你得还我姑娘身。"听得罗顺祥心里咯噔一下，这他哪还得起呢？！

　　这一切是不能怪别人的，完全怪自己意志薄弱。不知从什么时候开始，他只要看见刘紫樱进来出去，胸脯前像塞了两只暖水袋似的在他眼前晃动，嗓子就发干，眼就发直。刘紫樱觉察后就打他一巴掌，骂他脑子长歪了，不好好学习。于是，他红着脸，低下头去，再趁刘紫樱不注意，偷偷抬头看她一眼，发现她居然脸比自己还红！但他们之间那会儿也就到这个程度，直到高考结束，事情才来了个天翻地覆。

　　那天，他去她家，远远就嗅到一股好闻的香气。是刘紫樱在洗头。整个村子里，只有刘紫樱家用得起洗发水。他也是第一次看见起这么多泡沫的东西，眼前白花花的，闪得他眼睛发晕。她让他先到房间坐一会儿，他就进了她的闺房，板壁上全用新报纸糊过，桌上的玻璃台下压着照片，有家人，有同学，他盯着看，可脑子里什么都看不进去。刘紫樱洗完头了，脸上脖子上挂着水珠，拿一条毛巾让他帮她把头发擦干。他接过毛巾照她的话做，离得太近，她身上洗发水的香气，一股子一股子往他脸上扑，他像被电击一样，愣住不动了。

　　她手伸过来，打了他一下，紧接着，后面发生什么，他已经记不住了。他感觉自己的记忆在那一刻模糊了。只记得那会儿比看见一碗诱人的红烧肉，还馋人。也不知她怎么把他拉进怀里，把他的手捉住往她身上最柔软的地方放的。他的手刚挨着它们，又猛然地缩了回去，像被烫着似的，但她又捉住把它拿上去，说，它们是你的，都是你的。接着，她主动把衣扣解开，袒露出白花花的胸脯。那一瞬间，他感觉这次是被高压电击中，整个人都晕了。她拉过他，用手指轻轻地抚摸他的颈背。她是那么的温柔，他从没感受过这种温柔，由不得要把头埋下来，埋进她的乳"沟里"，就像一个婴儿向往乳汁一样，他嗅到了一股甜香，一股野草莓的甜香，现在，在他眼前晃动的不就是熟透了的野草莓吗？他张开嘴，把它含进嘴里。这时候，他觉得她身子也在发颤，而他却像个无家可归无依无靠的孩子那样不安宁，想哭喊起来。她把他拉到床前，一起倒了下去……

说真的，他还没完全清醒，刘紫樱突然拿出一张字条，递给他，让他签字。他一看，则愣住了。刘紫樱解释说，我不是不信任你，我这么做，是给你压力，也是给我压力，万一要是你考不上大学，我也不能离开你是不是？有了这个，我们不论谁再多长一条腿也别想跑掉是不是？当时，他对自己前途未卜，究竟怎么样还不知道呢；再说，刘紫樱说得不是没一点道理，是给双方压力。于是，他没犹豫就给自己画上名字。

那字条是这么写的：

　　我们已是夫妻。谁都不许反悔。谁先提出反悔，谁就赔偿对方一万元人民币。

　　以此为据。

　　（其中还有两位证人）。

后来，罗顺祥越想越不对劲。那是什么年代，全国有几个万元户？她怎么会有这样的经济头脑？怎么知道拿这样一张字据来束缚我呢？不仅让自己签上名，又让两位证人也签上名，一位是大姐，另一位是大姐夫。直到正式结婚那个晚上，她才宣布字据作废，并当他的面撕毁。

刘紫樱问过罗顺祥，娶她前是不是有过动摇。罗顺祥说，我哪敢啊？

刘紫樱也很有把握，你当然不敢。

但唯有罗顺祥自己清楚，上了大学开了眼界后，他还真的思考过他和刘紫樱的关系问题。那几年，两家人都催他们早完婚，怕夜长梦多，担心他地位变了，心也跟着变。人都是现实的，罗顺祥也一样，他不能不考虑将来，甚至考虑到后代，他毕竟跳出了农村，再讨一个农村的老婆，未来的家庭等于有一半还在农村里，他们的孩子，仍是农村户口，老婆孩子都进不了城。这些问题他一点不想也不现实。他觉得自己的心思比过去活泛多了，心里好像有一池未名湖水，摇来晃去。奇怪的是，他只要一摇摆起来，不多一会儿，刘紫樱就会冒出，拿着那张字据来，告诉他，别做梦，你甩不掉我的，不信你试试！他相信她说的话，说到做到。她说把天捅个窟窿，她就能捅个窟窿。况且，她身后站着比她还能干的大姐。另一个原因是，他挑不出刘紫樱什么毛病。她不仅是对他好，对他的家人都很好。罗顺祥下面还有两个弟弟一个妹妹，当时都在上学，学费全是刘紫樱想的办法。父母有病，也是她带着到县城医院去看病。她的未婚妻身份、儿媳身份、嫂子身份早已既成事实。况且，更要命的是你睡过人家，你让人家怎么嫁人？哪个男人还会要她？再说，人家对你有恩，人得讲良心吧！只要想到这里，他就叫自己打住，老老实实地做人家丈夫吧！他告诉自己，刘紫樱除了人长得像冬瓜一点，其他没有什么不好。

人就是这样，心一死，就踏实了，也现实了，接下来是毕业、参军，然后结婚，然后生孩子，到这时，罗顺祥才觉得自己憨人有憨福，因为刘紫樱的确是个能干的女人，比他想象的还能干。这么多年过下来，罗顺祥已经养成习惯，就是家里什么事，都由刘紫樱出面。经济大权也在刘紫樱手里。特别是老家的事情，多得让他头痛，不是今天这个兄弟的孩子上学缺钱，明天就是那个兄弟的孩子结婚生子；不是这个来电话借钱看病，就是那个急需买个什么，总之，永远没个头。但刘紫樱总能把事情摆平。而且，她只要手里有钱，一定不会舍不得。所以，这些年，大事小事都是刘紫樱承包到底。罗顺祥正好落得个清闲。渐渐地，谁都知道这个家，罗顺祥是不当家的，当家的是刘紫樱。说句公道话，这些方面，刘紫樱比城里的媳妇们强多了。楼道里就有一家人成天为钱吵架。那家男人，给老家父亲寄钱，都得偷偷摸摸，绝对不敢当老婆的面提寄钱的事。相比之下，罗顺祥幸福多了。

但罗顺祥当然心里清楚，这一切是有前提有条件的，那就是一切都得听刘紫樱的，特别是在她最敏感的问题上。这不，今天，她一敏感，就把罗顺祥反锁在了屋里，不让他出门。她拦他的理由就一个：谁知道你们上山会做出什么事来？

荒唐得让人哭笑不得。

刘紫樱对苏晴的防范几乎是公开的，她就认准苏晴是她的情敌，无论罗顺祥怎么解释，怎么苦口婆心，怎么不可能，说一千个理由，她都不信。她也听不进去。一直绵性子很少发火的罗顺祥终于忍无可忍，叫喊说：刘紫樱，你他妈的怎么这么小心眼？我就是看得上人家，人家能看得上我吗？

刘紫樱说，你听你听，这是什么话，这意思是不是说，你早看上人家了，要是人家也看上你，这事就成了是不是？刘紫樱一边说，一边眼泪就哗哗地淌下来。罗顺祥马上摇着手说，你这是干吗呀？又没人欺负你。

你还没欺负我。什么才叫欺负我？刘紫樱更不依不饶了。

罗顺祥哄完刘紫樱后，已经中午了。想赶进沟去，却找不到车，只好等下午的班车。但班车得等三个小时以后才发，这段时间他一直坐立不安。

二

苏晴只顾着心里着急。担心活儿干不完，担心和傍晚那场大雨相遇，就是没想到会被困在山上下不来。

山上的夜，比她预计的来得早。一整天时间在工作中不知不觉地流逝了，等他们把设备恢复到正常运转时，大雨将临。看来，他们的天气预报很准。

现在，这场预报得很准的大雨，就这样劈头盖脸地让他们赶上了，让苏晴有点儿暗暗吃惊的，是这场雨来势之猛，这种气象，她还是头一回遇见。

以黑呷山的山顶为界，靠发射场西侧，疯狂地下起大雨，这雨从山下往山上追，和他们上山时的线路相吻合。让人惊奇的是，有条白线贴着绿色的山脊倾斜着身子像条滑动的长蛇，刷刷刷地向黑呷山蹿上来。速度之快，令人难以想象。眼见着那条白线逼近他们时，肥硕的雨点也噼啪落下，他们都朝后退了两步，还没被扫着，它却打了个转，侧过身，向右跑了。他们都大瞪着眼睛看着这一神奇的景象，不知怎么回事。"乌头风，白头雨；一边晴，一边雨"这谚语就是说的这种情况吗？

曲比拉铁和小林也啧啧地称奇。

他们收拾起工具，准备下山时，夜幕已从高空中垂落下来，向整个山区弥漫。

你们俩动作快点。苏晴催促道。

一钻进林子里，四周的颜色更加浓黑。

小林不小心摔了一跤。

曲比拉铁说，还是让我走在前面吧。

苏晴说行。又让曲比拉铁等一等，找根拐棍吧。曲比拉铁便拿出砍柴刀，摸索着砍了三根树枝，把枝桠去掉，再发到她俩手里。

继续赶路时，苏晴努力用平缓的声音告诉他俩不要急，我们一定下得去的。其实，这话说出来她自己心里都没底。

远处的山谷里，有一条瀑布，如同一条蛟龙，似乎忍受不了狭窄的峭壁的挤压，一直在咆哮，飞溅起白花花的鳞片，狂怒地要从峡口中挣脱出来，整个山谷都回荡着它的咆哮声。他们所处的位置，离它不近，但它仍透过繁茂的枝叶把声音传了过来。苏晴提醒曲比拉铁，注意听，只要朝这个声音走，方向就不会错。

曲比拉铁说，知道了。

他们走进了茂密的灌木丛，如果这里不是弥漫着枯枝败叶的气息和潮乎乎的湿气，一定会让人以为是走进了漆黑的房子里，脚下软软的，像铺着一层厚厚的地毯。时不时地飘来浓烈的腐殖气味。

什么味儿啊！小林叫了起来。

话音刚落，头顶上响起沙沙声，仿佛有人朝这里扔了一大把沙子。

是雨又来了。

雨点从树叶的缝隙中噼啪地掉落进来。

雨点很大，最初是凌乱的，但很快雨脚就连成一片，把整个世界覆盖在连天的雨幕中。

怎么回事呢？你这一生，总是躲不开雨，总是和它搅和在一起。雨，注定要成为你生命中的一部分吗？难道是你的生命里一定要渗进凄风苦雨的气息吗？走在如泼的雨阵中，苏晴不由得这样想：你人生的旅程中，每一个重要的关口，都飘洒着雨丝风片，宛如门口挂着的帘子，你要进那道门，必须从帘子前穿过。

曲比拉铁，你在哪儿？小林说。

就在你的前面。曲比拉铁回答了一声。

我们快到山下了吗？小林又问。

快了。曲比拉铁回答。

他们走出了灌木丛。由于头顶上没了树叶的遮挡，雨点直接打到身上，雨衣被打得扑扑地响，砸到脸上时，冰冷的，有些生痛。

小林又问主任在哪？

苏晴告诉她就在她的后面。

小林站住等苏晴。她们差点相撞在一起。

苏晴让曲比拉铁停下来，问他听见瀑布的声音没有？

他站住听了一会儿，说听不到。

那能看见光吗？她一边说，也一边仰头看天。她想，要是能看见发射场反射到云层上的灯光，就不用着急了。

曲比拉铁说，没看见。

小林不知什么时候拽住了苏晴的胳膊，拽得很紧。

忽然，曲比拉铁"哎哟"了一声。苏晴问怎么回事？他说撞在一棵树上了。

当心一点，往右走。

苏晴想提醒曲比拉铁，在前面引路，一定走原路，千万别走错了。但她又怕一提醒，他们俩反而都会更紧张，话到嘴边又咽了回去。后来她很后悔，当发现走错路时，已经来不及了。

雨仍在张狂，洪水把整个山谷都胀满了，白茫茫的一片。

山下的人肯定也在为他们着急。怎么搞的？越到关键时刻越出错。要是提前半小时下山，起码在天黑之前，能到半山腰。这会儿后悔也晚了。

这时候，一阵眩晕向苏晴袭来。脑壳的胀痛几乎和心跳同步，是那种一跳一跳的疼，不留意好像要炸开，然后炸成碎片掉在自己的脚下。她一声声在心里提醒自己坚强，一声声在心里默念"司炳华"的名字。以往，每遇到困难，他总会帮自己一把，就像那次崴了脚困在山上一样。现在，在无边的黑暗中，她能从冥冥中感觉到炳华的存在。于是，她的情绪慢慢变得平静。她甚至冲着漆黑的雨夜微笑一下，给自己壮胆，冰冷的雨滴落到脸颊上，又从脸颊下滑，掉到地上，她知道，这些雨滴，会成为水汽，一点一点地蒸发，重新回到天上，变成云，要不了多久，又酝酿成新的一场雨，从天上再落下来，又重新回到人间，它们总是这样循环往复，延续生命。人，也像雨一样吗？人，一旦离开这世界，能再回来吗？到了那一天，当你也去了另一个世界的时候，能遇见炳华吗？你当然可以。苏晴这样想着时，觉着雨不再冷了，好像还有一丝温热，难道雨也有体温吗？她不知道，这会儿，她在流泪。

她默默地流泪，泪仿佛变成一行行诗，一行行布兰迪亚娜的诗：

　　……

　　我是最美的女人，因为你

　　去了远方，而我正在等你，

　　你也知道我在等你。

　　我是最美的女人，我懂得等待

　　并且正在等待。

　　空气中弥漫着蓬勃的爱的气息．

　　所有的行人都在追寻着雨，为了感受那种气息

　　在这样的雨中你会闪电式地坠入爱河，

　　所有的行人都成了恋人，

　　而我正在等你。

　　唯有你知道——

　　我爱雨，

　　我狂热地爱雨，

　　疯狂的雨和宁静的雨，

　　处女般的细雨和女人似的暴雨……

哦，布兰迪亚娜，你多懂我呀！就像是为我写的……

三

当气象中心的人向马邑龙报告苏晴等人被困在黑呷山上没有回来时，他正要去饭堂吃给加班的人准备的夜宵，一听黑呷山三个字，他身上像被浇了汽油，"轰"地点燃了：怎么搞的，让一个女同志带人上山，你们这些男人干吗吃的？

罗顺祥蔫蔫地站在一旁，马邑龙真想狠狠数落一顿，马上又意识到现在不是发火的时候，现在要冷静，救人要紧！就又忍下了，换成这样一句话：还不赶快回去准备，马上组织人员救援！

罗顺祥那边一转身，马邑龙的脑子也飞快运转起来：组织人员上山拉网式寻找；使用红外监测仪。这也是因山区地形复杂上级配备下来的监测装备。它可以随身携带，像台摄像机，无论多黑，能在一百米远的直线距离进行监视，对移动物体会主动跟踪；再就是派人去调来发射场的探照灯。

方案布置下去后，马邑龙立刻驱车前往，雨没停，雨鞭长长短短地抽在风挡玻璃上。路面上积满了水，车轮像被黏性很强的胶粘住，吃力地沙沙地挣脱着往前跑。真见鬼啊，每次下大雨就会出大事，上次炳华出事那天，天突变，大雨铺天盖地，这次又是，而且还是她……如果那样，小鱼就太可怜了，他不敢再往下想了，只是催促司机把车开得再快点。

四

这会儿，罗顺祥也带着气象中心的人心急火燎地往黑呷山赶。

他觉得自己窝囊死了，特别是今天。如果苏晴他们真出了事，那他这辈子就再抬不起头了，想想看，你一个大男人，让老婆反锁在屋里一整天，没法去上班，结果让几个女人上山去检修设备，最后出了事故——谁说起这事儿，不羞臊死你？想到这里，他已经不是气恼，简直开始恨起刘紫樱来。

大半天时间里，隔着一道上锁的门，两口子一直对峙着，任凭罗顺祥磨破嘴皮子刘紫樱就是听不进，她已钻进了牛角尖，想让她出来可不是件易事。她早已认定，在这个基地只有苏晴对她是个威胁。她用她从娘家传下来的提防住狐狸精才能看牢男人的理论来论证这个威胁，越论证越觉得有道理，在别人看来这十分可笑，而她自己却坚信不疑。她不容罗顺祥辩解，他一辩解，她神经就像受了刺激，马上歇斯底里地发作一番。更让罗顺祥担心害怕的是，不知道她还会做出什么不理性的事来。

也怪自己。罗顺祥想。

年轻的时候，他常写日记。有几篇日记里，描述过苏晴。的确，他很欣赏苏晴。对她的那样一种不动声色的美，从骨子里往外溢出来的那样一种气质，和山涧淌下来的清流一样，给人以清澈、宁静、平缓，美丽却一点都不造作，不张扬。能和她在一起工作，是一种享受。这是别的女人身上享受不到的一种感觉。好像就在日记里写下这样的一段文字。而这段日记又被刘紫樱看见了。

　　当时，刘紫樱没跟他闹。只是嘲笑他，没有司大哥有福气，没有娶到苏姐这样的女人。

　　那时候，刘紫樱对苏晴还只停留在羡慕阶段，每次来探亲，从老家带些土特产，一定要给苏晴留着。刘紫樱会做地道的贵州家乡菜，司炳华、苏晴、乔亚娟都爱吃，她一来基地，总要把他们请到临时的家里来热闹几次，颇受大家的欢迎。苏晴和乔亚娟对她也像自己的姐妹一样，并没因为她来自农村低看她一眼。

　　但这种格局在刘紫樱随军后被破坏掉了。当然，也是司炳华离去之后。刘紫樱在幼儿园工作，女人成堆的地方，碎嘴婆肯定会有。她多少会受些影响。从她对苏晴的态度变化中，能觉察这一点。她几乎是突然翻脸的，这个脸翻得比猴子脸快。她跟罗顺祥明确规定不许再答理苏晴。罗顺祥觉得这太可笑了，说你不是苏姐苏姐叫得挺亲的吗，怎么突然一下翻脸呢？

　　刘紫樱说，她不是我什么姐，我姐在老家，咱们家人——主要是你，从此不许跟她有任何来往。

　　他一看刘紫樱当真的样子就问，你们吵架了？

　　刘紫樱说，我用得着跟她吵吗？我只是告诉你，离那个寡妇远一点，不然会沾上晦气的。

　　罗顺祥不高兴了，让她的嘴积点德，她不仅是我的同学，还是我的同事加战友，低头不见抬头见，你让我怎么疏远？再说，这么大的人了，又不是孩子，说翻脸就翻脸？我看你是头发长见识短！

　　不料，刘紫樱立刻开始跟他大吼大叫地哭闹。

　　从此，罗顺祥再不能踏进苏晴家一步。若是踏进去，一旦被刘紫樱发现，回家后一场战役就会等着他。有一次，单位从农场给每一户发了五十斤大米，罗顺祥顺道给苏晴那一袋也捎回家，进门没敢耽误，把米放下就走人。即使这样，刘紫樱知道了，那一星期，日子没安宁过。

　　可问题是苏晴并不知道这些情况。苏晴出差给他们女儿星星带了些特产回来，还送到家里来。刘紫樱开门一看，是苏晴，就堵在门上，不但不让她进家门，连送星星的东西也坚决让苏晴拿走。苏晴还没走远，就听见刘紫樱低声嘟哝了一句"晦气东西"，气得她从此再路过罗顺祥家时，都干脆绕道走。

　　刘紫樱气走苏晴后，罗顺祥头一回朝她发了火，问她说的什么话？你怎么能……你傻子吗?

刘紫樱说,你心疼了是不是?

两人又吵起来。这是两人第一次对吵对骂,过去都是刘紫樱唱独角戏,罗顺祥旁听,从不还嘴。

刘紫樱先是用头撞墙然后又躺在地上打滚,寻死觅活的。罗顺祥哪里见过这种阵势,吓得只好让步,说你起来,我怕你,我怕你还不行吗?

罗顺祥没了脾气。

但让他同样为难的是,怎么向苏晴交代。有几次,他想跟苏晴解释,可不等他走近,苏晴直摆手,说,你别过来,什么话都别说,我也不想听。我们以后,除了工作关系,什么都免谈。

罗顺祥觉得自己比风箱里的老鼠还难受。

倒是乔亚娟把罗顺祥骂了个狗血淋头。她让他回家好好管教刘紫樱,别到城里来污染空气。罗顺祥是一句不敢吭,挨一顿损,反倒觉得心里好受一些。

不过,气归气,恼归恼,知妻莫如夫。作为丈夫,他能理解刘紫樱。刘紫樱内心比任何一个女人都脆弱,也没有一个人像她那样把男人看得比天重。他对她来说,就是整个天空。所以,她很害怕失去这片天空,所以天空中飘过一朵薄云都会让她惴惴不安。

罗顺祥对她这种心理进行过开导,告诉她什么事都不会发生。你要是爱我,就得信任我。

刘紫樱说,我可以信任你,但我不信任别人。

他说,这跟别人没关系。

她说有关系。男人都是花心萝卜,女人稍微一主动,男人没有一个不趴下的。

他说请相信我,我不是这种男人。人家也不是这种女人。

她说你怎么知道?你了解人家吗?司大哥走了,早一两年可以,还能早四年五年?一个年纪轻轻的女人,没有男人的浇灌,让自己旱死不成?再说,人家不用为谁守,更自由了!我能信任她这个人,但我能信任她的身体吗?谁生理上没个需要?

他说你怎么知道人家就是那样的人?你这不是胡扯淡吗?

她一撇嘴,又要来劲,说,你怎么回事?我说什么你都要替她辩护。

罗顺祥马上口气软了，反正你这样对待人家是不对的。

我不用你来告诉我对不对，我是女人，我比你了解女人。

她和我是同学，你还能有我了解她吗？

你越这么说，我越不放心。罗顺祥，告诉你，你要是敢和她近乎，我就敢把这个基地的天掀翻，你信不信？你不想让我好活，我也不会让你活好。

罗顺祥一看她歇斯底里又要发作，立刻休战，你行你行，我不说了，好不好？你别大吵大嚷的，我丢不起这个人。他一边说，一边去关窗户。

刘紫樱说，我怕什么，我什么都不怕，大不了回老家。这里和老家有什么区别？都是一个大山沟！把你处理回家，我还巴不得呢。这里举目无亲，回老家还能靠着大姐（她已是县人大主任），让大姐帮我们找份好工作，比这里强一百倍！

行了行了，他一听她整天把大姐挂在嘴上，唠叨个没完，头都大了！

其实，刘紫樱的吵闹，只不过是一种先发制人，目的就是镇服罗顺祥，但她心里始终很虚，生怕罗顺祥哪天会飞了，所以想尽办法把他捂得紧紧的，只要能达到目的，她什么事都敢做。有一件事，刘紫樱至今瞒着罗顺祥。她连续几天的冥思苦想，为了一劳永逸地解决自己担惊受迫的状态，偷偷去找过于发昌，要求为罗顺祥调换工作。于发昌问她为什么要调，让她说说理由，她居然把自己心里想的，道听途说的，望风捕影的那些疑神疑鬼的事全说了出来。当时，于发昌让她拿出证据来，没有证据可不能胡乱说，这是要负法律责任的。你来找我罗顺祥知道吗？你代表你自己还是代表罗顺祥？她说她只代表自己。于发昌又说，那这件事我要不要跟罗顺祥通气呢？要换单位，起码得跟他本人交换意见吧？你家属的意见，我们只能作为参考。刘紫樱想了想，说，那还是先不说了吧，我回去跟我们家老罗商量商量，请您先不要跟我们家老罗说，不然会影响我们俩的团结。于发昌答应了，但同时叮嘱刘紫樱吸取教训，不能捕风捉影，去伤害一个无辜的人。

刘紫樱一直把这件事当成一粒烂种子，埋在心里没让它发芽。所以，直到现在，除了于发昌还没第三个人知道。

当下，任务期间，罗顺祥更不希望刘紫樱胡闹，把事情搞得沸沸扬扬。他今天没能上山，只有苏晴心里有数，其他人还真相信他是胃痛上不了山。想想，就挺对不起苏晴。唉，谁让你摊上这么一个不讲理的老婆呢？

更让他觉得对不起的是司炳华。送炳华进火葬场时的那天早晨，他没吃东西，胃里却像喝了烈酒一样燃烧，滋味很不好受。所有的女人们都在陪着苏晴掉眼泪，引得在场好多男人也跟着掏手绢擦眼睛。他倒没流泪，只是看见苏晴面色苍白，眼睛大了许多，像个梦游者，清秀的脸显得憔悴多了，心里有一种刺痛。当时，他真感到肩上多了一份责任，面对炳华的遗像，他默默地发誓要照顾苏晴。可如今，誓言没兑现，倒给人家惹来一堆麻烦。将来等到自己那一天时，怎么有脸去见他老兄？想到这，他胃里真的一阵绞痛。

此刻，当黑呷山越来越近时，他只祈求苏晴他们能平平安安，千万别出事。不然，他这一辈子良心都永远不得安宁。

五

这会儿，马邑龙站在苏晴上午出发前站过的地方，等候搜索救援队从对讲机里传回的消息。

他站在雨中，默默地看着大家忙碌。有人要给他打伞，他说不用。然后再不说一句话。大拇指却在四个手指上来来回回地滚动，是无意识的，他着急时手指会跟着他着急。有人跑来报告情况，他也只是点点头，仍不说话。

发射场那边所有的灯光都打开，把黑呷山的雨夜照得如同白昼。两束雪亮的探照灯光，刺穿雨幕，时而交叉，时而分开地向黑呷山方向扫射。山上的人能看到吗？没人回答他这个问题。

又不知过了多久，进到山里面的救援组的同志在电话里报告说，仪器上发现有移动的目标。问是不是他们。回答是模糊的。

不能想象，更不能假设，山里什么动物没有？什么意外不可能？基地早下发过文件，没经批准，谁都不许上黑呷山。她怎么能不事先报告就自作主张带人上山？如果她能安全回来，不能手软，一定严肃处理，要都像她这样无组织无纪律，那还了得?! 顺着自己的思路，马邑龙心底有股火拱了出来。

接下来的等待显得格外漫长，马邑龙不想让人看出他内心的焦虑，所以他连抬手看表都是悄悄的，微微抬一下手腕，用眼睛的余光斜扫一下，又马上把视线重新投向黑影憧憧的山顶，其实什么都看不见，夜太深了，雨又大，但他依旧目不转睛地盯着，等待奇迹的出现。好几次，似乎看到了山路上有人影晃动，定睛再看，什么都没有。此时，他多希望苏晴蓦地出现在眼前，浑身上下湿淋淋的，哪怕像很多年前那样淋着大雨冲进他的办公室，一个劲地叫冷呢！

又过了多久？记不清了，反正已过了午夜，马邑龙也不再看表了，突然身边人的对讲机电话里报告说：发现目标！是他们！是的！救援小组的负责人高兴地叫喊起来。

这个消息让他压在心口的石头落了下来，松了一口长气。

没过多久，苏晴、曲比拉铁、小林和救援组的人员出现在人们的视野里。

医疗队的医生护士马上跑过去。苏晴推开了他们，她的目光在人群里逡巡。接着，她猛然移步朝他走过来。

马邑龙所有的担心都放下了，唯有恼火放不下。他听见她蚊子般地说了声"对不起"。是说对不起就没事了是吗？有多少人为你们担惊受怕，给多少人带来麻烦！这还是次要的，更主要的是如果在山上下不来，出了危险怎么办？他最担心的就是这一点。他真想狠狠地严格地不留情面地……让她记住这次教训……可是，可是，当他看见她还没缓过神的一双眼睛，被激流般的雨水无情地流淌着的苍白的脸，爱怜之心油然而生。他看着她一步一步地走过来，真的，他心里忽然有一种冲动，真想冲过去，一把把她搂进怀里，他真想！真想！但，理智告诉他不行，这绝对不行！你要控制！对，要控制！控制住情绪，控制住，决不能！有那么一霎，他觉得都快管不住自己了，他害怕了，害怕自己失去理性，也害怕和担心她到跟前来。他感觉到有一股气浪朝他扑来，准确地说，是气息，来自她身上的，他感觉自己的手和身子都有些颤抖和不听话，手抖动得厉害。他下意识地将眼睛闭上，重重地吐口气，再睁开时，他发现自己把手伸了出去，但在快要挨着她的脸庞的最后一刻，他把手抬了起来又迅速改为下劈，劈得有些过劲，险些闪了腰，好在站得稳，那只手劈出了一个命令：上车！

是的，上车！他下完这个命令后，仿佛丝毫都没犹豫，马上跳上车，不管身后的她难不难堪，他管不了那么多，跳上车走了，也可以说是逃走了……

第十六章

　　黑呷山遇险事件之后，这段时间，整个基地上下都变得平静下来，再没什么大事发生。卫星也从技术阵地转运到发射阵地，稳坐在火箭的头顶上了，发射阵地比过去更热闹了一些，毕竟工作中心全部转移到这边来了，几乎所有的人所有的精力都集中在塔架上站立的火箭卫星身上。日子每天都按部就班地往前走，跟发射程序似的一天天从高高的塔架上翻过去，一切正常。

　　天气也好像是一成不变，不时有雨，或者有雾。空气湿度大，吊车臂，旗杆，运输车，风速风向标，哪儿哪儿都挂着水珠，闪闪发亮，尤其是凝结在塔架上的水珠，像小虫一样慢慢地下滑，滑到一定程度，吧嗒一下摔下来，在湿漉漉的地面上摔了个粉碎。这样一来，平静的时光也随着水珠的破碎被打破了。对塔架来说，什么雨水、潮湿，都不在话下，但火箭卫星就不一定，虽然想出一个土办法，在塔架身上挂了一圈的防雨布，像是给穿上一件宽大的蓝褂子，风一吹，各个角飘荡起来，跟旗帜一样飘扬。雨倒是遮挡住了，可挡不住潮湿，那些爱干燥的电路们，又在这时候冒了"泡"。

　　这天，正在进行第二次总检查。要不出意外，"窗口"也没问题的话，发射指日可待。可老天爷好像偏不让人顺心，三级火箭有一条母线突然出现漏电现象。最要命的是，让人很难判断是什么原因引起的。这样的问题，从没发生过。

　　基地的头头脑脑们火急火燎地向塔架下集结，围着火箭转圈，就像盯着突发急病的儿子，心疼得不得了。

　　马邑龙将手背在身后，大拇指又急急在四个手指上滚动起来。

季永年也来了。

指挥部紧急会议就在现场召开。因为不马上解决这一问题，程序就没办法往下走，事关着三级火箭能否顺利燃烧。若带着隐患上天，后果难以预料。

所有的表针都咔嚓咔嚓地往前走着，并不因任何变故放慢自己的脚步。从发现漏电到眼下，半天时间划过去了。现场会开得七嘴八舌，场面热烈，却没结果。有人建议把卫星卸下来，为火箭重新做一遍垂直测试，马上就有人反对，这样的话，程序又要倒退回一个星期前，所有的时间不是白抢了吗？关键是总时间表允许吗？

争论最激烈的时候，马邑龙突然离去。等他再进来时，他的身后跟着一个人。

张高工。

所有的目光，都聚集到他俩身上。

季永年看着马邑龙，一双眼睛明显地一亮，那意思是问他想出了什么新招，赶紧说。

马邑龙指了指张高工，示意张高工来讲。

季永年直起腰，紧锁了几个小时的眉头舒展了一些。

张高工没说话，而是先慢条斯理地把手提电脑打开，展现在大家面前的是一份故障分析报告，从现象描述到总分析，再到最后结论，讲得井井有条，头头是道。根据他的推断，这一漏电现象，是湿度造成的，对火箭并不造成影响。

张高工说完，全场一片静默。

所有人都在心里掂量张高工的结论：假如张高工的推断正确，那就皆大欢喜。假如不正确呢？这个责任由谁负？

更重要的是，这里还有个岗位责任制的问题。三级火箭的母线漏电，这一段不属他张高工管辖。甚至也不归属任务测试发射协调小组。自私点儿讲，基地可以不承担这一责任。如果大家接受张高工的分析报告，情况就不同了。因为张高工是基地的人，是对是错，基地都要跟着他一起承担责任。站在这一角度看问题，张高工的分析报告就成了没事找事。

按说，不该这样去思考问题，什么你的我的，只要对发射有利，你的事是我的事，我的事也是你的事。但人是最复杂的动物，责任当前，免不了会有人从另一个角度思考问题。吕其当时就站出来提反对意见，说：你这只是理论上的分析，如果母线漏电的部分实际情况与你的分析不符，火箭上天后发生问题怎么说？这个责任你、我、在场的人谁负得起？

显然，他这话是说给季永年听的，他是在提醒季永年，我这是在为首长着想，因为如果拍板把事情定下来，事后出了问题，当然是在场谁的职务高，谁来负这个责任。

马邑龙发现，吕其的话让季永年的眉梢微微向上挑了一下。

会场上的空气凝重起来。一提到责任的问题，谁的心都会重重地一沉。

再说了，老张，有句话我也许不该在现在，更不该在这种场合说，但本着为任务负责的态度，我想我必须要说。吕其顿了顿，眼光从众人屏息凝神的脸上扫过，最后停在张高工的身上，你儿子的事还没处理完，你不该在这种时候随便对不属于自己分内的事发表看法。

马邑龙愣了一下，他没想到吕其会这样说话，技术上的事一是一，二是二，怎么把那件事也扯进来呢？何况张高工的分析很有见地，起码也该鼓励和支持。

老吕，你说什么呢？马邑龙忍不住带着谴责的口气说。

张高工倒十分理解吕其对自己的提醒，说没关系，我明白吕副总师的意思。他说的那种前景也是对的。如果这事弄砸了，我就会面临他说的那种情况。但是，我认了。

这不是你老张认不认的事。再说，你的方案只是一份故障分析而已，只要故障没经确认不能"归零"，它就仍是带着风险。吕其坚持自己的看法。

我认为这一问题可以"归零"。马邑龙又慢慢悠悠地跟了一句。

吕其说，要是真出了问题，这个责任由谁负？

张高工说，我来负。

吕其说，你负得起吗？

张高工像被揉了一把，身子摇晃了一下。

马邑龙说，那就我跟老张一起负吧！老张，你同意吗？

张高工点点头。

会议主持人说：我看我们还是举手表决吧。同意老张这份报告的请举手。说完，他主动把手举起来。

大家都跟着把手举起来，包括季永年。只有吕其和另一个人没举手。少数服从多数。张高工的分析报告通过了。

　　八天后火箭上天，顺利运行的结果，证明张高工是正确的。为此张高工荣立了二等功，季永年把立功证书发到张高工手上。当然，这是后话。而此刻的张高工，看着在场的人举起的一只只手臂，竟忘了把自己的手也举起来，下意识地攥住了马邑龙的手，攥得很紧，很紧，等他终于不好意思地松开时，马邑龙发现自己的手湿漉漉的全是汗。

第十七章

一

黑呷山上的气象设备恢复后，工作状态良好。苏晴感觉身上的担子轻了许多。

这天，吕其突然来到中心，见到苏晴时就叫苦叫冤起来，说是苏主任啊苏主任，我是白支持你一回了，你们都成了寻找"窗口"的积极分子，我呢？我成了"窗口"的绊脚石！你让我里外不好做人啊！

苏晴说：吕副总师，言之过重了，咱们不都是为"太白一号"嘛，没有什么不好做人的。

吕其又意味深长地笑了笑，走了。

这几天，不知是过度疲劳，还是压力太大，苏晴发现自己内分泌出现了紊乱，经期延后了很长时间还不见动静。亚娟打电话时，苏晴把这一情况说了说。没想到亚娟竟说没事，我有一剂良方，你想不想试试？

什么良方？

结婚吧，一结婚准好。

呸！结你个鬼呀，狗屁良方！我看你真是狗嘴吐不出象牙来！年轻时就没句正经话，到老来还是这德性，老没正经！

亚娟被苏晴骂了几句，不但不生气，反倒更来劲了：我听说，你下不来山的那个晚上，人家为你淋了一晚上的雨，你都没感动一下？对人家说声谢谢什么的？

谢你个头！要谢你谢，我有什么好谢的！我们为工作差点把命丢了，他淋了一晚上雨算什么？

话是这么说，苏晴心想却倏地涌过一股热流，那晚上的情景，不，是心境，也随着这股热流翻腾起来，当时，能脱离危险安全回来，恨不得整个人倒下去，一点力气都不剩了，真的是再迈一小步都万分艰难，但奇怪的是，她没倒下，反倒精神了起来，感觉沉重又倦怠的身子，冲进了一股新鲜血液在身上悄然地流通，它们是从眼睛里灌入体内的，当她远远地看见那个被雨淋湿的高大身影就在路口上站着时，那一瞬间，她全身的血液都沸腾起来。也是那一瞬间，她忘记所有的顾忌，也忘记了场合，忘记了周围的目光，忘记了雨水在脸上淌成了无数条小溪，什么都忘记了，她觉得自己是那么勇敢，从未有过的勇敢，有东西在身体内咕咕地叫，往头顶上涌，涌得她觉得自己不是在走，是在飘，身体轻飘飘的。离他愈来愈近时，她闻到一阵清香——是那种她早已熟悉的草香——这气味让她眩晕。而他，也在凝视她的脸，她能感觉到他罩在她的脸上，她仿佛得到了鼓励，又向前"飘"了一步。不能再往前了，她告诉自己得停下来，必须停下，她一个劲地提醒自己。然后，想都没想，"对不起"这三个字，就从嘴边滑了出来。她到现在仍后悔，为什么要把它说出来。因为就在她吐出这三个字后，他却挥动手臂，让一切戛然而止，把他们本来很近的距离，挥出了好长一截，也把她刚刚涌上来的那股甜蜜欢愉的心情挥去，重新换上了长时间隐忍后的痛苦绝望。但她仍要感谢他。是的，感谢，要不是他的理智，她身体还会往前"飘"，后果不堪设想。当时，她和他就一步之隔，要不是他转身跳上车离开，她不知会做出什么事来。想想看，要是再勇敢一点，不看他的脸色，不管他的手势，扑进他的怀里，在众目睽睽下，正视你的爱，宣布你的爱，承认你的爱，他还会下那道命令吗？他会像你期待的那样把你紧紧地搂抱吗？要是那样的话，历史车轮会在那一刻改辙……可是，事实是，那列火车又一次擦肩而过。

亚娟还在电话里唠叨，苏晴却什么都听不见了，充塞她耳膜的是一列火车风驰电掣的呼啸声……

司炳华走后，苏晴过了很长一段自闭式生活。她学会了抽烟，把自己关在屋子里偷偷地抽。她不记得第一支烟是怎么点着吸起来的，只记得是它陪着她打发掉一个个孤寂的长夜。常常，她洗完澡，倚靠在床头边，把灯关掉，点上一颗幽幽地吸着，让自己久久地浸泡在黑暗里，看着烟头一明一灭，一明一灭，似乎从明灭里看到了人生。人生不就是这样吗？活着的时候，就是亮着，像现在这样，终有一天熄掉了，就跟炳华一样。那是人的归宿。这是天经地义的事情，她想。是不是这样去想，就会减少对炳华的过早离去的心痛内疚呢。不可能，她知道她的痛苦里，永远有对炳华的内疚和自责。她想，她这辈子都无法摆脱它们了。何况只要你还在保留着炳华留下的那封信，整个心都会不可抗拒地被它们夺走，神经末梢就像要撕扯断一样。

那封信，是她整理司炳华遗物时发现的。它就在他办公室一个抽屉里锁着，装在一个牛皮纸的信封里，信封上写着"苏晴"两字。很显然，他当时是想交给她的，为什么一直没有到她手里，她无从知道。如果他不走，也许这辈子她都看不见它。她情愿看不见它。可这会儿，已经不可能了，她已将它展开：

苏晴：

　　和你结婚，不知道是不是一个错误。从我们结婚那天起，不，或许更早一些，也就是那场酒醒后，我隐隐觉出你的心不属于我。结婚后，事实证明我的直觉是对的。因为自私，也因为爱，我听从了命运的安排，成为了你的丈夫。我知道你是情非所愿，甚至是赌气。说真的，难为你了，也委屈你了。我不知该怎样做才能纠正这个错误，也不知现在纠正是否还来得及，更不知道我是否有勇气把这封信交给你。我听你的，你选择吧！不管你如何选择，我都会同意。我想，爱一个人，就要给她自由！但我仍要告诉你的是：我爱你。

没有落款，没有日期。

看完信，苏晴沉默了很长时间。她奇怪自己为什么没有痛哭，也许因为所有的眼泪都留在了炳华离去后最初的三个月里，而现在，她心如死灰。从时间上推算，他写这封信时她还没怀上小鱼，是他们结婚不久的事。可以想见，当时他是经过怎样的深思熟虑，又怎样的痛苦折磨后才提笔的，原来，他早已悄悄地走进过她的内心世界，翻看过她隐藏在私密空间的那些东西，所以，他才会写下这样一封信。

也就是说，他还在做新郎时就做好了跟她分手的准备。炳华，你真可恨！

苏晴在心里喊出这句话时，感觉心里更有一种难以言说的痛，信里——炳华用画图的工整字体书写的每个字，全都刺痛她的心。如果说炳华的死，把她的心撕裂了的话，那么，这封信是把撕裂的心再次击碎。

这是人们所说的报应吗？是的，我对不起你，炳华！假如人在天有灵，就该知道我后来有多爱你，多离不开你。你说得没错，过去，我是不爱你，心也不属于你，可我从没对不起你，没有背叛过你，没有对你不忠。如果要说不忠，也是心灵的不忠，肉体上没有不忠。但心灵的不忠是不是更可怕？苏晴说不清楚。要是炳华活着，她想，她会对他解释清楚，就是解释不清她也会跟他讨论这个问题，可是他没给她这样的机会。让她这一生都为此自责和愧疚。炳华，我恨你，恨你不给我机会。也恨你留下这封信。你什么都知道，你做好了和我分手的准备、随时随地，只要我提出，你就会同意……可你怎么不说，你以为你这是大度吗？你让我选择，你为什么不自己提出来。你想做好人让我来做恶人吗？你这叫爱吗？你爱我，干吗不爱到底？干吗要中途离去？你走了，还要留下这么一封信来折磨我。你是想让我一生不得安宁是不是这样？是不是？你说呀，炳华！

没有人答应她，屋里静极了，静得可怕，她似乎被这寂静激怒了，一腔怒火不知从何发泄，目光落在炳华的信上，她不敢再看它，也不想再看它，不看！永远不看了！她这么想着，下意识哧哧地两下，就把信撕掉了，撕碎了，一堆废纸片白茫茫地散落在桌上，地上，刺得她眼痛，她又把它们拢起来，重新放回到抽屉里，哗啦一下关上，上好锁，生怕它们再跑出来似的。然后，她站起来，走到窗前，看着外面，久久地不动，任凭泪水一串串无声地顺着脸颊涌流，它们像大雨般地浇下来，让她整个身心感觉就像在雨中冲淋，整整一个小时，她就那样一动不动地站着，很久，心情渐渐平静后，她才说了一声对不起，真的，对不起，炳华，我为自己向你道歉：对不起！她深深自责，然后又重新坐下，把那封撕碎的信取出来，一点一点用胶水粘拼，还它原来的样子。至今，它仍然装在那个信封里，她不敢轻易再把它取出来，怕自己一不小心又做出什么伤炳华心的事。

二

这件事之后，苏晴发现自己的心态变了，一个念头从心底冒出来，越来越经常，越来越强烈地占据她的心灵。她想离开这里，离开这个让她曾经热切地向往，让她付出太多，又给她带来一生难愈的创痛的伤心之地。离开的途径只有一条，那就是转业。她不能在这里待下去了。是的，不能了。

听说他正在为凌立办特招入伍。这样的话，他们分居的日子行将结束。这是件好事，很多人想这样都没条件。苏晴一再告诉自己，应该为他们高兴。可心里却说不出是啥滋味。天天面对他们，天天看见他们出双入对地像一面镜子竖在眼前，让你无时无刻不照见自己的可怜。这种生活你过得下去吗？她对着镜中的自己摇了摇头：你别无选择。

何况，你留在基地，必定会影响到他。事实上，从别人的目光，别人的议论中，你已经感觉到他受到了影响，你甚至能感觉到他的变化。自司炳华去世后，他和凌立不再手挽手令人羡慕地在大院马路上散步了，他们手挽手的影子永远消失不见了，只有她知道这是为什么。是的。他在为她着想。他干吗要这么做？是觉对不起我吗？他大可不必。他应该狠一点，用他的幸福生活来刺激我，让我更有理由去解脱。

转业吧，没什么可怕的，也没什么大不了。

现在就把转业报告递上去。

苏晴对着电脑，用了半小时，写好了报告。

第二天一上班，就交了上去。

然后回家，不准备上班了。为这事，她理所当然地受到了批评。于发昌的，他的，因为她自作主张，把工作全部交给罗顺祥去干。连罗顺祥都怪怪地看着她，不明白她什么意思，问她是不是要调离工作岗位。她笑了笑，不答。罗顺祥又问，你调哪儿？苏晴仍笑而不答。她知道自己为了装出这副轻松的样子有多难！当然，她真想哭，她猜想自己现在笑一定比哭还难看，但她还是努力让自己在笑。

为了让罗顺祥更安心地工作，她主动帮他跑刘紫樱随军的事情。干部部门说刘紫樱不够随军条件，还得等两年。苏晴说，那让刘紫樱也办特招入伍吧。

回答说，刘紫樱没文凭不符特招条件。苏晴便死活跟干部处长磨嘴皮，说这不是迟一天早一天的事吗，任何政策不都是人制定的吗？你们就当办一件好事成全一下嘛。干部处长说，苏晴，你真能缠，政策要是你制定就好了。苏晴说，那我就不设这规定那规定来卡人跟人过不去，连英语考试我也取消它。说到这里，她心里又一堵，想起司炳华临死前都没过英语这一关，真够冤的。

在苏晴的软磨硬泡下，干部处长还真替罗顺祥想出了一招，那就是让罗顺祥一年之内荣立两次三等功，这样的话，职务可提前一年晋升。那一年，罗顺祥各方面表现得都很优秀，有一篇论文还获得军队科技成果二等奖。结果真的在上半年和下半年各立三等功一次，提前晋了一级。刘紫樱的随军问题也就跟着提前了一年。

但这并没能让苏晴顺利转业。

马邑龙说让她完成这发任务后再考虑转业。她答应了。其实，不用他说，她也会这么做的。不是她崇高，而是她还没到了忘记自己是个军人的地步。

只是没想到，三个月后，她却自己提出不走了。

这次，发射任务的那天，苏晴正好在指挥大厅值班，这里有他们的岗位，因为指挥员需要他们随时随地解答发射前的天气情况。已经有过好几次，都是临到发射前"窗口"被大雨封住打不开。这是让他们最难受的时候。所有的眼睛都盯着他们：你们气象中心怎么预报"窗口"的？他们必须给大家一个交代。记得有一次，外面下着大雨，总指挥长问，这雨能不能停？苏晴肯定地回答：能！大厅里一片哗然，仿佛她当着大家的面撒了一个大谎。当然，她心里有十分的把握才这么果断。那大雨果然像接到收兵的命令，不到十分钟，就干净利索地撤走了，连那些灰灰的像团脏抹布的云，也被高空风卷走，天空变得蓝莹莹的。那一次，苏晴理所当然地赢得了整个大厅里的一片掌声。

这次发射，气象状况看上去也非常好，一点心都不用操。别的系统也一样，从开始到临发射前，连个小磕巴都没打过，出奇顺利地走到发射前的一刹那，所有的人都听见指挥员沉着镇定地倒数十、九、八……三、二、一，最后就是当机立断："点火！""点火"的口令下达完后，所有的人都通过大屏幕看见指挥员的手触摸点火按钮，用力地按了下去。正常情况下，按钮下去后，眨眼间，便会听到"轰"的一声，一团翻滚的火焰像千百万朵鲜花绽放，几秒钟后，火箭便会托举着卫星从塔架上腾空而起，嗷嗷吼叫着向太空飞去。可是，可是，这次，点火的口令下达后，人们等了半天，也没看它有任何动作，火箭原封不动地坐在那里，"点"了半天的"火"，似乎没点着，只冒起了一股黄不啦叽的浓烟，感觉像是农民在田头点燃了一堆湿湿的杂草……

怎么回事？

更可怕的事还在后头：火箭没按指令起飞。它本来应该在指令下达后四秒钟起飞，如果四秒起飞不了，七秒也得再次起飞。可它没有，它只是跃跃欲试，轻轻地摇晃了一下，又一动不动地坐回发射塔架上。

所有在场的人都看傻了！

反应最快的是指挥长季永年，他迅速地从指挥位置上站起来，大声喊道：给我叫车，我要去发射现场！

这时候，人们似乎才从惊怔中恢复知觉，场内一下骚动起来。有一位火箭高级工程师，甚至当场心脏病发作，晕厥过去，幸好有救护组在场，否则后果不堪设想。

苏晴的第一感觉是眼睛被大屏幕紧紧攥住，半天不能动换。太可怕了！凡是稍懂一点发射常识的人都知道，如果火箭站不稳而倒下的话，火箭体内储存着的能量，足以把发射场烧成一片废墟。

到现在好几年过去了，她仍害怕回忆那天的场景。后来，她才知道，这次发射的失利，是因为紧急关机！这次紧急关机的原因，只是因为巴掌大的一块电路板上，有一0.3毫米的铝质多余物，在600摄氏度高温下溶化，从点火的电路上流窜到关机的电路上，等于直接接通了关机的开关。人们爱说不怕一万，只怕万一。可这种情况只有十万分之一的可能性。也就是说，火箭不怕一万，而是怕十万分之一！但就这十万分之一，偏偏让那次任务赶上了，苏晴亲眼看见好几位火箭专家，当场就往嘴里塞速效救心丸。

这次发射失利对苏晴内心的震撼前所未有。

她说不清楚当时自己为什么要哭，甚至没有意识到自己在哭，直到自己盯着大屏幕的视线变得模糊不清了，她才发现那是因为泪水的缘故。透过泪水，她盯着大屏幕，看见发射场上人影晃动，有人正不要命地朝发射塔架上冲去，一个熟悉的身影闪进了她潮湿的视线，尽管看不太清楚，但她还是一眼认了出来，是马邑龙。她止住泪水，眼睛一眨不眨地跟着他，往发射塔架上冲。她全身都在用劲，手紧紧地攥成拳，拼命地把眼睛睁大再睁大，他跑得速度太快，快得让她跟不上，很快跑出了她的视界。整个过程，就像在看一部惊悚片，刺激得人心动过速。

那天，是怎么回到家里的？她记不得了。一晚上，整个脑袋变成一台录像机，全是发射场和大屏幕里的镜头，不停地在播放，一个接一个，让人看得心惊肉跳。不知过了多久，她发现自己也来到了发射场，只见发射场一片灯火，四周却漆黑一片，他也在，就站在她身后，她的跟前还站着小鱼，五六岁的样子，就他们三个人，好像在看发射，他告诉她说：快看，火箭要飞起来了，结果"轰"地一下，火箭起飞了，可没飞多高，晃了晃身子，便栽了下去，眼前立即变成一片火海。她"腾"地坐了起来，听见心脏怦怦地跳，像要从胸腔里挣脱。她知道自己是在做梦，可这梦境太逼真，像真的一样。一连几天，她都做同样的噩梦。

那几天，一点小小的动静，也会让她吓得心脏狂跳不止，更不要说电话铃声了。

是亚娟的电话，你怎么了，看把你吓的。

妈呀，你真吓死我了。

你也太夸张了，至于吗？

苏晴不想再跟她啰嗦，问她什么事？

你还好意思问什么事，也该去看看人家吧，住院这么久，你影子都不显现一下，太薄情寡义了吧？

苏晴其实知道他住院了。他是冲进发射塔架时被烫伤的，其中还有周建明、张高工和十多个战士，记者们称他们为"敢死队"。他们嘴里咬着湿毛巾冲上去后，发射塔架上的热浪还没退却，但他们硬是往里冲，去关电源拔插头，给所有的开关断电。只有切断所有的电源后，才能尽可能保全火箭和卫星。但那些电源插头烫得根本上不去手，一挨近它们立刻就会被灼伤，不是手烫伤，就是脸烫伤。而他脸和手都被烫伤了。

苏晴不是不想去看他，她非常想，可是，见了他说什么呢？

这次发射失利，方方面面都元气大伤，一时半会恢复不了，不可能马上再组织一次发射。这样的话，今年干部转业问题有可能就要如期安排。她的转业报告已经递了上去，是下决心走还是把报告撤回？

她下不了决心。这次发射的失利，让她的心情变得格外沉重，感觉光溜溜的脚板下面，忽忽拉拉地长出茂密的根须，使劲地拖住她，把她往下拽，让她感到整个人都沉甸甸的。到这时她才发现，自己生命中的很多东西，和这里的一切捆绑在一起，就像捆绑式火箭一样，不能分离。那我怎么办？转业报告怎么办？她想起那天送转业报告时的情景，当他问她"除非什么"时，她差点说"除非你留我"，差一点点就说出来，但她没说，为了掩饰，她向他讨了一支烟来抽。

三

病房门是开着的，他背对门，站在窗子前。

她能从他的背影感觉他瘦了。她想起每次开会时，总会找个角落坐下来，从侧面偷偷地看他。这是个英俊的男人，有着宽宽的前额，挺拔的鼻梁和一对杏仁似的眼睛，下巴从两颊削下来，显得有一点尖，幸好它的底部是平的，并且中间还有一条沟，使他看上去像个英文字母"W"，只是没那么夸张。他的手臂、手指跟他的身子一样修长，无论什么时候看见他，都站得又高又直，衬托得两个肩膀格外平稳。从肩膀上往下看，会一点一点地窄下来，在腰间又细下去一些，仿佛有股力量从高处往下冲，停留在腰腿间，使他的步子迈得特别有力，也使得整个背影看上去更有英武之气。她喜欢看他走路的样子，透过军装，她仍能看见臂膀、胸肌、肩背上处处都是硬邦邦的肌肉，就像黑呷山的山脊一样，挺拔、坚韧、有力。当他甩手走起来时，能拉动着它们一起运动。有时，她真希望自己的脸能贴在他的背后，两手抱住他的腰……

想什么呢？你走神了。她提醒自己，你是来看病号的。

她站在门框下，有些着迷地看着，看得身上微微地出汗，仿佛站在太阳下晒着一样。她真希望他一直这样背着她，不要转过身来，或者，在他转过身来前，她悄悄地离开。

就在她想悄悄离开的时候，他突然回过身来，四目相撞的一刹间，她看见另一双眼睛里分明燃起两朵火花，简直不敢相信。她眨了一下眼，以便看得更清楚一些，可再定睛看时，它们已不见了。依旧是上级对下级那么一种目光。她有些不信，想把那两朵小火花找回来，可它们真的不见了，他不高兴你来吗？她倒吸了一口气，感觉心里翻起一种很深很深的失望。

她努力让自己摆脱这种心境，让自己尽量不去想别的，尽量理解他。理解一个病人，不，一个伤员。

他用手势示意她坐，她就乖乖地在靠墙的沙发上坐下。

他直着身子坐在病床上，直不棱登地问她有什么事。

有时，人的第一句话，就决定两个人说话的调子。被他这么一问，苏晴很不舒服，便也没好气地说，没事，我就不能来看个大活人？

他微点一下头：除了看活人，不会没别的事？

她头一扬：是有事，我来要回我的东西。

什么东西？

那份报告。

什么报告？他是真不明白还是假装糊涂。

还有什么报告？我的转业报告。

他站了起来，朝窗前走了两步：放心，我会投你一票的。

是吗？她看着他的背影：那就多谢了！

他仍不看她，对着窗外说，我想通了，特别是住在医院里这几天，我想了很多。凌立，还有你，特别是你。这些年你为基地已经做得够多的了——用"牺牲"这两个字，我看也不为过。在这样贫苦、荒凉的地方工作、生活这么多年，你已经牺牲得太多了，萌生去意甚至想永远离开，也是人之常情，没什么可以指责的，这个时候提出转业，在我看来很好！你的确早该换一个环境，过你早该享有的那样一份生活。去吧，去过属于你自己的生活。这里，我这里再找不出什么理由来挽留你了。你放心，这次，我一定投你一票。他说完，站在那里，头也不扭一下，仿佛不是对她，而是在对空气说话。

她"腾"地站了起来，比火箭点火时的速度还要快，此刻她感觉全身的血都往头顶上涌，身子在微微地打颤，因为说出话来都是颤的：谁要你那一票？你以为我是来拉票的吗？我活得就这么可怜，时时刻刻都需要你们照顾是不是？你说得不错，这些年我是尽我所能做了一点点工作，可是，谁不是这样在做？谁游手好闲了吗？……

突然，她的嗓子好像一下子被什么东西塞住了，满腹的话被堵塞得说不下去了，她久久地盯着他的后脑勺，感觉他一动不动的身影随着眼眶里漫上来的水雾摇晃起来，摇晃中渐渐显现出来的是另一组镜头，一组在这些日子里不断在她脑海回放的一群不要命的人朝发射塔架冲进去的镜头……这些人里，哪一个不知道塔架上的危险？是谁命令让他们往里冲的？没有人下命令，他们都是自觉自愿的，根本来不及想个人的安危，甚至连冒一冒这样的念头都来不及，有这样的念头，人就不会拼命地往里冲。这种时候，一丝丝的杂念，都会让人腿发软，别说跑了。他们一个个都不要命地冲向发射塔架。他们心里只想着保护火箭、卫星、发射场的一切。谁都知道随时可能发生意外，一粒小小的火星，都可能带来灭顶之灾。他们退缩了吗？手烫伤了，就用嘴去咬，看看周建明那张嘴烧成什么样了！再看看他——他敢把手上的绷带解开，让人一看手烧成什么样吗？是他和他们牺牲得多，还是我牺牲得多？随便拉一个基地的什么人跟我比，哪一个做出的牺牲比我少？哪一个付出的代价比我轻？凭什么我就应该享受更好更安逸的生活？凭什么只能是你们留下，而我只能当逃兵？我就不能再有别的选择了吗？！不！你没资格指使我编排我的生活。我留下来，不是为你，是为我自己，为我自己的良心，你别想让我离开，谁要你那一票，你以为我稀罕你那一票吗？不！让你那一票见鬼去！

这些话，她一句也说不出来，她哽咽得厉害，它们只能在她的心里大声地朝他嚷嚷，而眼下能替她使劲的只有泪水。她泪如雨下。他好久没听见动静，才慢慢地转过身，一点都不意外地看着她，什么话都没说，只是默默地走到床头柜前，从纸巾盒里抽出一沓纸巾，递向她。她没有接，而是泪眼蒙眬地迎着他，这是她，这么多年来，第一次隔着泪水，大胆地盯着他的脸，久久地盯着，也不把泪抹去，一任它哗哗地往下淌……

这事过去多久了？只要一回想起那天的情景，苏晴依然抑制不住地激动，眼睛依然忍不住地潮湿，好像八年前的泪水流到今天从没拭去似的。

外面的工作间突然闹哄哄起来，她正要往外走，曲比拉铁冲了进来。他声音不大，但在苏晴听来却像一声炸雷。

第十八章

一

从5号点下来已是中午，在马路边找了个小吃店简单吃了午饭，返回时已是下午两点左右。罗顺祥在副驾驶位置上一坐，困劲就上来了，便闭上眼睛小憩。这是一条旧公路，路上车少，自高速公路建成后，大部分车辆都走了高速。这段路走到头，就能拐上基地专用线。这时候，天又下起了雨。雨点不大，砸在玻璃上立即开花，但司机并没打开雨刮器，只是觉得窗玻璃花得挡视线了，他才打开它刮两下。这不是造成车祸的直接原因，直接原因是一头牛，当时，它从车的左侧冲出来，车刚好要拐弯，是S形的大弯，司机看见那牛时，想绕开，不料，迎面又过来一辆小货车，司机再一次打方向盘，结果打过了头，车头猛地撞在路旁的一棵大树上。

这时候，是下午两点半左右。

因冲力太大，罗顺祥的脑袋直接撞在风挡玻璃上，把玻璃撞得粉碎，整个脑袋都冲出了车外，那样子像要从窗口飞出去。

司机只有一年的驾龄，更是第一次出车祸，魂都吓飞了，趴在方向盘上懵了好一会儿才反应过来。坐在后面的是个士官，半天说不出话来。但他们俩看上去好像都没大碍。唯有罗顺祥情况不佳。他说话声音非常微弱，捂着肚子在叫痛，整个头部被碎玻璃扎得都是伤口，脸上也是血肉模糊的……

5号点在进沟的路上的一座山上，离村庄较近，这个点的气象仪器的故障率也是最高的，有时还是人为的毁坏，前不久就有人将百叶箱打开，将温度计、湿度计全都盗走了。因为这个原因，去5号点排除故障，是常事。从没有人出过什么事，但谁也没想到，不出事则已，出事就是这么一件大事。

二

听到罗顺祥出车祸消息时，刘紫樱正在组织小朋友们吃点心，她当时就"哇"的一声哭起来，哭声来得太突然，把幼儿园的小朋友都吓着了，几乎全班的小朋友都跟着加入这次多声部哭声大合唱。

刘紫樱赶到医院时，罗顺祥正躺在推车上，往手术室里推。一看罗顺祥像个血人昏迷不醒的样子，刘紫樱不管三七二十一便扑上去号啕，众人正不知该怎么安慰她，哭声却戛然而止，刘紫樱抬起泪眼，瞪着，不知是问别人还是问自己，他死了吗？他这是要去哪儿？一双手紧紧拽着手推车，护士让她放开，她也不听，只顾自说自话：他要死了！顺祥——你不能死！顺祥，我不让你死！你这个短命鬼，你不能丢下我，你要是死了，我也不想活了。她的大嗓门，撞得走廊房顶都有回声。她趴在推车上，不让车走，两个护士都拖不开她，推车只好停下来，谁都拿她没办法。

"放手！"一声大吼从她的身后响了起来。刘紫樱惊愣了一下，哭声立刻止住，手也不自觉地松开。

来人是马邑龙。

刘紫樱又朝马邑龙哭诉，说是顺祥要有个三长两短，她也不活了。

马邑龙安慰她说，这不是正在抢救吗？你不要老是死啊死的，这不是在咒老罗吗？放心，我们会想办法救活他的！

他能活着出来吗？刘紫樱看着手术室的门，不放心地问道。

我们对医生、对老罗都要有信心。马邑龙说完，让人把刘紫樱扶到旁边的椅子上坐着等。

刘紫樱的哭声小了下去。但她眼睛不能朝手术室看，一看见手术室那几个字，就又大放悲声，顺祥啊顺祥地叫着，医生，救救他吧。他不能死，他死了我也没法活了！我们有女儿呀！她还小。顺祥，你可不能走啊！呜呜呜——周围的人，怎么劝都劝不住。

连于发昌来了，也没办法，还没开口，就被刘紫樱的眼泪、口水溅了一脸，救救我们家顺祥，他可是因公受伤，你们得想办法啊！

于发昌退后了一步，指着手术室说，你放心，正在抢救。你安静一点，你一哭，还影响抢救。你听我的，安安静静地坐在一边等，我向你保证，我们会尽最大的努力抢救老罗。

刘紫樱终于被幼儿园来的两位老师又拉回走廊的长椅上，稍稍安静下来。

马邑龙和于发昌陪季永年在基地宾馆接待完外宾，正准备回沟，听到罗顺祥出车祸的消息后，又让车调头赶到医院来。一路上，马邑龙脑子里都是那位"外宾"的影子。这个"外宾"不是别人，是姚一平。时过境迁，两人都没想到会在这样一种场合再次相遇。早听说姚一平出国了，八十年代末出国热时出去的那一批人。马邑龙更没想到，那个高傲的詹金斯先生回国不久就辞职了，姚一平接替了他的位置，这次他来，是代表外方来跟基地洽谈下一份合作协议。

姚一平故作轻松：没想到，我们成了真正的合作伙伴。

马邑龙说，但愿我们合作愉快！

姚一平说，我们这边没问题，就看你们了。

马邑龙听出他是暗指中方这发任务有无把握的意思，便朝姚一平坚定地点了一下头。

姚一平突然转移话题，问苏晴怎么样？

她很好！

我倒听说她过得不是太好。

马邑龙看着他，脑海里浮现出姚一平当年的样子。当时，他们还在军训队。有一天，门卫给马邑龙打电话，说有人找苏晴，自称是苏晴的"爱人"。马邑龙让通信员把人领到队部。他猜一定是那个有一面之交的苏晴的男朋友姚一平。果然，姚一平一见他就说是来接苏晴回北京的，已经办好调动了。马邑龙问苏晴知不知道这件事。姚一平说，我还没通知她，不用说，她会同意的。真没想到，你们这里会这么荒凉。

马邑龙没再说话，让通信员把姚一平领到招待所先安顿下来。然后，又找人去通知苏晴。

姚一平的出现，让整个军训队炸开了锅，上上下下都知道苏晴的"爱人"来了，要把她调回北京去。大家都认为苏晴事先是知道这件事的，怪不得大家抱怨这里环境太差太苦时，她从不吭声，敢情人家压根就是到这里镀金的，根本没想过在这里待下去，这不，军训还没结束，就又调回去了。连她最好的朋友乔亚娟也埋怨她保密工作做得太好，这么大的一件事，连一点口风都不漏，真有你的！马邑龙更一肚子的火，报名参军时，他就提醒她一定要跟男朋友商量好，来了才几天，就要走人，这不是动摇军心吗？让他们连工作都不好做，所以，他找苏晴说话也就没什么好气，冷冷地提醒，让她想好了，这里可不是谁家的菜园子，想进就进，想出就出。没想到，苏晴倒没生气，也没解释什么，只是笑了笑，转身离开了。但最后的结果大家也都看到了：姚一平没把苏晴带走，两人的关系也就此告吹……

你如果这次有时间见到她，最好还是听听她自己怎么说。话说得有点冷。

姚一平怔了一下。

然后，两人有礼貌地伸出手来握了握。

三

手术室里传出消息：罗顺祥脾脏出血，失血过多，急需输血，而他的血型，偏偏是罕见的 RH 阴性 AB 型血。上万个人里可能也找不见一个。联系当地几家医院的血库，都回答没有。

刘紫樱从人们的表情上看出情况有些不对，马上止住哭，支棱起耳朵听人们说话。当她知道罗顺祥需要输血又找不着血时，一下就急得跳了起来，就又在手术室门外呼天喊地起来，一边哭喊，一边还用头去撞墙。

于发昌看不下去，命人把她拉走，说简直是胡闹！

刘紫樱死活不走，说我要在这里等，我要陪顺祥一起死。

有个穿着白大褂的年轻医生告诉刘紫樱，这种血型很稀有，可能整个基地都找不出第二个来。

你的意思是说，我们家老罗找不到血就得等死，就得眼睁睁地看着他闭上眼睛，是不是？刘紫樱又对着年轻的医生嚷道。

医生晃了晃脑袋，说不是这个意思，我只是说……嗨，给你说不清楚。他知道这女人难缠，便找借口脱身了。

马邑龙马上掏出手机，给各单位打电话，命令部队紧急集合，速来医院献血。

刘紫樱回头又抓住于发昌，说，于政委，您是好人，您得为我们老罗想办法啊！这么多的人，怎么可能找不到一个相同的血？我们顺祥可是为公家办事才出的车祸，如果他在家好好的，不出这趟公差，他哪至于这么倒霉，他这不是替别人死吗？别的人为什么不去，偏偏要我们家顺祥去？我先把丑话放在这，要是我们家顺祥有个三长两短，我不会轻饶他们的，我拿命跟他们拼去。

于发昌不能朝她发火，就耐着性子劝她安静，大家不是正在想办法吗？你这么吵闹能解决问题吗？

刘紫樱还是不依不饶：那你们也不能看着我们家顺祥白白去死是不是？谁都知道，我们家顺祥是个软柿子，谁都敢捏他，谁都欺负他，在他们气象中心谁把他当人看了？谁重视过他？职务职务不如人家，房子房子不如人家，哪个男人像他这么窝囊？要不是那个狐狸精处处压他一头，他会是今天这个样子吗？他哪一点不如人家了？为什么要听她狐狸精指挥？狐狸精指向哪儿，他就到哪儿，屁都不敢放一个，他一个堂堂的男子汉，被一个女人指使得团团转，我都替他丢人！替他没脸面！如果他死了，我看他也是个冤死鬼！顺祥，你怎么这么命苦？你活不了，我也一头撞死，要死我们全家一起死！呜呜——呜呜——说着又哭了起来，哭得鼻涕眼泪全糊在一起，长长的鼻涕像透明的粉条挂在胸前，半天掉不下去。

谁都不敢再近前去扶她。

谁都知道她在骂谁，但谁都懒得劝了。

部队的干部战士冒雨陆陆续续地赶来，井然有序地排成队，几组人同时进行抽血化验。但一直验到最后一个人，也没发现一个 RH 阴性 AB 型血。直到苏晴出现。

四

苏晴刚从"沟里"赶过来。

上午，罗顺祥跟她打招呼，说是带人去 5 号点时，她原本不同意，想自己亲自带人去，但临时有事脱不开身，只能让他去了。没想到一去就出这么大的事，现在想想，心里直后悔。记得当时特别叮嘱过他路上小心，罗顺祥嘴上答

红色岁月　红色历程　红色史诗　红色经典

应着，人却没马上离开，而是又站了一会儿，似乎有什么话要对她说。苏晴知道，罗顺祥肯定是想跟她解释那天没上山的事情。苏晴觉得没必要，事情都过去了，她最烦人家事后解释什么。就是刘紫樱四处给她泼脏水，乔亚娟要去帮她找刘紫樱算账，她都不让。亚娟说，你就心甘情愿地背黑锅？她说，无所谓，谁心里没一面镜子？亚娟说，你不知道谎言重复三次变成真理这个道理吗？你就该让那张烂嘴闭上不再胡说八道才对。苏晴说，我们跟她不是一类人，你教训她也没用。亚娟说，这倒是啊，只可怜罗顺祥怎么能忍受这样的老婆。苏晴说，这你就错了，人家也许过得很幸福！我也希望他们过得真的很幸福！她说能理解罗顺祥平时那种惧内的心理，从一件事上就能证明他是怕刘紫樱的。本来，他跟大家交往都很正常，特别是跟女同胞，该打招呼打招呼，该说什么说什么，只是一旦身边多了刘紫樱，他就紧张了，看见她们像没看见似的，什么招呼都不打，也不知是不是故意做给刘紫樱看的。所以，只要刘紫樱在场，苏晴看见罗顺祥也当没看见一样。对此，苏晴早习惯了，亚娟却觉得好笑又好气，真让人不舒服，什么玩艺！哪天我就去跟罗顺祥亲亲热热挽一回手，看她怎么着！苏晴说，你别没事找事！只要她爱罗顺祥，也算是罗顺祥有福了。亚娟嘿嘿一笑：抱着醋坛子享个屁福！

要是这次罗顺祥万一有什么不测，那刘紫樱的天可就塌了。所以，不管她刘紫樱做得再过分，我也不愿看见她遭受不幸。

苏晴边走边想，完全没有什么防备，当然更不会想到这时会有人像头暴怒的狮子一样朝她扑过来，动作之快，令所有在场的人瞠目结舌，苏晴更是这样！当刘紫樱一把抓住苏晴的衣服，恨不得把她整个人拎起往地上掼去时，苏晴完全懵了，她这辈子都没见过这种阵势，那次在街上，三轮车主也没对她这么凶，但她只懵了两秒钟，听见心脏"咚咚"地狂跳了几下后，很快就让自己镇静下来。这时，苏晴才看清刘紫樱凶狠扭曲的面孔，真想避而不见，但她并没做到，两只眼睛说不清楚是为什么，像饥渴般地盯着对面那张脸，它们挨得那么近，近得连五官都被忽略了，看不清了，只能感觉两片红红的唇快速地一张一合，一张一合，恍惚中感觉像是下雨了，脸都被打湿了。但不是雨，是唾沫星子。它飞溅了苏晴一脸，令人恶心得想呕。苏晴的两只耳朵也被声波震荡得嗡嗡响，像是钻进了一台杂波器里，除了嘈杂声别的什么都听不见了……

你这个狐狸精！我们家老罗的命就葬送在你手里！你凭什么指使他为你做

这做那？你凭什么让他出公差？就凭你臭不要脸吗？你为了那天他没跟你上山，今天就报复他是不是？你欺负他欺负得还不够吗？你把自己的老公克死了，又想来克我的老公是不是？你这个臭女人，你有本事冲老娘来，来呀？那天是我不让他上山的。我就是不让他跟你上山。谁知道你们上山会干些什么？不是我把我老公看紧了，他早被你拖下水了。你整天还装得人模人样，以为别人看不出你肚子里那点弯弯绕是不是？刘紫樱越骂越难听，越骂越不堪入耳，骂完后她又接着诅咒，说那天你活该，困在山上下不了山才好，让毒蛇咬死你让老虎吃了你这样恶毒的话都说了出来。苏晴看着她一句不吭，幼儿园园长和老师一直拖拽她，就是拖拽不走，她跟一辆大吊车一样，堵在走廊上，没有一个是她的对手。她最后还"哐"了好几声。"哐"的时候，脸都青了，嘴也紫了，两边的嘴角各浮着一堆白沫，像吃东西时留下的残物，让人看了想吐。

　　如果不是后面传来一声大喝，让她住手，真不知这女人还将如何往下闹下去，也不知这出戏会如何收场。那是指挥员喊队列的声音，震得四壁嗡嗡作响。不仅刘紫樱吓了一跳，大家都被吓了一跳。只有苏晴稳稳地站在那里一动不动。

　　是马邑龙。

　　马邑龙大吼了一声后，整个场面一下变得寂静无声，他又问刘紫樱，闹够了没有？闹够了就闭嘴，没闹够到操场去闹，我把部队集合起来，让大家看着你接着闹！老罗的人还躺在手术台上，你在外面不停地闹，像什么话？你是想让人救活老罗，还是想让他死得快一点？你要是不想让老罗死，你就给我老老实实一边待着去！要是我再听见你胡闹，我马上让人把你轰出去！

　　他没看苏晴，只是让人把苏晴带走。

　　苏晴不走，但她眼圈红了，她忍住没让眼泪流出来，身子一侧，便从刘紫樱跟前绕了过去，一直往前走。

　　她径直走到验血窗口，挽起袖子，亮出自己细弱的胳膊，对一个小个子护士说，抽我的吧，我就是这个型号的血。

　　马邑龙突然有点儿失态：不成，你这个身体怎么行？

　　马邑龙的话，让苏晴眼角又一次浮起泪水，视线颤着，心也跟着颤着。她说不出话来，她心像刚被一把镐头掘过一样，有个深深的坑，正在往外淌血，痛是肯定的，但顾不上了。如果不是为救罗顺祥一命，她不会来医院，更不会受那样的侮辱。这是她有生以来受到的最狠的侮辱和诋毁。但这比起一个可能消失的生命来说，又算什么？苏晴想到这，轻声对护士说道：抽吧！

苏晴！马邑龙还想夺步上前，去制止她。

苏晴没回头，只是坚定地对小护士说，不，是命令道：抽！

马邑龙还想说什么，嘴张了张，什么也没说出来，他在苏晴身后怔怔地站了一会儿，慢慢地掉转身，大步走开了。

当护士把针头推进苏晴细细的若隐若现的静脉时，忽听到"扑咚"一声。是刘紫樱。她两膝一弯，跪在苏晴的面前，拽着她的衣襟说，我不是人！我有眼无珠！我对不起苏晴姐！

苏晴头都没动一下，但却吼了一声：把她拉开！

刘紫樱被人拉开了，她一边被人拉着往外走，一边回头朝苏晴喊：姐！刘紫樱对不起你了！你是我们家的大恩人！

五

起身时，她感觉眼前一黑，身子摇晃了几晃。幸亏胡眉和乔亚娟上前把她扶住，才没倒下去。

医院已安排好病房，让她休息。

这会儿，她不听话都不行了。她自己都没想到，抽走了 500 cc 的血，身上就像抽尽了一样，走路腿都软了，踩在棉花上一样。至于吗？不就是抽走了一点血吗？那些卖血的人，都像自己一样还能活下去吗？她觉得自己的身体真不争气。

胡眉和乔亚娟一直围着她转，亚娟还拎了好几个瓶瓶罐罐回来，说是滋补品，打开硬要她喝下去。

她一再说她没事，让胡眉走。胡眉说，老于特别不放心。苏晴说，没事，回去转告，谢谢他关心。胡眉真走了，她还要管学校夏令营二十多个孩子吃饭。夏令营明天将结束。

当病房里只剩下乔亚娟时，她忍不住怪苏晴，你也太傻了，这边挨人家骂，那边还给人家献血，你就那么贱啊！

苏晴闭上眼睛不说话。

为刚才的事，她心里当然不会不难过，也不会不委屈。现在她特别想哭，也特别想念司炳华。如果司炳华活着，他会眼看着让她受这么大的委屈吗？此刻她更体会到，一个爱你的男人对女人意味着什么，有个男人真好。恍惚间，她看到司炳华站在小花园里，向她招手。她想起多年前司炳华在医院花园里抱她亲吻她的情景。那天，炳华陪她来医院做手术。当她走进手术室前，一回头看见他居然在流泪。当她向他宣布手术没做，宝宝安然无恙时，他欣喜若狂地抱起她，当着好几个人的面亲吻她，被亲吻过的脸颊到现在还热辣辣的……

想到这，苏晴眼角又一次滑下泪水。乔亚娟以为自己的话让她伤心了，又安慰她，别想那些不愉快了，咱们看在罗顺祥的面上，不跟那野婆娘一般见识。咱们不是也有人撑腰，也有人心疼嘛！你不知道，领导给我打电话，都是命令的口气：你，马上过来！我问他什么事？他不耐烦，说，你啰嗦什么，过来就知道了！

亚娟学马邑龙说话学得惟妙惟肖，把苏晴逗乐了。

苏晴看看窗外天快黑下来，便说，亚娟，我要回家。我已经很久没看见小鱼了。

你再躺一会儿，我送你回去。

不用。

什么不用，我可不想让人家怪我这个保健医生没尽到责任。

这时，病房门"咚"的一声被人推开了，回头一看，一个影子闪进来，再次"咚"地一响，跪倒在苏晴床前。

刘紫樱痛哭流涕的样子跟两小时前那个撒泼的女人，判若两人。

乔亚娟坐在床前，屁股都不抬一下，全然像没看见，还晃荡着两条腿。苏晴躺在那里也没动，眼睛盯着天花板。刘紫樱看看乔亚娟，又看看苏晴，一把鼻涕一把泪地忏悔开了，看她的样子，这回说的是真心话：姐，我是有眼无珠，错怪你了。你救活了顺祥，救活了这个家，也救活了我，你的救命之恩，我这辈子都报答不完，下辈子我一定做牛做马来报答你。

不用报答，少冤枉人少欺负人少骂几句就阿弥陀佛了。乔亚娟继续晃荡两腿，冷冷地说。

苏晴还是一动没动。

姐，你们是读书人，不像我，没文化，以前说话做事有对不住你的地方，都是我该死，请多多原谅。现在，我们顺祥的血管里，流着你的血，我们不是亲人也胜似亲人，你就当我这个妹妹过去不懂事，错怪你了。

我们哪有福气有这样的妹妹！要真是妹妹还敢爬到别人头上拉屎撒尿吗？

苏晴轻轻地在亚娟背后踢了一下：你不能少说两句吗？

亚娟不干了，你踢我干吗？难道我说错了吗？

刘紫樱继续跪着，说，姐，你现在是我们家的大恩人。我真的不知如何感谢你！相信我，我是真心的，如有半句假话，让雷劈了我！

乔亚娟鼻子"哼"了一声。

苏晴开口了，你起来，你也不用发毒咒，更不用谢我，要是老罗换成我，他也会这么做的。

刘紫樱一看苏晴说话了，马上站起来，姐，你这话说得可没错。我知道，我们家顺祥对你可是没的说。你以后有什么事，就让他做，只要他身体好，多干点也没啥。

刘紫樱看着苏晴不说话，又体贴地说：姐，你也一定要保重身体。你的身体比我们的金贵。我先走了，我还得照顾我们家顺祥，他刚手术出来。

刘紫樱走后，乔亚娟马上说，你呀，就是个大傻子，还相信这种人的话？

苏晴叹了口气，不想跟她一般见识，反正我救的是罗顺祥。

换了她，我看你照样也会救。我还不知道你！乔亚娟站起来，倒了一杯水放到床头柜上。

你也一样，你难道会见死不救吗？苏晴说。

是她，我就不救。我救活她，让她再来伤害我吗？

我还不了解你，刀子嘴豆腐心！

对这样的女人我肯定是刀子嘴，但决不豆腐心！

苏晴笑了笑，没再说话。

突然，"啊——呜，啊——呜"的声音远远地响了起来，又是阿宝在什么地方叫唤，高高低低的，听得人心酸。

六

吃晚饭时，马邑龙一直沉着脸，只顾埋头吃，不说话，坐在他旁边的季永年，觉得他不对劲，便问了一句：罗顺祥的情况怎么样？

应该没大碍了，苏晴献了血。

季永年正要夹菜，筷子停在了半空中，问道：我们的这些大老爷们都干吗去了？怎么能让一个弱女人去输血？

在座的人停止了吞咽咀嚼。

只有她的血型能对上。马邑龙说。

献了多少？季永年又问。

500cc。马邑龙答道。

季永年放下筷子，起身离开餐桌。大家都跟着站了起来。季永年回头道，你们吃吧，别浪费。还有让苏晴在家好好休息两天，就说是我的命令。

马邑龙点头答是，然后又坐下，没滋没味地往嘴里扒了几口饭菜，心里却在惦记小刘把在"老战士酒家"订的鸡汤送去没有，不知她现在身体状况怎么样了。乔亚娟也是个糊涂蛋，不知道来个电话说说情况，便掏出手机，准备给乔亚娟打电话。刚把号码摁出去，马上又掐断，他问自己说：为何不直接打给她？到现在了，你还有什么可顾忌的？

他把苏晴的号码调出来，可那绿色的小按钮就按不下去。

这些年，他从没因工作之外的事给她打过电话。哪怕想关心一下，都是通过乔亚娟。中秋节，想给她送盒月饼，但一定是两盒，全都交给乔亚娟。乔亚娟会跟他开句玩笑什么的，问他为什么不自己交给她。他挥挥手，让她赶紧走。他似乎忙得很，没时间跟她啰嗦。

乔亚娟也很能理解他。那时候，他和凌立感情没破裂，又是基地的领导，过分地关心苏晴，也怕招来闲话。乔亚娟也认为他注意一点影响，不是坏事。所以，久而久之，这种联系方式也就成了一种习惯。

当他真要面对苏晴时，反倒好像不会表达了。即使说些什么，也往往词不达意，根本不是他心里掂量了好久的那些话，到头来常常是想说的没说出口，说出来的又不是自己想说的，让他事后倍感恼火的，是为什么一张口总是一副公事公办的口气？

这些年，他一直认为自己活得理直气壮，觉得自己就该这样活着！当本该属于他的美好的东西离他而去时，他才发现自己是这么的底气不足。

工作和事业不该是牺牲生活和幸福的理由，否则人生就是残缺的。季永年前些天还告诉他，"一个生活残缺的人，其他方面也不能保证没有残缺。"

我残缺什么？他问自己。

很长时间里，你都把事业放在第一位，忽视他人，忽视生活，忽视幸福，忽视家庭，包括忽视你自己。事业在我们生活中是唯一的吗？不，不是这样，尽管它很重要，甚至非常重要，但决不会重要到可以放弃其他一切，那样的事业还有什么意义？

他真想找机会跟苏晴交流一下这方面的感受。但每当他走进发射场，看见高大的发射塔架时，又马上对自己说，等一等吧，等"太白一号"上天后，你再跟她说，现在得全力以赴把"太白一号"这件事做好，等这项任务结束后，你——我必须告诉她一个重要的决定。

七

苏晴觉着胸闷得很不舒服，进沟前顺便去看了医生，做了个心电图。但看不出什么问题。医生建议做全面检查，苏晴一听就知道不可能，因为没有时间。只有等任务结束后再说。从门诊部出来，苏晴想再去看一下罗顺祥。后面的日程越来越紧，不可能再特地跑来看他了。

本来，去看罗顺祥是人之常情。他们是同学，又共事这么多年，人总得讲情义。但她心有余悸，怕刘紫樱再误会她。如果不是刘紫樱醋海翻波，两家的关系应该不错的。炳华活着时，罗顺祥哪个星期不去他们家吃几顿饭？叫都不要叫，像自己家人一样，碰见什么吃什么。有了好吃的，更不用说，炳华会主动想着他。过年过节，每次罗顺祥都会到场。如果遇上刘紫樱母女来基地探亲，便加上乔亚娟一家，三家人凑一堆，不知有多热闹。乔亚娟喜欢孩子，带着三家的孩子一起玩。司炳华和刘紫樱做菜拿手，他们俩一个江南口味，一个楚湘口味，合在一起，一大桌菜，没有一个菜不清光的。要是包饺子，更是隆重，和面的活王子萌承包，刀工活罗顺祥唱主角。他心细，切得碎，切出来的韭菜全一般长，唯一的不足就是动作太慢。他一定得把韭菜捋得一般齐，才下刀。两斤韭菜，他能切两小时。如果是红烧猪蹄，拔毛的活，也是他干。他会在阳台上搬只小板凳，一把小镊子，无声无息，半天不见他有动静，大家十圈牌都打下来了，他还没干完。干细活，没人比得过他。那些年，军用被子拆洗后，得手工缝。他还会缝被子。刚到基地时，连苏晴的被子拆洗后都是他缝。现在，司炳华走了，刘紫樱随了军，这种日子就一去不复返了。本来，苏晴家里有些重活，不是王子萌就是罗顺祥帮着干。苏晴心里从没有过什么负担，被刘紫樱这么一闹，她不仅不叫罗顺祥，连王子萌也不愿叫了。她实在不想再失去乔亚娟这样的朋友。乔亚娟尽管不像刘紫樱那样小心眼，但苏晴仍有顾忌，毕竟自己是这样一种处境，不为自己考虑，也得为别人考虑。所以，这个家，对女士，敞开门请进；男士对不起，一律拒之门外。应该说，这方面苏晴已经是小心再小心了。但没想到，刘紫樱还是闹得这么过分。

也正因为这个原因，于发昌、胡眉、乔亚娟、凌立和马邑龙，都来做工作，劝她再成一次家。苏晴把所有人的话都当作耳旁风，独独马邑龙的话，她听了进去。他说，你还年轻，应该面对现实。苏晴对这话理解极其深刻，在心里放了好几个月，也琢磨了好几个月，尤其是"面对现实"这四个字，她认为这是他在暗示自己，别抱幻想，他和凌立的现状是不会改变的，能改变的只有你自己。

改变就改变，这有什么难的。

苏晴终于下决心要尝试第二次婚姻了。

第一步，是找男朋友。那段时间，不论谁给她介绍男朋友，她都答应见面。有的是地方的官员、公司经理什么的。也有本基地的，比如有个高工前年爱人因病去世。群众评议都说他们俩合适。这次，于发昌亲自挂帅，特地给他俩搞了两张去北戴河的疗养票，让他们自己去海边培养感情。两人分明是一起上路的，却没一起回。王高工的解释是：我高攀不上啊！苏晴的解释是：我一人过独了，很难跟人过到一起去。事实是：坐火车这一路，苏晴就开始厌烦人家，连人家剔个牙，没用手遮住嘴，她看见心里也不舒服，还怎么天长地久跟人家过日子？到了北京，苏晴便找个借口下了车，连北戴河疗养也没疗成。

只有乔亚娟知道这个细节。亚娟批评她，你也真是，对人太苛求了，广东人才这么剔牙呢，难不成你非找个广东人才嫁？

苏晴说，我实在没办法接受。

后来，又遇上一个男人。是同学介绍的。同学让他们先见面，先开热线，热乎一阵再谈爱情。

这一招开始挺灵。每天晚上，两人几乎都要通话一两个小时。那一个多月，双方都看着电话费猛涨也毫不吝惜。直到对方出现，苏晴也觉得他人不错，似乎各方面都合她的意。她甚至想：我期待的爱情真的来了吗？是的。和他坐在一起共进午餐时，她在心里悄悄地对自己说。

吃完饭，她跟他一起上楼，到他住的房间。

她依旧感觉良好。

两人静静地坐着又说了一个多小时的话。之后，他过去把她从椅子上拉起来，脸对脸地站着。她没反抗，告诉自己说，迟早要走这一步的。但再往下走，她就觉得自己不对劲了。他想吻她的嘴时，她下意识地把脸扭开。那感觉仿佛在跳探戈，她身子拼命向后伸。再下一步，她绝对不能接受了。他将他的手伸进她衣服里，手指轻车熟路地往最柔软的地方摸过去，她叫了起来：不！不！不！他把她的话理解为女人的害羞，忸怩作态，并不是真心说"不"，这更刺激了他敏感的器官，奋力地把她往床上一掼。她一下倒了下去。当他喘着气，直起身，想解决衣服带来的阻碍时，苏晴猛地从床上跳起，翻脸不认人，看都没看他一眼，捋了捋凌乱的头发，连声告别的话都没说，便摔门而去。他追出来时，她已跑得不见踪影。

回到家，苏晴把自己脱得精光，站在热水中冲淋了足有一小时。她哭了。她自己都不明白究竟是怎么回事？为什么？不是相处得好好的吗？为什么？她伤心极了。她抚摸着自己仍然圆润的乳房——多久没异性触摸它们了？自炳华走后，就再也没有过。她心里有说不出的哀伤。她不明白，自己的身体产生了什么抗体？为什么不肯接受别的男人？为什么？你要为谁守着？为炳华？为他？不！他是别人的丈夫！她恨死自己了，用湿毛巾一下一下抽打自己……

这个男人，是她以"男朋友"身份见的最后一个男人。

用乔亚娟的话说，你是尽心尽力一场，却什么果都没结。

苏晴说，我再也不见什么人了。

从此，她真的没见过一个男人，连动一动这个念头都没有。有句成语是怎么说来着？心如止水。对，就是这四个字：心如止水。不，她马上又否定了自己。也许对其他男人是这样，对他呢？对他也会这样吗？她不敢回答。她不明白，凌立为什么要离开他？为什么要出国？听说她没嫁给那个外国人。但好端端的一个家生生就这么散了。为此，她一直对凌立怀着歉疚。尽管她什么对不起凌立的事都没做，但就是有歉疚。她经常因此自责，这些自责成了横亘在她和他之间，这辈子也难以逾越的壕沟。

苏晴想，我们这一代人，顾忌太多，为别人想得太多，好像来到这世上，压根不是为自己，而是为他人活着。但她又非常感激凌立，给了她这样的一个机会——一个偷偷地死灰复燃地去爱的机会。有了这一点，她心里真的很知足很幸福。

她真希望刘紫樱也能明白这一点。可刘紫樱永远都不会明白。她往罗顺祥的病房走去时，一想到刘紫樱对她恶语相加时的样子，几次都想掉头走开算了。但病房就在眼前，护士都跟她打了招呼，再掉头已经不可能了。

硬着头皮走进病房，看见罗顺祥倚靠在床头上，刚挂完点滴。刘紫樱正拉着他的手在按摩，看上去绝对是让人羡慕的一对恩爱夫妻。一看苏晴来了，刘紫樱仍不放开罗顺祥的手，继续按摩。罗顺祥有些不好意思，把手抽回去。"你看看，跟个孩子一样，苏姐来了还不好意思。苏姐可是咱们的大恩人了。"刘紫樱嘴甜得发腻，热情得也发腻，非削好一个苹果塞到苏晴手里，左一个大恩人右一个大恩人的，你救了顺祥就是救了我，救了我们全家……听得苏晴全身起鸡皮疙瘩，幸好她也没时间多待，车在外面等着，还要进沟去。于是，她对罗顺祥说，你好好养着吧，工作上的事不用操心。

罗顺祥说，你身体没事吧？你好像气色……

苏晴说，没事，还好。

你看，我这不争气的身体，都得你操心了。你也多注意身体，别太辛苦。

苏晴应一声"好"就告辞了出来。

刘紫樱站在走廊上，大声说，那我就不送了，苏姐，你走好啊！

苏晴没回头。这声音听起来让她又好一阵不舒服，甚至有点后悔来看罗顺祥。她知道，这辈子不和罗顺祥打照面，罗顺祥也不会怪她的。你这不是没事找事吗？

八

果然，刘紫樱一转身，脸就变了。

她踅回病房，睒着眼看罗顺祥半天，酸溜溜地说：我看你呀，身上淌着人家的血，看人家的眼神都不一样了。

罗顺祥说，有什么不一样？

含情脉脉呗！说话那个温柔呀！注意身体，别太辛苦！我嫁你这么多年，从来没听你对我说过一句这么好听的话。看人家那个细呀，人家是什么气色都看出来了……

你又来了！

不是我又来了，是你们又来了。

你怎么这么虚伪？你不是对人家千谢万谢的吗？难道你是违心的？

我本来是真心的，可看你们眉来眼去，我就受不了。

罗顺祥冷笑了一下，没再理她。

这愈发激怒刘紫樱，她的嗓门更粗了：还用说吗，血管里都流着她的血，感情是不是也要加深？人家对你有救命之恩，你能不报答她？你用什么报答？你有什么？要钱没钱，要权没权，除了还人情，还感情，你还能拿什么报答？她越说越激动。

"嘭"地一下，一只挂完液体的空玻璃瓶，被罗顺祥砸到地上，房门开着，玻璃碴溅得走廊满地都是。刘紫樱愣了片刻才回过神来，说，你、你有种，你、你连血性都变了，还敢砸东西了。你再砸啊？她把桌子上的东西，一件一件往他怀里塞，隔壁值班的护士听见动静后跑了过来，劝她说，刘老师，你可得让着罗副主任一点，万一再出麻烦，可没人给他献血了。说真的，那RH阴性血，你花多少钱都不一定买得来。

刘紫樱被这种暗中带刺的话噎得半天没说出话来。

第十九章

一

这几天，苏晴有一种被爱情沐浴的感觉。这感觉像"过滤器"把刘紫樱带给她的不愉快全滤了出去，她只要想到他当时看她的目光——担忧、爱怜的目光，所有不愉快的顿时一扫而空，幸福——可以称之为幸福吗？她不敢肯定，但那种感觉压抑不住地从她心底往上漫，不论眼睛张着还是闭着，都能看见他，他似乎隐身在什么地方，让她觉得他无处不在，像空气，像一层轻柔的丝绸围拢在她身上，她甚至能嗅到他身上的特殊气味。她真的觉得爱是有力量的。只要想到他，疲倦、阴郁、不开心统统都会退场，心里透亮起来，仿佛有一缕阳光直接照射在身上，她的肌肤、小腹、乳头……都被那缕阳光照耀着，令人浑身发热。

更让她高兴的，是"窗口"终于现形。尽管还有争议，但毕竟是找到了。现就等着指挥部召集气象会商了。

这个晚上，苏晴提前回了家，一路上，她觉得浑身热乎乎的，每个毛孔都微微地张开，似乎对某件事充满着焦躁又热切地期待。

一进家门，就听见卫生间哗哗地水响，知道小鱼在洗澡。她很高兴，好几天没见小鱼了。

她便"小鱼～小鱼"地叫了两声。这孩子胆小，如果不叫她，猛然出现在她面前时，她会大叫一声，责怪苏晴把她吓死了。

苏晴没听见小鱼应声，便推开洗漱间的门，把头探了进去，一股热浪热情地扑面而来，只见小鱼仰着头，闭着眼，站在莲花喷头下，迎着温热的水流，一副陶醉的样子。

苏晴惊呆了！简直不能想象她是自己的女儿。她突然间发现，我的女儿长大了！不，变成一个小女人了！这太让人吃惊了！那种感觉就像你门前的一棵小树苗，平时从没注意过它，有一天当你走到它跟前，蓦地抬头时，才发现它不知何时已经长大了。这孩子，她怎么能悄不溜声地变成一个小美人，连招呼也不打？

过去的事还历历在目呢！那时候，小鱼多大？四个月，就开始折腾人了。

苏晴记得怀孕的头四个月，没好好地吃过东西，吃什么吐什么，任何气味都排斥。最常见的油烟味，一嗅见就得马上跑到水池去吐，好像让她呕的不是食物，而是气味。所以，那些日子苏晴特霸道，不让司炳华在家炒菜做饭。司炳华也不生气，处处让着她，可以说百依百顺。不让他做饭，他便趁她在外面的时候，悄悄把饭做好；不让他抽烟，他就跑到外面去抽，回来刷牙、洗手，不留下一点烟味的痕迹。她想吃什么，他马上跑出去买，等买来一切都弄好，她又不想吃了。他也不生气，总哄她多吃一点。她瘦得脱了形，眼睛总瞪得大大的，像个非洲难民。他心痛得把头放在她的肚子上，对里面的小宝宝说：你要听话，要乖乖的，不能折腾妈妈，妈妈吃不下饭，就会没营养，她没营养对你也不好，你应该让妈妈多吃，才有力气养你……听他这样喋喋不休，苏晴会笑起来，说，小宝宝能听懂你的话吗？他说当然听得懂，还说这就是胎教！看到他做这些的时候，她会感动，觉得他比自己更有耐心和爱心。这时，她也会问自己：他哪一点比别人差了？作为丈夫，他已经做得够好的了。这样想过后，她会充满爱意地摸摸他的头，仿佛他是她的另一个孩子。

不过，妊娠反应对她来说还不是最遭罪的，更遭罪的是先兆流产。为了保胎，亚娟"命令"她住院观察。亚娟说什么，她听什么。让她别下床，她真的不敢动，连翻身都小心翼翼，生怕动静大，惊动了小生命。苏晴突然觉得自己是那么的爱这个小生命，小生命已经是我生命的一部分，不能分割了。亚娟看她老老实实地躺在床上，就笑，说这一下老实了！苏晴也承认，只要能保住小生命，我就任你"摆布"。

那是最难熬的一段日子。

好在那段时间没任务。

苏晴还记得住院期间，一天下午，马邑龙和于发昌突然来病房看她。

也许，初次怀孕的女人遇上这种情况，都会不好意思的，那种感觉就像自己不当心被人看见隐私一样，会脸红心跳。于发昌后面还站着他——别人不知道，她自己是知道的。她私下里曾暗暗发过誓，要为他生一个孩子。尽管这一厢情愿的念头很幼稚很可笑，可在当时，她并不觉得可笑，所以，见到他后，这种感觉在心里一闪而过，让她脸腾地就红了，心里头真是五味杂陈！

为了掩饰，她告诉他们好一点就回去上班。

于发昌乐呵呵地说，我们可不是来催你上班，是来关心下一代。老马，你说是不是？

他说，是该好好地养养了，而且多养一段时间。

说完，微笑，似乎笑得很开心。她心里更不是滋味。她怀上别人的孩子，他并没有不高兴，相反，他很高兴。这说明什么？说明人家并不在意你。他不在意你啊！你怀谁的孩子，他都不会生气的。好吧，那我就好好地生一个孩子给他看看。他和凌立不是也有孩子吗？这样一来，我们又扯平了。苏晴自说自话。她和他的感情大多是在这样的一种情况下完成的。现在，我已经走出来了。不是吗？我已经怀上司炳华的孩子了。是——司——炳——华——的——孩——子，不——是——他——的——她一遍一遍告诉自己。好像每天都要重复这些话，就像念经一样。

小鱼，在她肚子里过了四个月她才自在起来。

可这条在她肚子里游泳的小鱼，怎么一下子就长大了呢？

也许，这太不像一个母亲的感觉了。是的，这些年——这十来年，小鱼都生长在她的视线之外……这是她一辈子都深感愧疚的一件事。每次，想到这一点，她心灵也会有一种被啃噬的感觉。她一直回避对人谈论这件事。这种心态就像做错事的人不敢正视自己的过失一样。这也导致她不敢正视小鱼。小鱼只要看她一眼，稍微厉害一点，她心里都会"咯噔"一下，觉得小鱼是在谴责她，对她不满。这种心态，无形中也影响了她和小鱼的正常交往。有时候，她真想过去搂搂小鱼，亲一亲小鱼的脸，感觉一下小鱼身上的气息——她已经想象不出小鱼长大后身上是不是还残留着她熟悉的香气？可她就是没勇气，垂着的两臂，无论如何都抬不起来，沉得像灌了铅似的。她也不止一次问自己，你这是为什么？连自己的女儿都不敢亲近，天底下有这种母亲吗？可她就是做不出来，是吃不准小鱼的态度还是怕遭拒绝？而且，这种亲昵的举动，也让她感到难为情。你是怎么回事？苏晴总这样问自己，怎么连刚做母亲时那股子劲儿都没了呢？

苏晴永生都忘不了亚娟把小鱼从婴儿室抱出来，送到她怀里时的情景。

奶涨了吧？亚娟当着大家的面，这样问她，让她特别不好意思，感觉脸都要烧起来了。

都当妈妈了，还脸红啊！亚娟说，赶紧喂奶吧，这第一口奶，叫人初乳，可不能浪费，让孩子吃了比打什么针都强。

苏晴感觉脸愈发地烫了。当着一屋子的人，怎么好意思把乳房露出来。

炳华弯下腰，很理解地看了她一眼。又直起身说，我们都出去吧，先到外面待一会儿。

亚娟说：好吧好吧，我们都走，让她好好地享受当妈妈的感觉吧！

炳华想留下来，她也看出来了，但又想让她和小宝贝单独地待一会儿，就没再说什么。

她心里有说不出的一种感觉。这种感觉好像是来自小鱼，是小鱼带给她的新鲜又陌生的感觉。她至今都不明白，这种感觉在见到小鱼时，为什么会难为情呢？不知别人当妈妈是不是这样，她真的是难为情，为什么会这样，她说不清楚。她想告诉小鱼，我是妈妈，可"妈妈"两字怎么也不好意思说出口，感觉就黏在舌尖上，快把她急死了！的确，你就是小鱼的妈妈呀，可为什么就说不出口呢？她至今都想不明白怎么会这样。"妈妈"这个称呼，是神圣的，伟大的，难道是你觉得自己不配吗？我是妈妈了吗？这个角色的转换好像在十月怀胎时没完成。怎么会呢？她自己都怀疑自己了。她盯着她的小人儿，看了半天，仿佛是相认，是一种见面所必须的仪式。她是那样地盯着小鱼看，看小鱼的额头、鼻子、眼睛，每一个器官，都细细地看了一遍，并把每个器官，都一一地分解出来，看看哪一部分像司炳华，哪一部分像自己。她听别人说，要是一个孕妇，怀孕时常常想谁的话，孩子生出来也会像谁。这是真的吗？她心里甚至有一种期待。期待她像某个人，但她马上又把这念头在心里压了下去。这就是炳华的女儿，她叫小鱼。小鱼的妈妈叫苏晴。她把女儿的小手拉起来，亲吻了一下，"宝贝"，轻轻地唤了一声，心里感觉熨帖多了。接着，她又把小鱼紧紧地搂在怀里，把嘴唇轻轻地贴在红通通的小脸蛋上，一会儿后，全身的血液便汩汩地唱响了，仿佛有千万大军争先恐后地朝一个地方涌去，再摸那对双乳，它们像两个坚实的柚子，丰满而富有弹性。也是这时，她顿时有了充满的感觉。是的，是从未有过的充满！

"宝贝儿！"当她再一次亲吻小鱼时，像完成了一个庄严的仪式，这才激动地把衣服解开，露出已有些涨痛的乳房——它们生怕饿坏了她的小宝贝，急不可耐地渗出一点儿淡黄的液体，挂在那里就要滴下来，好像里面是口井，刚刚掀开井盖，甘甜的泉水就一涌而出。她自己也看愣了，就像在看正在发生的奇迹。她没想到自己的奶水会来得这么快，这么及时。而小鱼闭着眼睛，就知道把头往她怀里拱，让人感觉这一切都那么自然、天性……

当小鱼把粉红色的乳头含进嘴里用力吸吮的一瞬间，苏晴全身颤抖起来，一股热流漫遍全身，包括手指脚尖都像通了电一样。当那股热乎乎的东西涌出时，她幸福极了。她搂紧小鱼，眼里盈满泪水……

也只有这时她才感觉到，她和这个小生命联系得有多紧密。她是我生命的另一部分。这是任何人都不可替代的。无论她将来长多大，长成什么样，她都是我的孩子，永远都是！永远永远都是我唯一的孩子。

想到这，苏晴的眼眶又一次热泪涌出。此刻，她真想走上前去再像当年那样抱抱这孩子，她真想啊！小鱼长大后，就没抱过她，甚至没看过她的身体。

她一直有一个期望，想看看小鱼长成什么样了。

为满足自己这一好奇，苏晴曾提出要带小鱼去澡堂洗澡。小鱼似乎看穿她的心思，一口拒绝，说我不去，我就在家洗。

没一点商量的余地，苏晴很是失望，她不知道小鱼是否像自己一样，面对她时也难为情吗？

现在，此刻，苏晴一双眼睛无法移到别处，一双腿也像被钉子钉在了地板上一样，简直让她难以置信，小鱼会长得这么快，胸脯像气球一样吹了起来，形状是那么好看。水流似乎也察觉到了它们的美丽，流淌到那里时，故意缓慢下来，想多在那里停留一会儿，可一不小心又颠落下去，摔到地面上，玉润珠圆地四下散开。眼下，苏晴真想让自己变成一滴水珠，哪怕也摔到地上，哪怕摔痛，哪怕落荒而逃！

这时候，小鱼洗好头，正要转过身子。苏晴赶紧把身子缩到一边。她庆幸小鱼没发现自己。

还好，小鱼背对她站着。

说真的，要是这会儿离开就好了，就不会有后面的事了。可是苏晴朝后退了两步后，眼球仍水蛭似的紧紧吸在小鱼身上，怎么也挪不开。

苏晴从小鱼的背影发现了另一种美。

那背影，似乎更细弱文静，有一条线，它用放松和紧绷来表现它们的美。这线条像聚了光，从头顶开始，沿着细细的脖颈垂下来，分成平行的两条，从肩膀顺滑下去。当走到半截时，便在胸前突然打住，任它们充分地放开，等它们鼓胀了，圆润了，再往下走。这时候，线条继续下滑，一点一点地窄下来，在腰那里倏地收紧，似乎累了，停下喘口气后，又开始往下冲，慢慢地朝臀部扩张，扩张得非常饱满时，简直快成一个圆的时候，它们又稍稍地往里收，再朝长长的两条腿，延伸下去，再下去……这是苏晴第一次近距离地观察小鱼，小鱼长这么大，也是第一次真真实实地一丝不挂地袒露在她的面前。苏晴真的想走进去，真想去抱抱她，像她小时候那样把她拥在怀里。苏晴被这一想法挤拥得头都晕了。要不，进去为她擦擦背？对，擦背是多么好的一个理由啊！苏晴这样想，真的这么做了。

小鱼，来，妈妈帮你……一句话几乎没说完，一声尖叫像一把刀插进她的耳鼓，停在胸口上。这尖叫声过后，小鱼像受到侵犯一样，下意识地用手捂住怕羞的部位，保护着自己。

她们俩都惊愕在那里，足足有好几秒钟，什么动静都没有，只有四目交投，呆呆地盯着对方。

苏晴很快地冷静下来，一边往外退，一边说：孩子，没事了，没事了，你洗吧。

小鱼一副天大委屈的样子，蹲在地上，边哭边说：什么有事没事？我不洗了，有你这样当妈的吗？

苏晴愣了愣：我这样当妈怎么了？

你偷看人。侵犯别人的隐私。心理变态你。小鱼一口气给她带上许多顶帽子。

苏晴倒没不冷静，说：小鱼，别说得这么严重，妈妈看一下有什么关系？我们都是女人，你也可以看我的呀！

　　这句话更是让小鱼气愤了，歪起头，冲她嚷道：谁要看你！进来门都不敲，连起码的教养都没有，不知道对人要尊重吗你？

　　小鱼，别说得这么过分。

　　过分？是你过分，还是我过分？你洗澡我进去过吗？我这么偷偷地窥视过你吗？真是什么都不懂！哼！小鱼咬牙切齿地"哼"了一声。

　　也许，是小鱼那声"哼"把苏晴激怒的。小鱼的"哼"让苏晴想起刘紫樱的"呸"来。苏晴觉得这种通过鼻子发出的声音，比骂人的话还要叫人不能忍受，别看它只是一个气息，但它表达的含义要更深更广，似乎一切都不言自明。小鱼怎么能跟刘紫樱一样对待我呢？

　　苏晴真的生气了，瞪起眼说，司小鱼，不许你这样说话。知道吗？你的整个身子都是我给你的，我看一眼怎么了？怎么就不行？你以为你有教养？有教养的人会这样说话？你以为你这样是尊重人？你尊重我了吗？你对给你生命的人，叫过一声妈了吗？你知道什么叫过分？你这才叫过分！

　　小鱼看见苏晴脸上的怒火，也毫不示弱，完全不在乎她是否能承受，是否会伤心：你是给了我生命，除此之外，你还给了我什么？我从小到大，你管过我吗？你是管我的吃喝拉撒还是管过我学习？你爱我吗？让我叫你妈，你自己首先就得像个妈！

　　苏晴像被什么击中一样，感到眼前一黑，险些要倒下去，是扶住墙才站稳的，但鼻子一酸，想忍还是没忍住，两行泪先是慢慢滑落，然后变得汹涌。苏晴一边流泪一边问自己：她是我的女儿吗？她是我的小鱼吗？她怎么跟我这样说话？

　　那个晚上，苏晴伤心极了。她把自己关在房间里，再没出来。小鱼也在自己的房间里，没一点声响。这个家，寂静得像掉进了枯井里，是来自灵魂深处的那样一种寂静。

　　外面在下雨，一直下着无声的小雨。

二

　　小鱼在生气，生奶奶的气，生爸爸的气，更生苏晴的气。

　　小鱼不明白为啥要回这个家。小鱼一直不承认这是她的家。我的家在南方，在爸爸的老家，在奶奶那里。

如果不是同学李惠发生那样的事情，奶奶不会把她送回来。她永远忘不了李惠找她借钱时，一副做贼心虚的样子。李惠狮子大开口，要借二百元钱。小鱼问她干啥用，说我没这么多钱。李惠哭着说，小鱼，你是我的好朋友，帮帮我吧，我怀孕了。要不是李惠亲口告诉，小鱼打死也不会相信。李惠哭着问小鱼怎么办？我不敢跟我妈说，我妈会气疯的。小鱼早听说，李惠和隔壁班一个男生好，感情特别投入。小鱼还知道，那男生对李惠却是另一番态度，总指使李惠干这干那，李惠傻乎乎全听他指挥。出了这种事，小鱼也没经验，只好请奶奶帮忙。奶奶听说后，张着快掉光牙齿的嘴巴，"啧啧啧"了半天，一句话说不出来。

这件事，让小鱼真正懂得了什么叫殃及池鱼，她发现自己就是那池里的鱼。李惠出事后，奶奶对小鱼说话从单数变成了复数，一张口就是"你们你们"的，动不动就是：你这鬼丫头，我管不住你，送回去让你妈来管！小鱼没料到，一直把她当心肝宝贝的奶奶，仅仅因为担心小鱼像李惠那样做傻事，自己担待不起责任，竟会将小鱼"物归原主"。

这话听上去，好像小鱼不是个人，是个物件。是的，小鱼认为自己在苏晴眼里，连个贵重物件都不如，贵重物件决不可能当成包袱扔出去，而她却被自己的母亲扔掉了。

和苏晴吵架的那个晚上，不知为什么，小鱼特别想爸爸。她想，要是爸爸活着，肯定也像那些同学的爸爸一样爱自己。世界上哪个父亲不爱自己的女儿？可自己偏偏没有了父亲。也因为没有父亲的缘故，她现在最不想看见也最害怕看见的画面，就是自己的同学跟父亲在一起，她觉得那对她简直是一种折磨，一种伤害。一次参加学校军训结束后，有个同学的父亲开车来接她回家。她本来跟小鱼走得好好的，一看见父亲，便扔下小鱼，飞快地朝他扑过去。小鱼呆立在原地，失神地看着，眼泪不知不觉掉了下来，把那位幸福的女同学吓了一跳。后来，那同学说，让我爸送你回家吧。小鱼死活不肯上车。等那同学坐上车走后，小鱼又抱着路旁的一棵树痛哭……

小鱼对爸爸的记忆都是小时候留下的。爸爸总拿她当球玩，老是捧在怀里，抛来抛去的。有一次，小鱼要他扔得再高一点，他真扔了，差点没接着，还把他的老腰给扭了。小鱼至今还记得爸爸的胡子跟针一样厉害，扎完她的小脸后，火辣辣的痛，每次她都要骂爸爸坏，说我再不跟你玩了。爸爸就会装哭，要挟她，说我也不跟你玩了，不带你滑大滑梯了。这时候，小鱼马上脑筋急转弯，说我跟你玩，你带我去滑大滑梯。

滑大滑梯可要跑很远的地方。它在城里。爸爸没事了，就骑着自行车，把小鱼放在前面的横梁上，两人一起进城去。

这大滑梯，是小鱼得了急性肺炎住院时发现的。它像一座塔似的耸立在城中心的一个小游乐场里，很多哥哥姐姐们都跑到那里去玩，从侧面的小梯子爬上去，再从高处一扭一扭滑下来，羡慕得小鱼一次又一次地站在滑梯下面，一遍遍地叫这个哥哥，叫那个姐姐，让他们当中的谁，带她上去滑一次。可他们都说她太小了，会有危险的，等你长大再来玩。他们说得对，因为滑梯的滑道太宽，没有扶手，控制不住的话，身子就会倒过来，头朝下脚朝上地往下滑，每转一次弯，头都得狠狠碰撞一下，小鱼就亲眼看见一个小男孩，上去后，整个身子失控，头朝下摔下滑梯，把上嘴唇都摔裂了，好吓人哟，看着都替他痛，可把小鱼吓坏了，那以后好久她都不敢再去看别人滑滑梯。

生病那次，小鱼很希望妈妈抱着她上去滑一次。

小鱼跟妈妈哭着撒娇，但妈妈说，要等爸爸出差回来，让他带你去，妈妈不敢，要是把小鱼也摔成那样可怎么办？

听妈妈这样说，小鱼乖乖地不闹了，因为她对那小男孩印象太深了。

后来，爸爸真的带小鱼去滑了大滑梯。

小鱼还记得那天，气温突降，从十来摄氏度一下降到零下五六摄氏度，把人快冻死了，北风呼呼的，街上所有人都缩起脖子，只有小鱼没有，她觉得心里暖和极了，因为爸爸抱着她，从大滑梯上滑下来，整个人像要飞起来一样。她的小手被爸爸的大手焐得热乎乎的。再后来，爸爸又带小鱼去过好多次……从此后，小鱼只要想爸爸的时候，总是那双大手最先跳出来，把她搂得紧紧的，让她感到亲切又踏实。这个时候的小鱼觉得爸爸是真实的，是不可以替换的。但是，小鱼没有了爸爸，真的没有了……爸爸，你为什么要死呢？为什么不等我长大？爸爸，我生你的气！

小鱼知道，爸爸要是活着，她不会离开这个家，对苏晴的感情也不会变成今天这个样子。小时候，她是依恋过妈妈的，为了有没有妈妈还跟李惠吵过很多回架……想到这，小鱼再次把那张小照片拿出来，放在枕头上，趴在那里看。

可是，看着看着，眼睛又水汪汪地什么都看不清了。

现在，我成了世上没人要的孩子！小鱼把脸埋在枕头里，痛哭起来，哭得极其伤心，从未有过的伤心。

三

电话铃一直在响，苏晴就是不想接。这会儿，她觉得自己也被伤感、怨怼的气氛包围着。她不愿让这一气氛通过电话线传递给别人，那会让别人扫兴和失望，她不希望这样。

苏晴知道，自己是个坚强的女人，但正因为如此，自己也就成了一个不幸的女人。是的，还有谁比自己更不幸？在没爱上炳华时，却嫁给了炳华；当真爱上炳华时，炳华又离开了。仅这一点，作为女人，就够不幸的。

我可以承受这些不幸，但小鱼不该承受。她太小，还不具备承受苦难的能力。从这一点来讲，我和炳华都对不起小鱼，没能给小鱼应有的幸福，对此，她相信自己这辈子都会内疚。炳华要是九泉下有知，他也会。

当时，为了保住这个小生命，费了多大劲又遭了多少罪啊！

苏晴特别害怕回想的一段：分娩。

在她快要临产时，发射任务又来了，是又一颗新研制的地球同步卫星。当时她以为，坐完月子，还能赶上参加任务。那时候，大家都以参加任务为荣。因为，任务周期长，赶上一发任务不容易，不像现在，任务排得这么紧密，一发接一发，少执行一次任务也没什么。但那时候的心态是不一样的。尤其是这些女同胞，谁都不想因为生孩子影响工作。那是八十年代，人的思想境界完全跟现在不一样。

预产期一天天临近了。

因为任务的关系，炳华不可能请假照顾她。苏晴自己的母亲身体不好，在小鱼三岁时，离开了人世，只好请炳华的母亲来侍候儿媳妇坐月子。

亚娟一直动员苏晴做剖腹产。苏晴每做一次检查，亚娟就劝说一次。亚娟认为苏晴骨盆小，胎儿大，要是自然生产，恐怕很困难。如果吃了苦，再生不下来，还要上手术台，就等于遭两遍罪，不如剖腹，连阵痛的苦都免吃了。

好吧，我同意。怀胎九月，苏晴总算有了态度。

亚娟便给苏晴安排床位和手术的时间。

一切都按剖腹产进行。

手术前一小时，护士推着一辆摆放着各种各样器械的小车，来到苏晴床前，做手术前的准备事项。那护士脸上蒙着白口罩，她用眼睛朝苏晴笑，苏晴也对着她笑，一切看上去将会很顺利，产妇将会很配合，但当护士要把苏晴的被子掀起来时，苏晴突然令人意外地又把被子拽过来盖在自己身上。奶奶和炳华以为她不好意思，便悄悄退到门外。

只有苏晴知道，她不是不好意思，而是别的什么。

护士又催了一遍。苏晴仍旧不动。僵了一会儿，她从床上坐起来，说我不做了，你走吧。

护士吃惊地瞪大眼睛：这怎么可以？手术室都准备好了……

不！苏晴说，我不去。

护士站着没动，似乎不明白她说的话。

苏晴把说过的话又重复一遍。护士听匿了，推车走了出去。

苏晴突然变卦，让所有人都很吃惊。

唯独炳华没说什么，也没有劝苏晴，因为他知道劝也没用。

亚娟从手术室跑来责怪说，苏晴，你太孩子气了吧，什么都准备好了，你哪能说变就变。

我想自己生。苏晴坚定地看着亚娟。

一缕阳光从窗户射进来，像条金色的绸带在她的床上，明亮又温暖。

亚娟眼里突然涌出了泪水，她的口气也随之改变了：你真不怕自己生？苏晴使劲点了点头，亚娟一下子搂住了苏晴，连声说：苏晴，你真棒！做母亲就要这样，什么都得经历。你呀，你比我坚强！你会是个好母亲。

接下来，苏晴才真正知道了自己这一临时改变付出代价有多大！不，就该说，有多痛！

那是她此生第一次经历生育的阵痛。整整十八个小时。每隔一段时间，就会有一波疼痛向她袭来，当阵痛一次比一次来得密集的时候，她觉得自己真的快死过去了。炳华在一旁守着她，拽着她的手，他的手腕都被她掐青了。但她咬着牙，没叫喊。旁边还有一个孕妇，她叫得叽里呱啦的，还喊着她丈夫的名字，骂他死鬼，说你就知道舒服，让我吃苦头，哎哟，痛死我了。苏晴非常羡慕她，能这么喊叫。亚娟也让她叫，说你叫，叫出来。苏晴不行，她叫不出来，她再痛，也只"哼哼"两声，然后，又平静下来。在阵痛间歇的时候，她奇怪自己为什么还有力气无边无际地瞎想，她想，自己生的这个孩子要是他的该多好！那么，这会儿守在身旁的人，就该是他了吧？不不不，当这个念头像雷电似的在她脑海里闪过时，她立即又否定了它。在这种时候，怎么还想这些呢？她紧张地凝视着司炳华，生怕被他看出破绽。她在心里告诉自己，你生的是司炳华的孩子，你是司炳华的女人。你看看清楚，司炳华就在你身边，他对你有多好啊！你好好地把他的孩子生下来！

又一次剧痛来临了。她被推进产房里。那个女人朝她打招呼说，你好好地生吧，医生说我还早呢！她朝那女人笑了笑。这时，更猛烈的剧痛像潮水似的向她涌过来，顿时痛得她满头是汗，身上的衣服也全湿透了，头发水淋淋地粘在脸上。亚娟的声音听上去是那么的遥远，好好配合，用力！苏晴已经痛得没劲了，全身的力气好像已经用尽。但疼痛却一浪高过一浪，要把她吞没，每一浪过来，她都咬紧牙关提醒自己：这是炳华的孩子，是你和炳华的，你要把他（她）生下来，炳华就在门外，在等他（她）到来……

用力，苏晴，再用力！

她已经用了力了，或者说力都用完了。但剧痛仍没减轻。她想，这是上天在惩罚我吗？天哪，快让我的孩子出生吧！我要让炳华当上父亲，他会高兴的，他已经一夜没合眼了……我是这个男人的妻子，一个再也无法改变的事实……你要当妈妈了，是的，我是妈妈……我是……妈妈……要当妈妈了……这时候，她感觉下面"哗啦"一下，剧痛之后是从来没有过的轻松，从来没有过的痛快淋漓……接着，便听到一个小生命向世界宣告她到来的啼哭声……苏晴不知是汗水还是眼泪淌满了一脸，她觉得自己是哭了，为这个时刻，为自己创造的另一个生命，她泪流满面……

宝贝……妈妈爱你，是你让我休会到只有母亲才有的幸福，那幸福真的是非常特别呀！

想到这里，苏晴发现自己已经不生女儿的气了，她心里有一种冲动，想推开小鱼的房间，去看看她，抱抱她，再对她说声对不起……

电话铃声正好在这时响了起来。

苏晴不想接，可它坚定地一声又一声地响下去……苏晴只好把话筒拿起来。

　　尽管这个声音已经很多年没听见，但却并不陌生，似乎还有几分熟悉。是的，苏晴听出来了，他是谁。苏晴感觉记忆像摔了一跤一样，腿往前一滑，便滑到二十年前那个下午。也就是姚一平去军训队的那一天。苏晴至今都想不明白，两人为什么要撕破脸面地吵架。姚一平为她办调动，说真的，多不易啊，当时怎么一点不领情呢？她心里一边感谢姚一平为她所做的一切，一边又反感他为她做的这一切。她想，他们之间看来是没缘分了，甚至没爱了，不然，她不会这么反感的。她请假去小招待所看他时，他张开手臂要拥抱她，她往后躲，不让他抱，她心里有火，她不高兴，自从那次从他舅舅家出来后，他们再没见过面，也不通信，几个月过去，他突然出现在她的面前，说利用父亲的关系，给她办好了调动，让她赶紧收拾东西跟他走。回去的卧铺票都买好了，我带你一路玩回去，怎么样？苏晴不说话。他又自顾自地说：我真服了你，这么荒凉的地方，你都能待下去！这，跟劳改农场有什么两样？

　　你为什么要这么做？

　　为你！

　　你知道这会给我带来多大的负面影响？

　　你都要走了，还管这些干吗？

　　我不会跟你走。

　　你会的。

　　苏晴拉开门就要离开，却被姚一平一把从后面抱住，他力气大的吓人。她抵抗都没用，只能把眼睛瞪得大大的，他还是不放手。她使出最后的力气想挣脱他，她不知自己哪里来的这股劲，大得令她自己都吃惊，她狠狠地揉了他一把，险些把他揉倒，他跟跄两步手松开了，既恼又火地向她喊道：你疯了！

　　苏晴觉得当时确实疯了。事后她想，即使不满意姚一平的做法，也用不着跟人家翻脸，按理说还该好好谢谢他好意，可她做不到，起码当时做不到。她知道姚一平爱她，不是一般地爱，是非常地爱。可是，她对他一点都爱不起来，这是最无奈的。她拗不过自己，这也让她很生气，是很生自己的臭脾气的气。人们都说，女人是水做的，是柔弱的，可她面对他时，为什么自己像石头做的？其实女人坚硬起来常常甚于男人，她们有非常冷酷无情的一面。她们认定的事，不是劝说、下跪、演苦情戏就能将她们强拧过来，不可能，她们会义无反顾地朝自己认定的路走下去，一条道走到黑。

苏晴就是这样一个人。

挣脱姚一平后，苏晴连看都没再看他一眼就甩手而去。从招待所出来后，她直接去了部队。她奔着另一个人而去。

他在。他坐在桌子旁默默地抽烟，仿佛在等她。

她努力控制着自己的情绪，忍着不让自己流泪。好长时间，他才说话。他说，你自己想好了，是走还是留。但……我希望你能留下来。

是最后这句话，给了她动力。是的，她听清楚了，他希望她留下来！她把这句话理解成是他个人对她的要求……他希望她留下来！他的这句话对她影响有多大，那要等二十年时光过去，苏晴才会真正体味出来，但在当时，对苏晴来说，有这句话就足够了，足够她放弃一切，抵御一切。

尽管她心里知道自己对不起姚一平，可她就是连声对不起也不想说。

一年后，她和姚一平又见过一面。那天，她刚从凌立那儿出来，满脑子塞着凌立怀孕的事情。有人在后面喊她，她都没察觉。

是姚一平。

他说我在这里等了你好长时间。我去你家了，伯母告诉我你不在。

苏晴微微点头，在心里对自己说，他看来真是个挺用情的男人。

我们找个地方坐坐吧。他建议说。

好的。她答应了。她提醒自己这次一定要对人家好一点。

他们去了离她家不远的装修成一棵树似的那家咖啡屋。那是他们俩去过的地方，装修得很有些浪漫情调。

他要了两杯咖啡，仍然是给自己的加糖，给她的不加。

沉默了很长一会儿，他非常小心地问她为什么不说话。苏晴说，你不是也没说吗？他说，我想听你说。她摇摇头，是坚定地摇头，她觉得自己还是装不下去了，她没有话想跟他说，说什么呢？真的没什么可说。心里——她感觉心里空空的又乱乱的，像被龙卷风刚刚侵袭过。这会儿，他来找她，也许不是时候。真的，要换个时间，她也许感觉会好一些，起码会找到一些话题，随便聊点什么，不会像现在这样，干坐着，什么都不想说，什么都说不出来。她在心里问自己：你以为你是什么人，老是想着自己的感觉，你在乎过他的感觉吗？一丝歉疚过后，她觉得自己还是拿自己没办法。没办法，她没法在乎他，心里那扇门被一根粗麻绳绞着，别着劲，理不顺，也推不开。

对不起……她说。

什么对不起？他似乎没听懂。

但她不想解释。其实，这"对不起"包含许多内容。为过去也为现在，也许还为将来。总之，是对不起。

他没懂她的意思。或者说他不想懂，因为说对不起就会牵出那一段令人不快的陈年旧账，他想把话题岔开，他问你是不是病了？脸色这么不好，没事吧？

她知道这是关心，但她不需要关心，她只想静静地待一会儿，谁都不要来打扰她。她想独自待着。她说，我累了，回家吧。说完，就站起来，生怕他再挽留她，也生怕自己会被感化，心会跟着软下来。在这种情形下，什么事情都可能发生。她不想发生任何事情，免得又后悔。

他仍坐着，眼睛盯着什么地方，一副心事重重的样子。良久，他才对她说，好吧，你先走，我再坐一会儿。

苏晴不好意思，想自己付那份咖啡钱。但他挥挥手，说不用了，你先走吧。

姚一平不会再心存念想了，她就是要让他彻底失望。她只能这样，她心里清楚，他们之间是消逝了的不能再修复的一份感情。我不能欺骗他，也不能欺骗自己……

四

你这些年过得怎么样？这是姚一平在电话里问的第一句话。

这句话，让苏晴很难回答，也让苏晴百感交集。人生就是一部精彩的小说，开头甩出去的线，埋伏在那里，最后总能再续上。她和姚一平就是这样。她总以为这辈子都不可能再相遇了，可谁想到他又在此刻冒了出来？这次他是代表外国一家大公司，来基地洽谈一份合同，说起来真有点讽刺意味。

怎么样？你有空吗？一起坐坐，喝杯茶？姚一平又说。

明天上午，她是有空的，要等下午她才进沟去，但她不想去见他。她不想让姚一平看到她现在的样子。她知道她现在的脸色不能去见人，一脸的憔悴，一脸的苦相，何况，要见的人是过去的男友。她不想给他留下不好的印象。这是一种什么心理她说不清楚。这大概也是她对异性在心里剩下的最后一点点东西了。这种东西叫虚荣吗？也许，是的。她不想让姚一平感觉她这些年过得不好，让他一眼就从自己的脸上读出来。她不想。可话又说回来，什么叫好什么叫不好？怎么去区分它们？一个人，无论过什么样的日子，都会有这样那样的烦恼和苦痛，像老话说的"人生不如意十有八九"一样，每个人都活得不容易，除非他是上帝的宠儿，事事胜意。想到这里，她又责怪起自己那点小虚荣来，有什么不可示人的？不就是多经历了一些人生的磨难吗，需要在人前掖着藏着吗？不需要！你完全可以理直气壮地去见他。只是，当她定下神来打算面对姚一平时，又发现自己完全不在状态。

怎么可能在状态呢？明天下午又是气象会商。指挥部要根据他们提供的气象情况，敲定发射"窗口"。大家都在为明天忙乎着，而自己却去会过去的男友，怎么着也说不过去。尽管是礼节性的，但也算是个约会，而最根本的是，她没有这份心情，她心里有事，一件大事没做。

等任务结束之后再见吧，反正他一时半会儿不会离开基地。于是，她答应姚一平，等忙过这几天，我请你。

姚一平也说，行，我等你。

此时的苏晴决不会想到，后面就再没机会了。

同样不再有机会并让苏晴深深遗憾的，是那天上午进沟前没去看小鱼，为此，她后悔死了。进沟前，本想再看一下小鱼的，但小鱼还没起床，这次，她吸取教训，不敢贸然行事了，手扶在门把上，就是不敢拧动，在外面站了好一会儿，才转身走开。她想，还是等等吧，反正就几天时间了，忙过这几天，再找小鱼好好谈谈，扯开了谈，她有多少话要说给女儿听啊。她相信她们母女最终会谈得拢的，她相信她们母女有的是时间，那时再好好地陪一陪小鱼。苏晴想得多美啊！但，人常说命运弄人，要是能预知明天、后天、未来该多好！要是这样的话，人生能弥补多少缺憾！

临出门前，她倒是给小鱼留了一张便条。她告诉小鱼，这发任务成功后，就有时间陪她了。小鱼，心情好起来，别生妈妈的气。昨晚的事，对不起了。

第二十章

一

气象会商，下午两点在气象中心准时开始。

与会者个个面色沉重，大家都有压力——怎么能没压力？万一"窗口"没报准呢？万一万事俱备"窗口"不开呢？不是没有这种可能，而是这种可能性太大了！雨季的气象，实在太复杂，千变万化。这种时候，年轻的同志，都悄悄地后缩，把苏晴往前推，说，还得老将出马。罗顺祥还在医院里。苏晴作为主任，哪能往后躲？说不过去。每次气象会商，关键时刻就那么一小会儿，大概二十来分钟。如果不是汇报时，苏晴出了一点小意外，可能时间还会再缩短一些。

苏晴代表气象中心提出两个"窗口"供决策者选择：一是明天凌晨，无雷电，无大风，小雨，能满足发射要求。如果明天机会错过，再就是第三天凌晨五时左右，"窗口"还会再现一次，但时间较短，只有半小时。"窗口"的前后都将有大雨。

来参加气象会商的，全是卫星、火箭、发射各系统的"大拿"们，他们将裁决"射"还是"不射"。没有人提出疑问，似乎是认可了第一个"窗口"。

零星小雨对卫星会不会有影响？季永年问卫星方面的总师。

总师回答说：不会有影响。

推迟发射的限度是多长时间？

47 分钟。

好，我问完了。季永年做了个手势，让大家往下进行。

袁总朝苏晴点点头，让她把最近的卫星云图调出来，给大家再进一步分析一下。

苏晴便让曲比拉铁将这几天的气象云图从电脑里调出来，投射到讲台上。彩色云图上出现的是被厚厚云团完全覆盖的画面，看不见一角晴空。苏晴想给他们解读得更详尽一些，便向前走了两步，转身时，手里拿着的伸缩金属教鞭不小心掉到了地上。当她弯下腰拾起再站直身子时，眼前一黑，摇晃了摇晃，险些又倒下去。

马邑龙"腾"地站起来，刚要冲上去，站在苏晴身旁的小林已经把苏晴扶住了，马邑龙便就势说：苏晴，你怎么啦？身体不舒服？

苏晴摇了摇头，没说话。

马邑龙便对小林说：把你们主任扶下去休息吧。

苏晴不肯，对不起，没事，刚才是不小心……

气象中心还有别人没有？怎么能让小苏这么硬扛着？季永年口气非常严肃。

袁总也严厉地说：老马，那天首长怎么交代的？你把话贪污了吧？

吕其的嘴角习惯性地撇了一下。

马邑龙刚坐下，又起立，看着苏晴说：首长命令你好好休息！

苏晴故作轻松地说：没这么严重，我自己的身体我最清楚。放心吧，没事。等这发任务完后，你们想不让我休息都不成……我把后面几天的天气情况再给首长汇报一下。她笑着看了看季永年，仿佛想证明她身体情况比他们想象的要好得多。

季永年点点头，同意她继续。

从气象情况看，如果错过这两个发射"窗口"，后面又要等待六天，天气才有可能好转。所以，我们气象中心的意见是：明天凌晨的"窗口"，应该是最佳的发射"窗口"。

先抢第一个"窗口"。

季永年的目光扫过在场的每一个人的脸，征询他们的意见。没有人反对。季永年用手指敲了一下桌子，毅然决然地说：就这样定了！

也就是说，瞄准明天的"窗口"：发射！

二

与会者都散去了，马邑龙没动。

偌大的气象中心，只剩下他们俩。

一种奇特的静默。

在静默中，马邑龙突然有些冲动，他不知自己还要等什么？

苏晴。他想喊她，告诉她自己的心里话。

苏晴从始至终就没抬头，做出一副在收拾桌上资料的样子，其实她能感觉自己心跳得异常，是那种血液突然加快流速后的狂跳，像是紧张，又像不是。那是期待吗？期待什么？

苏晴……这次，马邑龙终于开口了。

苏晴下意识抖了一下，抬起头，一阵更猛烈的心跳撞得左胸口，剧痛得连耳朵也嗡嗡地响起来，像是机房设备出故障时发出的警告声，她感到一种从未有过的眩晕袭来，不得不闭上眼睛。

马邑龙一看，吓了一跳：你，怎么啦？

那种感觉只出现了一霎，马上又过去了，苏晴轻轻地摇摇头：哦，没事。

苏晴，听我说，去医院检查一下。

苏晴又摇摇头。

马邑龙有些急了，不，我现在就陪你去！如果真没事，大家都放心，好不好？

苏晴说没事，真的，放心吧！不用担心。我说过了，等这发任务忙完后。

马邑龙还是不放心地看着她，她的脸色非常不好。

苏晴说，是我昨晚没休息好。

他看着她，问为什么，"窗口"的压力太大了吧？

不，是我和小鱼……吵架了。

为……为啥？

苏晴眼圈立时红了：小鱼说，我不爱她，还说我这个妈妈，不称职……说到这，她哽咽了。

苏晴！马邑龙喊了一声，心里冲动得想上去把她拥入怀里，可他的手却紧紧地像钉子一样钉在桌面上，努力地稳住身子，不然，有可能管不住自己的腿。看得出来，他在克制。

苏晴一直低着头，不再将头抬起来，她怕自己会脆弱，也怕他这种连名带姓的称呼。这称呼让她紧张，也让她感觉有一种跨越感。因为他以前从不这么叫她，以前他叫她小苏或苏主任。"苏晴"的名字就是被人叫的，有很多人也这么叫她，但他从来不叫。

苏晴……我……忘了告诉你，姚一平来了。他向我打听你。另外，还有……还有……等……等忙完……回头再说。他似乎想说什么，但欲言又止，似又不甘心，便补充说：好不好？到时……我再告诉你……他的手又在空中劈了一下，撂下没头没尾的话，转身离去，就像从黑呷山下山的那个晚上，手一劈就"上车"跑了。他撂下的那句话是：我去喊人来照顾你！

苏晴急忙说不用！但马邑龙已经走了，望着气象部门摇摆的透明的塑料门帘，苏晴潸然泪下。这个人哪，他怎么就这么不懂女人呢？他怎么就不知道，这时这个女人多想和他在一起待一会儿呢？她不知道，这个时候的马邑龙不是离去，是逃避。

是的，是逃避。马邑龙自己都说不清楚为什么要这样，他也对自己极为不满。一出门，就骂自己没出息！……回头再说？你要说什么？跟娘儿们一样吞吞吐吐扭扭捏捏一点也不男人，这是你的作风吗？你平时可不这样啊？你的干脆利落劲上哪儿了？怎么一站在她面前就磕巴起来？你真够让人失望的！他真想冲回去重新来一遍。这人都走出来了，怎么还回得去？从她眼神中可看出，她是期待的！你怎么能让她失望呢？那句话就这么难启齿吗？对不起！苏晴，再等等吧，等这发任务成功后，我一定说。我一定把我重要的决定告诉你。一定让你知道我心里有多爱你……等一等，等这发任务成功！不，它成不成功我都说，一定！一定！

他一边朝发射塔架场方向走，一边握紧拳头宣誓一样对自己发狠，他当时并不知道有一天会多痛悔！

这时候，如果他回头，便可看见那张熟悉的脸，紧贴在一扇窗户上，正盯着他看。她知道此刻自己对那个渐行渐远的高大背影痴迷到什么程度，她的确在期待，他一遍遍地叫她名字，叫得她潸然泪下，眼泪汪汪。即使你拿昨晚和小鱼的事儿来遮掩，难道他会猜不出真正的原因吗？不，什么都瞒不过他，可他最后还是什么都没说。只是从未有过地喊你的名字，如果你当时勇敢地抬起头来，给他一些鼓励，结果会怎么样？他会说出你期待已久的那些话吗？会的，他一定会！可是，现在，他已经走了，什么都没说，他只是喊了几遍你的名字，这是人人都会喊的名字，也许这里没有任何特别的含义，只是喊喊而已。难道他真的没有什么意思？也许这一错过你就永远不会知道了。为此，她后悔死了，可这世上什么都有，就是没有卖后悔药的，你只能讨厌你自己，讨厌你的性格，你这种性格把所有的事情全弄糟了，对炳华，对小鱼，对他，全弄糟了，还有姚一平，所以，你一点也怪不了别人。

三

活动平台在移动，是那种慢慢地一寸一寸地从塔架上分离出来的移动。

这之前，它们看上去就是一个整体，它的分离，意味着程序进入倒计时的关键时刻。

火箭在这一时刻终于亮相，露出它真实的容颜，它笔直地站在那里，一副"刺破青天锷未残"的气概。天，仍阴沉着，硬是没下来雨，像是被火箭这庞然大物给吓退了回去。

很多人都拿出数码相机或手机，为自己和火箭合影。但都站得远远的，不敢近前，也不许近前。

只有曲比拉铁拿着相机殷勤地陪着小林。自从黑呷山回来后，两人感情突飞猛进，成了一对让人羡慕的恋人。

发射场外，尽管多了些闲散照相的人，但气氛仍很紧张。

救火车和消防人员早已全副武装地在场区待命。

加注中队的官兵们，早已是一副"猪头脸"，在岗位上守候。

吕其在吸烟室里吸烟。他要在最后时刻到来前，让自己过足烟瘾，因为后面几个小时都不能再碰它了。场区附近禁止吸烟，特别是加注期间，附近绝不能有一星半点的火种。所以，吕其狠狠吸完最后一口烟，才恋恋地将已快烫到手指的烟屁股掐灭，朝加注车间走去。

他在指挥位置上坐定后，火箭加注开始。

加注，是整个发射过程中最具风险的一道程序，谁都不敢掉以轻心。最担心的就是燃料泄漏，弄不好会死人。这种燃料的杀伤力太可怕。如果它泄漏出来在空气里散发的话，会随着人的呼吸进入人体内，先灼伤你的呼吸道、气管，然后进入你的肺部。这种情况一旦出现，人员伤亡事故就难以避免。类似情况曾经发生过。

加注这一道程序属于吕其管辖。

这一时刻总是让吕其紧张。吕其像块石头般沉默不语，眼睛死死盯着操作手们，他们的每一个动作，都会进入隔着一层透明玻璃的吕其的视野。尽管他们动作娴熟得闭着眼睛也能把管道接通，阀门打开，可吕其还是不敢掉以轻心，他觉得自己天生就是这样一种心态，总不能完全让自己放松，总是会被什么事情牵肠挂肚，此时他真有些羡慕那些在现场干活的兵们，你能从他们的表情上看出，很轻松自如，似乎跟平时没什么两样，那感觉他们面对的不是易燃易爆的危险燃料，而是面对自来水管，什么都不怕，自由自在。但吕其不行。看着他们拿着测试仪在管道接口处晃来晃去检测是否有泄漏现象时，吕其眼睛瞪得滚圆，生怕检测出一丝泄漏，那样的话，今天的发射就告吹了。

没有！

一切正常。

操作手们退了下去。

管道里已经传来嘶嘶声了。再侧耳细听，还能听见钢管冷却下来的咔嚓声，非常细微，像冰箱在制冷，水正缓慢变成冰；或者让你感觉什么东西在呼吸。是的，是火箭开始呼吸了。

先加注一级火箭。

不用急，起码得好几个小时。

看着加注程序正常开始后，决策者们松了一口气，又一次聚到了气象中心，最后再听一遍气象预报。只有走完这一节，才能真正敲定发射"窗口"。如果天气允许，明天的发射如期执行。反之，加注就得停止。因为，燃料进入火箭体内的时间是有时限的，只能待十几个小时，等待"窗口"的时间不能过长。这就是"窗口"为什么这么重要的原因！要是燃料全部让火箭吃进肚里又不能发射的话再让它吐出来可就麻烦多多，这种情况千方百计也要避免发生。可谁能保证一点事都不出呢？谁都不能保证。人为的事故可以尽量避免，别的呢？那么多电路，那么多零件，谁能保证它们一点问题都不出？你们人还有生病的时候哩。它们出点问题实在正常。

有时候，越担心的事情越会发生。

瞧，它真的在人们的特别是吕其的担心下发生了！

那会儿，加注已接近尾声，吕其差不多该松一口气了。因为，他管辖的这一部分眼看就要大功告成，那个显示牌上跳动的数字一直在上升，它只要跳到某个规定的数据上时就会自动打住，加注完毕。操作手们会麻利地上去把管道接口拆除，阀门关闭。可偏在这个时候，塔架上有个操作手苍白着脸，跑来报告说：火……火箭里没……没燃料！

什么？

怎么搞的？

你看清楚没有？

这怎么可能？

是不可能，可事实就这样发生了。操作手的话确凿无疑。

吕其的脸，"刷"地纸样惨白。他看着前面的显示牌，它的数字明明是往上跳的，一点没错！可火箭里怎么会没燃料？难道它呈现的是一种假象？要不就是操作手弄错了？

吕其虎着脸不相信：你弄清楚没有就跑来瞎嚷嚷！

我……我……我弄清楚了！它是在倒流。

所有相关的专家和领导都拥到塔架现场。再次查看，情况果然跟操作手报告的一样。

吕其愕然。

现场混乱起来。

马副总呢？吕其想都没想，似乎没过脑子便脱口而出喊马邑龙，但话一出口，吕其自己都愣了，禁不住问自己：你找他干什么？这可是你管辖的范围，你该咋的咋的。吕其有些后悔，刚才完全是下意识，不由自主地想到这位老兄。他没想到自己在关键时刻会是这种反应，是他能力真比你强还是他处事比你自信？事后，吕其多次问自己，没找出答案。

马副总往那边走了。有人朝气象中心的方向指了指。

去那边干吗？快去把他找来！吕其表面上恼火马邑龙不在现场，心里却在恼火自己，干吗非得把他找来？这么恼着火着，还是忍不住地朝气象中心方向瞥了一眼，都什么时候了，这老兄还有这份闲心，佩服。当然，后面这些话是吕其自己嘀咕给自己听的，没第二双耳朵听见。

事情其实只是凑巧。马邑龙没像吕其想象的那样去找苏晴，而是小小方便一下，谁曾想就出去这一小会儿，再回来，情况已经大变。

怎么回事？马邑龙心里也有些紧张，因为从场面上判断，肯定出了砸锅的事，但他努力让自己显得很镇静。

出鬼了，它把吃的全吐回了罐里，白忙乎了。吕其十分沮丧地说。

马邑龙哑然。这又是从没遇见过的情况。

季永年、袁总、火箭总师等决策人物全都围了上来。

他们个个沉着脸，眉头锁紧，目光落到火箭上都能弹出响来。都这时候了，发射"窗口"也瞄准了，出这么大的事，谁心里不冒火？！时间都是掐算好的，稍一耽搁，"窗口"就错过。没有"窗口"，还打个狗屁！

有问题先解决问题！其次，才是"窗口"。季永年发话了。

一直阴不啦叽的天，赶到这时候来凑热闹，大雨骤然而至，雨幕连天，雨水从缝隙里往下漏，活动平台只好又移回来。

故障分析会就地进行。它并不复杂，坏在阀门上。阀门是单向阀门，许进不许出。燃料加注到位时，它要自动关闭。可它该自动的时候突然鬼使神差地不自动了，火箭位置高，燃料自然就倒流回到罐子里。

故障好诊断，问题却不好解决，不好就不好在坏阀门要换新。

更要紧的是，人必须进到火箭里面去才能更换。而火箭里面已经进过燃料。燃料对人体有危害，要是让它进入呼吸道就会置人于死命，即便戴上防毒面具穿上防毒服也不行，必须把里面的燃料一遍一遍地用氮气置换吹除干净方可进人。

这么一来，还能赶上明晨的"窗口"吗？显然不可能。如此一来，明天那个被苏晴看好的"窗口"就要失之交臂。这谁都没有办法的事情，只好眼睁睁地看着第一个"窗口"跑掉，等待下一个"窗口"到来，而下一个"窗口"，也是悬悬乎乎的，苏晴不是讲过吗，第二个"窗口"的时间太短——如果它真的像苏晴预报的那样，只有半个小时的话，稍一耽搁，可能又赶不上。那么，整个任务就必然向后推迟甚至泡汤。想到这里，连季永年的脸色也阴沉下来。

急归急，程序还得一步一步走，当置换工作做得差不多的时候，吕其心里又毛起来。他要考虑的是，进去几个人的问题。起码得一次进去两个人吧？进去多长时间？如果不是阀门问题还得重新寻找故障，如果里面吹除得不干净，万一有残留怎么办？事故的记忆在吕其脑子里烙下的印象太深刻了，只因为燃料罐里一只垫片丢失，为了寻找到它，两个年轻的士兵进到燃料罐去里，不料，进去一个倒下一个。那一幕，就像循环电影似的在吕其脑海里一遍一遍地播放，闭上眼睛不看都不行。他真担心十年前那一幕又重演，尽管事先人们将各种预案都一一写出来，做成文书，摆在案头上，可是预案归预案，理论和实践就是有距离。出乎意料的事情太多了，让你防不胜防。

让谁进去？

桌子上的请战书倒是堆在那里厚厚的一摞，几乎每个干部战士事先都写好交上来了。每个人都请战。可是，这么多人，派谁呢？

这时，吕其又一次想到马邑龙。此刻，他倒很想听一听这位老兄的想法。

马副总呢？吕其又问身旁的人。

人们还是告诉他，马副总又往气象中心那边去了。

什么？又去那边干什么？这次，吕其可是不满了。当着手下的面，就怨开了。

有人跑去找马邑龙，找了一圈没找着。

再去！吕其又吩咐一遍，这都什么时候了，他还往那里跑！

马邑龙确实是往气象中心那边去了。

但他是去找张高工。

他和张高工一起出来时，两人手里都提着什么，往发射塔架这个方向走，一直走到塔架底层的工作间里。进到里面后又发生了什么，谁都不清楚。

当吕其跟着袁总朝发射塔架这边急匆匆走过来时，季永年和几个火箭的总师、专家却被拦在了塔架四周刚刚拉起的警戒线之外。

十来个士兵笔直地戳在那里，身旁拉起的黄色警戒线，分明告诉人们：就此止步！

大家只好站住不动。首长们一个个你看我，我看你，有点莫名其妙。

怎么回事？

搞什么名堂？

没有一个士兵张口回答他们。他们的双眼只管盯视前方，像个机器人，或者木头人，不会说话不会笑。

连季永年和袁总都被这有些滑稽的场面搞糊涂了，用目光询问对方，这又是谁演的哪一出戏？

吕其"嗨"了一声，要往里闯，被士兵坚决地拦住：首长，请止步！

吕其觉得很扫面子，便火道：谁让你们干的？

士兵依然目视前方，拒绝回答。

吕其懊恼道：说话！

还是没人说话，个个纹丝不动。

谁他妈让你这个样子的？吕其死死盯着眼前的那个大个子兵骂了起来。

大个子兵一副死不张口的样子。

袁总和季永年好像已经心里有数了，一直没吭声。

吕其只好改为向塔架里面喊话：让你们营领导给我出来！

回答吕其的是沉默。

袁总看见有个熟悉的身影在塔架下晃了一下，便对吕其耳语。

周建明，出来！吕其朝里面又喊了一声。

里面还是没回答。站在警戒线外的人，分明能看见塔架里面有人，甚至还能听见说话声，但就是不知道里面的人葫芦里卖的什么药。

快，快！外面都急了。这明明是周建明的声音。

袁总这一下动真了：周建明，我都听见你说话了，你给我出来！

里面的声音马上静止了，但仍可见人影晃动。

季永年挥了挥手，示意绳圈外的人都安静下来，他的目光始终没离开过塔架的出口，又过了九分钟，这九分钟对外面的人来说，漫长得像一个世纪，突然有人指着出口喊道：出来了！两个着防毒面具和防毒服的人从火箭的底部钻了出来，先露出一只脚，又一只脚，然后是上半身，渐渐地露出那张"猪脸"，先是一个人，接下来又钻出一个。场面很安静，没人说话，他们此时的感觉像看见外星人从火箭里钻出来一样，不知是谁带头鼓起掌来，先是零星的掌声，后变成一片哗啦啦声。他们一边鼓掌，一边仍盯着那两人想揭开最后的谜底。

当他们把"猪脸"摘掉时，谁也没想到会是这两个人。

吕其吃惊得合不拢嘴。

最晚赶到这里的人，是苏晴。她站在这人群的最后面。当她认出其中一个是马邑龙时，不知是夸奖还是指责地轻声骂了一句："亡命徒！"

谁都清楚，这种情况下钻进火箭里的危险性，弄不好是会出人命。

马邑龙不好意思地朝大家笑笑，拉过张高工说：我们俩对里面的情况比较熟悉，让别人进去也不放心，所以……来不及请示……里面的问题解决了，就是阀门弹簧捣的乱……里面的活是张高工干的……

季永年鼓着的手掌，突然间换成一个手势，指着马邑龙严厉道：你，马邑龙，无组织无纪律！今天的事没什么好表扬的！

袁总看着马邑龙，也帮腔说：首长说的对，今天的事不提倡，不表扬，我看你就将功折罪吧！接着，大手一挥：今天的事到此为止，都回去喂脑袋吧！

听到"喂脑袋"，大家的肚子马上有了饥饿感。也不知多久没吃东西了，几乎连水都忘了喝一口，瞬间所有的人食欲都被调动了起来，真的是该"喂脑袋"了。

就在这时候，于发昌接到胡眉电话，他刚听到几个字，就把电话捂起来，问她什么？胡眉又重复了一遍：小鱼不见了。

第二十一章

一

小鱼不见了，胡眉是去火车站送走马晓龙之后发现的。

马晓龙决定还是回北京去复读，准备明年再参加一次高考。他倒是信心满满的。马邑龙因忙于发射，就将送马晓龙回北京的事托付给了胡眉。是晚上的火车。临行前，胡眉特意给马晓龙包了饺子。这时候，偏偏阿宝来了。阿宝经常吃饭时在胡眉家出现。胡眉从不撵他，有空了还帮阿宝打扫个人卫生，洗个头，剪个指甲什么的。她一边让马晓龙慢慢吃，一边围着阿宝上下忙活。

马晓龙吃好后，提前告退，要回去收拾东西。这时候，胡眉又想起小鱼，便再次拿起电话，仍是没人接听。

开始胡眉没太在意，等去火车站送完马晓龙回来，才让司机直接去苏晴家。胡眉上去敲门，还是没人。一看时间，都十点多了。这么晚，一个小丫头会上哪儿？

胡眉马上给乔亚娟打电话，问看见小鱼没有。亚娟回答没有。胡眉这才急了。

不一会儿，乔亚娟跑来了。她有苏晴家的钥匙，打开一看，小鱼房间里空空的，苏晴买的新书包，却扔在床上。

她会去哪儿？乔亚娟有些慌。

胡眉还算镇定，把电话打到于发昌那里。

于发昌说：我马上出去。但不能把这消息告诉苏晴。她知道会出问题的。你转告乔亚娟，一定要沉住气。

半个小时后，于发昌赶回来了。他带着警卫连和派出所的人组成寻找小组，连夜开始寻找。

找了一通宵，毫无结果。

二

苏晴正在俯看最新的一张卫星云图，她突然浑身冒起了冷汗，快要虚脱了。

她太累了。错过了第一个"窗口"，马上着手准备第二个"窗口"。对这个"窗口"，连他们内部看法都不一致，争了半天意见也统一不起来。从收集到的各方资料来看，谁都不敢打保票到时候"窗口"一定能打开。只有曲比拉铁站在苏晴这一方，认为那股强势的高空气旋会移过来，它一旦形成，朝发射场上空移动的那片云层就会被吹开，"窗口"自然显现。可问题是：这只是一种可能，风云的变幻神秘莫测，假如那股高空气旋中途转向呢，"窗口"还能打开吗？

苏晴是那么坚定不移地相信自己的看法是对的。从一开始她就没动摇过。她对自己说：你是对的。可你凭什么这么自信？凭什么去说服大家？当然，凭你这些年积累的经验，还凭自己的直觉。问题是直觉不能上桌面的呀！但上不了桌面的东西往往更符合实际情况。还记得那次吗？当时苏晴是个小小的预报组组长。基地刚起步不久，每次发射都会请很多外协人员来保驾。气象这一块，也请许多泰斗式的专家来保驾。那一次发射，基地气象组——特别是苏晴，一直坚持不能发射，说这个时间这个"窗口"一定会被大雨封住打不开。但外协保驾那方看法却不同。他们认为凭自己多年积累的经验和经典气象学理论，如早期挪威学派的锋面理论，推断出"窗口"不成问题。但以苏晴为首的基地气象人却提出质疑，认为挪威学派的锋面理论在这个特殊的环境里行不通，是失效的，这也是因为青藏高原边缘锋和场区东面的攀西锋双路冷暖空气交汇、夹击影响了场区的天气。由此推断，发射的关键时段将有大雨。可专家们的声音显然要比他们强大，最终他们没将自己的意见坚持到底，指挥部采纳了外协专家们的意见。结果，临到发射前一小时，大雨整个覆盖了场区，"窗口"封闭，发射没有如期进行……每次，想到这些，苏晴都给自己打气，告诉自己：一定要坚持住！

眼下，苏晴真希望罗顺祥在身边。她每次总能跟他交换看法，达成共识。可这次不可能了，老罗在医院里。

能想象，此刻苏晴身上的压力有多大。她真的有快被压垮、支撑不下去的感觉。可她一直坚持着把自己的看法谈完。这一次，她一点没有紧张，相反倒是出奇的镇静，她半句都没提自己的直觉，而是一个数据接一个数据，有理有据，像神射手一样，把每一支箭头都准准地射在靶心——第二个"窗口"上，一谈完，心里的压力似乎减轻了，但她觉得自己的生命连这种轻也无法承受了，话刚说完，腿一软，身子轻得像气球一样飘了起来。她觉得自己真要飞起来了，可那哪儿是飞呢？她倒下去的样子把所有在场的人吓坏了，人人都瞪大眼睛惊愕在那里！许久，才见马邑龙第一个冲上前去，把她抱了起来，回身朝众人喊道：快！快叫救护车！

一会儿，救护车上的警笛声"呜哇——呜哇——"刺耳地叫了起来，把整个山谷的寂静都划破了。连发射塔架这个钢筋铁骨，听见这个声音，也忍不住"嗡嗡"地鸣响。

在把苏晴送往医院途中，指挥部根据苏晴的建议，做出决定："太白一号"瞄准第二个"窗口"——准备发射！

三

小鱼失踪，苏晴病倒，乔亚娟急坏了。

你真是多灾多难啊！乔亚娟望着昏沉中的苏晴，在心里这样念叨。

苏晴脸色蜡黄，不见一丝血色。怎么会这样，这么突然呢？乔亚娟把所有的化验结果都看了一遍，又去找内科主任，一口气问了十几个问题。陈主任说：不好说，让她做全面检查，很可能得转到总院去。

乔亚娟心里更空了，连打了几个寒噤，像寒流来了，身上一阵阵地冷。

从陈主任那里出来，乔亚娟没有马上回苏晴病房，而是到自己的值班室待了一会儿。这个月她当班。病房里只有两个病人：一个要生孩子；另一个是宫外孕。

这会儿乔亚娟感觉自己的情绪有点不对。不，不是有点，而是很不对。不知为何，她很想哭。

这么多年，她从来没为苏晴身体担过心。这家伙平时很少生病。难不成是这次给罗顺祥输血，再加上累，抵抗力突然下降……不然，怎么变得这么脆弱？

小鱼偏在这时候凑热闹，闹起了失踪。一个小女孩家家的，万一碰见坏人可怎么得了！

小鱼，你怎么能不辞而别？你现在在哪儿？

这时，胡眉打来电话，问苏晴的情况。乔亚娟忍不住捂着话筒哭了起来。

胡眉一听马上说，我这就过去。

放下电话，乔亚娟眼睛一直盯着窗外，雨还在下，潮湿又阴冷的空气裹挟着雨腥味一股一股地从打开的窗子涌进来，真不知道这雨在什么时候能停下来。一只小麻雀可怜兮兮地停在窗台上，被雨淋得羽毛都舒展不开了，跳跃了两下，还是飞走了。这让乔亚娟又联想到小鱼。小鱼会有地方躲雨吗？如果像小麻雀似的……乔亚娟真的不敢往下想。亚娟不能想象，假如儿子突然失踪，自己肯定一下就崩溃了！她也不能想象苏晴知道这个消息后会怎么样。嗨，还用想象吗？可怜天下父母心，肯定都一样！所以，还是提醒得对，一定要瞒住苏晴，一定不能让她知道。

乔亚娟洗了脸，觉得自己镇定些了，才又去苏晴的病房。

在走廊上，乔亚娟看见一个熟悉的影子，好像是刘紫樱。大概是看见她从那边走过来，一闪身就不见了。

乔亚娟心里闪过一丝诡异，但顾不上多想什么，她现在只惦记着苏晴的病。

苏晴，苏晴。乔亚娟一边轻声地喊着，一边把一扇打开的窗户关了起来。外面的雨还是下得稀里哗啦的。乔亚娟装着挺高兴地跟苏晴开玩笑：这天，还能发射啊？

苏晴睁开眼睛看了看，又闭上了。

乔亚娟先认真地检查了一下吊瓶，把管子里的小气泡弹掉，然后才往床前一坐说，一会儿啊，胡眉嫂子要来看你，你是要实惠还是要浪漫呢？想实惠呢，就让胡眉嫂子提好吃的来，要浪漫呢，就买一大把鲜花。你说，要什么？

现在几点了？苏晴有气无力地问。

乔亚娟便问她想干什么？你都这样了，还真的担心发射"窗口"啊？去它的，咱不管了。

你把电话拿给我。

别操心了，苏晴，听我的……

给我！

你这个人真是犟啊！都病成这样了，还打什么电话？

给我拿来！苏晴几乎是命令她了。

乔亚娟只好把电话递给她。

苏晴摁了几个键后，电话通了。

曲比拉铁，你怎么不跟我联系啊？现在情况如何……什么？不！不能撤销！不能！……这雨肯定会停，"窗口"能打开的。你先去告诉他们……我马上进沟……让他们等一等……等我……亚娟，快，帮我把针头拔掉……

不行……还没等乔亚娟说完，苏晴自己已把输液针头一把拽掉了。起身穿鞋时，她差点摔倒在地上，被亚娟及时扶住。

亚娟，听我说，你要是我的朋友，你就找一辆车，越快越好！

她不等乔亚娟回答，就往门外走。

乔亚娟只好追上去，几次想拽苏晴没拽住，便对一个迎面过来的护士说，快，快帮……忙……

苏晴谁都不理。

到门口时，胡眉正好从车上跳下来，问怎么了？

苏晴没答话，先吃力地爬上车，才回头对胡眉说，车，我先借用一下，又转身命令司机：进沟！

司机犹豫地看着她。

快！不然来不及了！苏晴急得喊叫起来。

走吧！乔亚娟知道拦不住她，只好也跟着上车。

那辆黑色的桑塔纳一轰油门，冲进大雨中，车轮嗞嗞地叫着，像要飞起来……

四

季永年眉头锁成"八"字形，从指挥所里走了出来。大凡有什么事让他挠头的时候，都会这个样子。他就在雨中站着，仰起头，似乎要把天看透。这天，可不好看透啊，还是这场雨厉害，把老天的脸都淹没了，让人怎么也看不清，就好像生活中有些人的脸一样，你怎么看也是看不透的，因为他们脸上的表情并不代表他们的心声，他们会把自己深深地掩藏起来，就是不让人看清。

哦，想远了。季永年回身看了看自己身后，原来好多人都陪着他站在雨中，站了多久啦？

这会儿，这些唯物主义者们全都在心里默默祈祷。是啊，真的要看老天帮不帮忙了。

时间正在每个人的手腕上一分一秒地溜走，距离预定的第二个"窗口"时间已越来越近了。

从眼下看，气象情况非常复杂。那团厚云，依旧沉沉地压在发射场区上空，雨量没有减弱。看样子一时半会儿不会有太大变化，"窗口"被死死地封闭着……

这就是此刻的气象情况。

没有人说话，也没有人提问，他们全冰着一张脸，心似乎被不停的雨浇得冰凉，透心的凉！

撤销吧！季永年无奈又沮丧地发了一道指令。话音刚落，就听到有人喊道：不！不能撤！

人们回过头去，目光全聚集在她——苏晴身上。

五

从车上下来，她没有马上进气象中心。她迎着雨——冰冷的生硬的雨，抽在她脸上，刚开始还很痛，像一把尖硬的刷子从她皮肤上擦过，疼痛直往每个毛孔里钻，怎么会这么痛呢？是她的感觉出了问题吗？还是她身上的体温在改变？该不是发烧了吧？不，没关系，忍一忍也许就会过去。而且就忍这么一会儿好吗？生小鱼时不是也很痛吗？不，不一样，这是两码事。小鱼……不不不……暂时不想小鱼……没时间了……你好好地感觉这雨吧！

> 我爱雨，我狂热地爱雨，
>
> 疯狂的雨和宁静的雨，
>
> 处女般的细雨和女人似的暴雨，
>
> 新鲜的雨和无休无止的单调的雨。
>
> 我爱雨，我狂热的爱雨，
>
> 我喜欢在白色的高高的雨草中滚动，
>
> 喜欢摘几根雨线……

　　她默默地念着。不，不能有雨。要"窗口"就不能有雨。要风，要风！突然，她停住，感觉真有一丝风过来。你再好好地感觉一下？只要有风，哪怕有一丝风，就会有希望。他不是说过，这个季节，有时会有例外的天气情况，因为山的走向，会改变风的走向，出现与大天气过程相反的小局部天气，他亲自考察过。他当时是这样说的，你记得。他……不，不去想他。你感觉不到吗？你在流泪？不！是雨。是雨水钻进你的眼睛里了。有点痛。不，有点难受。可你还是哭了。没有！我没哭。是雨水，不要分散精力。不要东想西想。不要……是乔亚娟在后面跟着你吗？她在喊你吧？不，是雨。是风……对，你感觉到了！真的有风……是从山脊上吹下来的风……你感觉到了。对！没错！是它来了……你就知道它会来的……谢谢……谢谢……你没让我失望。我就知道你会来的。谢谢！不，以后再谢你……这会儿，我要走了！不！要跑！要快！快去跟他们说……把这一消息告诉他们……"窗口"要来了。"窗口"来了！那股强风正在把云团吹开，一点点地吹开。快点儿……不能让他们撤销……不能……"窗口"就要打开了……

　　"窗口"就要来了！你们不能撤销！

　　你有什么依据？

　　从正西方吹来的风！风！

　　马邑龙站了起来：苏晴……

　　她微微点了一下头。她知道他又在为她担心。这次不仅是身体，更是为她的嘴巴，怕她放错了炮。

你有把握吗？季永年问。

有！

依据？你说说。

所有人的目光再次聚焦到她身上！一动不动地盯着。他们不相信，因为雨还在下，风还不见一点儿影。她抹了一把湿漉漉的脸，走到众人前面，让曲比拉铁把刚刚接收到的一张云图从电脑里调出来，一一分析给他们听。现在，和前面一张云图比较，所有的人都看到了明显的变化。

真奇怪！刚才还……

对！再过十分钟，它还会有更大的变化。

苏主任，你真有十分把握？季永年一脸郑重其事。他是第一次称呼她"苏主任"。

有！

吕其也追问一句：你敢肯定？

敢！我用我的生命保证！可是，她没说出后面的话来，感觉嗓子已经被什么堵住了。她说不出来。她看着他们，感觉他们全都在摇晃，像浮在水里一样。她慢慢地往外走，听到季永年的声音远远地传过来，仿佛穿越了漫长的时空，仿佛从天边过来：好，我们听她的！

苏晴，你该回医院！好像是马邑龙和于发昌不约而同地在她身后喊。

她站住了，又回过头去。这时，眼泪已糊住她的视线：我不回医院……我要去找小鱼！

你……你……知道了……于发昌非常吃惊地看着她。

她点点头。

他们都想瞒着她，都以为她什么也不知道。其实她早知道了。是在她打吊针的时候，刘紫樱告诉她的。刘紫樱来看她，以为她已经知道小鱼失踪的事了，才急出病来的。刘紫樱劝她说：苏姐，你可不能着急，他们都在想办法，小鱼一定会找到的。听完刘紫樱的话，苏晴愣愣地看着刘紫樱。她想说话……可什么都没说出来，脑子像被一根棒子打傻了一样，一片空白。刘紫樱看苏晴傻在那里，才明白她什么都不知道，想改口已经来不及了。她吓得就要跑，说苏姐，我也许听错了，可能是别的孩子也不一定，可能是我听错了，你别往心里去。

苏晴怎么可能不往心里去？但那会儿她还是在心里暗暗地做了一个决定，先回气象中心去，那里正需要我！

苏晴，你先回医院……我们都在想办法……

不，我要去找小鱼……我是她……妈……妈……

说完这话，苏晴感觉整个天地又摇晃起来，然后眼前一黑……

乔亚娟！有人在喊。是马邑龙的声音。她能听出来。他的声音无论在哪里，她都能听出来。他还在说什么？他的声音好像也来自天边，让她觉得特别遥远，都听不清了。

外面的雨似乎小了……她觉得头晕，眼睛怎么也睁不开，恨不得马上倒下去……不，我要去找小……小鱼……我一定要找到她……我是她妈……妈……

苏晴！苏晴！

他们叫……什么……还不快……去……找……小……鱼……小……鱼……

第二十二章

一

下了火车，脚一落地，一股茫然无助的感觉，便像毒气似的包围上来。小鱼有点眼晕，站在那里不知往哪里走，傻子似的看着从车厢上走下来的人们，提着大包小包，都坚毅地要往一个地方去，他们脸上的表情，走路的姿态，都显得格外沉着有数的样子，完全看不出半点慌张和不安。唯有她茫然四顾，脚都不知该往哪里放才好。她长这么大，出过无数次的远门，就是没一次单独出过门，甚至没有一次坐火车不是卧铺。只有这次——硬座。什么叫硬座？就是活活地干站着。只有别人上厕所去了，你屁股才能在座位上搭一下，人家回来，你又得站起来还给人家。车厢里那个人多，那个拥堵，那个味道，那个脏，现在想想都想吐。人，在这种场合，还有什么自尊啊，什么都不剩了。

在车厢里打瞌睡的时候，她脑子里想得最多的是床。她想奶奶家的那张小床。它有点乱，床头，靠墙的里面，全堆着书，很多卡通书，枕头底下全是。奶奶隔一段时间就没收一次。但不出两星期又全冒了出来。她最喜欢睡觉前看它们。樱桃小丸子从小学开始看到现在。她想，现在最幸福的事情，就是躺在床上翻两页书，然后睡个大觉。

她这会儿特别想奶奶。

那些从车厢里下来的人像水一样往出站口流去。她也想跟着往前流，可是，流了没多远，又站住了。她不知道出站以后又该去哪里。

她离开那个家前，没跟任何人告别，她也不想跟任何人告别，但不知为什么，却想到了爸爸。她觉得自己必须去爸爸的墓地一趟。有些话，不能跟别人说的，可以跟爸爸说。她知道，爸爸在那边，一定记得他在人世间还有一个女儿，一个可怜又孤单的女儿。

她总觉爸爸是能看见她的。一定能。他只是不知道我现在长成什么样子了。所以，她挑了一张最新的照片带去给爸爸看。还捧了一束白色的小野花，那是她在路上采的，她要把它们敬献给爸爸。

她心里非常的平静。她甚至跪下给爸爸叩了三个长头，以示对父亲的敬爱之情。只是，当她慢慢地站起来时，忽然间，眼睛有了一种刺痛的感觉。是的，她被墓碑上"司炳华"三个字深深地刺痛了，这感觉就像小时候爸爸用胡子扎她的小脸一样，她总以为爸爸的胡子跟针一样厉害，把她脸扎破了，扎出血来了，每次都忍不住哭着跑去跟妈妈告状。妈妈会假装着给她出气，去打爸爸。爸爸也故意捂着脸哭起来。而她却开心地笑了……那时候，他们对她多好！多宝贝她啊！

那时候我是那么幸福，那么幸福！这句话她重复了很多遍。每重复一次，流一次眼泪，后来就变成了抽泣。

爸爸，你为什么要死？你不仅让我没了爸爸，也让她没了丈夫，你把我们俩的幸福全带走了。是你不好！这个家全都因为你才变成这样的。爸爸，你都不等我长大就扔下我不管了。你跟妈妈把我像垃圾一样扔给奶奶。是奶奶养育了我。你们干吗要生我……你们对我这样干吗要我……可我还是长大了……你们现在需要我的爱了，是不是？不！我只爱奶奶。我不爱你们。这个家也不是我的家！我不能原谅你们，不能！

她只要想到这些，就特别地伤心。泪水和鼻涕把整个脸都糊住了，不知是伤心过度的还是哭的，嘴唇都微微地肿了，麻麻的，像失去了知觉一样。

哭诉够了，她用胳膊擦了一把泪，对着爸爸的墓碑说：爸爸，我还是要跟您说一声，我要走了。我不在这里待，我待不下去。我不想叫她妈妈，我叫不出来。我已经长大了，不再是小时候那个小鱼了。再见，爸！我一定要走……

当晚，她就搭上了这趟列车……

我这样做是不是有些傻呢？这会儿，我该去哪儿？我该往哪里走呢？她闭上眼睛。如果有个机器猫这样的朋友该多好！他什么愿望都能满足你。我现在明白了，自己为什么总喜欢卡通里的人物，原来它们全都活在不可能的世界里！

她非常口干，想喝一杯水。她走到一个流动的小货车前，想买瓶矿泉水。她把手伸进书包里，摸钱包，摸了半天，没摸见钱包。她愕然，后又把书包东西全掏出来，很仔细地找了一遍，也没找见钱包。

钱包丢了，她把钱包弄丢了！而且还不知是什么时候丢的。更要命的是，丢的不仅是钱包，还有妈妈的照片，等于把妈妈也丢了。

她心疼死了。

她腿一软，蹲在地上，泪珠"噗噗"落下，把水泥地打湿了一片。

怎么办？她不知道该怎么办。

站台上又响铃了，执勤人员过来很凶地朝她嚷嚷，让她靠边站，要进车了。

她站起来，慢慢地往出走，走到门口，她又站住，往哪儿去呢？

有个女人上来问她要不要住宿，指着一辆车，要把她往车上拉。她吓得要死，把那女人的手匆匆扒拉掉就跑。她刚摆脱那个女人，又有一出租司机上来，问她要不要车。她更急得跑起来，那个司机在后面骂她，骂得非常难听。

后来，她停在出站口外的楼梯旁，看着墙角里蜷缩着露天而卧的一群人。他们全身脏兮兮的，有的坐着，有的躺着，个个都像小流氓。还有一只脏得像木炭一样的手，正抓着一包方便面在啃……有个女孩，可能跟她差不多大，头发的颜色染得特夸张，指甲涂抹得鲜红，比血还红，正枕着一个小伙子的身子睡觉，肚皮却袒露在外面……

她盯着他们看，问自己，难道你也想过他们这种生活吗？她心里马上响起一个字眼：不！但眼下又能怎样？她问自己。他们也盯着她看。还有一个男孩涎着脸朝她笑，把她一下吓出一身汗。

她又往前走。没目的地迈动两腿，不知要往哪里去：现在，你该怎么办？她不知怎么办，绝望和无助同时涌上来。她急得又想流泪了。可流泪给谁看，这里没有你的亲人，也没有同情你的人。

她呆呆地站着。

她不知该如何是好。她知道，钱包丢了，手中分文不剩，她就是想走，也寸步难行。

花台前，有个小女孩正倚在妈妈的身上，喝饮料，她不由得舔了舔干燥的快开裂的唇，真希望能喝上一口。她羡慕地看着，心想，这小女孩多像小时候的自己。妈妈，她在心里喊着苏晴。妈妈，我想回家。可我不知该怎么回家。

她蹲在地上呜呜地哭起来。

小女孩的妈妈过来，问她是怎么回事，需不需要帮忙。

她伤心得不知如何回答。

围观的人渐渐地围了一圈。

有个执勤的武警战士，也过来问她说，我能帮您吗？

小鱼才泪眼婆娑地点着头。她信任这个执勤的士兵，他让她想到大院里的那些士兵。

武警战士把她领到值班室，有个干部给她水喝，让她慢慢地讲。她还没讲完，那个干部就问她：你叫小鱼？

小鱼点点头，又把眼泪点了出来。

二

小鱼！马晓龙背着行李包出现在她面前。

她简直难以置信，马晓龙会在这里出现。大惊过后，她笑起来，可笑容一闪就不见了，继而是一通委屈的大哭。

别哭了，跟我走吧。马晓龙对武警们道谢。

马晓龙把小鱼一领出门，就变了脸：司小鱼，你太过分了，你让那么多人担心。我是接到胡眉阿姨的电话后，特意留下找你的。你把我去北京的火车票都作废了。这就不说了。你傻呀，你不知道你这种愚蠢行为让多少人为你操心吗？

小鱼低着头，老实在听着，一句不吭，她在心里承认自己错了，但嘴上不肯认错。

现在你想怎么办？马晓龙说话跟大人似的。

小鱼摇头，不知道。

马晓龙说：好吧，你不知道就跟我走。

马晓龙拉着小鱼的手，往进站口方向走。他非常老练，在人群里穿来穿去，像一尾鱼。而小鱼倒成呆乎乎的小猪，不是撞上这个，就是撞上那个。马晓龙边走边指着一群小流浪儿问：看见了吗？你不是想过他们这样的日子吧？

小鱼摇头。

在一根大柱子前，有个人躺在里面睡觉，脸上盖着一张破旧的报纸，把半截腿露在外面，胶鞋的鞋尖都踩通了，脚指头钻了出来。

马晓龙让小鱼好好地看看，说这些人都是从家里出来的。他们多自在，想睡了，躺下就睡，想走了起身就走，四海为家，你就想过这种日子吧？

小鱼知道马晓龙在讽刺她，也不敢搭腔。

好吧，我再带你去个地方。说完，又拉起小鱼，往垃圾场那边走。小鱼却站住不走了。

你走啊！咋不走了？我领你看看，你可以好好地选择，看一看哪种生活更适合你。

小鱼生气了，说，不用了，谢谢你！然后转身就走。又往火车站。那个方向走。

马晓龙跟在她后面，默默地跟着。她在火车站的广场上站住，他也站住。

怎么不走了？马晓龙说。

我不走了。我要回家。她朝他喊了起来。

回家？家有什么好的？过流浪儿的生活多好？马晓龙又故意刺她。

马晓龙！你不要得理不让人。你能好好地说话吗？

司小鱼！我已经好好地说话了。我是不明白你为什么这么做？你觉得这样好玩是不是？你为苏阿姨想过没有，她找不见你会多着急！你不是三岁的孩子，做事该用脑子想一想了，什么大不了的事非得让你离家出走？

我不知道不知道。小鱼又朝他大声嚷嚷。

不知道你出来干什么！马晓龙的声音比她更大。

两滴泪从小鱼眼眶里呼地蹦了出来……

马晓龙还想继续往下叫，一看她哭了，又有点不忍了，改了口气对她说：哭吧，边哭边想想。小鱼的眼泪更加汹涌起来。路人从他们身旁走过，都忍不住回头看他们，以为他们在吵架。马晓龙不看她，朝火车站旁边的商店瞅着。好半天，才对小鱼说：那边有个肯德基，先去吃点东西。我快饿死了。完后，我送你回家！他说完，自顾自地迈开步子走了。

这会儿，小鱼跟着他后面别提多乖！

第二十三章

一

苏晴回家了。

她老是觉得这会儿小鱼已经回家了，只要她打开门，小鱼就会从她的房间里走出来，眼泪汪汪地看着她。然后，扑进她的怀里，喊一声：妈妈！她们抱在一起。她会哭着对她说，妈妈，我不会再离开你了，妈妈，我错了。苏晴也会流着泪，点着头，更紧地抱着她，像小时候一样亲吻她的脸蛋。她身上的气味，跟小时候的一样，甜甜的，有一股奶香。宝贝，我再也不放你走了。不会了。一定……

她站在门口，把眼里的泪拭去，她不想让小鱼看见她哭。可是，和她想得完全相反，打开门后，她发现房里空空的。她有些不相信，又把每个房间都细细地查看了一遍。她仍不相信，感觉小鱼在和她捉迷藏，她从小就喜欢和她捉迷藏，如果司炳华从幼儿园先把她接回家，一听见她的脚步声，小家伙自己就找地方藏起来。她就故意四处找，故意大声地喊：小鱼！人呢？小鱼在哪儿？叫半天，找半天，才把她找出来。

小鱼……你干吗要离家出走呢？是妈妈不对。是妈妈对不起你。可是，你可以骂我，可以跟我吵架，使劲地朝我嚷嚷，就是不该离开这个家……这是你的家……如果没你，要这个家有什么意思？小鱼……回来吧……咱们重新开始……我保证……我向你保证……再也不偷看你洗澡了。那次是我不对……我应该和你打声招呼的……我是做得过分了……你就不能原谅妈妈一次吗?

苏晴坐在那里木头一样地盯着这个家,感觉心就跟这个家一样,冷冷清清又空空荡荡。

苏晴记得第一次送走小鱼也是这样。她后悔没把小鱼留下。只要想起这件事,她就恨自己心太软。当然,也忍不住地埋怨奶奶,如果不是奶奶执意要把小鱼带走,她是不会让小鱼离开的。

后来,小鱼上二年级,死活要去把小鱼接回来,奶奶却答应送小鱼回来。一个星期后,她见到了奶奶和小鱼。

可老天却不给她机会,居然在奶奶和小鱼回来的第五天,地震警报的消息也紧跟着来了,闹得人心惶惶。几乎是一天时间,营区里的防震棚跟蘑菇似的从家属楼前的空地上长出来。

晚上,很多人都搬进塑料布和油毡支起来的简易地震棚里睡觉。

苏晴倒没太紧张。这个地区,一百年前曾发生过大地震,地表下有很长一截断裂带。它每隔三五年,总要抽一次风,闹得这一带居民不得安宁,防震抗灾工作跟搞政治运动似的轰轰烈烈。但每次都是在提心吊胆中结束一场虚惊。但这次消息据说十分可靠,国家级的地震监测中心都来了人,还派来了武警救援部队。奶奶害怕得不知如何是好,说我这把老骨头无所谓,可小鱼不行,她要是有个三长两短,我怎么跟她爸交代?那我也不活了。一见天黑,奶奶便开始心神不宁,带着一瓶水、几袋饼干和小鱼赶紧到地震棚去,好像天一黑,世界就到了末日。那几天,天气也很奇怪,每天不是刮大风就是下暴雨,让人不由得不惊慌。过了几天,看看地震警报还未解除,奶奶就叫心口痛,说再这样下去,这条老命得搭上了。让苏晴赶紧买火车票,她要带小鱼离开这鬼地方。苏晴怎么劝说都没用,连点儿商量的余地都没有。奶奶颠过来倒过去就是一句话,你要是能保证不地震,我就把小鱼给你留下。苏晴只有苦笑。她怎么保证,基地地震办公室也不敢向谁保证,万一真有地震呢?而且,基地又刮起送小孩之风,只要有可能,都把孩子送走。奶奶就利用这一点,教育她:你看看,谁家不是这么一个孩子?谁不当宝贝?谁不爱自己的孩子?好像苏晴不让小鱼走,就是不爱小鱼。在奶奶这番话的刺激下,她只好又一次放弃让小鱼回到自己身边的念头。

结果,小鱼回来不到十天的时间,还没跟苏晴热乎起来,又被奶奶带回了老家……从此,小鱼再也接不回来了。再后来,小鱼自己也不肯回来了。跟她的感情日渐疏淡,跟奶奶的感情愈来愈浓。奶奶自作主张,说你一个人带着小鱼也不方便,等小鱼在我这里上完小学,我就送小鱼回你那里。再说,这边的教学质量比你们那边不知要强多少倍……小学终于上完了,小鱼又考上了重点中学,奶奶又说能上重点太不容易,跟苏晴商量,等上完中学再回来吧,小鱼接受好的教育,你该高兴。小鱼也表示,她不想上什么部队子弟学校。奶奶和小鱼不是找这个理由就是找那个理由,就是不肯回来,弄得苏晴很无奈。当然,不能怪她们。苏晴想,她谁都不能怪。这种局面,全是自己一手造成,要怪只能怪自己……苏晴不是不后悔,而是肠子都悔青了,她一直都想弥补,可是,一切都晚了。

只要想起这些,就像一台搅拌机在搅她的心。

想到这里,苏晴感觉到自己的心真的在隐隐地痛,胃也跟着不舒服起来。她便去找了几片胃药吞下去。

可她的思绪仍然从往事的追忆里拔不出来。

她的目光落在女儿床头柜上一只小黄鸭子身上,那是小鱼当年走后留下的,是一只绒布做的玩具。小鱼小时候一直抱着它睡觉。只要动一下它,它就"嘎"地叫一声。小鱼被奶奶带走后,苏晴抱着它睡了很长时间。

苏晴拿起它发了会儿呆,又起身走进自己的房间,把一只很漂亮很精致的皮箱从柜子里拿出来。这只皮箱是她父亲送她母亲的礼物,也是父亲从苏联留学时带回来的唯一物件。苏晴用手小心地抚摸它。她想起了父亲母亲。

每过一段时间,苏晴就会把它搬出来,把里面的东西一件一件地取出摆好,把床上堆得跟杂货铺一样。

这会儿,苏晴又忍不住地把它抱了出来。

苏晴把它放在桌子上,正要把箱盖打开,准备像以往那样把里面的东西一件一件地往外拿时,胃里突然一阵抽搐,让人直想吐。苏晴用手摁着胃,拼命地往里压,希望能减轻疼痛。但不行,不但没减轻,还翻江倒海起来。苏晴赶紧往洗漱间跑,趴在马桶上,拼命地呕,恨不得把整个胃都呕出来……

她实在不明白这是怎么回事,从来也没发生过类似的现象。她的胃有过不舒服,但每次吃药都很管用。不像这次,怎么会吐呢?胃里出什么毛病了?还是她的自我诊断有误?她只把它当作胃痉挛什么的。

它是那么狡猾，那么悄悄地，像一只蹑足而行的野兽一样，匍匐着朝苏晴走过来，从背后偷袭她，趁她不备，突然扑到她的头上……

隐约听到楼下阿宝在叫……她听见了……还有汽车声……

呕完了……已经站不起来……坐在马桶旁……感觉胸憋得慌，一点气力都没有……她想喊，想站起来……可她做不到……她感觉到呼吸愈来愈紧促……这样不知有多会儿，不知过了有多久……

直到医生和亚娟赶到……

亚娟进门就想跟她发火，想质问她为什么跑回家来，可看她这样，吓得什么都不敢再说了……

苏晴看着亚娟，眼睁睁地看着……还有医生他们……苏晴感觉自己的嘴唇在动，想说话……想……告诉亚娟，她在等小鱼回家……小鱼快回家了。她知道的……小鱼回家时家里不能没人……小鱼快……回家……了……

二

凌晨五点四十五分，"窗口"真的像苏晴预报的那样打开了，只是稍稍地晚了十来分钟，雨正在渐渐地稀少，老天的脸露了出来。云雾散开的时候，那情景真是壮观。不，简直是奇观。发射场的上空，云层被高空风一层层地吹开，那感觉它们不是云，是什么东西冻僵后活了过来，有些像马邑龙老家门前的黄河，每到冬末春初，开河时节，只要感觉到春天的召唤，河水就会汹涌起来，把厚厚的冰层拱破，那场面就像有一大群野马在荒原上疯跑，是那么的壮观——不，是奇观，把所有人都看呆了！大约有一刻钟，云层就被彻底地撕开，一缕白光从一条长长缝隙间钻了出来，它是那么的光亮、温暖。它就是久违了的晨光。它给整个峡谷，带来一片豁亮，仿佛真有一只手推开了一扇天窗。人们情不自禁地鼓起掌来！为这一时刻，也为"窗口"的到来。

"太白一号"按预计的那样如期地发射了！

当最后的时候——点火口令下达时，稳坐在发射塔架上的火箭像火山爆发似的喷泻出金红的熔岩，同时扯开浑厚的嗓门高唱着千万人编写的欢歌，在青山的怀抱中慢慢地飞了起来。在所有目光的追随下，它突然就幻化成一条金光闪闪的飞龙，在天空中优雅地划出一道弧线，眨眼间，在人们的惊叹声中，突然隐身藏进了浩瀚的云海，只有天际还传来如滚雷般的轰鸣声。

整个发射场沸腾了，望着欢呼的人潮，马邑龙笑的脸上好像被雨水打湿了，现在，他耐心地等待着卫星入轨。像每次发射一样，很快就会有消息。也就是十多分钟的时间，"太白一号"准确进入预定轨道。

对马邑龙来说，起飞后这十多分钟的等待，大概是他这一生中最难熬的也是最漫长的一段时光。这十多分钟，就像过了十年，十个世纪一样。

当火箭准确地把"太白一号"送入预定的轨道的消息传来时，许多人把手都拍痛了，相互拥抱庆贺；还有人禁不住泪流满面。

没等季永年在大厅里向世人发布"太白一号"成功的消息，他就连招呼都没打一声，趁人们还在擦拭眼角泪水的时候，他就悄悄地离开现场。

当人们四处找他时，他已经坐上车，正往沟外赶。

他要去见苏晴。他的感觉是那么迫不及待。从来不曾有过的迫不及待。这急迫让他眼里燃起两团火苗，他希望现在就将自己心爱的女人搂进怀里。他真的想！他还想告诉她，发射成功了，他第一件要做的事，就是告诉她他要娶她！他下定决心了。他们不要什么仪式，甚至连证明他们结为夫妻的那一张纸都不要，什么都不需要，那些形式上的东西已经都不重要，重要的是他这次一定要告诉她，他爱她，一直都爱，爱了几乎一生！他不能再等下去了。以后，从此以后，他们要生活在一起，永远不分开！这一感觉此刻是那么的强烈。他已经失去很多，他不能再失去她了。他已经懂得如何去爱一个女人，也知道怎样珍惜这一切了。她一定要给他这次机会。这是他整个后半生的机会！他已经一分钟都不能等了。这样的等待太煎熬太痛苦了！他已经无法再把它们埋藏在心底了。他要说出来，当她的面说，让她知道一切！

不，你什么都不用说，爱是不用太多的言语来表述的，和真实的爱相比，所有的表白都显得虚假。都这个年纪了，不需要了，弄不好把真的也说得像假的。不，要表达。不表达别人怎么知道？你一定要告诉她，让她知道，你爱她！

昨天，他就要让自己走过去，走到她的跟前去，当时真有一种拥抱她的冲动，他还想亲吻她，先亲吻她的颈项、耳垂、脸颊……但他没有，一步都没往前走，双脚像钉在原地上一步都动不了。

那会儿，他脑子里塞满了太多想说的话，是的，他叫了她一声：苏晴。他本来想说……你知道吗？苏晴！我这几天在想什么……我们为什么要生活在这种残缺里？你……你不觉得我们都还是正常人吗？为何不能像正常人那样过一种正常的生活？我们……为什么要把生活、家庭、幸福、他人……都忽略掉呢？我们为什么要把生活和工作对立起来？好像我们只会工作而不会生活了。我们难道为了工作就该放弃生活吗？你对小鱼是这样，我对龙龙也是这样，甚至对凌立。我们是有愧于他们的。我们不能以工作忙的理由来推卸我们的责任，关心他人不够就是不够，没尽到责任就是没尽到。我知道你有多爱自己的女儿，女儿在你心目中有多重要——可你告诉她了吗？如果你对这种爱羞于启齿，等于没有爱，因为你的爱只在你的心里，并没有传递出去，她怎么知道你在爱她？爱，就应该勇敢地说出来！

苏晴，他在心里又呼唤了一声。他知道，她这会儿就躺在医院里。小鱼已经回家了。是发射前一小时得知这一消息的，龙龙告诉他的。

苏晴……他在心里轻轻地呼唤着，一遍一遍，他想喊出声来，似乎叫她的名字能给他温暖、踏实。是的，他会一直这么喊下去。苏晴，爱，就应该勇敢地说出来！我这样也等于告诉自己。你不仅对小鱼要勇敢地去爱，对我，你也同样要勇敢！我也一样，我会勇敢地去爱你！

他坐在车上，车正在出沟的高速路上飞驰。

……苏晴，有时候，我真恨自己。特别是在你面前，我自己都不明白，为什么会莫名地紧张。本来，你也知道，我说话不是这样，可跟你，特别是单独和你在一起的时候，思路总会出现故障，像电线接触不良，断断续续，为什么？你一定会在心里笑话我，责怪我，我自己也责怪，甚至骂自己没出息。真的很没出息。

可是，苏晴，一会儿见到你时，我会勇敢的！这次我保证不再让你失望了！一定！

苏晴，等一会儿，你也要好好表现啊！我知道，你已经习惯于把什么都存在心里，存放得你都不知如何去表达了。我知道，你是爱我们的。这个"我们"当然包括小鱼，还包括我的儿子。但你太内敛，又是个死死捍卫自尊的人。我真的担心……

这时，他的手机响了。一看是乔亚娟来的，马上有一种不祥的预感，拿着手机的手，就颤抖起来。他甚至不想听见亚娟的声音。但是，他还是把手机放到耳朵旁……

没听见说话声，只听见抽泣声……

三

回到家后，家里静得让人有些害怕。

马晓龙送她到楼底下就走了，他没跟小鱼上来。应该让他一起上来就好了。她就不会害怕了。真的，怎么搞的呢，怕什么？她说不清楚。她上楼的时候，感觉左边的胸脯——也是人们所说的心脏，就像针扎一般。她长这么大，从没感觉过这种痛。一个这么点儿年纪的人，是不该有这种感觉的，可这种感觉是真实的，不是幻觉，真的像有一枚针戳进她的心脏一样，整整戳了三下，心脏怦怦怦地跳。然后，又恢复平静。

后来，一切都过去之后，小鱼才明白，人的心灵是有感应的，特别是你和你的亲人之间的感应，一定会有的。不然，就没法解释她心脏在那一刻为什么会有针扎一般的痛了。

进了家后，一眼就发现了桌子上那只箱子。它是那么的显眼！仿佛是有意展现给她的。她当然惊奇，就像发现一个天大的秘密。

怎么不是秘密！一个苏晴式的秘密。她为何要藏着这些东西？

小鱼的好奇心被点燃了。

小鱼洗了手，将湿乎乎的手在裤子上擦了擦，便朝皮箱里的东西伸过手去，里面的东西真多啊，抓起第一件东西是一个精致的小首饰盒，"啪"地打开，真是把她吓一跳，里面是一缕头发，它又黑又亮，还扎着一个小蝴蝶结。再一看，盒子里还有一张小字条，上面写着字：这是女儿出生后第一次剪下的头发，也是胎发！小鱼心里砰地响了一下，又惊奇地看着那缕胎发，像看什么稀世之宝。真不知道她藏着这些干什么。小鱼放下它后，又拿起第二件东西，是一个精致的小包。小包是紫色的丝绒做的，口子被带子扎着，小鱼又将它打开来：是一颗细细的小牙。字条上写着：这是女儿五岁三个月零八天时掉下的第一颗乳牙！天哪！小鱼叫了一声，似乎不相信这是自己的牙齿。小鱼又拿起一身小衣服，从里面掉下来一双袜子和鞋。字条上注明：女儿一岁时穿过的衣服鞋袜，上面能嗅到小鱼身上好闻的气味。什么气味？小鱼真的放到鼻子下面嗅，嗅到的气味好像是箱子的气味。这是我的味道吗？小鱼抬起胳膊，拽起衣服，去嗅自己的味道。她嗅到的是一股强烈的怪怪的味道。不，这不是我的味道，是火车上的味道。小鱼将它们放下后，又拿起一只洋娃娃。它还梳着辫子，脸上长着小麻点，正朝她笑。这是小鱼印象最深刻的一件东西。小时候，她常常背着娃娃到处玩。说洋娃娃是自己的孩子。经常喂"她"吃的，给"她"洗澡，穿衣服，化妆什么的。脸上的淡淡的小麻点也是她画上去的，是用圆珠笔画的，画完后，她告诉妈妈小宝宝生病了，脸上长了很多痘痘，要住院打针去了。那天，乔阿姨刚好来了。乔阿姨就给小宝宝摸了摸体温，说小宝宝是有点发烧，给小宝宝吃点药再打一针就好了……小宝宝的衣袋里，也有一张小字条，小鱼把它展开来读：这是女儿最最喜欢的宝宝。她常说，这是我孩子。妈妈，宝宝要睡觉了！妈妈，宝宝要吃东西了！妈妈，我漂亮的衣服可以给"她"穿吗？宝宝头上的辫子还是小鱼给"她"编的……

这会儿，小鱼把宝宝紧紧地抱在怀里。不知为什么，突然觉得它们是那样的亲切。

小鱼又把一只小黄鸭抱了起来，它突然"嘎"地叫一声。上面写着：这是女儿六至八岁时搂着睡觉的小鸭……

箱子里面，还有小鱼写的信。小鱼把它们也展开来，里面的字是铅笔写的，纸张退色得厉害，从淡淡的笔迹中，还能看清自己写的歪歪扭扭的字。这些信，小鱼觉得都不是她写的，因为，那时她从没想过要给妈妈写信，即使写，也是为了完成任务，就像老师布置的作文，不得不硬着头皮去写，根本不是发自内心的，大多情况下是奶奶逼迫下敷衍了事的"作业"。没想到这么破的东西，也被她拿来当作宝贝保存……看到这里，小鱼真的呆了，她不知道每个妈妈是不是都像自己的妈妈这样细心地、不厌其烦地记录着孩子成长的每一步。小鱼想，可能只有自己的妈妈是这样的。可能自己的妈妈在这个世上是独一无二的。这是爱吗？小鱼真想去问一问什么人。可是，她心里却很难受，想坐在这里痛哭一阵。正在她红着眼睛想哭的时候，楼梯里响起了脚步声。她想，肯定是妈妈回来了。她赶紧擦了把眼泪，不想让她看出她哭过。然后又匆匆地将所有东西往箱子里放回去，还没放好，门已经打开了。小鱼慌忙站起来。

是乔阿姨。

小鱼松了口气。

　　乔亚娟气咻咻的，她还在生小鱼的气。她瞪着小鱼，想狠狠地训她一顿，但还是忍住了。她走到桌前，看到桌上的东西，便一样一样地拿起来看，没等看完，眼泪就扑簌簌地落了下来。她一把将小鱼搂过来，说傻孩子，你有一个多好的妈妈！这哪一件东西不证明你妈妈有多爱你？傻孩子！你多伤她的心啊……

　　小鱼在乔亚娟怀里呜呜地哭出了声：乔阿姨，我错了……

第二十四章

一

医生的话她都听见了，尽管听得有些费劲，但她还是听见了，也听懂了。医生说，她失去了黄金抢救时间……这种病，最佳的抢救时间是四分钟，所以她……我们尽力了，但很遗憾……谁又追问了一句，好像是胡眉：亚娟呢？她去哪儿了？有人回话，乔医生去找她女儿了……

听到"女儿"两个字时，苏晴眼睛动了一下。她不相信死神这么快就会降临到自己头上，她不相信！一定是医生弄错了。他太年轻，没经验，我怎么会心肌梗塞呢……不……不可能。她想说话。她想张嘴，可张不开，一点气力都没有，连声音也发不出来。她又想转动眼珠，想告诉医生，这不可能的，一定是他想吓唬周围的人，引起他们的重视。有什么好重视的，我只不过是有那么一点不舒服，离死还远着呢！我是有点儿……累，像往常那样，睡一觉就会缓过来。她实在太想睡了。不，不能睡。睡着了也许就真醒不过来了。她这样告诉自己。可是她还是想睡。她强撑着对自己说，你要顶住。要等他们来……他们已经在路上了：我的小鱼，还有他。他们……我一定要等他们。我要醒着等他们，要让他们看到我还好好的，可是，我真的太累了……真想睡一会儿，就睡一会儿……不，不能睡……不能……就这么走了。你不能！你不能扔下小鱼，她还小，还没长大，还需要你这个妈妈……小鱼一直在怪你，说你是个不负责任的妈妈，说奶奶更像妈妈。小鱼，你说得对，头一回听你把奶奶叫妈妈时，

257

说真的，心里真不是滋味，后来细细一想，觉得你没错，的确，从某个意义上讲，奶奶更像称职的妈妈，我只是一个把你带到世上来的人而已，我付出的心血、责任、母爱远远赶不上奶奶。你恨我，恨得有道理。你该恨我。要是我的母亲这样对待我，这样不负责任，我也会恨她。女儿，无论面对你还是面对奶奶，我都感到万分羞愧。我这辈子可以让自己欣慰的事情不多。唯一能让我感到一丝欣慰的，是我的事业。可在我欣慰的事业里，仍然包含着对你的伤害，这让我非常不安和内疚。

女儿，是我不好，如果真像他们说的那样，我要离开这人世的话，我就连弥补过失的机会都没有了……孩子，是我不好……连高考那段路都不能陪你走了！我真遗憾！我本想，要给你补课，补一下你不太喜欢的数学．但看来可能什么都来不及了……真对不起！我没能拿出时间来为你做更多的事情。工作不是理由。这世界上，有很多人，工作并不比我更轻松，但他们同样能让亲人们感到他的爱，感到他给他们的快乐和幸福，而我没有。这只能说明我不职称，不是好母亲，不是好妻子，也不是一个好朋友，现在知道这一点已经太迟了，连把这一切告诉你们的可能都没有了，我好悔憾！但我的女儿，你一定要知道我是多么爱你，你是我在这个世界上最最爱的又最最放心不下的人。一想到要离开你，离开这个让我迷恋又让我痛苦伤心的世界，我忍不住地害怕，忍不住地悲伤哀痛。特别是一想到你，从此只能和满头白发的奶奶相依为命，就有一种椎心刺骨地痛。对你说这些，已经晚了。女儿……我的好女儿我的乖女儿，我的世界上最最宝贝的女儿，我在九泉之下永远会呼唤你名字的女儿，我的从生下你一直就心疼你到今天的女儿……

医生，她流泪了，快看！她哭了！有个护士在一旁兴奋地叫着，说苏晴没死，她还活着。

周围的人呼啦一下全都拥到她的床前。

人们看见她的心电图还有细微的波纹，波纹一跳一跳的。

医生又开始忙碌起来。

就这样，也许你还有救。是的。你就接着往下说吧。你从来没跟小鱼说过这么多话，你继续说。

她自己这样告诉自己。你是好样的。你从来都不服输的是不是！你应该为你自己感到骄傲，你是个从事空间探测事业的一名科技工作者。几十年来，你一直在和天空打交道，让你渐渐地明白，这世界有两个空间深不可测：一个是浩瀚的宇宙；另一个是人的心灵。在宇宙空间里，有无数的星体在遨游，它们有各自的轨道，相信所有的星体，它们都渴望相遇，而不是对撞。人的心灵也是这样，希望与其他人的心灵相知，而不是磨擦和对抗。自打小鱼从奶奶那里回到这个家，你就希望跟她沟通，而不是形同路人。你多么希望你和小鱼是同一轨道上并行的母子星啊！小鱼，你能理解妈妈这种愿望吗？

我这一生，都和天连在一起，也从来没对人说过这么多话，只能对着天来倾诉了。如果真的天人能感应的话，它应该能听懂我的倾诉，它知道我这一生所有的痛，所有的苦，当然也知道我的欢乐和幸福！

这些年，我一直在追问，女人的幸福是什么？或者说什么是女人的幸福？临到生命的尽头，我才明白：有一个爱你的男人，有一个你爱的孩子，有一份在业余时间都会牵挂惦念的工作。这三样，我都有了。所以，小鱼，妈妈是个幸福的女人。在别人眼里，妈妈遭遇了种种不幸，是个不幸的女人，但妈妈是知足的，这些对妈妈来说已经足够了……女儿……小鱼……

走廊里传来一阵嘈杂声。是小鱼来了。苏晴已经听见她的脚步声了……她的女儿来了，是乔亚娟带她来的。

快到病房的时候，乔亚娟突然把小鱼拉住，看着小鱼，慈爱地用双手捧住小鱼的脸，用自己的额头顶着小鱼的额头，好像这样才能爱抚小鱼，才能把小鱼情绪稳住。

事实上，乔亚娟是怕自己会哭出声来，她让自己先稳一稳，不要激动，不能流泪，你还要做小鱼的工作。她拼命告诫自己。

小鱼，是这样，阿姨带你来看妈妈，是想让你……看一看……你妈妈……病了。妈妈病得很重……小鱼……阿姨现在带你进去……看她。但是……你要答应阿姨一件事。

小鱼看着乔亚娟。

小鱼，妈妈的病不能激动。你看妈妈时……不能哭。

小鱼着急地说：她病得重吗？什么病？

乔亚娟说，现在我也说不清楚。可能是……这里的病。她指着自己的心脏部位说，你进去后，要乖。你听见我说的话吗？

小鱼点点头，问道：你是说，她会死吗？

不会！你不该这样说妈妈！现在，医生正在抢救她。一切都会好的，你妈妈会好的……她说不下去了，更紧地搂住小鱼。

她是因为我才得这个病的吗？小鱼说着，声音已经浸泡在泪水里了。

不！跟你没关系。乔亚娟说。

不！乔阿姨，她一定是因为找不到我急出病来的是不是？小鱼把脸埋在乔亚娟的怀里哭了起来。

小鱼！乔亚娟捧住她的脸：你答应我了。你不许哭。你妈妈听见你哭她会更伤心的。

小鱼止住了哭声，可是，眼泪不听话，把它憋回去它自己又跑了出来。

乔亚娟只好领着眼泪汪汪的小鱼走进了病房。

胡眉迎上前来揽住小鱼。

她们小心翼翼地不让自己弄出动静来。

小鱼看见苏晴时，第一反应像是下意识"啊"地叫了一声，又赶紧用手捂住嘴。然后，就要朝苏晴扑过去。乔亚娟拉都拉不住，胡眉也帮着去拉，小鱼掰开胡眉的手，扑向苏晴。

苏晴一下睁开了眼睛，看着小鱼，一直挂在她眼角的泪珠终于缓缓流落下来。

小鱼轻声地哭泣着，一边流泪一边追问苏晴怎么啦？怎么啦？你怎么啦？我再不让你伤心了。我也不乱跑了。我也不跟你吵架了。我一定做个好孩子！我答应你……我不让你伤心……

小鱼放声地哭了出来。

苏晴心如刀绞。她知道自己也在哭。但她不想让哭打断自己跟小鱼说话……

女儿。别哭，这看来是妈妈最后一次和你说话了。宝贝，你别哭，你听见我说的话了吗？我知道，你会明白妈妈想对你说什么，是吗？

女儿……

我不想叫你名字，我想叫你女儿，你本来就是我的女儿，也是我唯一的孩子。女儿，我是多么想这样一直叫下去……你知道吗，你是我在这个世上唯一的亲人。我还没到你这么大时，我的父亲你的外公就去世了，有了你后，我的母亲你的外婆也离开了我。后来，你父亲又跟我们不辞而别……现在，我又要把你一人孤孤单单地留在这个世界上，女儿，我的苦命的女儿，对不起！真的，对不起……

我的宝贝女儿，自从你长大后．我一直在心里这么叫你，你知道吗，有很多次，你睡着的时候，我都想上去抱一抱你，我真想把你搂在怀里，像你小时候那样……宝贝，我亲爱的宝贝，多想亲亲你啊……不知怎么搞的，我居然没有这样的勇气，我张不开手……我不知多少次骂过自己，我怎么这么没用？连这点勇气都没有呢？我，心理上有什么障碍吗？我对待自己的母亲，也是这样。在你外婆生病的时候，我回家看她，她躺在病床上，我每次都想亲吻她。按理说，作为女儿亲吻一下自己的母亲，有什么难的吗？面对给你生命的那个人，你一辈子都要感恩的人，你亲吻她一下有什么难为情的？可我不行，我都已经躺在她身边了，和她头挨着头躺在一起了，思想斗争了半天，最终还是放弃了。我做不到。不是我心里不想做。我很想。可是我就是没有这么做。女儿，你知道吗？只是在你外婆去世后，我才一边哭一边亲吻她冰冷的额头。这个时候，我什么都不在乎了，她冰冷的额头，对我来说，是有温度的，因为她在我的心里……我的宝贝女儿，现在妈妈不想再做这种马后炮的事了，妈妈已经懂得人活着时把自己的爱表达出来有多重要！妈妈现在就想把你搂在怀里……搂得紧紧的，一遍一遍地叫你宝贝……宝贝……宝贝……

二

她不再说话了，双眼睁着，盯着天花板上的某个地方。

这一切都是那么的不可思议，直到今天也没想明白，第一次见他时，为什么会下这么大的决心，跟任何人都不商量，自己就做出重大决定：参军。记得是主动给他打的电话，告诉他，想去他们的部队，问他够不够条件。他去学校看过档案，说你各方面条件都符合要求。只是这事你一定要想好，特别是要跟你男朋友商量好。当时，怎么回答来的？我的事我自己做得了主。一切就敲定了，没过几天，真的穿上了军装。从镜子里看到一身国防绿裹着自己时，那感觉就像在梦里，要知道那个时候，当兵是多少女孩子的梦想！当然，他也成了帮助她实现梦想的男人。

好像从那天开始，心里的那团火被他点燃后，再也没有熄灭，整整燃烧了二十多年……

难道它到了要熄灭的时候了吗？

不，不能！就是要熄灭，我也会把它重新点燃！就是我无力点燃，邑龙也会把它点燃。

邑龙，我说的对吗？我知道这时候这把火正擎在你的手上，被你和所有的战友们的手高举着，熊熊燃烧着，穿过密云层层间那唯一的"窗口"，飞向辽远的太空。……

她心里一直盼着他来，不，是等着他来。现在，他真的来了。连胡眉和乔亚娟都以为他还在忙任务，一时半会还赶不过来，但他来了，他提前赶来了，她已经听见他越来越近的脚步声了。

随后，袁总和于发昌也赶到医院。他们是奉季永年之命到医院组织对苏晴的抢救。

季永年的命令是：不惜一切代价！

好像是有某种心灵感应似的，虽然马邑龙进来的动作很轻，苏晴还是听见了。她又一次睁开了眼睛，在看见他的一刹那，不光是他，屋子里的人全都发现她的眼睛里亮了一下，人们全都知趣地退了出去。胡眉和乔亚娟把小鱼也带了出去。屋子里就剩下他们俩。

马邑龙将手轻轻地握住她的手。

她的手微微地颤抖了一下。

这是一只多么熟悉的手啊，盯着它看过多少次已数不清了，感觉就像对自己的手一样熟悉。是的，已经数不清，多少次拿这双手悄悄地和别的手作比较？哪一次开会放过它？总是坐在下面某个不起眼的角落里，视线

不由得落到主席台上那一双双手上，它们不是拿着笔，记录着什么，就是
翻看文件或是摆放在桌子上。那些手大多是指甲圆润，泛着珠光，手背上
的肤色跟脖子上露出来的肤色几乎是一样的白皙，是那种一望便知养尊处
优惯了的手。唯有他的手，指甲钝钝的，指肚子和指关节都显得格外粗大，
手背上的皮肤不仅粗糙，色泽也和那张脸一样深。一看就知道是阳光照出
来的颜色，也是干活儿干多了的结果。哪一次他闲得住，不跟大伙儿一起
干？基地上下哪一台设备没留下他的指纹？再细地瞧那双手的手背，青
筋一根一根地突暴着，裸露着，跟暴露在泥土外面的树根一样一览无余，
和当年箍住亚娟腿的那双手相比，不知粗糙苍老了多少，但也不知成熟了
多少。对啦，第一次注意这只手的时候，不就是亚娟被毒蛇咬了的那一次
吗？那也是第一次听见他斥骂自己。

那天，事发得太突然。也就是入伍军训开始没多久，这些新兵们受命去基
地生产队苗圃拔草。那一片光秃秃的，没一处可供女同志方便的地方。休息时，
只好到就近的山边去解决问题。不幸就这样发生了。在回返的路上，亚娟被潜
伏在草丛里的毒蛇咬伤。

当时有七八个女生，全都吓傻了：有人腿脚冰冷地僵在那里一动不动；有
人则大声地尖叫。亚娟受惊吓的程度比疼痛还要强烈，她全身瘫软就要倒下去，
被马邑龙一把抱住，马邑龙听见苏晴撕心裂肺地喊叫起来：快来人哪！蛇咬
人啦！

于是，其他人也跟着扯开嗓门喊。

苗圃那边听到动静后，人们呼呼啦啦往这边跑，跑在头里的就是他。他边
跑边命令一排长去打电话叫救护车，气喘吁吁地挤进人群，马上用手紧紧箍住
亚娟的腿，喊道：快，还愣着干什么吗？

快什么？

废话！解鞋带。

解鞋带干什么？

少他妈的啰嗦，叫你解你就解。

这是苏晴一生中听见有人这么粗鲁地斥骂自己，她觉得自己的脸一下烧红
了。但奇怪的是一点也没觉得不能忍受，居然顺从地弯下腰去，哆嗦着双手把

鞋带解了下来，乖乖地递给他。

绑上。

绑哪儿？

你长眼睛干什么吃的？绑伤口的上方！他的样子凶得吓人。这下苏晴自己真有些受不了了，她记得是含着眼泪在他使劲再使劲的催促声中把鞋带扎紧在亚娟的脚踝上。

这个时候，亚娟的腿，已经变得紫里透青，肿得像大号火腿肠一样。他麻利地从钥匙串上取下一把瑞士小军刀，刀口放在打火机上烧了烧算是消毒，然后对准伤口，一刀划了下去，那感觉就像自己被拉了一刀似的，身子下意识地颤了一下，眼睛却死死地盯着他的手。他的手又灵活地往刀口处挤压，只见乌黑的血像蚯蚓一样钻出来。接下来，令人更想不到的是，他居然整个伏下身去，嘴对着亚娟腿上的伤口，一口一口地吸出里面的毒液来，当他把亚娟腿上的蛇毒吸得差不多时，自己也一头倒了下去……

　　整个过程，都被自己的眼睛仔仔细细地记录了下来。也是通过这件事，让你无法不震撼，无法不敬畏，甚至开始了崇拜。你长这么大，第一次感受男人身上的英雄气概。这种气概并不是每个男人身上都具有，或是通过某件事表现出来，它需要勇气和智慧，缺了哪一样都不行。事后，你发现想把那一过程从脑海里抹去，哪怕抹掉一个微小的细节，都很困难，他给你留下的印象太深刻……不知不觉中，又落到心里，一点点地扎下根来，等你发现时，它们早已长出根须，潜入到骨髓里去了。

　　再后来，你只要看见他手背上这一根根暴跳的青筋，似乎就能听见血液流动的声音，是快速地流动，快速地流向那颗"怦怦"跳动的心。他的那颗心究竟有多大？你曾听人说，拳头有多大，心就会有多大，这是真的吗？此刻，你觉得自己的目光已穿透军装、皮肤、胸膛直接看见那颗和他拳头一样大小的红红跳动的心。邑龙，要是这样的话，我的手握住你的手，你的手握住我的手，不等于心贴心了吗？我说得对吗？我们终于心贴着心了！

　　她是那么的满足，用力地握住他的手，一双她几乎渴望了一生，也默默期待了一生的手。

是的，我知道，你会来的，你一定会来的。

她努力地睁着眼睛，可是，一睁开，它们自己就会马上闭拢。她只好轻轻竭尽全力地"嗯"了一声。他紧紧地拉住她的手，紧紧的，像要把她的生命拉住，不让她走。

三

他在说什么，她听不见，她只能听见自己的声音：邑龙，你知道我爱你，我一直都爱着你，是不是？遗憾的是，我们近在咫尺，连手都没拉过一下，几乎是守望了整整的一生。但，让我欣慰的是，我能从你的眼神里读出你想告诉我的一切……不光是要告诉我这次发射任务完成得很成功——你能来，就等于告诉了我这个喜讯！我真高兴，我高兴自己在最后时刻能坚持自己的意见，其实这是因为我背后站着你！今天，我们是有理由紧紧地拥抱在一起欢呼成功的，就像那年一样。邑龙，你记得吗？第一次通信卫星发射成功后，我们幸福地相抱在一起。

那是基地组建以来第一次执行发射任务。

记得那是四月里的一个夜晚，整个山沟都被发射场上的灯光照透了，亮得连山鸟们都兴奋得睡不着觉，飞来飞去叽叽喳喳地叫。发射场，也就是发射塔架的正前方的山坡上，到处都是看发射的人，带着干粮和水，早早来到这里，兴奋地期待着那一时刻的来临。谁都不觉得这山坡离发射场太近，万一出意外怎么办。那时候的人，还没这个意识，如果不是后来发射失利，给大家补上这一课，脑子里真的没这根弦，谁都希望离发射塔架近一点，再近一点，才看得清楚看得过瘾！而且，发射塔架对面山坡上的看台，不是谁想去就去得了的，来这里观摩的人，都持有特许证，什么电台、电视台、报社的记者和摄影家才享受这一特殊的待遇，也可以说是一种殊荣。再就是工作人员，从发射场工作岗位上撤离的人们，也往山坡上跑。那时候，没有掩蔽体可以掩蔽。我是发射前最后一刻钟撤离岗位的。记得是在下达"五分钟准备"的口令时，到达半山腰。这五分钟，是苏晴觉得有生以来过得最快也是最慢的五分钟，说它快是因为喘息没来得及喘均匀，就听见"两分钟准备"了；说它慢，是觉得自己简直等不及了，心仿佛要跳出来，"咚咚咚"地擂得山响。她拼命地屏住呼吸，眼一眨不眨地盯着前方。是"一分钟准备"的时候，她听见血管开始嗞嗞地叫，一股热流像要从头顶上冲出来。不知是紧张还是激动，苏晴红着脸，淌着汗，像虚脱似的要晕过去。就是这时候，她又发现什么都听不见了，整个现场沉寂得没一点声音，突然，一个略带沙哑不失洪亮又底气十足的声音从喇叭里回荡开来："10、9、8、7、6、5、4、3、2、1——点火！"事后才想起，那是他的声音，是他在下达点火的指令。指令下达一刹那，火箭尾部蹿起高高的火焰，又轰隆隆喊叫起来，叫得天地、大山都在摇晃，不，是激动地颤抖。她，不，是大家把一双双视线热切地攀在嗷嗷叫的火箭身上，向天宇飞去！飞去！她感觉自己的身子真的在飞，就像那颗卫星一样被火箭托举着，向浩瀚无垠的宇宙飞去……她相信，那一刻，在场的所有人都热血澎湃，热泪盈眶。

不知过了多久，山坡上的人几乎不约而同地往山下冲，一口气冲到发射场坪。假如不身临其境，很难想象那个晚上他们是怎么激动狂呼的，不论是男是女，认不认识，不论是不是一个战壕的战友，都激动地互相拥抱，手牵手地跳起来，在那样特定的环境里你真的很难想象，大家似乎只能用这种方式表达发射成功后的满心喜悦。

　　我就是这时候和你相拥在一起的。

　　我不知道是谁先抱住谁的，因为当时彼此间并不关注面孔，人们都在狂热地就近拥抱每个能抓到的人，像老外们见面一样。那会儿，实在是太兴奋了，嫌握手太简单，太不隆重，和心里想表达的情感离得太远，只能忘情地拥抱在一起欢呼雀跃。直到我和你相拥在一起，晕乎乎地不知跳了多久，彼此抬头四目相对时，才吓了一大跳，不，是惊呆了！愣了有两秒钟，赶紧又把手松开，好像做错了什么似的逃开了。我一边从欢呼的人群中走出来，一边捂住胸口，感觉心里有什么东西被唤醒，就像一头小野兽趁人不备猛地跳将出来，狠狠地顶了你一下，而你却不知所然，甚至是吓坏了……我哭了。这一切来得太猛烈太突然，我只能以哭来回应。

　　也是这时，我发现自己仍爱着你，深深地爱着。我和你分开后很久很久，身子还在瑟瑟地颤抖，心跳久久不能平复。我发现，发射成功的幸福是一种幸福，它是属于这个集体的，跟大家一起分享的一种幸福；而后者这种幸福却不是，它是个体的幸福，只有我一个人才能体验的幸福……可现在却不能了。邑龙，多让人遗憾啊！我宁可这次是被毒蛇咬了，而不是心肌梗塞，这样，你就可以像上次为亚娟吮吸毒液一样吮吸我的皮肤，让我感觉到你温热的唇，感觉到你的呼吸。

我还知道你一定想告诉我，等这发任务成功后，你就娶我。我们永远生活在一起。邑龙，谢谢你！我也想告诉你，能拥有你的爱，我很幸福。

邑龙，本来我是想把自己的后半生和你捆绑在一起的，就像捆绑式火箭一样，可现在连这个梦想也无法实现了，我好恨哪！但这就是我的命！现在，我只想求你一件事，不用求是不是？好的，我不说求。我要你答应我，把小鱼当成你自己的女儿，好吗？像爱龙龙一样爱她，行不？能答应我吗？你一定要比我还爱她，因为我这个妈妈当的太不称职。如果你爱我的话，你就一定要答应我，把这份爱给她。我不止一次地想过，小鱼要是你的女儿多好！其实，我知道，她即使不是你女儿，你也会像自己的亲生女儿一样待她的，是不是？她来到这世界上，没有感受过完完整整的父爱和母爱，这是我最最内疚的一件事。她太可怜了。她这么小，就要经受这样的打击。想到这一点，我心就痛。邑龙……我不想说这些了……

邑龙，也苦了你，撇下你一个人在这世界上，还要把孩子托付给你，这是我最对不起你的地方，我什么都不能给你了。我好恨我自己！我本该早就给你的，我好遗憾！现在，我真希望人有灵魂，真希望人的灵魂不死，这样就能永远地守望你，直到你撵上我的那一天……

医生，医生！马邑龙的喊声在医院的长廊上回荡开来时，天空中传来一阵滚雷似的声音，那是总部从北京请来的心脑血管专家乘坐的飞机，正在穿云下降。

医生应声冲了进来。他摸了摸苏晴的脉，又翻开她的眼睛看了看，痛心地摇了摇头。

可苏晴仍在挣扎，微微地闭着眼睛，像两扇铁门一样沉，但还有强光进入，她能看见医生的影子，能看见马邑龙，只是他们说话的声音一点一点地远去。她仍在努力，嘴唇仍在动，从嘴唇上看，马邑龙知道她在喊谁，便低下头，哽咽着说，你是在叫小鱼吗？她无话。

马邑龙赶紧叫小鱼。

袁总、于发昌、胡眉、乔亚娟他们全都进来了。

小鱼泣不成声。

苏晴好像又动了一下，似乎不肯断最后一口气，似乎还在期待什么。乔亚娟、胡眉面面相觑，只有小鱼读懂了母亲的心语，她真的读懂了。

小鱼泪雨滂沱，跪倒在她床头边，手轻轻地轻轻地抚摸了她的脸，将嘴偎到她耳边，久久地亲吻她的耳朵。妈妈，我知道你想听见我叫你妈妈，你知道吗，我心里一直都在叫。只是你听不见。妈妈，你还在生我的气吗？妈妈，对不起，我答应你，一定做个乖女儿，一定听你的话，但你也要答应我，不要离开我，我已经没有爸爸了，你再一走，我就没妈妈了，世界上我最最疼我的人都走了，妈妈妈妈，妈妈，我不让你走，你不能走，妈妈妈妈……你听见了吗？听见了吗？妈妈……

最后这声"妈妈"小鱼不知叫得有多凄厉，四壁都发出颤声。还把所有人的眼泪都一起拽了出来。

现在，大家都明白苏晴在等什么了。

当那声"妈妈"从小鱼嘴里喊出来时，苏晴胸口动了一下，嘴角微微地弯了弯，两撇微笑就挂了上去，随即就永远地凝固了，凝固在那张苍白又美丽的脸上……

当那架专机的机轮发出噬噬的哨音在跑道头停下时，苏晴的心电图波形拉成了一条长长的直线。

她走了。

小鱼眼睛"咯噔"一下，哭声像休止符似的打住。

所有的人，都僵住不动。

只有医生和护士们，开始继续他们的工作，拆除夹在苏晴身上的所有器械和管子，又用白床单把苏晴整个脸覆盖了起来。

小鱼突然反应过来，再次朝苏晴扑过去，被马邑龙一把抱住，紧紧地抱住，任小鱼的小手怎样在他身上乱抓乱打，他就是不松手。一会儿，小鱼把脸埋在他怀里痛哭起来。小鱼的哭声，像忧伤的箫声，在马邑龙的心头一声一声地响着。

所有的人都呜咽起来。

马邑龙很想哭，但他忍着不让自己掉出一滴泪。

病房和走廊外站着的人们，除了默默地流泪，没有人说话。空气沉重得要让人窒息。也是这时候，突然有人喊了一声：苏——晴——阿——姨——人们都不约而同地回过头去，看见阿宝站在走廊尽头。这是许多年来，人们第一次听见他叫喊，声音是如此的清晰。

不一会儿，姚一平也赶来了。

当姚一平的目光和马邑龙的目光交投在一起时，有什么东西嗞嗞作响。其实，马邑龙的目光是木讷的，他只是下意识地看着姚一平，目光里看不出任何内容，除了悲伤。

但姚一平不是。姚一平悲伤里还含着一丝怨恨，那一丝怨恨里仿佛写着：你看到了吧？如果不是你，她能这么早走吗？姚一平在马邑龙跟前停了一会儿，便朝苏晴走过去。他揭开白床单，端详了一会儿，又盖了回去。然后，他走到窗子前用手捂住自己的脸，哭了。

四

如果不是亲手把苏晴推进太平间，马邑龙依然不肯相信苏晴已经走了。

他不相信。

这不是事实，他无法相信这是真的。自打迈进医院那一刻起，就有一个幻觉一直跟随他。这辈子他都没出现过这样的幻觉。这感觉就像看魔术表演，一切都不过是魔术师在捣鬼。然后，一切都会还原。也就是说，她也会活过来。如果不是这样，你就是在梦里。当你醒过来时，她就会坐起来，听你说话。或者，她又找点什么理由，跟你耍个小性子。这都是她的小把戏。你会识破她的。其实，她每次朝你发火，并不一定真的是发火。你怎么就不明白？她是在跟你撒娇。你就不能勇敢地上前，把她搂在怀里吗？她不就是希望你这样吗？你怎么一直不明白呢？苏晴，你真是个傻女人。你敢爱，却不敢做。当然，我也傻。应该说，我比你更傻。是的，是的，是的！以后不会了。我已经答应你，等"太白一号"成功，我就跟你全部摊牌。你心里很清楚，还那样傻傻地看着我。但我知道你心里已经答应我了，答应过的事情，就要做到，是不是？

他不肯让自己醒过来。他一直不肯！

他不知自己是怎么离开医院的。司机一直跟在他身后。他发现后，便朝小刘挥挥手，让他走。让他不要这么跟着自己。让我自己慢慢地走回去。有好些事，我要静静地想一想。我自己会回家的，你走吧。他再次朝小刘挥手。小刘不敢。小刘不放心地跟在他后面，不让他发现自己。

他经过自己家的小院时，一点都没意识那是他的家，任两条腿沉沉地拖着身子，继续往坡上走，他不知要去哪里。天，还有一丝光亮，能看见后面的山上，有大片大片的三角梅。它们红艳艳地盛开着。他知道，那红红的不是什么花，是叶子。可他情愿相信，那是花，是红艳艳的花，是喜庆的颜色，是给这世界增添热闹和幸福的颜色。他要告诉她，它们全是为她盛开的。他要去告诉她……

他慢慢地走着。

来到一幢楼前。以前，他常在月夜散步的时候，会在这楼前站一站。可是，从没上过楼。每次，他都要自己鼓起勇气，但一次也没鼓起来。而这一次，他上去了。

门是虚掩着的。他一推就推开了。他走了进去。他唤了一声：苏晴。没听见她答应。接着，他又唤了一声，然后，一声接一声地呼唤，终于，他把自己给唤醒了，他像在梦中醒了过来，他这才知道，刚才叫唤的时候，什么声音都没发出来，是自己的心在叫唤，直到这会儿，他才大梦方觉，相信他心爱的人已经离开他了，永远地离开了。苏晴……他才喊了一声，便被另一个声音，一个猛然从喉管里挣脱出来的声音所替代，那声音很像失去雌鸽的雄鸽在叫……这是一个男人哀伤至极的哭声。

这声音，把一直待在母亲房间里的小鱼吓了一跳……

五

小鱼不要胡眉和乔亚娟陪着，她要自己一个人进去。她要完成属于她一个人的、一个女儿对母亲的告别仪式。她要用她的方式，为母亲送行。

太平间的守门人，看见小鱼后，便把那只抽屉一样的箱子拉出来。然后，无声地退了出去。

小鱼打来一盆清水，用手试了试，水是温热的，这才把一条雪白的毛巾浸进水盆里。她想她不能让水太凉，因为妈妈一直很怕冷；也不能太热，不能烫着妈妈。她把毛巾拧干，又抖开，然后准备为妈妈仔细地擦洗身体，她要让妈妈干干净净地上路，因为妈妈一直很爱干净。

当小鱼正要动手去做这一切的时候，她发现自己什么都看不见了，泪水模糊了一切，她只好用毛巾擦去自己的泪水，但任凭她怎么擦，这泪水都擦不尽，她索性不再擦了，任它们在脸上肆意地奔流……也是这一刻，小鱼才知道了什么叫心痛？什么叫心碎？什么叫生离死别？什么叫悔憾？什么叫爱？什么叫亲情？什么叫母女？什么叫伤心？什么叫悲哀？什么叫痛不欲生……这一切的一切，过去对她来说遥远又陌生的字眼，现在全都变成伸手可触的事实，汹涌地向她压过来，让她抵挡不住……此时的小鱼不知心里有多痛、多悔恨！除了小时候摸过妈妈，她长这么大后，居然一次没跟妈妈肌肤相亲过，甚至自己的手都没碰过妈妈，她都想不起来，妈妈皮肤温热的时候是什么样的感觉。她真的想不起来了。妈妈！小鱼好后悔，好后悔啊……当小鱼的手，轻轻地放在妈妈的脸颊上，轻轻地抚摸着妈妈，一如她出生时，妈妈喂她第一口奶，手指轻轻地抚摸着她一样……不同的是，小鱼长这么大，还是第一次这么近地挨着妈妈，是第一次！谁能相信呢？这是第一次，也是最后一次。不！妈妈……小鱼泪眼模糊地盯着妈妈，摇着头，似乎不敢相信，她从此以后永远永远地没有妈妈了，没有了……妈妈就这样走了，再也见不着了，没有了……妈妈永远永远离开我了。不，妈妈……不……我不答应……你别把我一个人扔下，妈妈，我求你了，我不让你走……小鱼抱着妈妈，哭得心都要碎了。妈妈……妈妈……她恨不能把妈妈唤醒。

她反复地哭诉着，希望妈妈能醒过来，再看她一眼，就一眼……好让妈妈知道，她有多舍不得妈妈走……

小鱼为妈妈梳理头发，她猛然发现妈妈有许多白发！小鱼奇怪，妈妈活着的时候，她怎么没发现？是我粗心还是没在意？人们都说，一个人的心太累，才容易长白发。妈妈的白发真多呀，这不等于妈妈有多么累吗？妈妈，你的白发，是为我操心操白的吗？我以前怎么从没注意到呢？妈妈，我真不配做你的女儿，我真的不配……小鱼悔恨交加。

她一次次告诉自己不能再哭了，因为哭会影响视线，会影响看妈妈，这是最后一次看妈妈了。我要好好地看看妈妈。在妈妈的生前，我都没仔细地看过妈妈，一次都没有过，妈妈，是我不知道珍惜，我不知道啊！等我知道时，已经晚了，连弥补都来不及了。妈妈，小鱼好后悔好后悔啊！在颤抖的视线里，妈妈的身体恍惚在慢慢地变暖，面孔像活着时一样生动。小鱼的手，再抚摸妈妈的脸颊时，似乎还感到有一丝体温。当小鱼再低下头看时，分明看见妈妈的嘴角弯了弯，眼睑、鼻翼都在微微地颤动。小鱼忍不住地低下头。妈妈，你肯定一直渴望女儿的亲吻，让你体会做妈妈的感觉，可我从没把这样的感觉给过你。我真可恶！小鱼把头深深地低下去，用温热的两片唇，贴在妈妈的脸上，亲了又亲，亲了又亲。十六年了，这是小鱼第一次把脸贴近妈妈，贴近这个给她生命的女人。她的眼泪也立刻濡湿了妈妈的脸，她赶紧用手把它擦去。小鱼想起胡眉阿姨的话，在她走进这间屋时，胡眉阿姨紧紧搂抱着她，说：孩子，一定不要哭，眼泪不能掉在妈妈身上，她这辈子可是太苦了，你一定不要让她带着眼泪上路啊！孩子……胡眉阿姨一下被泪水呛住再说不下去……

揭开盖在妈妈身上的缎子被面，小鱼发现妈妈一点都不老，身材保持得那么好。皮肤是如此的细腻。她真的是很惊奇。她没想到，妈妈是这么漂亮。妈妈长得真的是太好看了！人们都说我长得和妈妈很相像，我有妈妈这么漂亮吗？不，我没有。妈妈是世界上最漂亮的女人！

当擦洗到妈妈的右手时，小鱼又不得不停下来。因为，右手中指的指肚一侧，长着一个小小的硬硬的黄豆般大的茧子。看到它，她又一次流下眼泪。她知道这个茧子是握笔握出来的。尽管没真正见过她握笔伏案，但小鱼能通过她的信，想象出她握笔写信时认真、专注的样子。虽然不能说，妈妈完全是为了给她写信磨出硬硬的老茧，但至少有一小部分是为她长的。可惜的是，妈妈写给她的信，没保存下来，都不知被她扔到哪里去了。妈妈，小鱼实在是不懂事啊，妈妈，你的女儿太不懂事了，妈妈……小鱼一边喃喃地念叨着，一边从上到下地为妈妈精心擦拭，直到认认真真地为妈妈擦洗了脚后，她才把给妈妈买的礼物拿出来。

这礼物，就是妈妈上次陪她上街时看上的那件睡衣。她知道，妈妈不是不喜欢，而是舍不得买，嫌它太贵了。她现在给妈妈买来了。她想，妈妈一定会喜欢的。她把它展开，盖在妈妈的身上。也许是质地柔软光滑的缘故，它把妈妈已经僵硬的线条淋漓尽致地凸现出来，让妈妈的样子看上去更美了。不知从哪儿吹来的一丝风，很温柔地从妈妈身上拂过，睡衣也轻轻地舞动起来，那种感觉就像妈妈在呼吸。小鱼赶紧瞪大眼睛，她发现妈妈额前的头发，也微微地飘动了飘动。妈妈真的像活了一样！但，就在小鱼一阵惊喜中，它们又复归平静。

小鱼把脸埋下去，一次又一次地亲吻妈妈的额头。她在心里对妈妈说：妈妈，如果还有来世，我还做你的女儿，好吗？你可以一点都不变，还像你活着时的样子，但小鱼我要变，变得比现在要好，我听你的话，不跟你吵架，做你的乖女儿。妈妈，我向你保证！一定不气你了！做一个懂得疼爱懂得理解的不让你生气的女儿！你一定还让小鱼做你的女儿呀！妈妈，好吗？妈妈，你能答应我吗？你在那边见到爸爸时，告诉爸爸，小鱼变乖了……小鱼是你们的乖女儿……妈妈……

妈妈脸上的妆容，被小鱼的脸和眼泪都蹭花了，小鱼又用手为妈妈一点一点地重新擦洗。这时，守门人过来了，他对小鱼说，还是让我来吧。

小鱼听话地站到一边。看着他重新为妈妈整理面容。整理结束后，他又默默地退到一边。这时候，小鱼抱起从外面带来的一大把红色的康乃馨，一朵一朵地摆放在妈妈的身边。是的，她要感谢妈妈的养育之恩。她从未给妈妈过过母亲节，整整十六个母亲节，妈妈从没接到过来自女儿的一次节日问候！因为，每年的这一天，她从不给妈妈打电话，也从未想过要给妈妈打电话。即使想到，她也不打，总觉得这个节日，跟她无关。妈妈，你的女儿多不懂事，多没心没肺！妈妈，今天，小鱼买来了康乃馨，它含着露珠，也含着我的泪珠，就放在你的身边，为你补过一个迟到的母亲节，这也算是女儿对妈妈迟到的忏悔吧。妈妈，妈妈，小鱼还要对你说一声：对不起！妈妈，小鱼爱你……

小鱼再也说不出话来，再也看不清妈妈了，妈妈的身影被一层重重的水帘挡住了……

尾 声

天阴着，去墓地的路上，还飘着细细的小雨。等到了墓地，突然间，雨停了。不论是认识苏晴的，还是不认识的，所有来为苏晴送行的人，都认为这跟苏晴有关，因为天气是苏晴的语言。

墓地的四周，快被花圈和花篮堆满了。它们把整个墓地变成了黄白两色的花海，洁净而又素雅。

安葬仪式快结束时，马邑龙的手机一直在微微地振动。他没有去看，他不知道那是从北京发来的一条短信：代我好好地送送她。愿她在天之灵安息！我们永远怀念她！季永年。

小鱼一直趴在墓碑前，胡眉和亚娟拉了几次都拉不动她。马邑龙走上前去，他把小鱼拉起后，才发现再也控制不住自己的泪水。他不想让人看见，便抬头仰望天空。天，还是那样阴沉着，此刻怎么可能快乐起来？但是，突然，有一束阳光从云隙间投射出来，宛若打开了一个金色的"窗口"。而那座一直默默守望眼前一切的高高的发射塔架，就耸立在金色的"窗口"之下，它是那样地巍峨，那样地肃穆，仿佛正托举起苏晴的灵魂，缓缓地升空，朝那个金色的"窗口"飞去，阳光像一只金色的大手接引着她……

几乎所有的人都仰起头朝那个方向望着。

妈妈，你走好！小鱼流着泪轻轻地说。

马邑龙、袁总、于发昌、胡眉、乔亚娟、罗顺祥都在心里默默地说：苏晴，一路走好……

这时，一个奇异的声音，在人们身后悠长地响了起来，是阿宝，他那 _尾
"啊——呜，啊——呜"的喊声，在山谷深处一声声地荡开，是那么的忧伤、凄 _声
凉，像是为逝者招魂……

　　我爱雨，我狂热地爱雨，
　　疯狂的雨和宁静的雨，
　　处女般的细雨和女人似的暴雨，
　　新鲜的雨和无休无止的单调的雨……

二〇〇四年底动笔
二〇〇五年十一月二十五日第二稿
二〇〇六年十二月十八日第三稿
二〇〇八年一月十四日第四稿
二〇〇八年二月二十三日凌晨三时四十分第五稿